지렁이의 눈물

민심이 담긴 메시지, 국민은 원한다!

지렁이의 눈물

발행일   2016년 7월 11일

지은이   이 한 교
펴낸이   손 형 국
펴낸곳   (주)북랩
편집인   선일영   편집   김향인, 권유선, 김예지, 김송이
디자인   이현수, 신혜림, 윤미리내, 임혜수   제작   박기성, 황동현, 구성우
마케팅   김회란, 박진관, 김아름
출판등록   2004. 12. 1(제2012-000051호)
주소   서울시 금천구 가산디지털 1로 168, 우림라이온스밸리 B동 B113, 114호
홈페이지   www.book.co.kr
전화번호   (02)2026-5777   팩스   (02)2026-5747

ISBN   979-11-5585-949-0 03810(종이책)   979-11-5585-950-6 05810(전자책)

이 도서의 국립중앙도서관 출판예정도서목록(CIP)은 서지정보유통지원시스템 홈페이지(http://seoji.nl.go.kr)와
국가자료공동목록시스템(http://www.nl.go.kr/kolisnet)에서 이용하실 수 있습니다.
(CIP제어번호 : CIP2016014763)

성공한 사람들은 예외없이 기개가 남다르다고 합니다.
어려움에도 꺾이지 않았던 당신의 의기를 책에 담아보지 않으시렵니까?
책으로 펴내고 싶은 원고를 메일(book@book.co.kr)로 보내주세요.
성공출판의 파트너 북랩이 함께하겠습니다.

이 한 교 교 수 의 칼 럼 집

지렁이의 눈물

민심이 담긴 메시지, 국민은 원한다!

이한교 지음

북랩 book Lab

이 교수의 칼럼은 쉽다. 또 순진해 세상 물정을 모르고 떠드는 어린 애 소리 같다. 그리고 꾸밈이 없는 투박한 소리라 좋다. 마치 한 편의 수필을 읽는 것 같다. 그러나 '2018년 2월 24일' 칼럼 글을 보면 치밀함이 보인다. 다시 말해 척박한 땅에 깊은 뿌리를 내리고 끈질기게 생명을 노래하듯 한다. 그래서 그냥 편하게 읽을 수 있는 글이다.

사실 글이란 누구나 쓸 수 있고, 말 또한 입만 열면 어떤 말이든 할 수 있는 게 인간이 누리는 특권이다. 그 편리함에 아무 말이나 쏟아내면 된다고 착각하는 사람이 많다. 그리고 얼마든지 거짓으로 진실을 포장할 수 있다고 믿는다. 상대가 반응하지 않는 모습을 보고 우쭐대기까지 한다. 이 부분에 대하여 이 교수는 국민에게 '반응하라' 하고, 진정성이 없는 화자(話者)에게는 '입을 다물라'고 말하고 있다. 그리고 때와 장소를 가려서 말하라 하고, 결국 함부로 말을 뱉어버리면 그 피해는 고스란히 국민에게 돌아온다고 지적하고 있다.

이 칼럼집을 현 지도자와 지도자가 되려는 사람에게 권하고 싶다. 진정 이 나라에 지도자가 되려면 이 책을 읽고 왜 지렁이가 온몸으로 땅바닥을 기어가는지, 왜 칼럼 하나하나를 지렁이의 눈물이라 했는지

한 번 생각해 보았으면 좋겠다. 이 교수는 이 '지렁이의 눈물'이 모이면 강을 이루고, 바다로 흘러갈 것이라 말하고 있다. 그리고 무서운 파도가 되어 밀려오면 누구도 막을 수 없을 거란 말을 곱씹으며, 그때가 오지 않기를 바라는 마음으로 추천서를 작성했다.

전북도민일보 편집국장 이보원

원고료를 어느 중학 소년 가장에게 입금해 주기를 편집부에 요청해와 그러려니 생각했다. 칼럼의 횟수가 늘어날수록 그 진정성을 믿게 되었다. 그래서 이 교수가 지적하는 현안에 대하여 관심을 갖게 되었다.

특히 지금의 농촌에 미래가 없다는 지적에 대하여 같은 생각을 하고 있다. 앞으로 식량 전쟁이 도래할 거라는 예측이 있는데도 농업정책이 부실한 것은 매우 위험한 현상으로, 이대로 가면 농촌은 공동현상이 생길 것인데 대책이 없다니 안타깝다. 또 낙하산 인사의 불편한 진실에 대해서도 공감한다. 전문성도 없이 단순히 정치적인 끈 하나로 낙하산을 타고 내려오는 인사 제도가 나라를 어렵게 할 거라며 흥분하고 있는 이 교수의 마음이 이해된다. 또한, 중소기업과 대기업의 임금격차와 중소기업의 낙후된 작업 환경을 해결하지 않고는 청년 실업을 해결할 수 없으며, 뿌리산업이 무너지면 우리경제가 후퇴할 것이라는 의견과 정부 정책에 대하여 원칙과 일관성이 없다는 지적은 매우 적절한 식견이라고 본다.

미래를 봐야 할 정치 지도자들이 자기만을 위해 당리당략에 빠져 있는 병을 고쳐야 하고, 특히 이 교수가 강조하는 땀과 기술의 가치에 대해서는 반드시 우리가 찾아야 할 중요한 덕목이라고 본다. 그러나 이런 문제들이 한 사람이 목소리를 크게 낸다고 해결되지는 않는다. 이 교수의 얘기처럼 우리 모두 관심을 가져야 그나마 그 실마리를 찾을 수 있다는 말에 공감하면서, 얼마가 될지 모르지만 책 판매 수익금을 좋은 곳에 쓰겠다는 이 교수의 생각에 박수를 보낸다.

전북일보 편집국장 정대섭

옛말에 '미물(微物)인 지렁이도 밟으면 꿈틀거린다.'는 말이 있다. 이는 같은 인간으로 차별받음에 대한 불편함을 우회적으로 표현한 말로, 일부 특권층들이 자신들만 하늘로 승천하는 용처럼 말하고 행동하는 것에 대한 무언의 반감이라고 본다. 대다수 국민은 그들을 공공의 적이라 여긴다. 그래서 그들이 행하는 불합리와 비공정성을 끊임없이 지적하고 변화되길 갈망하고 있다. 그 수단 하나가 칼럼이다. 필자도 칼럼을 통하여 경거망동하는 그들에게 돈과 권력을 등에 업고 나대지 마라거나, 눈 가리고 아웅 하지 말라며 그동안 150편의 칼럼을 세상 속으로 내보냈다. 그것은 돈과 권력으로 혼돈을 조장하고, 뻔뻔스럽게 시치미를 떼며 멋대로 놀아나는 특권층에 대한 일종의 경고 메시지로, 거짓과 진실 사이를 거침없이 들락거리며 여유롭게 똥 싸고 매화타령까지 하고 다니는 그들에 대한 일종에 공격이었다.

사실 칼럼은 필자에게 있어 세상을 향해 쏘아 올린 물맷돌과 같은 무기다. 매번 이 돌이 골리앗의 이마에 정통으로 맞아 쓰러지길 원했지만, 거대한 현대판 골리앗은 미동도 하지 않았다. 그럴 때마다 겁에 질려 돌아오는 칼럼을 달래가며 수년 동안 동거 중에 있다. 문제는 이런 일이 반복되면서 점점 힘이 빠지고, 칼럼과 익숙해질수록 이상과 현실 간에 괴리감만 커지고 있다. 원칙과 일관성이 생명인 칼럼, 횟수가 늘어나면서 고리타분해지고, 진솔함과 날카로운 비판이 담겨 있어야 할 그 날 끝이 점점 무뎌지고 있다. 칼럼이 결국 날 가지고 논다는 생각에 다시는 쓰지 않겠다고 작심한 적도 있다. 이때 경험 많은 선배가 충고를 해줬다. 초심으로 돌아가 철저하게 준비하고 내공을 키워 20번 이상 고쳐 쓰라고 말이다. 말은 쉽지만 어려운 일이었다. 그래서 헤밍웨이를 찾아가 물었다. '노인과 바다'(노벨문학상 작품)를 200번 이상 정말 고쳐 쓴 게 맞느냐고. 그가 대답했다. 글이란 인내로 쓰고 고통으로 다듬어야 보석처럼 빛나는 것이라고. 그러나 말처럼 쉽지 않을 거라 했다. 그렇다고 생각 없이 욕심으로만 쓰면 비판적인 글이 될 거라고 했다. 이 말이 옳다고 인정하기까지 오랜 시간이 걸렸다. 이제 칼럼은 필자에게 일상이 되어버렸다. 요즘도 원고 마감 시간을 지키기 위해 운전하다 생각이 떠오르면 길가에 차를 주차하거나, 업무시간에 노트북을 들고 화장실에 숨어 들어가 쓰기도 한다. 이렇게 쓴 글이 처음 일간신문에 게재되었을 때 그 들뜸을 잊을 수가 없다. 뿌듯했다. 많은 전화도 받았다. 그러나 15년이 지난 지금은 그마저 뜸하다. 아마 '그 나물에 그 밥'처럼 신선함은 떨어지고 물린 이유일 것이다. 그래서 주제를 정하기 전 많은 생각을 한다. 고치고 또 고치며 몸부림을 치다시피 하고 있다. 그런데도 지나간 칼럼을 보노라면 허점투성이다. 읽을수록 얼굴이 화끈 달아오른다. 시사성도 떨어지고 그렇다고 특별할 것도 없는데, 이를 모아 칼럼집을 낸다는 것은 생각도 못해보았다. 주변에서 권유했지만 긁어 부스럼 낼 수도 있다는 생각이 들어 덮어두기로 했었다. 그러던 어느 날 문득 마음속에서 꿈틀거리는 한 마리의 지렁이를 발견했다. 불행하게도 그 지렁이가 뙤약볕에서 버둥대며 기어가지 못하고 울고 있었다. 따가운 햇볕에 노출되어 피부가 바싹바싹 타들어가는 고통을 일방적으로 당하고 있었다. 치열한 삶의 현장에서 버둥대다 낙엽을 발견하고 그 밑으로 겨우 기어들어 가고 있었다. 그곳에서 지친 몸을 추스르고 잠시 눈을 붙이고 있을 때, 먼지 날리던 맨땅에 한바탕 단비가 내렸다. 빗물이 모여 실낱같은 물줄기를 만들었다. 잠시 후 그 빗물에 나뭇잎이 쓸려 내려갔다. 그 위에 얹혀 떠내려가던 지렁이는 죽음의 위기를 가까스로 벗어났다. 그리고 습한 땅 위에서 다시 먹이 사냥을 시작하는 일상으로 돌아갔다. 사람의 삶도 이렇게 우연한 일이 이어지며 사는 거란 생각이 들었다. 만약 그가 비를 만나지 않았더라면 벽에 걸려 있는 영정 사진에 불과했을 것이다. 그 빗물에 나뭇잎들이 둥둥 떠내려가던 않았더라면 죽은 목숨이었을 것이다.

필자도 지렁이처럼 우연을 기다리며 힘들게 살고 있다는 생각이 문득 들어갔다. 그래서 다가올지도 모르는 기회를 놓치지 않으려고 촉각을 곤두 세우고 있다가 행운을 만나 킬리만자로와 안나푸르나를 가게 되었다는 얘기다. 여기서 새로운 사람과 공기를 마주했다. 전혀 오염되지 않은 원시림 속에서 하늘거리는 바람결을 만났다. 이곳에서 신밧드처럼 요술양탄자를 타고내리는 주인공이 되었다. 그리고 부는 바람에 흰 머리칼을 날리며 아주 느리게 그 험한 길을 기어가듯 걸었다. 그 길 위에서 무겁고 불편한 신발을 모두 벗어버렸다. 아름다운 자연을 그대로 만끽하기 위해 유채색 안경도 벗어 던졌다. 냄새나는 쓰레기로 채워져 있던 마음 밭도 갈아엎어 버렸다. 새로운 영감을 얻어 초라한 모습 위에 덮어쓰기를 했다. 자꾸 자라나는 욕심의 싹도 잘라버렸다. 그리고 가이드(탄자니아 킬리만자로) 말처럼 '원숭이가 원한다고 바나나가 익지 않는다.'는 아프리카 속담을 주문처럼 반복했다. 그리고 네팔(안나푸르나) 원주민이 말하던 '욕심은 번민에서 생긴다.'는 말을 수도 없이 읊조리면서 마음을 다잡아 갔다. 어쩌면 이 말들은 이미 유통기한을 넘긴 말들이다. 그래서 흔해빠진 넋두리에 불과할 수도 있겠지만 필자에겐 간절한 잠언이었다.

이 여행을 통하여 '세상엔 쓸모없는 것은 없다.'는 결론을 내리게 되었다. 그 나름의 쓰임새가 있기에 아무리 보잘것없는 것이라도 이를 다듬고 다시 의미를 부여하면 소중한 보석이 될 수 있다는 생각을 하게 되었다. 이런 생각이 잠자던 필자의 용기를 깨웠다. 그 여력으로 그동안 뱉어낸 생각들을 다시 차근차근 다듬어 나갔다. 새롭게 초심으로 돌아가 흩어진 칼럼을 모았다. 잃어버린 기억들을 회복하고 새 힘을 얻기 위해 책을 내기로 결심하게 되었다는 얘기다.

그러나 이 일이 언제 마무리될지는 자신도 모르는 일이다. 지금 할 수 있는 일은, 자꾸만 곁길로 도망가려는 마음을 다잡아 가기 위해 온 정성을 다해 갈무리하는 일이다. 그러기 위해선 정확히 선별하고 일일이 따져 묻는 수고를 해야 한다. 다시 이유를 달아 뛰쳐나가려는 칼럼에게 일일이 물어봐야 한다. 그리고 그동안 게으르고 나태한 지도자들에게 정신을 차리도록 따끔한 일침을 가하라고 했는데, 우리 젊은이에게 땀과 기술의 가치를 가르쳐주라 했는데, 혹 시골 쥐라 주눅이 들어 근처에도 못 가고 비실대지는 않았는지, 목적지 근처도 못 가서 숨어 있다가 부름에 허겁지겁 돌아오지는 않았는지 조곤조곤 까다롭게 물어봐야 한다. 그리고 하나로 묶어 새로운 임무를 부여할 테니 절대 기죽지 말라고 다독거려 줄 것이다. 이제 흩어지지 말고 뭉친 힘으로 그 힘을 발휘해보라고 주문할 것이다. 한 덩어리로 똘똘 뭉쳐 그 위력을 배가시킬 것을 강하게 요구할 것이다. 그런데도 무기력함을 보인다면 가차 없이 버릴 것이다.

이렇게 다짐을 하고 나니 마음이 한결 편안하다. 더 이상의 욕심을 부리지 않으니 행복하다. 이제부터라도 과거를 통해 미래를 볼 것이다. 그리고 힘없는 사람에게 꿈과 희망의 마중물이 되도록 '지렁이의 눈물(칼럼)'을 계속 갈고 다듬어나갈 것이다.

2015년 12월 31일

이한로

| 이 책의 차례 |

제1부
청년실업 원인과
해결 방안

제5부

잘못된 선택엔 미래가 없다

제6부

2018년 2월 24일

제 1 부

청년실업
원인과 해결 방안

뒷걸음친 '고졸시대'

이명박 대통령이 3일 원주정보공업고등학교를 방문해 "학력보다 실력을 인정받는 선진사회가 되면 학생·학부모·기업에 도움 된다. 모든 사람이 대학 가는 것보다 마이스터 고교에 들어가길 원하는 시대가 불과 몇 년 안에 온다."고 말했다.

정말 그렇게 될까? 19년 전, 조선일보 1990년 5월 7일 자에 '고졸(高卒) 시대가 온다.'는 제목의 기사가 실렸다. 기업들이 실업고 출신 모셔오기 경쟁을 벌인다는 내용이었다. 지금은 어떤가? 기사 내용처럼 4년제 대학 진학 포기자가 늘었는가, 실업계를 졸업한 기능인력 공급이 수요를 따라가지 못하는가. 전혀 그렇지 않다.

최근 노동부가 3만 1,000여 개 기업을 조사한 결과, 올 1~3월에 기업이 충원하지 못한 일자리가 6만 8,000여 개라고 한다. 그런데도 대졸 실업자가 넘쳐나는 기이한 상황이 현재 벌어지고 있다. 조선일보의 19년 전 기사처럼 고졸시대가 오다가 만 것은, 결국 일관성 없는 정책과 한탕주의 정치·사회 분위기 탓이 크다고 본다.

지금 정부가 인턴 지원, 글로벌 취업 지원 등의 청년 취업 정책을 펴지만 그건 미봉책이다. 당장 효과가 없을지 몰라도, 장기적으로 본다면 청년들에게 땀과 기술의 가치부터 반드시 일깨워줘야 한다. 요즘 젊은이들이 늘 보고 듣는 게 황금만능주의와 무한한 권력투쟁에서 비롯되는 각종 비리다. 때문에 땀과 기술의 가치보다 한탕에 끝내겠다는 허황된 생각이 앞설 수밖에 없을 것이다.

정부가 원하는 것처럼 고졸시대를 앞당기려면,

첫째, 우선 정부 정책부터 일관성 없이 갈팡질팡하지 말아야 한다. 생산 현장에서 땀 흘리는 사람들을 우대하는 정책을 편다고 했으면 끝까지 그 약속을 지켰어야 했다. '고졸시대가 올 것'이라고 외치며 정치적인 논리로 직업교육기관을 대폭 신·증설했으면, 선택과 집중적인 지원이 필요했다.

둘째, 우물가에서 숭늉 찾듯, 현재의 결과만 중시하는 풍토도 바뀌어야 한다. 현재는 정권이 바뀌면 이전 정부의 정책을 뒤엎고 새로 시작한다. 미처 열매가 맺기도 전에 나무의 밑동을 자르고 다시 새로운 수종으로 바꿔 심는 것처럼 진득하니 기다리지 않는 정책 기조 때문에 땀과 기술의 가치가 점점 퇴색되어가고 있다.

셋째, 정치인 대부분이 땀과 기술의 가치를 잘 모른다. 왜 직업 교육이 우리 경제의 근간이 되는지, 왜 기술이 쌀이라고 하는지부터 먼저 이해해야 한다. 진정 떡이란 배부른 사람에겐 간식거리지만, 배고픈 사람에겐 목숨인 것도 정치인들은 잘 모르거나 외면한다. 이런 사회 분위기가 팽배하다보니, 김밥장사 할머니조차 평생 모은 재산을 서울에 있는 유명 대학에만 기부하는 일이 발생하고 있다.

사회가 안정되고 고용시장이 순기능을 다하려면, 땀과 기술의 가치를 소중히 여기는 사회, 고등학교를 졸업하고 평생기술로 평생직장을 꿈꾸는 젊은이가 인정받고 대접받는 사회가 만들어져야 경쟁력 있는 고졸시대가 앞당겨지게 될 것이다.

조선일보 2009-7-5

찾아야 할 땀과 기술의 가치

최근 노동부가 3만 1,000여 개 기업을 조사한 결과, 올 1/4분기에 기업이 충원하지 못한 일자리가 6만 8,000여 개라고 한다. 그런데 실업자가 넘쳐나는 기이한 일이 지속되고 있으니 답답하다. 안정적이고 좋은 일자리를 원하는 고급인력은 넘쳐나고, 산업현장에서 요구하는 기능 인력은 부족한 현상이다. 이 인력마저 서비스업이나 유흥업소로 빠져나가 산업현장에서 젊은이를 찾기 어려운 일이 벌어지고 있다. 문제는 이 심각성을 지도자들이 인식하지 못한 데 있다.

기간산업이 무너지면 경제가 파산하고, 이 파산은 국민의 삶을 불행하게 만든다는 사실을 모르는 사람은 없지만 모두가 무관심하다. 특히 나라를 이끌고 나가는 책임 있는 정치인들이 막연한 생각으로 사는 것 같다. 실로 정부가 내놓은 정책을 보면 무늬만 화려할 뿐 무골(無骨)이다. 실현 가능성보다는 실적위주의 단발성이라 갈피를 잡을 수가 없다.

사교육비가 문제라면서 4년제 대학진학률을 자랑하게 하는 나라가 우리의 현실이다. 대학진학을 전제로 초등학교 때부터 그 힘든 사교육에 내몰리다 대학입시를 준비하는 청소년들, 4년제 졸업장을 들고 찾아갈 곳이 부족한데도, 내 자식만큼은 반드시 4년제 대학진학을 시켜야 한다고 고집하는 학부모들, 자식의 사교육비 마련을 위해 접시를 닦는 어머니의 부르튼 손과 구겨진 마음을 정부가 외면하고 있다. 1년에 35조에 달하는 사교육비를 쏟아 부으면서까지 고급실업자를 만들어야 할 특별한 이유라도 있는 것처럼 결단을 내리지 못하는 정부는 진정 누구를 위한 정부인가 묻고 싶다. 아무리 그 길이 어렵고 험난하다 해도, 이대로 갈 수는 없지 않은가. 진정 사교육비로 무너지는 것을 보고서야 때늦은 후회를 할 것인가. 사교육비 부담으로 아이를 낳지 않아 세계 1위가 된 저출산율을 심각하게 받아들여야 한다.

백년지계막여식인(百年之計莫如植人)이라 했다. 평생의 계획을 세우기 위해서는 인재 양성이 가장 중요하다는 말이다. 여기서 말하는 인재란 탁월한 인재, 즉 검증된 일류 인재가 아니라, 성실하고 건전한 가치관을 가진 사람을 말하고 있다. 즉 땀과 기술의 가치를 아는 사람이 지금 필요하다는 얘기다.

더 늦기 전에 정부가 나설 때다. 지혜로운 현장 중심의 정치인이 나와야 한다. 탁상을 떠나서 서민 속으로 들어가 진정한 땀의 가치를 체험하려는 정치인, 학력보다는 기술의 중요함을 절실하게 아는 정치인, 청년들의 눈높이에서 생각하고, 그들이 꿈과 희망을 품을 수 있도록 투자할 줄 아는 정치인, 현장의 망치 소리가 대한민국을 지킬 거라 믿는 정치인, 당리당략을 떠나 양보할 줄 아는 정치인, 명예를 중시하고 돈으로부터 자유로운 정치인이 지금 당장 필요하다.

이명박 대통령이 만들어 가겠다는 고교다양화 300 프로젝트가 반드시 성공해야 한다. 고교를 졸업해도 대학을 나온 사람보다 존경받고, 급여도 많으며, 평생직장의 전문분야에서 일할 수 있도록 사회가 안정되어야 한다. 더 늦기 전, 일관성 있는 정책으로 '땀과 기술의 가치'를 가장 중요하게 생각하는 마음으로 미래를 열어야 하고, '평생기술로 평생직장'을 꿈꾸는 젊은이가 잘살고 대접받을 수 있는 시대를 펼쳐야 나라가 부강 한다. 잃어버린 '땀과 기술의 가치'를 찾아야 불법이 사라지고, 인심이 살아나고 삶의 질이 향상될 것이다.

전북도민일보 2009-7-17

학력파괴 바람 이뤄질 것인가?

요즈음 취업을 준비하는 대학생들에게 답답한 가슴을 더 막히게 하는 일들이 벌어지고 있다. '학력파괴 바람 대기업 고졸 채용 13%까지 확대'라는 제목의 기사를 보고 하는 얘기다. 새로운 인사제도를 도입하고 연봉과 승진에서도 학력차별을 없앤다는 내용이다. 어찌 보면 새로운 것 같지만 이미 오래전부터 시도했다가 흐지부지되었던 일들이다. 이 문제는 비단 어제오늘의 얘기가 아니다. 그런데 왜 그 문제를 해결 못 하고 오늘까지 끌고 왔는가에 대한 문제점을 얘기하려 한다.

첫째, 정책의 일관성 문제다. 명확한 자료 분석이나 대비책 없이 즉흥적인 선심성 정책을 남발하는 정부에 대하여 국민의 실망이 크다. 누구나 고졸 우대 정책은 반드시 이뤄져야 된다고 보고 있지만, 정권이 바뀔 때마다 시작하다 마는 정책에 진절머리가 난다. 더 큰 문제는 정책에 실패해도 누구 하나 책임지는 사람 없이 해마다 일자리 문제로 버걱대고 있다는 것이다. 사실 방법을 몰라서가 아니라 기득권층 눈치 보기에 급급하다 보니 제자리걸음을 하고 있다는 사실을 모르는 국민은 없다. 따라서 진전 없는 탁상공론보다는 강력하고 일관성 있는 정책 진행이 필요한 때이다.

둘째, 지도자의 언행불일치다. 책임 있는 사람의 말과 행동이 다르다면 아무리 좋은 정책이라도 무늬만 있을 뿐이다. 아울러 옳은 것을 알면서도 장애물을 돌파하려는 책임자의 의지가 없다면 말장난에 불과하다. 국민이 원하면 기득권층을 무시하고서라도 끝까지 밀어붙여야되는데, 늘 국민의 표심(票心)에 눈치를 보니 혼란스러움만 가중될 뿐이다. 따라서 지금도 유행처럼 번지는 '학력파괴'는 일시적인 현상으로 보는 국민이 대다수라고 본다. 내년은 중요한 총선과 대선을 앞두고 있다. 또 선거공약사업으로 내놓고 현혹하려 한다면 국민은 진정성을 평가하고 학연, 지연, 혈연 등을 타파하기 위해 결단을 내리게 될 것이다.

셋째, 언론 보도의 문제가 크다. 지금처럼 고졸 채용이 대세인 것처럼 몇몇 화제 인물을 찾아서 보도하고, 마치 새로운 세상이 열릴 것 같은 환상을 가지도록 침소봉대하는 언론보도는 오래전부터 있었다. 언론은 국민의 '알 권리'라는 측면도 중요하지만, 사회에 미칠 영향에 대해서도 생각하고 국익에도 도움이 되도록 추궁하고 진실을 밝혀줘야한다. 늘 변죽만 울리는 지금의 행태로는 미래가 없다고 본다. 진즉 이문제의 끈을 놓지 않고 집요하게 묻고 답하는 식으로 추궁했더라면하는 아쉬움이 있다. 항상 단발성이다. 잊을만하면 들고 나와 이용하는 노리개쯤으로 생각하는 태도로는 학력파괴는 이뤄지지 않을 것이다. 지금부터라도 국익에 유익하거나 국민 정서에 부합된다면 과감하게 경고를 보낼 수 있는 언론(펜)이 되어야 할 것이다. 그 펜이 줏대 없이 이야기 중심만 따라다니다 사실을 왜곡하고 자극적인 표현만을 쓰다 보면 국민의 정서가 피폐해진다는 생각을 해야 할 것이다. 아울러국민이 자극받지 않도록 단어 선택도 신중해야 할 것이다. 파괴(破壞)

란 굉장한 소리를 내며 물건이 산산이 부서지는 모습이 연상되는 단어다. 물론 강한 어휘로 단번에 알아차리게 한다는 의미가 있겠지만, 이런 표현은 적절치 않다고 본다. 요즈음 다투어 보도하고 있는 내용을 보더라도 핵심은 보지 못하고 언론이 부화뇌동(附和雷同)하고 있다고 본다. 이웃 일본은 사상 최악의 취업난을 겪고 있으면서도 대졸 취업이 90%가 넘는다고 하는데, 우리는 반 토막 취업률에 40%가 연봉 1,800만 원 이하라고 하니 차이가 나도 너무 난다는 신랄한 지적이 필요한데 언론은 침묵하고 있다. 지금처럼 남의 얘기처럼 던지듯 말하는 언론태도로는 고학력 인플레 현상은 해결할 수가 없다. 언론은 무소불위(無所不爲)의 힘을 가지고 있다. 이 힘으로 국민과 정부 사이를 오가며 지속적으로 지적하고 정확한 근거를 가지고 설득해야 할 것이다. 지금처럼 가장 민감한 학력파괴 문제를 논하면서, 장기적인 대책도 없이 손바닥을 뒤집듯 쉽게 말하는 지도자를 호되게 질책해야 한다. 생선이 맛있다고 해서 요리하지 않고 그냥 날것으로 꿀꺽 먹을 수 없듯이, 모든 일은 순리적으로 차근차근 해결해 나갈 수 있도록 언론의 길라잡이가 절실하게 필요하다고 본다.

전북일보 2011-12-30

'일자리'는 있는데 '일할 사람'은 없다

20년 전에는 인력난 해소를 위해 값싼 외국인 근로자 수입에 대한 검토가 여론에 밀려 보류될 정도로 신중을 기했으나, 현재 그 수가 100만 명을 넘어서고 있다. 중소기업 중앙회 발표에 의하면, 이들 외국인 근로자에게 들어가는 1인당 평균 총비용이 한국인 근로자의 97.5%에 이르고 있다고 한다. 이는 아시아 주요국 중 일본 다음으로 높은 수치로, 업무도 단순 기능 수준을 넘어 중요 제조분야로 파고들고 있다. 따라서 앞으로 외국인 근로자가 한국 근로시장을 지배하게 될 것이라는 예측이 나와 있다. 그런데도 중소기업에서는 외국인 근로자가 더 필요하다고 아우성이다.

며칠 전 중소기업 사장들이 강추위에도 아랑곳하지 않고 3박 4일 동안 외국인 인력을 채용하기 위해 고용노동센터 앞에서 노숙(露宿)했다는 보도가 이를 잘 말해 준다(13일 자 A2면). 사정이 이런데도 왜 우리 청년들은 "일할 자리가 없다"고 말할까? 여러 가지 의견이 있겠지만 '땀과 기술의 가치'에 대한 잘못된 인식 때문이라고 본다. 이는 정치지도자의 근시안적인 행위와 이를 막지 못한 언론에 책임을 묻고 싶다. 요즘 방송은 앞다퉈 화려하고 선정적인 것에만 관심이 있을 뿐이다. 이를 보고 자란 이들로서는 어쩌면 자연스러운 것인지도 모른다.

인간은 어려서부터 접하고 배우며 그것을 가치판단의 기준으로 삼는다. 그래서 "일자리는 있는데 일할 자리가 없다."고 말하는 그들의 가치 기준을 바꿀 수 있는 것은 어떤 제도 개선보다 먼저 언론의 보도 행태의 변화에서 출발해야 할 것이다. 지금의 오락프로그램 위주인 TV 방송보다는 이웃과 더불어 살고 나누는 모습을 찾아 보도하고, '땀과 기술의 가치'가 왜 중요한 것인가를 절절하게 담아냈으면 한다. 힘든 일을 꺼리는 청년들이 일자리로 돌아갈 수 있도록 땀의 가치를 일깨워줘야 한다. 그래서 힘든 일은 않겠다고 말하는 그들을 설득해야 한다. 정부 정책이 몸통이라면, 언론은 피를 통하게 하는 혈관이다. 일관성 없는 정책엔 회초리를 가해 바로 설 수 있도록 당당하게 맞서고, 국민이 가야 할 방향을 잡아주는 길라잡이가 되어야 한다. 언론이 사회의 병폐를 치료할 수 있는 사회적 명의(名醫)가 되어야 '땀과 기술의 가치'를 인정하는 능력 중심사회로 나갈 수 있을 것이다

조선일보 2012-1-19

장수기업을 육성하는 대통령을

165년 전에 설립한 독일의 지멘스 회사를 방문한 적이 있다. 이 회사가 세계적인 장수기업의 하나라는 것에 관심을 두고 현장을 둘러보았다. 나이 많은 직원이 많이 보였다. 회사관계자의 설명에 의하면 50세 넘는 직원은 명함도 못 내민다고 했다. 그의 말처럼 60세가 훨씬 넘어 보이는 사람들이 계속 일하는 모습을 눈으로 확인할 수 있었다. 이들은 나이가 많다는 것이 생산성을 떨어뜨리게 하는 요인이 아니라, 오히려 경험과 기술의 숙련으로 제품의 질을 향상시킬 수 있는 것이 바로 인간 중심 경영이라고 믿고 있었다.

우리는 정년을 이유로 현장에서 60세 이상의 기술자를 찾기 어렵다. 어느 대기업 임원의 평균 나이가 44세일 정도로 젊어지고 있다. 문제는 축적된 기술과 경험이 무시되고 근로자를 소모품처럼 여기는 기업의 정서가 팽배해지면서 안정되고 좋은 일자리를 제공할 장수기업이 생기지 않는다는 것이다. 결국, 내세울 만한 기업이 없다는 것은 고용시장이 불안하다는 것을 반증하고 있는 것이다. 이웃 일본만 해도 200년 이상 된 업체가 3천 100여 개나 된다. 2위인 독일 역시 840여 개의 장수기업이 뿌리를 내리고 있다. 그러나 우린 한 군데도 없다는 사실에 주목할 필요가 있다.

더욱 중요한 것은 기업의 가치 기준이다. 대부분 장수기업은 사람을 핵심 가치의 중심에 두고 있다. 수백 년 동안 변함없는 생명력을 잃지 않고 눈앞의 이익보다 사람을 중시하는 기업문화를 바탕으로 자생해 왔다. 우리와 달리 코앞의 작은 이익을 위해 근로자를 파리 목숨보다 하찮게 여기는 기업 정서가 아니라, 오로지 땀과 기술의 가치를 가장 큰 덕목으로 생각하고 있다. 또한, 경험으로 축적된 기술을 기반으로 한 새로운 부품을 개발하고 정밀도를 향상시켜 기업의 경쟁력을 확보하면서 뿌리 깊은 장수기업으로 성장하게 된다는 것이다. 이들 기업은 근로자가 나이를 먹었다 하여 필요 없는 존재가 아니라, 그간의 경험을 존중하고 끈끈한 애사심을 가질 수 있도록 배려하는 것이 모두를 윤택하게 만든다고 굳게 믿고 있다는 것이다.

우리와는 사뭇 다른 기업의 가치관을 엿볼 수 있다. 물론 문화적인 배경과 지정학적인 문제 등이 우리와 다를 수 있겠지만, 중요한 것은 현재 우리가 누리고 있는 경제적인 위치(세계 10위권)를 담보할 수 없다는 것이다. 지금처럼 근로자의 노른자위만 취하고 버리는 껍질 경영으로는 어렵다는 것이다. 더 늦기 전에 근로자가 흘린 땀의 가치를 인정하는 장수기업으로 거듭나려는 노력을 게을리하면, 그동안 땀과 기술로 이뤄놓은 성공이 하루아침에 거덜 날 수도 있다는 얘기다.

이 나라의 대통령이 되겠다는 대선 주자들에게 묻고 싶다. 정말 우리의 근로자가 무엇을 원하는지, 왜 우리나라엔 장수기업은 없고 1년에 107만여 명이 창업하고 86만여 명이 폐업으로 문을 닫는지, 왜 자신의 욕심으로만 기업을 키우고 근로자를 외면하는 기업인이 더 많은

지 말이다. 설마 국민은 다 알고 있는데 모르는 대통령 후보는 없을 것이다. 이번 선거에선 인간중심의 장수기업이 자생할 수 있는 토양을 만들어 가는 지도자가 당선되길 바란다. 앞으로 10년이 한반도 운명을 가름할 거라는 예측을 간과하지 말고, 독수리 같은 미래의 눈으로 현재를 바라볼 수 있는 지도자, 다가오는 미래의 물결을 인지하고 대비할 수 있는 지도자, 객관적 사실을 통한 판단으로 해답을 찾아가는 실사구시(實事求是) 정치철학이 몸에 밴 지도자, 싸우기보다는 서로 타협하고 화합으로 사회 질서를 다잡아가는 지도자, 아무 대책 없이 실체가 없는 공약으로 국민을 현혹하지 않는 겸손하고 지혜로운 지도자, 근로자와 함께 울고 웃으며 땀과 기술의 가치를 소중하게 생각하며 장수기업을 육성해 나가는 대통령이 당선되었으면 하는 바람이다.

전북도민일보 2012-7-25

뿌리산업이 우리의 미래다

이제라도 뿌리산업 육성에 대한 지원 방안이 정부로부터 나온 것은 참으로 다행스러운 일이다. 그러나 2017년까지 세계 6위의 뿌리산업 강국으로 발전시키겠다는 발표에 대해선 믿음이 가지 않는다. 그동안 찬밥 취급을 받던 산업이 갑자기 수혈한다고 기사회생하리라고 보지 않는다는 것이다. 뿌리는 생명줄이다. 뿌리가 약해지면 성장해야 할 줄기와 열매가 부실해진다는 것은 상식이다. 그런데도 우리는 경제발전의 혜택에 고무되어 마치 뿌리 없이도 더 많은 열매를 맺을 수 있다고 착각하고 있는 것 같다.

현재 우리에겐 32만 명의 청년 실업자가 있다. 그런데도 뿌리산업은 인력을 구하지 못해 어려움을 겪고 있다. 외국인 근로자조차 제때 공급받지 못하는 뿌리산업이 고령화로 무너지고 있다. 더 심각한 문제는 양질의 일자리를 창출하겠다고 말하는 정부의 정책이다. 본질 파악을 못 하고 있다는 생각이 든다. 필자가 듣기엔 양질의 일자리란 자칫 근로 조건이 좋은 대기업을 위주로 정책을 펴겠다는 소리로 뿌리산업을 포기하겠다는 얘기로 들린다.

우리에게 뿌리산업은 생명줄이다. 그 뿌리가 지금 썩어가고 있다. 이대로 가면 우리 산업의 토대가 무너진다는 것은 불 보듯 뻔한 일이라고 많은 학자가 지적하고 있다. 이대로 가면 다시 되살릴 수 없는 암담한 지경에 이르게 될 것이라고 경고하는데 이를 바로 잡지 않아 무너지면 그 모든 책임은 지도자에게 있다 할 것이다. 따라서 지도자가 먼저 변해야 한다. 지도자가 더 솔직해져야 한다. 진실을 왜곡하지 말아야 하고, 특히 당리당략에 따른 수단을 버려야 땀과 기술의 가치가 주목받는 사회가 될 것이다. 더 늦기 전 근본적인 문제 해결에 초점을 맞춰야 한다. 먼저 줄기를 튼튼히 하고 튼실한 열매를 얻으려면 빈약해진 뿌리를 회복하는 게 우선이다. 다시 말해 중소기업의 작업 환경을 개선하고, 대기업과의 임금 격차를 줄여줘야 한다.

세계적인 명품인 스위스의 손목시계, 독일의 쌍둥이 칼 이탈리아의 핸드백 등은 튼튼한 뿌리산업에서 탄생하였다. 이처럼 뿌리산업의 강국인 독일과 일본에서 장인 정신이 깃든 세계적인 명품을 생산할 수 있다. 우리 자동차도 뿌리산업의 비중이 90%에 달한다. 조선산업도 35%가 뿌리산업인 용접으로 이뤄져 있다. 현재 외국인 근로자들이 이 일을 도맡아 하고 있다. 문제는 그들에게서 혼이 담긴 제품을 기대할 수는 없다는 점이다. 이 결과 관련 부품 수입 비율이 점점 높아지고 있다. 뿌리산업 약화로 산업 전반이 도미노처럼 무너지기 전에 현 정부에서는 정책실명제를 도입하여 뿌리산업 진흥 5개년 계획을 관리 감독해야 한다. 정권이 바뀌더라도 지속적인 지원을 해야 하고, 젊은 이들이 뿌리산업 현장의 주역이 되도록 작업환경과 처우개선을 해야 한다. 2010년 뿌리산업에 종사하는 외국인 근로자 비율이 23.5%에 이른다. 현장엔 40~50대가 전체의 63%, 월 평균 수입으로 가장 낮고, 산업재해도 다른 중소기업보다 2배가 높은 실정에서 젊은이의 외면은 당연한 일이 되었다.

뿌리 없는 나무란 없다. 뿌리가 튼실해야 열매 또한 알차다. 대통령은 하루빨리 뿌리산업의 기초를 다시 회복시켜 튼실한 뿌리를 내리도록 환경을 조성해야 할 것이다. 하루빨리 뿌리산업 육성으로 제조업의 경쟁력을 갖춰나가야 한다. 일관성 있는 강력한 지도력으로 중소기업을 대기업의 횡포로부터 막아줘야 한다. 문어발식 경영엔 과감한 칼질을 해야 한다. 뿌리산업을 3D, 즉 더럽고, 어렵고, 위험한 일을 하는 것으로 생각하는 의식을 바꿀 수 있도록 작업환경과 복지 혜택 등을 위해 과감한 투자와 아낌없는 지원을 해야 한다. 결국, 뿌리산업에 종사하는 근로자가 자긍심을 가져야 사회가 안정되고, 학력 인플레가 사라지며 더불어 사교육비도 크게 줄어들 것이다. 그리고 미래성장 동력에도 탄력이 붙어 머지않은 날에 독일과 일본처럼 뿌리산업의 강국이 될 것이다.

전북도민일보 2013-7-23

대학 진학 하강, 고졸 취업 상승

좋은 학벌을 가지기 위해 우리나라의 1년 사교육비가 무려 20조 원이 들어간다고 한다. 한마디로 우리는 학벌 사회에 살고 있다. 그런데 언제부터인가 변화의 바람이 불어오고 있다. 그 증거로 4년째 대학 진학률이 줄고 고졸 취업률이 늘어나면서 대학진학 무용론까지 확산되어가고 있다. 참으로 반가운 일이다.

교육부가 공개한 '2013년 교육 기본 통계'에 따르면 대학 진학률이 2008년 83.8%를 정점으로 계속 하향세로 돌아서더니 최근에는 70.7%로 나타나고 있다고 한다. 사실 대학진학이 30%에도 못 미쳤던 90년대까지만 해도 기술을 배워 곧장 취업하는 것을 당연한 일로 여겼지만, 2000년에 들어서 대학진학이 급속도로 증가 했다. 이는 정부가 대학정원 자율화하므로 고급실업자를 양산하게 되었고, 일자리는 많은데 일할 사람이 없는 고용의 부조화가 심각한 사회적 문제로 나타나게 되었다. 특히 뿌리산업 대부분 인력을 구하지 못해 해외인력에 의존하는 상황에서 32만 명의 청년실업자는 소위 좋은 일자리를 잡지 못해 방황하는 미스매치가 계속되고 있는 실정이다.

너무 늦은 감은 있지만, 학생과 학부모가 이 현실을 직시하고 있는 것 같다. 이제 무조건 대학진학이 미래를 보장하지 않는다는 인식이 확산되고 있는 것은 매우 고무적인 일이다. 그러나 아직 안심할 단계는 아니다. 더 많은 관심과 정부의 철저한 감독이 필요한 시점이다. 왜냐하면, 아직도 OECD 경제협력 개발기구 회원국 가운데 우리의 대학 진학률이 가장 높게 나타나고 있기 때문이다. 따라서 고학력의 거품을 완전히 빼기 위해서는 정부가 주도적으로 분위기를 만들어가야 한다. 행복한 삶의 기준을 땀과 기술의 가치에 둘 수 있도록 지원과 선도를 병행해야 한다. 무조건 대학 진학이 행복의 조건이 아니라 오히려 고졸자가 안정적으로 성공하고 행복한 삶을 누릴 기회를 만들어줘야 한다. 우리도 스티브 잡스 같은 성공적인 고졸 출신이 나올 수 있는 토양을 만들어 줘야 한다.

영원히 기억되는 신화의 주인공 탄생을 위한 사회적인 분위기를 만들기 위해선,

첫째, 고용정책의 일관성과 원칙이 바로 서야 한다. 지금과 같은 대학진학률 하강을 기회로 삼고 일관되게 밀고 나가야 한다. 대학의 입장에서 보면 위기일 수 있겠지만, 나라의 미래를 봐서 마땅히 지켜야 할 원칙이다. 그러나 늘 그래 왔듯이 정권이 바뀌면 또다시 누군가 그럴듯한 논리를 개발해 대학 진학률을 높이려고 정치적인 로비를 시작할 것이다. 빛 좋은 포장으로 정부의 정책을 다시 바꾸려 할 것이다. 때문에 이런 집단의 사욕을 원칙과 일관성 있게 막아야 한다.

둘째, 대기업의 변화를 유도해야 한다. 고졸 출신에 대하여 취업의 기회를 더 확대하고, 대학을 졸업하지 않고도 근무 경력만큼 대졸자와 임금 격차를 두지 않아야 하고, 승진기회도 합리적인 방법으로 동

등하게 줘야 한다. 능력이 있음에도 고졸 출신이라 불이익을 당한다고 생각하면 젊은이들은 다시 대학 진학을 선택하게 될 것이다.

셋째, 중소기업에 대한 정부의 지원이다. 물론 재정적인 지원이 가장 중요할 수 있겠지만, 그전에 대기업의 횡포를 막아주고, 연구개발을 정부차원에서 지원하는 제도마련이 있어야 한다. 다시 말해 자생 능력을 배양할 수 있는 토양을 만들어 줘야 하고, 현장에서 장인 정신이 살아 숨 쉬도록 보호막이 되어 줘야 한다. 중소기업이 없는 대기업은 사상누각에 불과하다는 것을 인식하고, 땀과 기술의 가치가 장인정신으로 이어져 중소기업이 명품을 만들어 낼 수 있는 여력이 생겨야 한다.

결론적으로 원칙과 일관성이 우리의 중요한 자산이 되어야 한다. 조금은 어렵고 저항에 부딪혀도 국민이 예측하고 대비할 수 있는 원칙이라면 일관성 있게 밀고 나가야 한다. 그러기 위해선 대학진학률을 1990년대 수준인 30% 내외로 끌어내리고, 고교교육이 확실한 직업교육이 될 수 있도록 다양하고 현대화된 현장을 만들어 나가야 한다. 부족한 것은 직업전문 교육기관인 한국폴리텍 대학과 같은 기관에 투자하여, 학벌 중심의 사회가 아니라 개인이 기술과 땀을 인정하는 사회 풍토를 만들어 간다면, 10년 뒤의 대한민국은 더 잘사는 나라가 될 것이다.

전북도민일보 2013-9-25

이공계 기피 이대로 둘 것인가

언제부터인가 과학기술을 경시하는 풍조가 퍼지고 있다. 젊은이들이 이공계를 꺼리면서 산업 현장과 연구실 공동 현상이 급속하게 확산되고 있다. 이는 지도자들이 국가 경쟁력의 원동력은 노동과 땀을 필요로 하는 이공계 직종에서 비롯된다는 것을 잊고 있기 때문이라고 본다.

이달 8일 자 동아일보 A1면 실린 두 장의 사진이 매우 인상적이다. 그 하나는 중국 국가 주석인 시진핑이 달 탐사위성 창어 3호 업무와 관련된 과학자들과 악수하며 격려하는 사진이 실렸고, 그 옆에는 국내 최고 권위를 가진 한국과학상 및 젊은 과학자상 시상식을 미래창조과학부 실장급이 시상하는 사진을 배치했다. 너무나 대조적인 장면이었다. 혹시 정부가 과학자들을 보는 시각이 이 지면에서 보는 것처럼 중국과 다르다면 매우 충격적이라 할 것이다.

2000년대 들어 무섭게 발전하고 있는 중국의 핵심 주요 공직자 대부분이 이공계 출신이다. 반면 우리는 민간 기업에서조차 이공계 출신이 길이 막혀있다. 자원이 없는 한국은 우수한 두뇌의 과학으로 승부를 걸고 있다고 말하면서도 강 건너 불 보듯 한다. 결국 우수한 이공계 출신들이 한국을 떠나거나 현장에서 이탈하고 있다.

필자 또한, 이공계 출신이다. 30여 년 동안 후진을 양성해오면서 안타까움을 금할 수 없다. 정부와 국회가 이공계 출신을 홀대하고 대책을 내 놓지 않는다는 것이다. 또한 보다 넓고 긴 안목으로 투자하고 있지 않다는 것이다. 그러다 보니 현재 고교생들조차도 이과(理科) 선택 비율이 줄고, 수학, 과학 올림피아드 수상자들도 대부분 의대로 진학하는 실정이다. 이공계 대학생조차 매년 2만 명가량이 자퇴하고 있으며, 국공립대 자퇴생의 66%가 이공계 출신이다. 이미 위험 수위를 넘어섰다. 학생들에게만 그 책임을 물을 수 없다.

1997년 국제통화기금(IMF) 사태를 겪으면서 이공계 기피현상이 더욱 심화되었다. 정부는 물론 각 기업에서조차 연구 예산을 삭감하고, 구조조정이라는 명분으로 이공계 분야 연구원들을 1순위로 퇴출시키는 데 주저하지 않았다. 미래를 보지 못하고 생산성에만 20여 년 동안 매달려 왔다.

국부창출(國富創出)은 과학의 밑그림에서부터 출발한다. 이 때문에 선진국은 과학기술에 천문학적인 투자를 마다치 않고 있다. 또한 정부에서 먼저 이공계 출신을 고급 관료로 육성하고, 기술 인력 우대 풍토를 조성하고 있다. 재정과 기업의 인력 개발 지원을 확대하는 등의 역할을 최우선 과제로 추진하고 있다.

우리는 너무 안일하다. 지금 누리는 경제적인 혜택에 고무되어 있다. 사실 현재의 경제 발전은 1960년대 가난을 극복하기 위해 우수한 학생들이 법대나 의대보다는 공대로 몰려 기술개발에 전력했고, 산업현장에선 실업계 출신들이 숙련된 기능공으로 제조업을 이끌어온 결과다. 그 주역들이 이제는 베이비부머 세대란 닉네임으로 현장을 떠나야 하는데도 이 기술과 경험을 물려 줄 젊은이들이 없다. 이처럼 속은 멍들어가는 노후화 현상이 벌어지고 있는데도 화려한 '화상발'에 고무되어 이공계 기피 현상을 제대로 보지 못한다면 심각한 사태가 도래할지도 모른다.

이공계 출신들이 업무강도에 비해 낮은 임금, 전문직 대비 상대적 박탈감, 사회적 지위약화, 직업의 안정성 면에서 푸대접을 받고 있다. 이를 외면하고 개선하지 않으면 국부 창출은 점점 어려워질 거라는 얘기다.

동아일보 2014-1-30

고졸이 우대받아야 나라가 부강한다

"실업계 취업률 93.6%", 중앙일간지 1990년 5월 7일 기사 제목이다. 공업계고교는 전원이 취업했다는 것이다. 말 그대로 고졸 시대였다. 당시 기업은 기능 인력을 구하지 못해 학교를 찾아다니며 입도선매(立稻先賣)가 성행할 정도였다. 필자가 기억하기에도 당시는 고졸 출신이 직장을 골라가는 시대였다. 반면 대졸 출신은 10명 중 4명만이 일자리를 얻었다는 통계에서 알 수 있듯이 고학력에 따른 문제가 심각한 사회 문제로 대두되었다.

이처럼 부족한 기능공 문제 해결을 위해 당시 고용노동부 장관이 청와대에 직업훈련기관을 대폭 신·증설 계획안을 보고했으며, 그 뒤 직업훈련원을 13곳 이상 신·증설하여 인력난을 해결하고자 했다. 지금 와서 보면 졸속행정이었다. 훗날 사회에 어떤 영향을 미칠지 자세히 검토하지 않은 땜질식 정책이었다고 본다. 아직도 문제가 지속하고 있는 비정상적인 인력 수급구조를 가지면서, 공장이 해외로 빠져나가거나 해외 인력이 유입되면서 경제적 손실과 또 다른 사회적 갈등을 만들어 내고 있다.

1990년 당시에도 지금처럼 생산직에 대한 경시 풍조가 심각했다. 그래서 중소기업 생산직 근로자의 31%가 일할 의욕이 없거나, 기회가 있으면 85%가 전직을 하겠다는 통계가 있었다. 그 이유가 부족한 복지시설과 비인간적 대우였지만 기업은 이를 무시했나. 이에 정부는 정확한 진단 없이 임시 처방으로 서비스업으로 빠져나가는 인원을 막으려고 유흥업소 여종업원의 나이를 제한하거나, 골프 캐디 등을 없앴고 기업의 접대비 한도를 아예 축소하는 정책을 펼쳤지만 달라진 게 없다. 오히려 일할 곳은 많은데 일할 사람이 없는 것은 마찬가지다. 근본적인 문제 해결보다는 당장 봉합하려는 단견에서 비롯된 결과로 본다.

박근혜 대통령께서 지난 스위스 방문 때, 마지막 일정으로 베른 상공업직업학교를 방문한 뒤 학생들과 간담회에서 '앞으로 학벌이 아니라 능력이 인정받는 사회가 되어야 희망이 있다.'는 취지의 말을 했다. 문제는 그동안 어느 정권에서도 능력사회를 만들기 위한 구체적인 정책이 없었다는 것이다. 임금이 싸다고 무조건 해외 인력을 받아들였고, 인력난을 견디지 못해 해외로 공장을 이전하도록 방치했을 뿐이다. 그러나 박 대통령이 이공계 출신이라는 점에 국민은 기대하고 있다. 아마 이공계 기피 현상을 이대로 두고 보진 않을 것이기 때문이다. 근로자의 의욕을 북돋워 주기 위한 정책을 개발해 줄 것으로 믿고 있다. 그러나 필자가 보기엔 선결되어야 할 과제로

첫째, 모든 정치지도자가 각성해야 한다는 것이다. 자신의 정치생명 연장을 위해 현안을 정쟁의 바퀴에 올려놓고 안주하려는 태도를 버려야 한다. 모든 정책에 대해선 평생 실명제를 도입하고 퇴임 후에도 그 책임을 묻는 방안을 모색해야 한다.

둘째, 국민이 공감하는 미래 지향적 교육정책의 수립이다. 일시적

으로 고급인력 양성이 필요하다 하여 대학의 신·증설을 장려한 결과 2008년 고교 대학 진학률이 83.8%가 되었던 것은 큰 실책이었다. 과연 이렇게 양산된 고학력으로 정말 국가 경쟁력이 올랐는지 물어보면 그 해답이 바로 나온다. 이제 와서 대학 구조조정을 통하여 잘못된 교육정책을 수정하려 하지만 그 골이 너무 깊다는 것을 모든 국민이 체감하고 있다고 본다. 오히려 고학력은 청년실업자를 양산하는 원인을 제공하고 말았다. 다시 말해 일자리는 있는데 일할 사람이 없는 나라를 만들었다. 그럼에도, 그 책임을 져야 할 정치인들은 없고, 제 밥그릇 챙기기에 혈안이 되어 있을 뿐 그 심각성을 외면하고 있어 문제다.

우리가 살길은 고졸 시대를 만들어 가는 것이다. 따라서 정부와 정치 지도자가 나서서 학벌보다 기술과 땀의 가치를 높이 평가하는 능력 위주의 사회를 만들어 가야 한다. 나랏빚이 1,053조(GDP의 80%)인데도 쪽지 예산확보에 정치생명을 거는 정치인이 사라지고, 고교 직업교육 예산확보에 선의적인 경쟁이 일어날 때 고졸 시대는 앞당겨질 것이다. 또한, 사회적으로 고졸 출신을 우대하는 시대가 자연스럽게 열리게 될 것이다. 바로 이것이 박 대통령이 말하는 국력 성장을 위한 능력사회로 가는 지름길이며, 3만 불 시대를 열기 위한 초석이라는 얘기다.

전북도민일보 2014-3-5

청년실업에 대한 소견

　지금 우리에겐 당장 해결하지 않으면 미래를 담보할 수 없는 일들이 산적해 있다. 그중 하나가 청년실업 문제다. 이를 해결하기 위해 그동안 많은 노력에도 불구하고 지난 청년실업률은 역대 최고치(9%)를 기록했다. 문제는 앞으로 더 많은 대가를 지급한다 해도 쉽게 해결될 기미가 보이지 않는다는 점이다. 왜냐하면, 극약 처방으로 병을 다스리다 보니 이제 어지간한 약으론 효과를 기대할 수 없게 되었다. 이번 정부에서도 좋은 일자리를 많이 만들어 청년 실업문제를 해결하겠다고 했지만, 그대로 되리라고 생각하는 사람은 별로 없을 것이다.

　이런 불신은 근본적인 대책을 무시하고, 임기 내에 가시적인 성과를 올리려는 욕심에서 비롯되었다고 본다. 또한, 정권이 바뀔 때마다 늘 새로운 정책에 대한 실패는 무책임으로, 시간과 천문학적인 예산 낭비는 무감각으로 받아넘기는 일이 일상이 된 까닭이다. 여기다 청년실업이 전 세계적인 추세라는 점에 실패를 크게 자책하지 않은 면도 있다. 물론 노력하고 있는 정부를 깎아내리려는 것은 결코 아니다. 그동안 중장기 실업대책을 마련하기 위해 '청년실업해소 특별법' 등을 제정했고, 청년미취업자 또는 청년재직자의 직업능력개발훈련 등을 시행했지만, 기대만큼 실효를 거두지 못했다. 실패한 원인은 너무 서두른다는 것이다. 우물에서 숭늉을 찾듯 무작정 정책을 개발하고 무조건 밀어붙이다가 정권이 바뀌면 단물만 빼먹고 폐기하는 일이 반복되니 제대로 될 리가 없다.

뒤돌아보면 우리나라는 1980년대 후반부터 경제가 고도로 성장하면서 1990년대 초엔 극심한 인력난을 거치게 되었다. 이 심각성은 당시 신문기사 제목을 보면 알 수 있다. '高卒 시대가 온다', '企業, 實業高 출신 모셔오기 競爭', '자격증 시대 大學生 부럽잖다'는 등의 내용이 쏟아져 나왔다. 그러나 얼마 되지 않아 '빈둥거리는 靑少年 많다', '生産 勤勞者 이직률 늘어', '大企業 전문인력 스카우트', '技能人力 이대론 안 된다'는 등의 기사가 나오더니 곧바로 극약 처방으로 '임금 싼 東南亞 인력 대량 수입 檢討'란 말에 국민이 크게 반발했지만, 1991년 11월 '해외투자 기업 연수생제도' 도입을 시작으로 외국인 근로자가 들어오고, 이어 IMF를 맞게 되면서 제조업의 해외 이전이 가속화되었다. 그러자 국내 일자리는 줄었고, 제조업을 중심으로 외국인 근로자 도입 규모가 점점 확대(2015년 5천5백 명 도입 확정)되고 있는 게 우리의 현실이다.

필자는 지난 25년 동안을 기회를 놓친 시간으로 본다. 이를 직시하지 못하고 지금도 좋은 일자리를 만들겠다고 동분서주하는 정부에게 묻고 싶다. 좋은 일자리 기준이 무엇인지, 더럽고 위험하고 힘든 3D 산업을 나쁜 일자리로 보고, 그리고 대기업을 좋은 일자리로 보았다면 그것은 잘못된 생각이다. 세상엔 나쁜 일자리란 없다. 대부분 외국인 근로자가 근무하는 3D 업종을 필요한 일자리로 만들면 좋은 일자리라고 본다. 그러기 위해선 왜 중소기업을 꺼리는지 그 원인 해결에 고민하면 된다. 이미 그 해답으로 낮은 임금, 불안한 고용, 취약한 작업 환경, 미약한 복지혜택과 시설에 그 원인이 있다고 답이 나와 있다. 이는 당연히 기업이 알아서 해결해야 할 일이다. 그러나 이윤 극대화를 목표로 삼는 기업이 앞장서서 해결하리라 보는 국민은 없다. 그래서 국민은 정부만을 바라보는 것이다.

많은 학자가 정부는 기업하기 좋은 환경을 위해 제도를 대폭 개선하고, 기능공 우대정책 확산을 통하여 기술과 땀의 가치를 높이는 데 투자하고, 80%에 육박하는 대학 진학률을 50% 이하로 끌어내려야 청년실업 문제가 해결의 실마리가 보이게 될 거라는 지적에 필자도 의견을 같이한다. 다시 말해 정부는 기업의 현장 애로를 경청하고, 고졸 취업자가 우대받고 아무나 갈 수 있는 대학은 낭비라고 생각할 수 있는 사회 분위기를 일관되게 만들어가야 할 것이다.

인디언들이 비가 올 때까지 기우제(祈雨祭)를 지내 성공한 것처럼 말이다. 말이 쉽지 농작물이 타들어 가고, 옆에서 피붙이가 굶어 죽어가는데도 흔들림 없이 비가 내릴 때까지 제사를 지낸다는 것은 이해할 수 없는 일이다. 여기엔 분명히 많은 갈등과 좌절이 있었을 것이다. 아마 지도자를 모함하고 해치려 하는 집단들, 굶주림으로 죽어가는 식솔들을 보면서 도적질하는 무리, 전쟁으로 약탈하면 된다고 선동하는 이도 있었을 것이다. 그러나 인디언의 지도자는 무모하게도 비가 내릴 때까지 제사를 지냈다. 한두 번 해보거나, 시험 삼아 해보고 잊을 만하면 해본 게 아니라. 반드시 이뤄내야 할 일이기에, 그 지도자는 원칙과 일관성을 가지고 스스로 가장 낮은 자리에서, 자신은 굶어도 먹을 것을 양보하고, 굳은일을 도맡아가며 함께 희생했을 것이다. 아마 우리 지도자들처럼 싸움만 하면서, 이렇다 할 비전이나 희망을 제시하지 못했다면 그들 역시 성공하지 못했을 거란 소견이다.

전북도민일보 2015-1-27

청년실업 이공계 우대로 풀어야

대기업 신입사원의 80~85%가 이공계 전공자라며 인문계가 홀대받는다는 보도가 나왔다. 여기에 교육부총리가 나서서 취업률이 높아지는 이공계 정원을 늘리고 인문계 정원을 줄이겠다고 했다. 이처럼 이공계 취업률이 높아졌다고 해서 마치 인문계가 몰락하는 것처럼 난리를 치는 것은 문제다.

혹자는 후기 산업사회로 진입하고 있으므로 이공계 정원을 줄여야 한다는 의견을 내놓는다. 이는 정확한 진단이나 사실 확인 없이 그때마다 다른 정책을 내놓는 난맥상과 다름없는 것이다. 이공계가 25년여 동안이나 홀대를 받은 결과 우리 경제는 15년째 국민소득 3만 달러에서 힘겨운 턱걸이만 하고 있다. 이제라도 이공계 홀대에 대하여 정확한 문제 제기로 땀과 기술의 가치를 소중하게 여기는 분위기를 만들어가야 한다. 현재 중소기업의 현장에 젊은이가 사라지고 값싼 노동력을 핑계로 외국인 근로자가 그 자리를 채우고 있다. 싼 노동력을 찾아 일부 기업이 해외로 이전하고 실패한 기업이 되돌아오고 있다. 이 악순환에 국내 뿌리산업은 고사 직전에 있고 핵심 기술은 해외로 유출되고 있으며 정부는 천문학적인 돈을 들여 일자리 창출에 나서고 있지만, 청년 실업 문제는 완화되지 않고 있다. 혹자는 청년 실업 문제는 전 세계적 추세이며 압축 성장의 후유증으로 당연히 겪는 진통이라 말한다. 하지만 필자가 보기엔 곪은 상처를 과감히 도려냈더라면 어느 정도 막을 수 있었다고 본다. 지금부터라도 과감하게 낭비적인 고학력 시대를 마감하고 능력 위주의 사회를 만들어 가기 위해 현재 80%에 이르는 대학 진학률을 50% 이하로 낮춰야 한다. 선진국처럼 이공계 출신도 고급 관리가 될 기회를 확대하고 중요 국책 사업에서 이공계 출신들이 현장을 지휘하게 하며 고교 졸업 뒤 산업체 경력이 학벌과 동등한 대우를 받을 수 있도록 해야 한다.

바로 이것이 균형 잡힌 정책이며 상생이고 땀과 기술의 가치를 존중하는 길이다. 언론도 이런 정책을 인문계 홀대라고 지적할 것이 아니라 긍정적인 여론을 끌어낼 수 있도록 해야 한다.

동아일보 2015-2-23

청년실업 언론의 책임이 크다

어제는 이공계 홀대, 오늘은 인문계 홀대, 그러면 내일은? 언론은 마치 인문계가 붕괴하는 것처럼 설레발을 치고 있다. 이제 겨우 실업계 고교와 이공계 대학의 취업률이 조금 향상된 것을 가지고 경쟁적으로 기사를 쏟아 내는 것은 신중하지 못한 태도다. 적어도 책임 있는 언론이라면 우리 산업구조의 문제점과 미래를 내다볼 수 있는 범위에서, 청년 실업 문제를 얘기해야 한다. 또한, 국익에 부합하도록 여론을 이끌어가야 함에도 청년실업 문제를 너무 가볍게 다루고 있다는 생각이 든다. 마치 청년실업이 남의 나랏일처럼 피상적인 접근법으로 호도하는 언론이 아쉽다는 얘기다. 이대로 언론이 앞장서서 청년실업 문제 해결이 요원하다고 주장한다면 이는 스스로 무기력함을 여실히 보여 주는 거라고 본다.

언론은 국민의 대변자이다. '언론강령'에도 언론은 공익을 위해 공공문제를 적극적으로 다뤄야 한다는 내용이 나와 있다. 지금처럼 계속 헛다리를 짚으면서도 지론인 듯 말하면 식상 하다는 말이다. 근본적인 문제를 뻔히 알면서도 주변을 서성이며 정도를 걷지 못한다면 국민에게 언론은 장애물일 뿐이다. 필자가 보기에 청년실업은 언론이 적극적으로 나서서 국민이 공감할 수 있는 여론만 형성하면 어느 정도 해결 가능한 일로 본다. 사실 현재 청년실업은 인문계 정원 과잉에 있다. 이로 인해 취업시장에서 미스매치(수급불균형)의 원인으로 인문교양 관련 학과를 중심으로 정원을 증원한 이유라는 것이다. 이공계와 비교하면 적은 예산으로 학과 증설이 쉽기 때문에 앞 다투어 학과를 증설했고, 이를 산업계나 사회에서 수용하지 못한 데서 그 원인을 찾고 있다. 그런데도 손을 못 대는 정부, 이를 지켜보고만 있는 언론이 청년실업에 대해 책임이 있다. 지금도 근거 없이 이공계 정원을 더 늘려야 한다고 말하는 일부 학자들의 얘기를 그대로 받아 적고 있으니 말이다. 현재 일자리는 있는데 일할 사람이 없다는 사실을 인지하지 못하고 하는 소리다. 이런 문제를 해결하려면,

첫째, 해외 이전기업을 막는 것이 가장 중요하다고 본다. 우리 기업이 싼 임금을 핑계로 해외로 빠져나가는 것은 어제오늘의 일이 아니다. 이들 기업이 국내에서 기업하기 좋도록 환경을 만들어 뿌리내리도록 해야 한다는 말이다. 현재 4대 그룹(삼성, 현대, SK, LG)의 해외 인력 비중이 2012년 말 기준으로 40%를 넘어서고 있다. 해외 종업원 수만 38만8천 명에 이른다. 통계청이 내놓은 2015년 '1월 고용동향'에 따르면 우리나라 경제활동인구 중 취업자 수는 약 2,510만 명, 실업자 수는 약 98만 명이라 한다. 단순히 4대 그룹이 국내에서 뿌리를 내렸다면 실업률은 40% 정도 줄어들게 된다는 말이다. 결국, 우리의 좋은 일자리를 빼앗긴 격이 되었다. 이를 막기 위해선 해외로 이전하는 기업이 국내에서 글로벌 경쟁에서 경쟁력을 확보할 수 있도록 환경을 만들어 줘야 한다. 미국도 오바마 대통령이 자국 내 고용 창출 기업에 대해서

는 각종 지원책을 마련하고 있다. 프랑스도 개인의 세금 부담은 늘리고 기업의 세 부담은 줄이는 형태의 세제개편을 추진하고 있다는 사실을 간과해서는 안 된다. 물론 이 문제에 대하여 전문가적인 식견은 없지만, 기업이 해외로 나가지 않도록 특단의 대책이 필요하다고 본다.

둘째, 고졸의 대학 진학률을 50% 이하로 끌어내려야 한다. 현재 제조업의 중심국가인 독일의 3배에 이르는 대학 진학률로는 청년실업 문제는 해결할 수 없다. 교육부총리가 나서서 이공계 취업률이 향상되자 인문계가 홀대를 받고 있다며 그 해결책으로 이공계 학과의 정원을 늘리고 인문계를 줄이겠다고 했지만, 이는 진정한 해결책이 아니다. 한편에서는 이 기회에 이공계 정원을 늘리자고 주장하는 사람도 있지만, 현재 우리나라의 이공계 비율은 36.5%로 OECD 국가에서 1위이다. 역시 과잉 공급으로 사회적인 문제가 되고 있다. 따라서 이공계 정원을 늘리기보다는 서두에서 얘기했듯 대학 정원을 줄여야 진정한 청년실업을 해결할 수 있다. 그 후속 조치로 고등학교를 졸업하고 산업현장에서 경력을 쌓으면 학력과 동일하게 인정해주는 제도가 국가적인 차원에서 진행되어야 하고, 이를 체감케 한다면 구태여 대학으로 진학하려는 생각이 사라지게 될 것이다.

이상 두 가지 문제를 해결하면 청년실업이 해결될 것이다. 진정한 땀과 기술의 가치가 회복될 것이다. 이 회복을 통하여 사회도 안정될 것이다. 필자도 이 문제가 간단하게 해결 될 거라 생각하지는 않는다. 복잡한 이해관계가 장애물로 가로막혀 있다는 점을 모르는 바 아니다. 다만, 모든 문제는 나라의 미래와 국익 차원에서 특단의 조치가 필요하다는 것이다.

문득 무식이 용감하다는 말이 생각난다. 필자와 같이 비전문가가 전문가처럼 얘기하는 것을 두고 하는 말일 것이다. 그러나 언론은 똑똑하다. 언론은 국민의 대변자다. 국민의 뜻과 생각을 외부에 알리고 전할 수 있는 통로다. '펜(언론)이 칼보다 강하다.' 했다. 국민이 뒤에서 언론을 지켜보고 있다는 사실을 명심해야 할 것이다.

전북도민일보 2105-3-3

청년실업의 원인과 해결 방안

언론이 청년실업에 대하여 경쟁적으로 분석을 내놓고 있다. 정부는 청년들의 눈이 높다고 말하고, 청년들은 혼자 벌어서 기본적인 삶을 살 수 있는 직장이 없다고 말하고 있다. 전체 고용의 90% 이상을 담당하고 있는 중소기업은 인력난을 호소하고 있고, 대기업은 끊임없이 구조조정의 칼을 휘둘러, 한해에 80만 명을 명예퇴직이나 정리해고로 근로자를 내몰고 있으면서도 청년고용엔 인색하다. 이처럼 청년실업에 대한 견해가 서로 다르다. 그 때문에 문제 해결의 실마리는 보이지 않고, 시간과 천문학적인 예산 낭비만 계속되고 있으며, 이 상태가 계속되면 결국 총체적인 난국에 돌입할 거라는 한 언론의 지적에 일리가 있다고 본다.

많은 선진국도 그러했듯이 우리도 심각한 사회문제로 번질 개연성이 충분하다. 일찍이 1970년대 중반 이후 경제 성장률이 하락하면서, 지금의 선진국에도 청년실업 문제가 대두 되었다. 특히 그 당시 유럽은 20%에 달하는 실업률로 심각한 사회문제가 되었다. 그들도 20여 년 동안 많은 시행착오와 갈등을 겪으면서도 성공할 수 있었던 것은 극약처방이나 단발성으로 끝나는 대책이 아니라, 그들의 전통과 관습에 맞는 정책개발에 주력했기 때문이다. 지금 우리처럼 외국의 사례를 그대로 들여와 청년 실업을 해결하려 했다면 그들도 성공하지 못했을 것이다. 아무리 좋은 옷이라 해도 자신의 몸과 계절에 맞아야 하는 것처럼, 조금 더디 가더라도 근본적인 해결 방법 접근이 필요하다는 말이다.

필자가 생각하는 청년실업의 원인과 해결 방법은 정부와 재벌이 가지고 있다고 본다.

첫째, 지금까지 많은 노력에도 실업률이 계속 증가하고 있는 것은 정부의 책임이 크다고 본다. 근본 뿌리는 그대로 둔 채 조급하게 일자리를 늘리려다 보니 질 나쁜 시간제 일자리만 양산되었고, 여기서 차별받은 청년들은 좀 더 좋은 대우를 받기 위해 대학으로 몰렸으며, 이를 무조건 받아들이기 위해 정부는 대학 정원을 늘렸다. 이에 고급 인력 실업자를 양산한 결과를 낳게 되었다. 현재 우리나라 대학 진학률이 제조업 중심국가인 독일의 3배에 이른다. 한때 이 문제점을 알고 정부가 나서서 대학입학 정원축소와 대학 간 통폐합 등 구조조정을 적극적으로 유도했지만 지지부진한 상태로 남아 있다. 지금부터라도 대학 정원을 대폭 축소하고, 고교 교육환경 개선과 취약계층을 대상으로 한 직업능력개발 향상에 각별한 지원책이 필요하다는 말이다.

둘째, 청년실업의 주된 원인 제공자는 재벌이다. 언젠가 완주공단 자동차 회사에서 사원을 공개 모집한 적이 있다. 이때 전북의 취준생과 중소기업에 다니는 모든 젊은 근로자가 지원서를 제출했다는 얘기가 있을 정도로 요란을 피우면서 고용시장을 불안하게 만들었다. 그뿐만 아니라 이런 대기업들은 중소기업을 하청업체로 생각하고 그들의 목줄을 잡고 있다. 이에 중소기업은 살아남기 위해 대기업의 일방적인 요구로 단가를 원가 이하로 낮추고, 이에 중소기업은 경영유지를 위해 작업환경 개선과 임금인상에는 손도 못 대고 싼 임금으로 근로자를 고용해야 하는 실정이다. 이에 청년들은 중소기업을 기피하게 되고 결국 이 자리를 외국인 근로자로 채우는 악순환의 고리를 만들어 줬다. 이것도 모자라 대기업은 골목상권까지 진출하여 영세 자영업자가 몰락하고, 중소기업은 점점 쇠약해지고 있는 게 우리의 현실이다. 현재 2014년도 기준으로 10대 재벌이 보유한 현금 자산이 2013년도에 비해 16조 원이 늘어난 250조 원에 이르며, 부동산도 꾸준히 늘어 70조 원이나 되지만 이들은 고용창출에 소극적이라는 얘기다. 이처럼 청년 실업문제는 정부와 대기업이 풀어나가야 할 중요한 과제다.

먼저 정부는 거시적인 인력수급 대책과 중소기업에 대한 작업환경 개선, 그리고 중소기업과 대기업의 임금 격차 해소방안을 마련하고, 대기업으로부터 중소기업을 보호해줘야 한다. 대기업은 그동안 중소기업을 착취의 대상으로 삼거나 문어발식 경영을 통하여 부(富)를 얻었다면 이제는 서로 상생하는 방법을 모색하도록 유도해야 한다. 그리고 실질적인 고용창출이 이뤄지는 방안을 내놓고, 특히 정부는 청년들이 학력과 스펙을 쌓는 데 시간을 낭비하지 않도록 우리 현실에 맞는 일관성 있는 인력수급 대책을 내놓아야 한다. 지금처럼 소극적이거나 서로 미루면 모두 망하게 될 것이다. 지금 당장 방황하는 청년이 없도록, 꿈을 포기하는 청년이 생기지 않도록, 90%가 넘는 우리의 중소기업을 뜨거운 젊은 혈기와 열정으로 채워나가야 대한민국의 미래를 보장할 수 있다. 우리 모두 청년실업 해결이 후손에게 물려줄 가장 큰 자산임을 인식할 때 청년실업 문제는 해결될 것이다.

전북도민일보 2015-3-30

청년실업 解消 대기업이 나서야

지난 10년간 정부가 내놓은 청년실업 대책은 20개가 넘는다. 올해도 1조 4,000억 원의 예산을 책정했다. 그런데도 청년실업이 해소될 것이라고 믿는 사람은 별로 없다. 기업이 나서지 않기 때문이다. 대기업이 정부를 향해 달라고만 할 뿐 내놓는 게 없으니 결국 '기업하기 쉬운 나라'를 만들어주면 국가 경제가 성장하고 고용이 창출될 것으로 믿었던 정부의 잘못이다.

정부는 그동안 기업이 환율 때문에 경영에 애로가 많다면 환율을 높여주었고, 세금이 높아 장사하기 어렵다면 세금을 낮춰줬다. 임금이 부담된다고 해 비정규직과 외국인 근로자까지 제도화했다. 그런데도 특히 대기업은 현금 자산과 부동산만 천문학적으로 늘려갈 뿐 고용 문제엔 인색했다. 결국, 대기업엔 극소수만 들어가는데도 구직 청년의 97%가 대기업을 목표로 발버둥 치고 있으니 안타까운 일이다. 청년들이 100통 이상 이력서를 쓰겠다는 각오로 오늘도 내일도 대기업의 문을 두드리며 시간과 열정을 낭비하고 있는 현실도 답답하다. 반면 중소기업은 심각한 구인난을 겪고 있으니 뭐가 잘못돼도 크게 잘못됐다.

이런 현실을 잘 알고 있는 대기업은 더욱 자만하고 구직자를 마냥

기다리게 하는 것 같다. 서류 접수부터 최종 발표까지 2~3개월은 보통이고 길게는 6개월까지 붙들어 놓고 있다. 필요 이상으로 예비 합격자를 많이 발표해 대기업의 우월성을 노골적으로 드러낸다. 그래도 울며 겨자 먹기로 대기업을 선호하는 것은 높은 임금과 복지 혜택 그리고 작업 환경이 좋아서다. 어쩔 수 없이 무작정 기다리지만, 서류를 책상 서랍에 넣어두는 것이 당연한 숙성 기간인 것처럼 가볍게 생각하는 대기업이 야속하다. 이는 결국 우리 사회의 불신을 조장하는 것이고 청년 구직자의 길을 막는 장애물이 된다.

정부는 이제라도 이런 채용 형태를 바로잡아야 한다. 구직자가 빨리 다른 선택을 할 수 있도록 기회를 줘야 한다. 또한, 대기업이 고용 창출에 앞장서도록 축적된 현금 자산과 부동산 등에 따라 의무 고용 할당제라도 만들어야 한다. 필요하다면 국민의 동의를 얻어 중소기업과의 임금 차이를 좁혀 주는 특단의 조치도 취해야 한다. 그래야 청년실업 문제도 해결될 것이다. 지금의 행태로는 아무리 많은 예산을 투입해도 해결할 수 없다. 오히려 그 골이 깊어져 불신으로 발전하면 우리 경제는 침몰할지도 모른다.

조선일보 2015-4-23

고학력이 자초한 청년실업률 증가

　국내 4년제 대학 재적생의 계속된 증가가 사상 처음 감소하였다는 보도가 있었다. 학령(學齡)인구 감소에 따라 발생하는 자연현상이라고 보는 시각도 있으나 고학력 과다 배출에 따른 취업난과 사회 인식이 변하고 있다는 방증이라고 보는 것이 타당할 것이다. 이처럼 고학력에 대한 인식변화는 필자가 재직하고 있는 대학 수시모집에서도 나타나고 있다. 지난 1차 모집에서 학과 지원자 중 14% 정도가 4년제 또는 전문대 졸업자이거나 중간 포기자였다. 지원 동기는 자신이 선택한 대학의 학과에 대한 취업 전망이 불투명해서라는 게 주된 이유였다. 한국 전문대학교 교육협의회의 자료에 의하면 4년제 대학을 졸업한 후 전문대학에 다시 입학하는 U-turn 족이 2012년 1,253명, 2014년 1,283명, 올해는 1,379명으로 계속 증가하고 있으며, 4년제를 중간에 포기하고 전문대학교로 재입학하는 통계는 집계조차 안 된다고 발표하고 있다. 이 같은 사태가 벌어지게 된 원인은 지금 다니고 있는 학교 또는 학과를 졸업해도 마땅히 취업할 자리가 없다는 데에 그 이유가 있다.

　사실 문제가 되고 있는 고학력이라 할 수 있는 4년제 일반대학 재학생 수가 1970년에 14만 명, 1990년에 104만 명, 2012년엔 202만 명으로 늘어나게 된 것은 아마 전 세계적으로도 그 유례를 찾아볼 수 없는 것으로 분명 실패한 정책이라고 본다.

결과적으로 잘못된 정책으로 청년실업은 심화되었고 사회적인 갈등이 깊어지면서 경제성장의 발목을 붙잡고 있었다. 뒤늦게 문제 해결을 위해 천문학적인 사회적 비용을 지불하고도 그 해결 실마리를 찾지 못하고 있는 가운데 대학의 유턴 족이 4년간 3,857억 원을 허비하고 있다는 보고가 나와 있다. 또한, 매년 천문학적인 사교육비를 줄이고 청년실업을 해결하려 안간힘을 쓰고 있지만 어디서부터 손을 대야 할지 몰라 난감한 상황에 부닥쳐 있다. 필자가 보기엔 강력한 행정력이 필요하다. 어떤 경우라도 공공성 확보가 중요하고, 지역 주민의 반발을 잠재울 수 있는 설득력이 있어야 한다. 정부는 나라의 장래를 위해서 과감히 정리하려는 의지가 있어야 한다. 국민의 공감을 얻어 국민의 힘으로 서둘러 대학 구조조정을 앞당겨야 한다는 얘기다. 늦어질수록 사회적인 갈등이 심화되고 고학력으로 방황하는 청년이 늘어날 뿐이다. 지금 더 좋은 일자리를 찾겠다고 재수하고, 졸업을 미루고, 고시원에서 젊은 시절을 보내는 청년이 많아질수록 더 큰 사회문제로 비화될 수 있는 것이다.

필자는 반문하고 싶다. '1970년도보다 약 15배에 이르는 4년제 대학 정원을 늘려서 사회가 안정되었는가? 아니면 기술의 경쟁력이 향상되었는가?'라고 말이다. 물론 긍정적인 면도 있었을 것이다. 그러나 얻은 이익보다 잃은 게 더 많다는 생각이다. 그럼에도 우리 경제가 세계 10위권에 진입할 수 있었던 것은 고학력이 늘어서가 아니라, 그동안 우리의 선배가 뿌린 땀과 피의 결과물이라고 본다. 현재 이를 이어받아 국민소득 3만 불 시대를 넘어서야 할 젊은이가 자리를 잡지 못하고 방황한다는 것은 일종의 경고라고 본다.

필자는 1990년대 청년실업을 어느 정도 막을 기회를 놓쳤다고 본다. 당시 중소기업의 인력난을 해결해주기 위해 해외에서 저비용 기능 산업 요원을 들여올 것이 아니라, 갑자기 대학의 신증설을 허가해 줄 것이 아니라, 이 경비로 중소기업의 작업환경을 개선해주고 대기업과의 임금 격차를 줄여주는 데 집중했더라면 하는 아쉬움이 있다. 현재 중소 산업현장에 젊은이가 없다는 것은 그만큼 작업환경이 열악하거나 대기업과의 임금 격차가 심화되었다는 얘기다. 결과적으로 뿌리산업을 이끌어 갈 젊은이를 현장에서 떠나게 만들었다. 이들이 4년제 대학으로 진학했고 학력 인플레이를 주도했다. 그리고 일자리를 외국인 근로자에게 다 내주면서 땀과 기술의 가치를 잃어버렸다. 결국 시간이 지나면서 고학력자들은 졸업 후 취업을 못하고, 전문대로 유턴한 비율이 3년 새 25%가 넘어서게 되었다. 이와 같이 고용의 미스메치가 발생해 청년실업률은 점차 증가하고 사회 전반에 악영향을 끼치게 되었다는 말이다. 이 문제의 해결방법은 정부가 나서서 원칙과 일관성을 지키는 데 있다고 본다.

전북도민일보 2015-11-4

제 2 부

농촌이 살아야
우리가 산다

쌀 개방 미리 대비했으면

   가을에 학교에서 돌아와 수확을 마친 논에서 벼 이삭을 줍는 일이 전부였던 초등학교 시절, 필자는 지금도 멍석, 맷방석, 삼태기, 벼누가리, 짚가리, 벼통가리 등의 단어에서 눈부시듯 아름다웠던 지난 추억을 되새김질할 수 있다. 그때는 소나 말이 끌던 달구지가 신작로를 오갔던 시절이었다. 낫으로 벼를 베어 묶어, 지게로 등짐해 집으로 날랐다. 그리고 이를 마당 한 쪽에 차곡차곡 쌓아 두는 것을 벼누가리라 했다. 이를 다음 해 농한기를 택해 서로 품앗이로 동네 아주머니들이 모여 얼레빗처럼 생긴 홀태로 벼의 낟알을 훑었고, 남자들은 마당 한 쪽에 함석이나 나래를 엮어 벼통가리를 만들어 수확한 낟알 벼를 쏟아 붓고 주저리를 씌웠는데 이 크기와 수에 따라 농사의 규모를 짐작할 수 있었다. 대게 혼담(婚談)이 오가면 그 안에 지푸라기와 왕겨로 채워 재산을 부풀리기도 했었다. 그리고 봄 농사일이 시작하기 전 쌓아 놓은 짚가리 한쪽을 헐어 사랑방에 모여 새끼줄을 꼬아 가마니를 짜거나, 멍석, 삼태기, 꼴망태 등을 엮어 오일장에 내다 팔았으며, 이엉을 엮어 지붕을 덮었고, 그 나머지는 대부분 땔감으로 쓰였다. 타고 남은 재는 허청에 모아두었다가 논밭에 거름으로 뿌렸다. 그러다 농촌에 혹

백 TV가 컬러로 바뀔 때쯤 이런 모습은 역사의 뒤안길로 점점 사라지기 시작, 이제는 그 당시의 농촌 풍경은 어디에서도 찾아볼 수조차 없게 되었다. 이제 가을 닭띠는 잘 산다거나, 가을엔 부지깽이도 덤벙대고, 대부인 마님들도 나막신 신짝을 들고 나선다는 얘긴 문학 작품에서나 표현되는 농촌의 풍경이 되어버렸다. 요즘 가을 열매를 수확하는 논엔 사람 대신 콤바인만 오갈 뿐이다. 벼도 멍석에 말려 일일이 가마니에 담지 않고 바로 건조기에 넣어 말리거나 바로 물 수매를 한다. 이런 농촌 풍경마저도 쌀시장이 개방되면 사라지게 될 거라며 아쉬워하고 있다. 영원할 것 같은 농촌이 하루가 다르게 급변하는 것에 대하여 대비하지 않으면 재앙이 닥칠지도 모른다. 글로벌 시대에 무한경쟁에서 살아남으려면 먼저 인위적으로 변화를 이끌어나가야 한다. 그리고 밀물처럼 무섭게 밀려오는 이 변화를 읽고 주도하고 대비해야 된다. 그런데 이런 중요한 시점에 농촌을 이해하는 지도자가 보이지 않는다. 중요한 농업 부분 FTA 협상장에 농업을 이해하고 국제적인 감각을 가진 농촌의 지도자가 없다는 얘기다.

현재 FTA 협상을 놓고, 자신들의 안위와 영광만을 위해 협상에 임하지는 않겠지만, 협상에 나선 정부관계자를 보면 너무도 농촌과 농민을 모르고 있다는 생각을 지울 수 없다. 사실 멍석과 벼누가리가 무엇인지, 왜 농민들이 못 살겠다고 말하는지조차 모르는 그들이 시장경제 논리만을 내세워 쌀 개방 문제를 논하는 그 자체가 어불성설이라는 얘기다. 더 큰 문제는 농촌의 실정에 대하여 심각하게 받아들이지 않는다는 것이다. 이처럼 농촌의 아픔을 피부로 느껴보지 못하고 간접적인 지식과 경험만으로 진정 농민들을 대신할 수 있느냐는 것이다. FTA 협상에 나서는 대표가 농업 분야에 대하여, 특히 우리의 식량인 쌀시장 개방에 대하여 미래를 예측하지 못하고 별것 아닌 것처럼 취급할 수도 있다는 우려가 나오고 있다. 그렇다고 농민이 직접 협상 테이블에 앉을 수는 없다. 왜냐하면, 더 논리적이고 설득력 있는 대화가 필요하기 때문이다. 그래서 현 상황에서 그들을 믿을 수밖에 없지만 미덥지가 않다는 말이다. 아는 것이 많으면 모르는 것이 더 많다는 말이 있다. 다시 말해 지식이 많다는 것은 오히려 모르는 것이 더 많다는 이야기로, 지식만으로 순박한 농민의 뜻을 전달하지 못한다면 농민에게 엄청난 피해를 줄 수 있는 것이다. 협상은 국익이 우선이지만 농민을 생각하고, 실용적인 측면에서 타협을 선택해야 할 것이다. 농민 또한 무조건 반대하기보다는 적절하게 대처할 방법을 모색해야 할 것이다. 우리 것만 고집하지 말고, 좀 더 넓은 시각에서 스스로 자생할 수 있는 새로운 영농법을 도입하거나, 새로운 품종을 개발하여 국제적인 경쟁력을 확보해야 할 것이다. 일부 정치인들도 정부정책에 반대를 위한 반대가 아니라, 미래에 있을 완전한 쌀 개방에 대안을 내놓아야 할 것이다.

전북일보 2004-12-07

북한에 식량 지원을

우리 군인 1명 훈련비용으로 북한 어린이 80명을 7년 동안 학교에 보낼 수 있다고 한다. 전투기 1대 생산비로 지방 병원 4만 동을 세울 수 있으며, 전차 1대 생산비로 개발도상국 어린이 3만 명에게 교실 1천 개를 지어 줄 수 있고, 잠수함 1척에 주택 40만 호를, 원자력 잠수함 1척 생산비로 2천만 명에게 1년간 음식을 제공할 수 있다는 내용이 사이버 통일 교육 자료에 나와 있다. 하루속히 남북통일이 되어야 할 이유이다.

통일은 우리 민족이 함께 잘살기 위한 조건이다. 통일되면 한반도를 동북아 중심으로 만들 수 있음은 물론, 국방비 일부를 절약하여 유익한 곳에 사용할 수 있고 이로 인하여 한반도가 평화롭고 풍요로운 나라가 될 것이다. 개인의 삶에도 이익이 될 뿐 아니라 이산가족의 고통을 덜어줄 수 있다는 게 통일 교육센터의 요약된 자료에 소개되고 있다. 필자가 이 자료를 보던 중 대북 식량 지원 문제가 변화되었다는 뉴스를 들었다. 그 내용은 북한에서 요구하지 않아도, 식량난이 매우 심각하다고 확인될 경우, 식량지원에 나설 수 있다는 것이다. 그리고 미국도 50만 톤을 12개월에 걸쳐 제공키로 했다는 반가운 소식도 들어와 있다.

　이제 우리도 대북 식량 지원에 대하여 '긴급지원'을 필요로 하는 상황까지 기다릴 필요가 없게 되었다. 언제가 될지도 모를 때를 무작정 기다리겠다는 생각은 잘못이다. 모든 일은 때가 있듯 지금 당장 얼마가 되던 식량을 보내야 한다는 생각이다. 물론 현 정부가 지향하는 대북 정책에 반하는 일이 될 수도 있겠으나, 대북 인권 단체에서 '아사'는 시간문제라고 지적하고 있는 마당에 눈치를 보거나 적당한 때를 무작정 기다린다는 것은 더 큰 문제를 야기할 수도 있을 것이다. 북한은 이웃 나라가 아니다. 우리 민족이다. 한반도에서 함께 호흡하며 살아오고 있는 우리의 혈육들이다. 함께 동고동락했던 형제다. 함께 통일의 꿈을 꾸고 있는 식구이다. 비록 지금은 반 백 년이란 시간의 흐름 뒤에 서로 다른 터전에서 서로 다른 사상을 가지고 살아오고 있지만, 때로 얄밉고 오히려 적보다 더한 원수 같은 사이라 할지라도, 이들이 식량 부족으로 굶고 있다면 우리의 자존심 같은 것은 한낱 호사스러운 기준일 뿐이다. 무조건 지원해 주어야 한다. 대가를 바라거나 앞으로 전개될 상황을 생각하며 지원하겠다는 것은 가진 자의 횡포일 수 있다. 따라서 식량 지원을 두고 절대 흥정해서는 안 된다. 그렇다고 무조건 퍼 주기식이 되어서도 안 된다. 반드시 그들이 일어설 수 있도록, 스스로 식량난을 해결할 수 있도록, 새로운 방법을 생각해볼 때이다. 가령 선진 영농기술을 전수해 준다거나, 농기계를 지원하고, 또는 저장과 가공 방법 등의 기술을 지금보다 더 많이 지원해야 된다고 본다.

　지난해 민주평화통일 자문회의 김제시협의회를 통하여 금강산을 다녀온 적이 있다. 관계자의 설명을 빌리면 김제시에서 북한에 정미소를 건축 예정이라는 곳과 우리의 영농기술을 교육하고 있다는 곳을 차창 밖 모습으로 소개해 주었다. 정부가 할 수 있는 일을 지자체가 나서서 해주고 있었다는 것에 대하여 좀 아쉬웠지만 그나마 다행이란 생각이 들었다.

북한은 순수한 GNP로만 볼 때 우리의 1/24에 불과하다. 얼마든지 우리는 그들을 도울 수 있는 역량을 가지고 있다. 통일을 앞당기기 위해서라도 바로 지금 할 일이다. 그러나 정중하고 겸손하게 마음 상하지 않도록 조심스럽게 할 일이다. 요즈음 배를 타고 바다를 여행하는 사람들이 던져주는 과자를 받아먹는 갈매기들이 게으르고 나태해져서 굶어 죽어 간다고 한다. 이는 본성을 상실케 한 사람들에게 그 책임이 있다는 것을 명심하면서 대북식량 지원에 대하여 정부의 고민을 이해하지만, 국민의 한사람으로서 적극적인 접근과 지원이 필요하다고 본다.

전북도민일보 2008-05-20

농촌을 살려야 한다

한 노인이 경운기 시동을 걸기 위해 몸부림을 친다. 몇 번이고 반복해 시동을 걸어보지만 결국 포기하고 만다. 경운기를 길가에 밀어두고 집으로 향하는 노인의 모습이 쓸쓸하다. 텅 빈 집에 돌아온 노인은 시어빠진 김치 반찬으로 저녁을 해결한다. TV를 보다가 그대로 잠이 든다. 혼자다. 부인은 3년 전 위암으로 세상을 떠났고, 일찍이 자식들은 결혼해 직장 따라 도시로 나가 팔십에 가까운 나이에 홀로 남아 농사를 짓고 있다.

이처럼 농촌이 무기력해지고 있다. 10년 후를 기약할 수 없는 고령화로 부채만 계속 늘어나고 있다. 이런 농촌을 대상으로 부채 전액을 탕감해 주겠다던 전직 대통령이 살아 있는데도 시드는 꽃처럼 생기가 사라지고 있다. 그나마 남아있던 젊은이들마저 불나방처럼 도시의 휘황한 불빛을 따라 끊임없이 날아가면서 빈집은 계속 늘어가고 농부는 고령화되고 있지만, 농업을 지키려는 정부의 의지는 보이지 않는다. 오히려 기다렸다는 듯이 기름진 옥토를 갈아엎어 공장을 짓고 있다. 이대로 가다간 머지않아 씨조차 뿌릴 땅이 부족해 기근이 닥쳐올지도 모른다. 지금 남아 있는 농촌 사람들도 도시에 나가 붕어빵 장사라도 하는 게 훨씬 낫다는 생각에 농촌을 떠나게 될 것이다. 결국, 농토는 잡초로 무성해지고, 농산물은 수입에 의존하게 될 것이다. 국토는 공장 건축과 무분별한 개발로 오염되고, 씨를 뿌려도 새싹이 트지 않는 지경에 이르면서 전 국토가 황량한 도시 공화국이 될 것이다. 물론 가상적인 시나리오다. 그렇다고 전혀 터무니없는 소리는 아니다. 지금 농촌의 공동화 현상에 가속도가 붙고 있다. 이런 농촌을 살리려면, 무엇이든 '빨리빨리' 하겠다는 조급증을 버리고, 모든 일을 합리적으로 접근해야 한다. 늦으면 손해 본다는 생각도 버려야 한다. 2년 5개월 만에 428㎞의 경부고속도로를 완공했다고 자랑하고 있을 때, 13세기에 착공한 독일의 쾰른성당은 아직 마무리 공사를 계속하고 있는 느림의 의미를 배워야 한다. 대충 설거지 하듯 넘길 게 아니라 꼼꼼히 따져보는 계획성이 필요하다. 농촌을 살리려면 가볍게 인식하거나, '아니면 말고'라는 식의 정책은 절대적으로 배제해야 한다. 그리고 지도자로서 농촌을 책임지려는 태도를 보여야 하고, 전임자의 농업 정책은 무조건 무시하거나 축소하는 팔푼이 정치인을 과감히 색출해야 한다. 정권이 바뀔 때마다 바뀌는 농업정책이 아니라 오랫동안 고민하고 미래를 예측한 정책에 대하여 일관되게 추진해야 한다. 잘 모르면 선진국의 경우를 배워야 한다. 현재 미국과 유럽에서는 GDP의 2%에 불과한 농업을 지키려고 갖은 애를 쓰고 있고, 유럽은 농촌을 위해 농업소득의 40%에 해당하는 정부 보조금을 지급하고 있으며, 일본은 국제사회에서 보호주의라는 비난을 받으면서도 농업보호정책을 펼치고 있다. 그들은 우리처럼 농촌을 단순한 수익성으로만 따지지 않고 있다는 방증이다.

세계적으로 식량 무기화가 현재 예견되어 있다. 우리의 지도자들은 이점을 인지하지 못하고 농업의 미래를 너무 짧게 보고 있는 것 같다. 농업은 국토의 균형적 발전과 수질 및 공기정화 차원에서도 무한한 가치를 가지고 있는 매우 중요한 분야다. 따라서 지금 우리에겐 농촌을 긴 안목으로 보는 농부 출신의 정치인이 필요하다. 이런 지도자가 주축이 되어 우리의 미래가 농촌에 있음을 알고, 노력한 만큼 수입이 보장되는 특별한 선진국형 복합영농을 개발해나가야 할 것이다. 또한, 지금과 같이 쇠약해지고 있는 지금의 농촌을 살리려면, 끊임없이 농업정책을 연구하고 개발할 수 있는 독립적인 기관을 만들어 줘야 한다. 더 늦기 전 누구도 농업정책의 중요성에 대하여 시비를 걸지 않고 보호받는 기관을 만들기 위해 국회의원들이 앞장서서 입법을 추진해야 한다. 지금처럼 눈앞의 성장 위주의 정책만 고집하는 잔머리 정치지도자보다, 미래를 바로 보는 선진국형 정치 지도자가 필요하다는 말이다.

전북도민일보 2008-10-12

정말 농촌을 포기할 것인가

　예전 어른들은 수렁배미 논에 벼 한 포기라도 더 심기 위해 위험을 무릅썼다. 소가 수렁논에 빠지기라도 하면 온 동네 사람들이 하던 일을 멈추고 달려 나와 힘을 모았다. 인정이 넘쳤으며 활기찼다. 그런데 대대로 내려오던 이런 문화가 사라진 지 오래다. 지금 농촌은 생명력을 상실하고 머지않아 빈집들만 농촌을 지키게 될 것이다. 앞으로 농촌 주택은 농사를 짓기 위해 사는 곳이 아니라 도시 사람들의 휴식 공간으로 개량해 사용될 것이다. 그 징조가 곳곳에서 일어나고 있다. 젊은이가 점점 도시로 떠나고 있다. 고령화가 급속도로 진행되는 가운데 며칠 전에는 농민들이 곧 수확할 벼를 갈아엎는 일이 발생했다. 추곡 수매 가격이 지난해보다 17~20%가 떨어질 것으로 예상하면서 대풍년이 반갑지 않다는 게 그들의 주장이다. 아직 쌀은 농부에게 전부다. 사실 벼를 갈아엎었다는 것은 농부로서 모든 것을 포기한 거와 마찬가지라고 본다.

　쌀은 아직 우리의 주식으로 한 톨의 쌀이 생산되려면 농부의 손길이 88번 거쳐야 한다. 온갖 정성을 더 쏟아 부은 벼농사를 포기한다는 것은 지금 농촌이 심상치 않다는 얘기다. 이를 보고도 정부가 장기적인 대책 하나 세우지 않는 것을 보면 정부는 이미 농촌을 포기하고 있다는 생각이 든다.

현재 우리나라는 내북지원 중단으로 쌀 재고량이 늘어났고, 이로 인해 올해 벼 수매 가격 하락이 예상되고 있다. 이렇게 농촌이 설 자리를 잃어가고 있으며, 농촌엔 어린아이가 보이지 않고, 노인들만 어쩔 수 없이 사는 땅으로 변해가면서 머지않아 농촌은 황량한 들판만 남게 될 것이다.

사실 현재의 농촌 노인이 한창 젊었을 때는 쟁기로 논을 갈았고 쇠스랑으로 다시 골라 못자리를 했다. 메마른 논에 물을 대기 위해 밤새 물꼬를 지키며, 망종(亡種)에서 하지(夏至) 안에 모내기하려고 밤잠을 설쳤다. 모내기가 끝나면 잡초를 잡기 위해 고단한 김매기를 했고, 10월 하순쯤이면 고달팠지만 콧노래를 부르며 벼 베기를 했다. 그리고 힘든 몸을 새꺼리와 막걸리의 걸쭉함으로 달래고 다시 일어나 벼를 베 볏 다발로 묶어서 논두렁에 줄가리를 쳐서 건조시켰다. 어느 정도 건조가 되면 지게로 볏단을 집 마당으로 옮겨 볏누가리를 쌓아 두었다가 이듬해 정월이 지나면 품앗이로 마당에 모여 홀태로 벼 낟알을 훑었다. 이때 서두리(허드렛일을 하는 사람)는 볏단을 날라주고 힘겨움을 잊기 위해 진종일 입방아를 찧었다. 주인은 지푸라기를 모아 적당한 크기로 묶어 짚가리를 쌓았고, 농한기에는 이를 허물어 사랑방에 앉아 새끼를 꼬거나 멍석, 삼태기, 망태 등 필요한 기구를 만들며 추운 겨울을 넘겼다. 또한, 지푸라기로 밥을 짓고, 짚가리는 아이에게 숨바꼭질의 보금자리가 되었다. 볏짚에 붙어 있는 낟알을 쪼아 먹기 위해 찾아와 조잘대던 참새와 함께했던 모습이 옛날의 농촌 풍경이다. 이제는 힘든 농사일을 기계가 도맡아 하고 있다. 콤바인이 지나간 자리엔 볏짚이 가루가 되어 논에 뿌려지고, 벼는 그 무거운 가마나 멍석이 없어도 바로 건조기로 옮겨 말려지고 있다.

농촌은 우리 민족의 마음에 고향이다. 어머니의 품이다. 돌아봐야 하고 돌아가야 할 곳이다. 정부는 점점 잡초로 무성해져 가는 다랑논에 풀을 뽑을 수 있는 비전을 제시해야 한다. 서둘러 산업화를 앞당기는 것이 기본인 것처럼 착각하지 말아야 한다. 우리 인간이 흙 위에 서 있듯, 살아 있는 모든 만물은 흙에 뿌리를 내리는 것이 바른 이치이다. 따라서 농업이 우리 삶의 기본이 되어야 한다. 산업화의 달콤함에 현혹되어 농업에 희망이 없다 말하지 말고, 도시의 젊은이가 어머니 품으로 돌아갈 수 있도록, 아니 더 늦기 전, 무너진 질서 위에 바벨탑을 세우겠다는 허황된 꿈을 포기하도록, 정부는 지금 당장 농촌정책을 전면 재검토해야 한다. 땀을 흘린 만큼 그 대가를 기대할 수 있는 농촌을 만들어 가야 머지않은 미래에 반드시 있게 될 식량 전쟁에서 여유로울 수 있다는 말이다. 다시 한 번 볏가리를 보면 먹지 않아도 배부르던 그때, 점점 높아지는 짚가리를 보며 고단함 속에서도 희망을 품었던 그때로 다시 돌아갈 수는 없지만, 지금처럼 농촌을 방치하면 안 된다. 예로부터 농업을 '농자천하지대본(農者天下之大本)'이라 했듯, 우리의 조상들은 농업을 모든 일의 기본으로 여기며 살아왔다. 이런 농촌을 포기 한다는 것은 근본을 상실하게 된다는 얘기다.

전북도민일보 2009-10-25

농촌을 농락하는 포퓰리즘

조용하던 한 농촌 마을이 이성적이고 합리적인 타협 없이, 잘못된 투쟁과 모략으로 말미암아 피폐해지고 있다. 자기의 생각을 관철하기 위해 노인을 상대로 우격다짐하거나 젊은이를 앞세워 선동하고 있다. 비뚤어진 오만과 무지로 채워진 한 사람이 마을을 삭막한 분위기로 만들고 있다. 그는 도의원까지 지낸 사람이다. 과거 사라진 권력의 끝자락을 잡고, 주민을 혼란 속으로 몰아가면서 시골 정서를 뿌리째 흔들어놓고 있다. 갈등을 봉합해야 할 주민 센터까지 어정쩡한 태도로 일관하니 울화통이 터진다는 말이다.

지난 12월에 마을 이장선거가 있었다. 한 후보자가 참석자 전원의 지지를 받아 선출되었지만, 불참했던 전 도의원이 전 주민의 과반수 참석미달을 문제 삼았다. 당시 선출 기준은 전 주민의 과반수 참석에 과반수 찬성(현재는 참석인원의 과반수 찬성으로 바뀜)을 얻어야 했지만, 현실적으로 과반수 찬성이 불가능한 일이었다. 이유는 30% 이상이 위장 전입자, 25% 정도가 전세 입주자, 실제 거주하고 있는 원주민은 45%에 불과하기 때문이다.

원주민의 지지를 얻기 어렵다는 판단을 하게 된 전 도의원 측은 위장전입자의 투표 참여를, 원주민의 지지를 받는 측에선 실질적으로 마을에 솥을 걸어 놓고, 적십자회비 등을 납부한 주민에게 투표권을 줘야 된다며 대립한 지 3개월째다. 현 거주민 입장에서 보면 살지도 않은 위장 전입자에게 투표권을 주는 게 부당하다는 것이고, 반대 측에선 어떻게 하든 투표일에 이들을 불러 투표로 이기겠다는 속셈으로 서로 대립하고 있다. 이는 누가 봐도 억지다. 일반적인 상식선을 벗어난 일이다. 동네 이장 선거를 놓고 수단과 방법을 안 가리겠다고 설치는 사람이 도의원까지 지냈다는 사실은 참으로 개탄스러운 일이다. 이장 선출 추진 권한을 가진 마을 개발위원장이 있는데도 또 다른 발전위원을 만들어 군청에 등록(군청에서조차 확인되지 않는 단체)했다는 이유로 멋대로 권한을 행사한다는 것은 시골 사람을 허수아비쯤으로 보고 있다는 것이다. 주민센터 직원조차 현재 마을의 개발위원장에게 이장 선출 추진 권한이 있다고 말하고 있는데도 불구하고 자꾸 분란을 일으키고 있다. 그것도 모자라 전 이장(노인) 집에 수차례 젊은이를 보내 무조건 포기하라 회유하고, 마을 앰프까지 수리한다는 명목으로 철거해 자신 집에 달아놓고, 멋대로 선거일을 정하더니 마을에 몇 개씩 현수막을 내걸고, 골목골목 벽보를 붙이고, 전화하고, 방문하고, 위장전입자를 불러들이고, 죽기 살기로 큰 목소리로 윽박질했다면 지나가는 개도 웃을 일이 아니겠는가 말이다.

도대체 그는 누구인가? 겉모습만 보면 대단한 마을 사랑에 감격할 일이지만, 속내를 들여다보면 썩은 정치의 행태가 시골 마을까지 파고들었다는 판단이다. 과거 황색바람을 타고 어부지리로 도의원을 지낸 사람이 잘못된 정치의식을 가지고, 주민의 정서를 무시하고 선동하고 있다. 그럴듯하게 마을을 위하여 온몸을 던질 것처럼 자신의 행동을 합리화하고 휘젓고 다니는 모습을 보며 화가 난다는 것이다. 이렇게까지 할 수 있는 것은 바른 의식을 가진 젊은이가 드문 까닭이다. 그래서 자기가 원하면 멋대로 할 수 있다고 착각하는 그 때문에 농촌이 병들어가고 있다. 정치판에서 익숙해진 구시대적 포퓰리즘(Populism)이 고령화된 농촌의 틈을 파고들어 좀먹고 있다는 말이다. 작은 마을을 정치판으로 보고, 마치 마을을 위해 태어난 사람처럼 말하고, 그럴듯한 감언이설로 감성을 자극하고, 교묘하게 원칙을 무시하고, 농촌의 정서를 와해시키려는 행동은 참으로 불행스러운 일이다. 보다 못해 수차례 행정력에 호소했지만, 가르마를 타기는커녕 외면을 당하고 말았다. 마을 주민이 알아서 조정할 일이라는 얘기만 고장 난 레코드처럼 반복하는 무심한 행정당국(군청)이 원망스럽다. 바로 이것이 전형적인 공무원의 복지부동이라는 생각이다. 얼마든지 중간에서 중재역할을 할 수 있었음에도, 지금까지도 전 도의원의 눈치를 보고 있다. 아마 그 이유는 6.2 지방선거를 앞두고 특정 정당 지지자의 표가 분산될 것 같다는 계산을 하는 것 같다.

전북도민일보 2010-03-26

꿀벌이 사라지면

　며칠 전 딸아이가 소스라치며 방안으로 달려 들어왔다. 다급히 달려가 보니 날개가 찢긴 벌이 창틀 틈에서 마지막 숨을 거두며 안간힘을 쓰고 있었다. 옛날 같으면 파리채로 전후 사정없이 후려쳐 즉사시켰을 것이지만, 꿀벌이 없어지면 지구가 멸망한다는 기사를 접하고 안타까운 마음으로 지켜만 보았다.

　필자는 꿀벌 하면 자운영 밭이 먼저 생각난다. 화학비료를 쓰지 않았던 60년대에 거름 대체용으로 재배한 녹비 식물이다. 자운영은 4월에 씨를 뿌려 모를 내기 전에 쟁기로 갈아엎어 땅에 질소를 공급해 주었다. 그 꽃이 만발하면 수많은 꿀벌이 몰려들었다. 자운영 밭은 마치 푹신한 양탄자 같았다. 하굣길엔 참새가 방앗간을 지나치지 않듯 이곳에 책 보따리를 집어 던지고 뒹굴며 놀았던 기억이 생생하다. 그러다 싫증이 나면 고무신짝으로 꽃에 앉아있는 벌을 낚아채 팔을 빙빙 돌려 기절시키고, 개구리를 잡아 벌에 쏘이게 한 다음 침이 빠진 벌을 노리갯감으로 가지고 놀았던 일들이 생각난다. 이때 우리에게 벌은 침이 있는 무섭고 흔한 곤충일 뿐이었다. 그런데 벌이 급격하게 감소하면서 대혼란이 올 거라 난리니 의아스럽다.

100여 년 전에 아인슈타인은 꿀벌이 멸종하면 4년 이내에 지구가 멸망한다는 예언을 했다고 한다. 그 이유는 우리의 먹거리가 꿀벌의 영향을 받기 때문이라고 한다. 대부분 열매의 가루받이가 꿀벌을 통해 이뤄지며 이 벌이 없어지면 인간의 식량 체계가 무너진다는 논리다. 지구에서 생산되는 모든 농작물의 약 3분의 1이 곤충의 수분(受粉) 활동으로 열매를 생산하고, 그중 80%가 꿀벌을 통해 이뤄진다고 한다. 이 꿀벌이 없어지게 되면 열매의 상당수가 사라지고 식물도 번식할 수 없게 되며, 생태계에 심각한 위기가 초래될 거라고 하는 경고가 계속되고 있다. 결국, 식량 대란이 찾아오고 식량 안보에 적신호는 지구의 종말을 불러올 것이라는 말이다. 믿기지 않는 무서운 예언이다. 이에 일부 선진국에서는 꿀벌 보호 정책들을 쏟아내고 있다. 먼저, EU에서는 그 심각성을 인식하고 살충제 사용을 금지하고 나섰다. 미국에서도 꿀벌 보호를 위해 더 많은 연구와 자금 투자가 필요하다는 언론보도를 쏟아내고 있다. 그러나 우리나라는 토종벌이 집단폐사로 멸종되어간다는데도 무대책이다. 아직 그 심각성을 모르고 꿀 생산량 감소를 양봉 인의 생계수단 차원으로만 인식하는 안일한 생각을 하는 것 같다.

우리 정부도 하루속히 대책을 내놔야 할 것이다. 우선 왜 꿀벌이 감소하는지 혹 우리 주변에서 부적절한 환경을 제공하고 있지는 않은지, 심각한 고민이 필요하다는 것이다. 많은 학자는 꿀벌이 사라지고 있는 이유에 대해 2·3차 산업의 발달에 의한 환경오염과 무분별한 살충제 살포, 휴대전화의 전자파가 꿀벌의 신경계를 마비시켜 죽게 한다 말하고 있다. 또한, 지구의 온난화로 꽃의 개화 시기와 벌의 부화 시기가 어긋난다는 주장도 있다. 필자가 보기에도 밀원(蜜源) 식물인 아카시아의 개화 시기가 60년대와 비교하면 1주일 정도 빨라졌으며 예전처럼 꽃이 왕성하지도 않다. 이는 환경이 변하고 있다는 방증이다. 더 늦기 전국가적인 차원에서 꿀벌 보호 운동이 필요하다고 본다.

먼저 꿀벌이 사라지지 않는 생태환경을 만들기 위한 지침을 마련해 확산시켜야 할 것이다. 이미 대책을 세웠던 선진국들은 벌써 그 감소세가 둔화하고 있다고 하니, 우리 과학자들도 우리 환경과 공존할 수 있는 강한 생존력을 가진 벌을 찾아 번식시켜나가야 할 것이다. 2·3차 산업이 아무리 발달해도 인간의 먹거리를 만들 수는 없다면 잘못된 것이다. 따라서 원료를 제공해주는 1차 산업이 매우 중요하다. 특히 1차 산업 비중이 큰 전북이 경제적인 낙후의 이유를 들어 2·3차 산업으로 가기 위한 예산 확보에 노력하고 있지만, 필자가 보기엔 농도(農道)인 전북의 미래를 생각한다면, 우선 당장 잘살기 위해 굴뚝을 세우는 것도 중요하지만, 안전한 친환경 농사법 개발에 더 많은 예산을 투자해야 할 것이다. 바로 양질의 식량 확보에 대한 기초를 튼튼히 다지는 것이 진정한 전북의 미래라는 생각이 들어서다.

전북도민일보 2013-5-28

2% 부족한 만경강 상류 복원

만경강은 완주군에서 발원하여 호남평야를 거쳐 서해로 흘러가는 전북의 생명줄이다. 오랜 세월 동안 수량이 풍부하고 맑아 수생생태계의 보고(寶庫)였다. 특히 상류인 삼례교는 전주천과 고산천이 합류하는 곳으로 여름철엔 물놀이를 위해 많은 사람이 모여들었던 곳이기도 하다. 그러나 1969년 전주공단이 조성되면서 공장폐수와 생활 폐수 등이 그대로 전주천으로 유입되면서 악취와 부유물 등이 둥둥 떠다니는 죽음의 강으로 변하고 말았다. 생물이 살 수 없게 되었고, 어쩌다 발을 담그기라도 하면 피부병이 발생할 정도로 썩어갔지만, 굴뚝 산업이 경제 성장을 주도하던 때라 환경에 관심을 두지 않았다. 불행하게도 이런 사회적 분위기 속에서 우리는 자연환경의 중요성을 모르고 자랐다. 당시 공업화로 수많은 일자리가 생겼고 고스란히 그 혜택을 누리며 살았다. 그러나 한 번 파괴된 자연을 복원하려면 더 많은 시간과 돈이 필요하다는 것을 나이 들어 알게 되었다.

당시 전주시를 남북으로 관통하며 전주에 대한 역사의 숨결을 고스란히 간직하고 있는 전주천이 극심하게 오염되었지만, 경제발전을 위한다는 명목으로 30년 가까이 방치되었다. 그러다 그 심각성을 인식

1998~2002년까지 5개년 동안 생태계 복원사업으로 전주천을 살리려 많은 시간과 돈을 투자했다. 그러나 예전 같이 맑은 물이 흐르던 자연 생태계로의 복원은 아직도 미완성이다.

2013년(익산국토관리청)에도 439억을 투입해 수변 생태 공원 등을 조성하고 있지만, 그 효과 또한 미비할 뿐만 아니라, 오히려 자연을 파괴하고 괴리감만 키우고 있다고 본다. 그 이유는 자연의 마음을 염두에 두지 않는 일방적(인간 중심적)인 복원이 이뤄지고 있기 때문이다.

강은 생명의 젖줄이다. 인체로 말하면 혈관에 해당한다. 이 혈관은 건강의 지표로 매우 중요한 기관이다. 그런데 이 혈관의 복원을 염두에 두지 않고 마치 얼굴 성형(복원사업)을 하듯 복원을 하는 것 같아 안타깝다. 강이 아프다고 말하는 소리를 듣지 못하고(아니 무시하고) 그럴듯하게 외형만 꾸민들 무슨 소용이 있느냐는 말이다. 속병이 깊어지는데, 둔치에 도로를 만들고 공원을 조성한다고 생태가 복원 되냐고 묻는 것이다. 그럴듯한 명목만을 내세워 삽질을 일삼는다고 강의 병이 치유되느냐는 것이다. 정말 진정한 자연대로의 복원을 원한다면 지켜보고 기다리며 강이 말하려는 소리를 들어 봐야 할 것이다. 무엇을 원하고 어떻게 해달라고 말하는지 그 소리와 교감해야 하는데도 겉모습 복원에만 치중하는 것은 무책임한 돌팔이 근성이라는 말이다.

몇 년 전 완주군에서는 삼례에서 고산면 휴양림에 이르는 21㎞에 자전거 길을 조성(2006년 실시설계, 2011년 10월 완공, 공사비 30억)했다. 이 사업의 목적으로 지역주민에게 쾌적한 휴식 공간제공, 생태관광지구 구축, 지역주민 특산품 판매 등에 효과를 줄 수 있다고 했지만, 필자가 보기엔 오히려 자연을 파괴했다고 본다. 현재 이곳을 찾아 휴식을 취하거나, 자전거를 타기 위해 찾아오는 사람들은 한 자릿수(필자가 매일 아침저녁으로 나가 본 결과)에 불과하다. 물론 특산품을 들고 나와 파는 주민도 없을뿐더러, 되레 둔치로 진입하는 차량과 농기계가 일부 진입차단 쇠기둥과 돌 등의 시설물을 파괴하고, 거기다 여기저기 박혀있는 경고문(하천구역 불법행위 2년 이하 징역 또는 1천만 원 이하 벌금)을 무시하고 농작물을 재배하며 화학비료와 농약까지 사용하고 있는 실정이다. 낚시꾼은 각종 음식물 찌꺼기와 빈 술병, 기타 쓰레기 등을 그대로 남기고, 일부 주민들은 건축물 폐기물을 버리거나 소각하고 있지만, 감독하는 주민이나 기관을 본 적이 없다.

현재 만경강 오염은 상·하류 할 것 없이 광범위하게 이뤄지고 있다. 더는 내버려둘 수 없다고 본다. 더 늦기 전 상류의 주 오염원인 전주천을 감시하고, 둔치 내의 모든 경작을 막고, 원천적으로 차량이나 경운기 등이 진입하지 못하도록 시설을 보강해야 한다. 생활 쓰레기를 버리지 못하도록 주민을 계몽하고, 제방과 인접한 축사를 철수시키거나 더는 허가하지 말아야 한다. 그리고 강의 농경지에 억새와 야생화를 심고, 주차장(좁은 제방 주차위험)을 확보해야 한다. 또한, 삼례 비비정(삼례 문화 예술촌)과 자전거 길을 이어줌으로 생태관광 벨트가 활성화될 수 있도록 해야 한다. 끝으로 공무원과 주민이 참여하는 상시 환경 감시 시스템을 가동하여 복원 사업의 성공을 유도해야 한다.

결론적으로 만경강 상류에 대한 투자가 이미 이뤄져 있기 때문에 완주군과 주민이 협력하여 2% 부족한 자연에 대한 의식을 바꾸면 생태 복원이 앞당겨지리라 본다.

전북도민일보 2014-10-27

농촌은 반드시 지켜야 할 우리의 터전

　현재 농촌은 10명 중 4명 가까이 65세 이상으로 점차 고령화가 가속화 되고 있다. 지난 2000년도 14.7%에 머물렀던 65세 이상의 노인이 지난해는 37.3%로 급상승하고 있으며, 이런 추세라면 2050년이 되었을 땐 농촌이 무너지게 될 거라는 전문가들의 의견이 쏟아지고 있다. 참으로 심각한 일이다. 단순히 우리의 농촌이 사라지는 문제가 아니라 더 각박한 세상이 될 거라는 얘기다.

　농촌은 단순히 먹거리만을 생산하는 공급처가 아니다. 국토의 수질과 공기를 정화하고 삶의 활력을 주는 무한한 가치가 있는 곳이다. 마치 인체의 심장과 같은 곳이며, 삶의 안식처로 지친 육신의 고달픔을 풀어줄 수 있는 어머니의 품속과 같은 곳이다. 이를 경제적인 가치 기준으로만 판단하고 정책을 펼치는 것은 결국 불행을 자초하는 일이 될 거라는 얘기다.

　우리도 선진국처럼 미래의 농촌을 위해 투자해야 한다. 미국과 유럽에서는 GDP의 2%에 불과한 농업을 지키기 위해 농업 소득의 40%에 해당하는 정부 보조금을 지급하고 있고, 일본은 국제 사회에서 보호주의라는 비난 속에서도 농업 보호 정책으로 일관하고 있다. 우리는 정권이 바뀔 때마다 새로운 농업정책을 내놓고는 있지만, 농촌의 현실은 녹록하지 않다. 이유는 농업정책을 정치 생명 연장카드로만 활용하기 때문이다. 다시 말해 미래 없는 농업 포퓰리즘(농업 인기정책)으로 농민을 기회주의자로 만들고 있다. 요즘 화두가 되고 있는 농생명산업도 농민이 빠진 정책이 된다면 농촌의 붕괴는 더욱 가속화될 것이다.

정부는 이런 점을 고려하여 장기적인 대책을 내놓아야 한다. 지금 당장 몰매를 맞더라도 안정적인 정책으로 미래를 보장할 수 있는 일관성 있는 정책을 펼쳐야 한다.

첫째, 농촌 고령화에 대한 해결대책을 내놓아야 한다.

둘째, 미래 식량 무기화를 대비한 구체적인 대안을 밝혀야 한다.

셋째, 정부는 FTA를 농민의 관점에서 바라봐야 한다. 그리고 옳다면 인내를 가지고 설득하고 미래에 대한 청사진을 꼼꼼히 설명해줘야 한다.

끝으로 경쟁력 있는 과학영농이 이뤄지도록 농업기술과 첨단 장비를 지원해 줘야 한다. 이와 같은 과제가 선행되어야 불안한 농심이 안심하고 농촌에 깊게 뿌리 내리게 될 것이다.

지금 우리의 농촌은 고령화로 활기를 잃어가고 있다. 여기다 일손도 모자란 판에, 피와 땀으로 수확한 농작물을 훔쳐가는 도둑들이 설치고 있다. 또 만병통치 건강식품이라며 노인을 속이고, 전화금융사기로 현금을 갈취하거나, 효도관광 시켜준다며 엉뚱한 곳으로 유인하는 악덕 상술에 무방비로 농락당하고 있지만, 노인들은 속수무책으로 당하고만 있다.

돌이켜보면 지금 남아있는 농촌의 고령 어른들은, 자식을 굶기지 않으려고 첫닭이 울기 전 지게를 지고 나무를 해다가 시장에 내다 팔았던 우리의 부모다. 그 가난하고 형편이 어려워 삯바느질, 품앗이, 지게질, 논농사, 밭농사로 무릎이 망가지면서까지 아들(경제발전의 주역)을 거둬 먹였던 어른이다. 그런데 산업화에 밀려 농촌이 갈수록 황폐화되고 공동화 현상까지 일어나고 있으니 참으로 슬픈 일이다.

분명히 많은 학자의 예언처럼 머지않은 때에 식량은 무기화될 것이 분명하다. 이로 인하여 치열한 식량 전쟁이 일어나게 될 것이다. 따라서 정부는 농촌을 현재의 경제적인 가치 기준으로 판단하지 말고 선진국처럼 장기적인 안목으로 농촌을 위한 정책을 개발해야 할 것이다. 더 늦기 전에 젊은이가 농촌으로 돌아가도록 확실한 희망의 길라잡이가 될 수 있는 정책 개발이 필요하다는 얘기다.

농촌은 우리 삶의 안식처로서 보호받아야 할 공간이다. 균형발전과 자연보호로 삶의 질을 배가시킬 수 있는 행복한 마당이다. 농촌은 우리에게 우리 토종의 먹거리를 생산하는 유일한 땅이며, 어머니의 품속 같은 삶의 터전이다. 이를 무시하고, 경제적인 논리만으로 농촌을 포기하면, 우린 미래의 식량 전쟁에서 패배하게 될 것이다. 그리고 식량 자원이 풍부한 나라의 지배를 받을지도 모른다는 얘기다.

전북도민일보 2014-11-28

제 3 부

균형발전의
장애물

전북의 미래 '오리무중'

사방오리(五里)에 걸쳐 안개를 일으킬 수 있었다는 후한(後漢) 때의 장해(張楷)라는 학자는 세상에 나오는 것을 몹시 싫어했다고 한다. 그 당시 배우(裴優)라는 자가 있었는데 그는 3리(三里) 밖에 안개를 일으킬 수 없어 장해의 제자로 들어가려 했으나 거절을 당했다고 한다. 그 후 교활한 배우는 안개를 일으켜 도둑질하다 체포되었고, 그 기술을 장해에게 배웠다는 거짓 고백에 그가 2년간의 옥살이를 했다는 얘기를 듣고, 지금 우리에겐 누가 배우인지 생각해 보았다.

얼마 전 이중섭의 그림 수백 점이 하늘에서 떨어지듯 나타나 세상을 떠들썩하게 만들었다. 그 진품 여부를 놓고 서로 주장이 엇갈려 아직 안갯속이다. 또 실패한 러시아 유전개발 사업은 있었지만 왜, 무엇 때문에, 누가 결정했는지 역시 안갯속이다. 그뿐인가. 정부정책인 장애우 우대정책과 학교폭력, 식품위생·환경 대책 등도 대부분 방향을 잡지 못하고 있다. 한마디로 오리무중(五里霧中) 속에 있다. 미래를 짐작하거나 내다보려 해도 전혀 감을 잡지 못하고 갈피를 잡지 못하고 있다. 이를 보고 있자니 혼란스럽고 마음이 급해지면서, 혹시 배우 같은 사람이 길목을 지키고 술수를 펴고 있는 게 아닌가 싶어지기도 한다.

지도자에겐 장해 같은 겸손과 배우 같은 얄팍한 꾀를 부리는 사람을 구분할 수 있는 혜안이 있어야 한다. 그런데 우리 전북 지도자 중에선 그런 모습이 전혀 보이지 않는다. 전북 발전을 위해 무엇이 중요하고 무엇을 해야 할지를 모르는 안갯속에 갇힌 나그네들 같다. 대책 없이 시간만 보내고 있는 것 같아 안타깝다. 그 무기력함이 전북의 최대 현안인 새만금 사업이 92%의 공정 앞에서 중단되었는데도 대책 하나 내놓지 못하고 있다. 겨우 지난 26일에 서울 여의도 한 식당에서 전북 출신 정치인들이 모여 공공기관 지방 이전과 현안사업의 예산확보를 위한 모임을 가졌을 뿐이다. 그것조차 미덥지가 않다. 왜 전북도의회는 지역의 좋은 식당을 놔두고 굳이 서울까지 올라가 자리를 마련했는지 그 행위가 이해되지 않는다는 말이다. 필자가 보기엔 도의원들의 정체성의 문제라고 본다. 진정 전북을 대표하는 의원이라면 전북 출신 정치인들을 지역에 불러놓고 당당하게 역할을 해 달라고 도민을 대신해 주문했어야 했다. 마지못해 상전을 대하듯 서울까지 올라가 그것도 요식행위처럼 넌지시 전북발전을 위해 힘써달라고 말만 하고 왔다면 배우 같은 사람과 무엇이 다르겠는가.

'공부를 많이 해 지식이 많아도 주머니 속에 동전 한 푼만도 못하다.'는 말이 있다. 아무리 좋은 의도가 있어도 실행에 옮기지 못하면 하찮은 동전만도 못하다는 얘기다. 현재 여권의 실세이면서 속 시원하게 전북을 향한 외침 하나 내지 못하는 전북 정치인들, 겨우 사방 3리 안에 안개를 일으킬 수 있는 능력으로 도둑질하다가 체포되었던 배우가 아니길 바란다. 그렇다고 관원이 되어달라고 귀족이나 황족이 찾아와 사정해도 그럴 자격이 없다고 거절한 장해(張楷)가 아니라도 좋다. 지금 당장 도민이 원하는 것은 전북발전을 위해 오리무중 속을 헤쳐나가는 길라잡이가 될 현실 정치인이 되어달라는 얘기다.

전북일보 2005-4-28

전북은 호남의 곁가지인가

인터넷에서 호남을 검색하면 광주와 전남에 본사와 지역본부 등이 집중되어 있음을 알 수 있다. 모르는 사람은 전북이 호남의 자투리땅 쯤으로 생각하고 있을 것이다. 본래 호남이라 함은 전북 김제 벽골제의 남쪽을 뜻한다. 조선 시대는 전라남·북도와 제주도까지 관활하던 전라감영이 전주에 있었을 정도로 전북은 호남의 중심이었다. 그런데 지금의 전북은 여러 면에서 변두리 취급을 당하고 있다. 현재 말마디 깨나 한다는 사람들이 호남에 대하여 언급할 때면 광주나 전남을 염두에 두고 얘기를 할 정도다. 이는 전북을 호남의 변두리쯤으로 생각하고 있기 때문이다. 이럴 바엔 전라남·북도를 통합하여 호남도라 하든지, 아니면 전북을 광주와 전남의 위성도시라고 명명하는 게 차라리 나을 것이다.

전북의 낙후성은 한국경제연구원이 발표한 시·도별 투자환경 순위에 잘 나타나 있다. 먼저, 기초투자환경이 16개 시·도 중에서 16위로 가장 나쁘다. 지방정부 정책 환경은 15위, 인프라 사업 환경 14위, 정보화 기술 환경분야 13위라는 내용만을 보더라도 전북이 타 시·도에 비해 얼마나 소외되었는가를 바로 알 수 있다. 필자는 그 원인으로 지역주의를 타파하지 못한 정부 정책의 잘못이 있다고 본다. 또한, 묵인하고 방관하고 오히려 지역 할거주의에 동승했던 지역 국회의원들의 책임이 크다고 생각한다. 그런데도 그들은 선거철만 되면 화려한 언변과 큰절로 애향을 다짐했고, 결국 꽃가마를 타고 여의도로 입성했다. 그 때문에 그들이 싫어도 4년을 기다려야 한다는 게 답답하다.

전북은 지금 흔들리고 있다. 뿌리를 내려야 할 기업들이 서울이나 대전, 경기, 부산, 인천, 경남, 대구, 광주 등으로 이사를 가고 싶다고 말하는데, 이를 붙들만한 힘이 없다. 떠나려 하는 기업들을 정착하도록 해야 할 정치인들이 수수방관하고 있는 사이 전북의 옛날 영광이 사라지고 있다.

지금이라도 긴장하고 지역 균형 발전 차원에서라도 전북의 낙후를 몸으로라도 막아야 되지 않겠는가 말이다. 지금 바로막지 못하면 전북의 위상은 바닥으로 추락하게 될 것이다. 그 징조가 국립대학 간 통폐합에서 벌써 나타나고 있다. 사실 대학 통폐합도 원칙보다는 정치적인 힘으로 몰아 붙이고 있는 것 같다. 사실 대학이란 그 지역의 문화와 특성을 가지고 있는 것이다. 이런 상식을 뛰어넘어 행정편의주의적인 면을 강조하는 것은 잘못이라고 본다. 결국, 실패하거나 경쟁력을 약화시키는 요인으로 작용하게 될 것이다. 현재 호남기능대학 가시화를 지켜보면서 하는 말이다. 다시 말해 광주기능대학을 중심으로 전북·고창기능대학이 귀속되어 학사운영 및 예산집행, 인사의 모든 권한을 광주의 지시를 받도록 한다는 것이다. 이를 '기능대학지역별 통합'이라 한다. 모습은 그럴듯하지만, 세부적으로 들어가면 상대의 형편과 처지를 무시한 무리한 졸속 행정이 숨어 있다.

이런 일련의 일들이 전북의 자생 능력을 약화시키는 원인이 되고 있다. 이는 지역의 균형 발전 차원에 어긋나는 것이다. 사실 전남과 광주·목포는 전북과 지역 정서가 전혀 다르다. 그런데도 의견 수렴 없이 통폐합한다는 것은 필자가 보기엔 비정상이다. 훗날 누가 책임을 질 거냐고 묻는다면 대답할 사람은 아무도 없을 것이다.

전북기능대학은 23개 기능대학종합 평가에서 2년 연속 1위를 하고도 광주 분교로 가게 된다는 것은 타당치 않다. 그런데 이런 불합리를 보고도 지적 하나 못하는 전북 정치인들이 밉다. 더 싫은 이유는 현재 노무현 정권에서 유례를 찾아볼 수 없이 많은 사람이 실세에 포진하고 있으면서도 전북은 여전히 홀대를 받고 있다는 것이다. 멍석을 깔아 주었음에도 지역 현안조차 해결하지 못하고 허수아비처럼 자리만 지키고 있는 전북 정치인. 마치 한 여름에 그늘에 숨어 노래만 부르고 있는 베짱이 같아 얄밉다. 말 한마디 못하고 속수무책으로 당하는 것도 모자라 곁가지 취급을 받는 것 같아 속상하다. 전북이 불이익을 당하고 있는데 전북 정치인들이 꿀 먹은 벙어리처럼 눈만 끔뻑거리고 있어 답답하고 매우 실망스럽다는 얘기다.

전북일보 2005-10-16

전북 정치인들에게

우연히 인터넷을 검색하다 지방신문의 기사를 보게 되었다. 제목은 '전북과 전남은 무슨 관계인가?' 1년 전의 기사이긴 해도 조목조목 지적한 부분이 어처구니없는 얘기였다. 가령 김대중 정부 때 전남 출신으로 농림부 장관을 지냈던 김성훈 씨는 임기 중에 새만금 사업을 중단시키지 못한 것이 천추의 한이라고 방송 인터뷰를 했다든지, 그리고 그 당시 국정 감사장에서 농어촌개발공사 호남지사장을 호되게 밀어붙인 당사자들은 대부분 전남(광주)의원들이었다는 것이다. 전북의 정서엔 전남(광주)을 협력 동반자이거나, 서로 이익을 위해선 늘 같은 목소리를 내는 이웃이며, 같은 배를 타고 가는 공존공생의 관계에 있다고 보고 있는데, 전남은 새만금 개발을 10년 앞당기겠다는 정부발표에 대해, 서남해안 관광·레저도시(J프로젝트) 사업에 차질이 생길까 전전긍긍하고 있다는 기사 내용을 보았다. 좀 이해하기 어렵다. 진정 전북과 전남은 무슨 관계인가. 전북의 낙후가 전남(광주)의 편중투자에 그 원인이 있다고 보는 시각이 많은데, 혹시 새만금사업도 이기적인 생각에 배 아파하거나 그래서 방해하고 싶은 마음이 있는 것 같다는 생각이 든다.

새만금과 전남의 서남해안 관광·레저도시는 직선거리로 130㎞에 불과하고, 개발내용도 상당 부분 겹쳐진다고 한다. 이에 대해 김완주 전북 도지사는 '새만금과 J 프로젝트사업의 장점을 살려 상생하는 방법을 마련하는 것이 좋을 듯싶다.'고 말했다 하고, 전남지사도 '상호보완 관계로 시너지 효과를 극대화할 수 있길 바란다.'는 덕담을 주고받았다고 한다. 참으로 아름다운 모습이다. 그러나 하나가 무산되거나 축소되어야 한다면, 지금처럼 원론적인 말만 할 수 있을까 싶다. 둘 다 지역의 미래를 위해서 반드시 이뤄야 하는 사업으로, 한 치의 양보도 용납할 수 없을 것이다. 새만금 사업은 타당성을 조사하고 외곽 실시설계를 시작한 지 30년이 지났다. 이에 반해 J프로젝트사업에 대한 공청회를 연 지 3년도 안 되었다. 그런데도 전남과 광주에서 새만금사업을 걸림돌로 생각하거나 아예 무산시키려는 의도가 곳곳에서 보인다는 것이다.

언젠가 전남지사가 전주에 왔다고 한다. 전남·북 협력위 구성을 제안하면서 '동계 올림픽'을 무주에 유치할 수 있도록 밀어주겠으니, 태권도 공원을 전남에 양보하는 안을 제시했다고 한다. 사실 동계올림픽 유치에 대하여 강원지사로부터 각서까지 받고도 유치권을 놓친 우리로선 전남도지사의 행위가 야속하고 씁쓸한 것이었다. 불난 집에 부채질하는 꼴이며, 같은 호남인으로서 정도가 지나친 처사였다고 본다. 같은 호남인끼리 이렇게까지 해야 하냐고 묻고 싶다. 야비하게 목적을 위해선 수단과 방법을 가리지 않는 그들의 두꺼운 얼굴 덕에, 호남의 중심은 광주가 되어가고, 전북은 곁가지이거나 서자가 되어버린 것이 아니겠는가.

현재 전북은 주요기관의 출장소가 있는 지역으로 전락하고 말았다. 그래서 고유가 시대에 광주로 뻔질나게 출장을 오가며 지시를 받아 처리하는 하부기관에 불과한 전북, 같은 도로서 부당하다고 외쳐보지만, 누구 하나 귀담아듣는 사람(위정자)이 없다.

'망둥어가 뛰니 꼴뚜기가 뛴다.'고 했던가. 언론까지 전북을 무시하는 것일까. 며칠 전 어느 중앙지 호남 판을 보면 가관이다. 아예 전북 관련 소식이 단 한 줄도 없는 날이 많고, 어느 날은 대여섯 줄 달랑 실어놓고 만다. 전북 기사가 많다 해도 절대 전남(광주)의 기사 량을 넘지 않는다. 광주에 호남본부가 있고 전주엔 주재기자가 상주하고 있어 푸대접인가. 이러고도 언론의 공정성을 논하는 그들의 말에 화가 난다.

전라도와 제주까지 통치했던 조선 시대 전라감영이 전주에 있었다는 것을 모르는 전북인은 없다. 그래서 복원사업을 서둘러야 한다는 의견도 있지만, 이것으로 낙후된 전북이 되살아난다는 보장은 없다. 지금은 앞만 보고 뛰어야 할 때이다. 자꾸만 남의 탓으로 돌리고 자기가 여의도로 가야 문제가 해결된다고 말하지 마라. 전북 정치인의 실세가 가장 많았던 지난 정부 10년에서도 철저하게 소외되었던 전북이 아니던가. 한번 자문해봐라. 전북이 지금 어디에 있는지, 당신들의 무능함과 무관심으로 잃어버린 그 자존심을 찾아올 기회가 언제인지, 대통령 스스로 새만금 사업을 10년 앞당기겠다고 말한 바로 지금이 아니겠는가. 어떤 대가를 치르고라도 반드시 전북발전을 이뤄야 한다. 정말 이번에도 놓치면 정말 당신(전북 정치인)들은 전북을 떠나야 할 것이다.

전북도민일보 2008-8-12

균형발전의 걸림돌

2008 베이징 올림픽 개막식에 경기도지사가 초대받아 검색대를 통과하기 위해 뙤약볕에서 2시간 동안 줄 서서 기다렸단다. 그가 평생에 가장 고통스러운 순간이었으며, '악몽 중의 악몽'이었다고 얘기했다고 한다. 그런데 일부 언론에서는 그 시각엔 뙤약볕은 없었고, 온종일 흐렸다는 보도가 있다. 누구의 말이 맞는지 모르겠다. 아무튼, 무더위 속에서 검색을 받기 위해 기다리던 2시간 정도가 참기 어려울 정도로 고통스러웠던 모양이다. 넥타이도 풀지 않고, 상의도 벗지 않은 채 말이다. 그러나 이 정도를 가지고 호들갑스럽게 설레발 치냐는 기사를 본 적이 있다. 아마 경기도의 살림과 행정을 책임지고 있는 수장으로서 푸대접을 받았다는 생각에 짜증스러울 수도 있었겠지만, 이는 한국인에게만 있는 조급증이 아닐까 싶다.

이러한 경기도지사가 '균형 발전 정책은 정신 나간 정부정책이다.'라고 서슴없이 말했다고 하니 슬픈 일이다. 아마 세상의 기본을 한참 모르고 있는 것 같다. 밭에 뿌린 씨앗도 골고루 자라 주어야 하듯, 세상엔 어느 한 곳 중요하지 않은 부분이 없다. 가령, 먹는 입만 생각하고 맛있는 것만 골라 먹는다면 비만이 될 것이고, 결국 신체의 균형이 깨

져 사망에 이르게 된다는 것을 모르는 사람이 없을 것이다. 자녀교육
에도 적절한 안배가 필요하다. 자녀가 원하는 대로 무엇이든 들어주
겠다고 생각하는 부모라면 그 가정은 머지않아 파탄이 날 것이다. 따
라서 지도자에겐 특별히 미래지향적인 균형 감각이 필요하다. 겨우 두
시간 기다림에 대하여 투정을 부렸다면 문제가 있다고 본다. 이를 푸
대접이라고 생각하기 전에 도의 수장이었으니 초대까지 받았다고 생
각했다면 그 고통을 감지덕지 받아들였을 것이다. 만약 여기서 도지
사를 특별 대우했다면 베이징 올림픽은 수많은 귀빈 대접으로 개막식
조차 열지 못했을 것이다. 개인은 모두가 특별하다. 그러나 서 있는 위
치와 처지에 따라 다르다는 것을 몰랐던 것 같다. 바로 이것이 균형이
며 이 균형이 우리 사회를 지탱하고 있는 기준 추라는 것을 말이다.

경기 지사는 기회 있을 때마다 정책의 균형은 현실에 맞지 않는 인
기 영합정책이라며, 수도권이 잘살면 자연적으로 지방도 잘살게 된다
말하고 있다. 그래서 균형발전이란 말은 달콤하지만, 실현될 수도 없고
된 적도 없다 말하고 있다. 결국, 수도권 규제 완화만이 대한민국이 잘
사는 나라가 된다는 논리를 펴고 있는 경기도지사를 보면 베이징 올
림픽 개막식 입장식 때 보여준 모습이 상상이 된다. 우린 그를 차기 대
권주자로 부르기도 한다. 그는 정치적인 계산능력이 뛰어난 사람이다.
그러나 민심을 무시한 독선적인 말을 만들어 내는 기술자일 뿐, 책임
이 뒤따르지 않는 보통의 정치꾼에 불과하다. 이런 사람의 말을 귀담
아들을 필요는 없지만, 자꾸 마음이 쓰이는 이유는, 수단과 방법을 안
가리는 힘 있는 정치인이라는 점이다. 그의 말 한마디가 전북이 원하
고 있는 균형발전에 암초가 되기 때문이다.

우리는 국토의 균형발전에 커다란 장애물을 만났다. 어디로 튈지 모르는 불똥으로, 이대로 두어서는 큰 화를 면하기 어려울지도 모른다. 대비해야 한다. 논리를 개발해야 한다. 좀 더 적극적인 자세로 맞불을 놓아야 한다. 낙후된 모든 지방자치단체가 한목소리를 내야 한다. 잡초 같은 민심이 얼마나 끈질긴지 같은 소리를 내야 한다. 정치적인 야망과 능변, 그리고 힘까지 가지고 있는 그에게 원칙을 호도하게 해서는 안 된다. 오직 눈앞의 이익을 위해 객관성을 상실한 그에게 경고를 보내야 한다. 어떤 경우라도 정부는 균형발전의 기조를 변경해서는 안 된다.

균형발전은 대한민국을 윤택하게 만드는 길이다. 국민의 마음을 편안하게 하는 일이며, 법질서를 바로 세우는 기본이며, 기다림의 아름다움 속에서 서로를 믿고 의지하고 행복한 나라를 만드는 기초이다. 한쪽이 기울면 조화가 깨지고 불협화음이 나오는 법이다. 균형이 깨지면 신뢰가 무너지고 세상이 삭막해지는 법이다. 이 땅은 현대를 사는 힘 있는 자의 것이 아니다. 지금 살고 있는 우리 것도 아니다. 반드시 아름답고 조화롭게 후손들에게 물려줘야 할 땅이다. 개인의 욕심으로 균형이 깨지고 병이 들면 경쟁력을 상실하고 무기력해지는 법이다.

전북도민일보 2008-9-10

전북도지사 선택에 대하여

　아직도 전북도청 홈페이지엔 자중지란이 계속되고 있다. 이명박 대통령에 대한 도지사의 감사 편지를 두고 하는 말이다. 문제는 누구도 단정 지어 말할 수 없지만, 전북도를 위한 길이 무엇인가를 생각하면 그 해답이 나올 거라는 얘기를 하려 한다.

　2006년 민선4기 취임식에서 김완주 전북도지사는 '경제를 살릴 수만 있다면 할 수 있는 모든 것을 다하겠습니다. 지금은 새만금 사업을 위해 전북 도민의 하나 된 힘이 필요합니다. 바다를 접한 모든 지역이 환황해 지역의 주도권을 잡기 위해 생존권을 걸고, 전쟁 같은 경쟁을 펼치고 있기 때문입니다. 인천은 송도국제도시, 경기도는 평택에 동북아국제도시, 전남의 J프로젝트사업 등을 구상하고, 경상도는 남해안 특별법 등을 상정하려고 합니다. 이 무한 경쟁에서 시기를 놓치면 새만금은 환황해권의 미아가 될지도 모릅니다.'라고 호소하고 있을 때, 광주 박광태 시장은 '2년 연속 제조업 생산증가율 전국 1위, 수출 증가율 전국 1위라는 괄목할 만한 성과를 거둬 만년 소비도시에서 이젠 생산도시, 수출도시로 탈바꿈하게 되었습니다.'라고 성과를 자랑스럽게 말하고 있었다. 이는 낙후된 전북 현실과 비교되는 대목이다. 이미 전북은 호남의 변방이 되어버렸다. 호남 민심은 광주, 전남에서 시작한다는 말도 있다. 호남의 대통령은 있었지만, 전북의 대통령은 없었다고 말하는 사람도 있다. 여의도를 주름잡던 민주당은 있었지만, 힘한 번 발휘하지 못한 전북 정치인들이 새만금을 방황하게 만들었다고보는 것이 전북의 여론이다.

김대중 정권 초대 농림부 장관이었던 김성훈 씨는, 임기 때 새만금을 중단시키지 못한 일이 천추의 한이라고 말한 것으로 보아, 새만금은 김대중 대통령마저 포기한 사업으로 전북 도민은 보고 있는 것이다. 사실 새만금 사업을 정치적인 논리로 볼 때, 김대중, 노무현, 민주당에선 별로 한 일이 없다고 보는 시각에 대하여 개인적으로 공감하고 있다. 이처럼 우여곡절이 많았던 새만금사업이 특별법 제정으로결실을 보게 되었고, 지난 23일에는 내부개발 기본 구상 및 종합실천계획이 18년 만에 발표되었다. 이에 대해 김 지사가 대통령께 쓴 감사편지가 도민의 자존심을 상하게 했다는 이유로 논란이 되고 있다. 전북도청 홈페이지에 수많은 익명의 악성 댓글이 쏟아지고 있다. 30년을 전주에 살았으나 해먹고 살 게 없어 서울로 올라와 취직해 살아도, 가난한 고향이 좋다는 사람, 지역 발전을 위해 소속 당파를 따지지 않고 할 말을 한 용기야말로 공인의 바른 자세라고 말하는 등의 논쟁이격렬하다.

개인적인 생각으론 감사의 표현을 구구절절할 수밖에 없었던 마음을 헤아려볼 때라고 본다. 지지부진한 새만금 진행 상황 속에서 책임자로, 자존심을 버렸다는 것은 자신보다는 도민을 위한 결단이었다고 보며, 이를 두고 기다렸다는 듯이 당리당략으로 접근하여 침소봉대할 일은 아니라고 본다. 전북 경제의 모든 지표가 최하위인 상황에서, 도지사가 자존심을 버리고 감사하다고 말한 이유가 있을 것이다. 비록 그 이유가 개인의 목적을 위한 계산된 행위라 해도, 전북 경제에 도움이 되는 일이라고 하면 우리는 하나 된 도민의 힘을 보여줘야 할 것이다.

'경제를 살릴 수만 있다면 모든 것을 다하겠으며, 청년의 일자리를 만들기 위한 기업유치라면 지구 반대편까지 날아가 기업을 유치하겠다.'고 한 김 지사는 누구보다 가난의 서러움을 알고 있다고 본다.

누가 물었다고 한다. '왜 당신은 모든 자존심을 버리고 왜 부자가 되려고 합니까?' 대답하기를 '부자란 선택의 폭이 넓어지기 때문입니다.'라고 했듯이 낙후된 전북의 미래를 위해선 초당적으로 접근해야 할 때라고 본다. 지역현안을 가지고 정부와 좋은 관계를 가져야 하며, 결코 누워서 침 뱉는 식의 반발은 도민에게 도움이 되지 않는 것이다. 조금은 어색하고 자존심 상하는 일이라 해도, 이해하고 한목소리를 낼 때이다. 우리가 실망하고 분열이 깊어질 때, 이웃인 전남은 80여 년 동안 지켜오던 국립수산과학원 갯벌 연구소까지 유치(말이 좋아 유치지 빼앗겠다는 생각)하겠다는 의견을 갯벌 연구소 측에 제시했다고 한다. 욕심이 과한 것으로 보이지만, 자기 일에 대한 욕심은 필요하다. 자존심 또한 필요하다. 욕심과 자존심 사이에 무엇을 선택하느냐는 개인적인 판단에 달려 있다. 진정한 지도자란 개인의 기준으로 판단해서는 안 된다고 본다. 따라서 도지사의 개인적인 이익보다 도민을 위한 선택이었을 거라고 보고 싶다. 다만 도민의 정서를 조금만 헤아렸더라면 하는 아쉬움도 있다. 그러나 지금은 상처로 남겨질 비방과 추론은 자제할 필요가 있다고 보며, 자중지란 속에서 논쟁만을 계속한다면 결코 전북 발전에 도움이 되지 않는다는 얘기이다.

전북도민일보 2009-8-23

전북 발전과 황금비율

전북의 발전이 답보 상태이거나 오히려 마이너스로 성장하는 이유에 대하여 필자는 중과부적(衆寡不敵)이라는 사자성어로 설명하고자 한다. 이 말의 뜻은 적은 수효로 많은 수효에 맞서지 못한다는 것이다. 다시 말해 물밀듯 몰려오는 적들을 우리 화력으로 당해낼 수 없다는 말이다.

현대경제연구원이 발표한 '제10회 대한민국 경제적 행복지수 조사'에 따르면 전북은 최하위를 기록했다. 올 상반기 도민들이 느끼는 경제적 행복지수는 100점 만점에 34.3점으로 전국 최하위권(16등)인 것으로 나타났다. 행복지수 측정은 경제적 안정, 우위, 발전, 평등, 불안 등 8개 항목으로 나뉘는데 전북지역은 5개 항목에서 가장 낮은 점수를 기록했고, 경제적 안정 항목에선 전국 밑바닥인 44.3점을, 경제적 우위 분야 역시 42.2점으로 최하위로 나타났다. 미래의 경제적 행복 예측도 200점 만점에 101.6점에 그쳐 향후 경제 상황마저 비관적인 것으로 조사됐다는 발표내용을 보았다.

알다시피 전북은 가장 풍요로운 곡창지대였고, 해안과 섬 지역의 어촌도 내륙 못지않은 경제적 풍요를 누렸다는 기록들이 남아 있다. 그런데 왜 전국 광역단체 가운데 가장 낙후된 지역이 되었는가? 개인적으로 그 이유를 정치적인 차별 때문이라 본다. 전북은 이 심한 차별을 만회하기 위해 발버둥 쳐 보지만 정권으로부터 홀대를 면하지 못하고 있다. 왜 그런지는 전북 도민이면 다 알고 있는 사실이다. 사람을 움직이는 곳에 전북을 대변할 사람들이 없다는 것이다. 목소리를 높여 주장해도 그 소리를 귀담아들어 주는 사람조차 없다. 소도 비빌 언덕이 있어야 일어나는 법이다. 사실 언덕이 되어주겠다고 해서 특정 정당 정치인에게 몰표를 던졌지만, 아직도 그들은 자기 욕심 채우기에 급급할 뿐 합리적이고 상식적인 배분에 눈을 돌릴 생각이 전혀 없는 것 같다.

전북 정치인은 한마디로 방안 통소였다. 샌님처럼 얌전하고 고루해 주목을 받지 못했다. 그러다가도 선거 때만 되면 딱 한 번만 도와 달라고 전투적인 용어를 써가며 목젖이 터져라 고함치며 골목을 누볐다. 도민은 이를 보고 자기 일처럼 흥분하고 동정한 그 책임이 있다고 본다. 결국, 전북의 낙후는 스스로 불러온 일이다. 이제라도 더 늦기 전에 손익계산을 해야 한다. 오기나 미움 또는 서운함으로 판단할 일이 아니다. 그동안 정치적인 차별로 당한 희생으로 충분하다. 더는 끌려 다녀서는 안 된다. 전북이 살길을 선택해야 한다. 그러기 위해서는 부추기는 정치인들에게 속지 말아야 한다. 균형감각을 잃게 하는 어느 것과도 타협하지 말아야 한다. 지연, 학연, 혈연 등을 끊어내야 한다. 이제 우리도 조화로운 황금비율을 찾아야 한다. 여당이기 때문에 무조건 싫다가 아니라, 그래서 야당에 몰표를 줘서 분풀이해야 된다가 아니라, 적절히 균형을 잡아줘야 한다는 것이다. 세상의 모든 일에는 분명 황금비율이라는 게 있으며, 우리는 그 황금비율을 만들어 가야 한다. 이 황금비율의 중요성은 건물이나 그림뿐만 아니라 머리 가르마의 위치, 책의 크기, 책상 길이 등 우리 주변에서 널리 적용되고 있다. 피라미드, 비너스, 파리의 개선문 등을 보면 안정성이 있고, 그것이 아름답다고 여기는 것은 바로 황금비율에 충실했기 때문이다. 이 균형이 깨지면 아무리 귀한 금은보화로 만들어진 건축물이라 해도 그 가치가 경감된다는 것은 상식적인 일임을 알고, 균형감각을 가지고 전북 발전을 위한 황금비율을 찾아 나서야 한다.

따라서 필자는 18대 대선과 전북 발전의 관계를 다시 한 번 생각해 봐야 한다는 생각이다. 한 정당에 일방적인 지지보다는 우리가 원하는 미래의 전북 대통령을 만들어 내기 위해서라도, 적절한 지지율 변화가 필요하다. 여·야 모두 전북에 관심을 가지도록 만들기 위해선 서로 팽팽한 지지(황금비율)를 보낼 필요가 있다는 것이다. 이를 방해하는 사람의 특성을 자세히 살펴보면, 편 가르기로 득을 본 사람들이다. 바로 구태를 벗지 못하고 '박은 짝퉁이고 문은 진퉁'이라고 지방지에 칼럼을 쓴 국회의원 같은 사람이다. 정말 진정한 뒷심이 있다면 몰매를 맞을 각오를 하고서라도 경상도에 가서나 할 얘기다. 그런 용기도 없으면서 도민 앞에서만 자극적인 언행으로 '나 여기 있소' 말하는 정치인으로서는 전북 발전을 담보할 수 없다는 얘기다. 더욱 상처의 골만 깊어지게 할 뿐이다. 이런 말에 현혹되지 말고 지금 당장 우리에게 필요한 것은 전북 발전을 위해 어떤 선택을 할까 하는 것이다. 사실 우리에게 누가 대선에 승리할 것인가는 매우 중요한 일이다. 그러나 그동안 어떤 정권에서도 차별에서 자유롭지 못했던 전북의 선택이 더 중요하다는 얘기다. 따라서 이번 기회에 어느 당(여·야)도 무시할 수 없는 팽팽한 지지율을 만들어 줌으로써 그들을 긴장케 하고, 그들로 하여금 스스로 도와줘야 한다는 생각이 들도록 만들어야 발전하고 살기 좋은 전북이 된다는 것이다.

전북도민일보 2012-12-19

아전인수를 탓하기 전

아전인수(我田引水)란 자기 논에만 물을 끌어넣는다는 뜻으로, 자기의 이익을 먼저 생각하고 행동하거나 모든 일을 억지로 자기에게 유리하게 만들어 간다는 뜻의 고사성어다. 요즘 전북이 타들어 가는 논에 물을 대지 못해 볼멘소리하고 있다. 경우가 아니라는 것이다. 상대의 욕심이 지나치다는 것이다. 물길을 차단한 것에 대하여 분노를 분출하지만 자기 논에 먼저 물을 대려는 것은 인간의 기본 심성이다. 만약 이들이 자기 논에만 물을 끌어대고 남은 물을 오기로 버렸다면 몰라도 지금 남의 탓만 하고 있을 때가 아니다. 닭 쫓던 개 지붕 쳐다보듯 의기소침해 할 일도 아니며, 하늘이라도 무너진 것처럼 절망하거나 그 책임을 어느 특정인에게 물어 자중지란을 일으켜서도 안 될 것이다.

필자도 토지주택공사(LH) 통합청사와 프로야구 10 구단이 전북으로 오길 학수고대했지만 안타깝게도 다른 지역으로 결정된 것에 대한 아쉬움을 금할 길 없다. 그러나 어쩔 수 없는 일이다. 원인은 열정과 창의력이 뒤떨어지거나 게을러서 실패한 것이 아니다. 역대 정부의 경제성 논리와 함께 정권을 잡은 지역의 힘의 논리가 작용한 탓이다. 균형을 잃어버린 정부의 잘못이다. 전북이 균형발전 차원에서 지원을 요구하지만, 빈번히 실패를 보고 있는 것은 나라가 잘못된 것이다.

사실 전북은 가장 잘 사는 울산 주민소득의 절반에도 못 미친다. 이렇게 되기까지의 원인은 정부 정책의 잘못이다. 그렇다고 지금 남의 탓만 하고 있을 때가 아니다. 누구에게 책임을 묻기 전에 합심하여 잃었던 희망의 끈을 찾아가야 한다. 허탈감과 자괴감에 싸여 홀대를 받고 있다는 생각에 빠져있어서는 안 된다. 새로운 출구를 찾아야 한다. 실패가 무서워 새로운 도전을 포기하지 않도록 전열을 가다듬어 1보 후퇴 2보 전진하려는 자세를 보여야 한다는 것이다.

자중지란(自中之亂)은 우리에게 도움이 되지 않는다. 그것은 볼썽사나운 일이다. 서로 상대의 무능함만을 지적하고 벌써 도지사의 3선 출마 여부와 관련한 언급을 하게 하는 것은 전북 발전에 도움이 되지 않는다. 전북의 낙후를 두고 모든 책임이 도지사에게 있는 것처럼 몰아세우는 것은 좋은 모습이 아니다. 그는 필자가 보기에 최선을 다했지만, 힘이 없었다. 우리 도민도 할 수 있는 모든 힘을 다 모아 갈망했지만, 중과부적(衆寡不敵)이었을 뿐이다. 솔직히 암탉이 타조 알을 낳을 수는 없지 않은가. 이럴 때일수록 속마음을 들키지 않도록 서로 자중해야 한다는 것이다. 언젠가 또 새로운 기회가 오기 때문이다. 이 기회를 잡으려면 지금까지의 실패를 거울삼아 또 다른 실패를 되풀이하지 않도록 새로운 패러다임으로 접근해야 한다. 그중 하나가 일방적인 정당지지도에 대하여 다시 한 번 생각해 봐야 한다는 것이다. 지금까지 총선과 대선에서 특정 정당에 몰표를 줄수록 전북은 낙후될 수밖에 없다는 점을 많은 사람이 지적하고 있는 것처럼, 전북이 경쟁력을 확보하려면 정당을 감성보다 이성적으로 지지해야 한다는 것이다. 이해

득실을 따져 균형 있는 선택을 해야 한다는 말이다. 그동안 우리는 인물보다는 특정 정당을 보고 무조건 선택한 잘못이 크다. 그 결과 전북이 외면당하고 있다는 것을 우리는 잘 알고 있다.

이번 기회에 서로 상처를 어루만지며 도민 모두 의기투합(意氣投合)할 때이다. 속이 쓰리고 화가 치밀어 올라도 속으로만 아쉬워할 일이다. 사업 유치 실패의 원인을 특정인에게서 찾으려 다투는 사이, 겨우 채워 놓은 물까지 도둑맞을 수도 있다는 것이다.

무슨 일이든 자기에게 유리한 쪽으로 판단하고 실행하는 것은 당연한 일이다. 이를 탓하기 전에 뭉쳐야 산다는 것이 세상의 이치다. 따라서 지금은 전북스타일로 하나 된 도민의 힘으로 약진해야 한다. 아전인수를 탓하기 전에, 지도자에게 모든 것을 기대하고 그 책임을 묻기 전에, 도민 스스로 균형 있는 정당지지율 변화를 통하여 새로운 패러다임으로 전북의 발전을 이뤄나가야 할 때라는 것이다.

전북도민일보 2013-1-21

전북 발전은 문화권력 회복에 있다

민선 6기가 출범된 지 2개월이 지나고 있다. 단체장 모두 새로운 아이디어 발굴과 그동안의 경험을 바탕으로 지역 발전에 최선을 다하고자 노력하는 모습이 보인다. 문제는 시간이 지나면서 초심을 잃어버리고 전임자의 잘못을 그대로 답습하거나 그동안 진행된 추진 사업을 갈아엎는 것이 마치 강한 추진력이라고 착각하게 된다는 것이다. 그리고 부족한 지도력을 인정하지 않고 정부를 탓하거나 무조건 생떼를 부리는 것이 단체장의 임무라고 생각하는 것이다.

지역의 발전이란 결코 남이 가져다주는 물건이 아니며, 돈을 주고 살 수 있는 것도 아니다. 오직 노력한 만큼, 땀을 흘린 만큼, 준비한 그릇만큼 채워진다는 것이 엄연한 현실이다. 그동안 많은 수고와 노력에도 불구하고 전북은 낙후되었고, 누가 봐도 호남의 곁가지인 위성도시로 전락하고 있다고 본다. 옛 전라감영의 중심이었던 전주의 영광은 사라지고, 전북의 정체성마저 자꾸만 쇠약해진 그 책임은 전북 정치인들에게 있다고 본다. 그 이유로 지역민을 무시하고 정치권력에만 의존하거나 미래지향적이지 못한 태도로 전북을 이끌었기 때문이다. 또한, 문화의 중요성을 간과한 탓에 인구는 감소하고 낙후지역이란 꼬리표를 달게 되었다는 얘기다.

필자가 생각하기엔 지역의 발전은 무엇보다 문화권력 회복에 있다고 본다. 혹자는 정치 발전이 참다운 권력의 원동력이라 말할지 모르나, 그것은 뿌리 없는 나무 열매에 불과하다. 문화는 우리 삶의 뿌리다. 우리의 정체성이며 자존심이다. 이런 뿌리를 무시한 발전은 유행에 불과하고, 그것을 지키기 위해 더 많은 희생이 필요할 수도 있다는 것이다. 물론 우선 삶의 질을 향상시킨다는 측면에서 본다면 모두 중요하다. 다만, 먼저 문화권력이 근간이 되어야 한다는 점이다. 그래서 필자는 전북만이 가지고 있었던 우수한 문화를 지켜야 하고, 전북이 다시 일어서기 위해선 대기업 몇 개 더 유치했다고 해결되는 것이 아니라, 우리가 가지고 있는 고유문화를 발굴하고 유지 발전시켜야 된다는 것이다.

첫째, 가상 시급한 게 전라감영 복원이라고 본다. 이는 도민의 위상을 회복하는 데 상징적인 의미가 있으며, 도민의 자존심을 찾아주는 가장 중요한 사업이라고 생각한다. 또한, 이 사업은 반쪽짜리 한옥마을 복원을 완벽하게 이룰 수 있는 효과를 가지며, 연간 500만 명이 찾아오는 한옥마을 방문객을 다시 불러올 수 있는 기반이 될 것이다. 여기에 새로운 전주 특유의 스토리텔링을 개발하여 현재 단조로운 관광에서 다양한 색을 입혀줌으로써 시너지 효과를 배가할 수 있는 유일한 복원사업이란 생각이다.

둘째, 동학농민운동에 대한 재조명이다. 암울했던 한 시대를 약한 농민 스스로 타파하여 근대사회를 열어갔던 농민항쟁 발상지가 전북 정읍이라는 사실이다. 이를 온 국민에게 알리고 전북인의 의식을 고취시키면서, 우리 민족의 근대화에 대해 올바른 역사의식과 가치관을 이룩한 뿌리가 전북임을 만방에 알려야 한다. 이런 역사적인 사실은 의식 있는 후손만이 스스로를 내세워 자랑할 수 있는 것이다. 따라서 지자체는 다양한 기념제 등을 열어 홍보하고 이를 관광사업과 접목하는 방법을 찾아야 할 것이다.

끝으로 전북의 문화축제에 대한 대대적인 수술이다. 해마다 당연히 이뤄지는 축제는 동력을 상실한 전형적인 모습이다. 말도 많고 탈도 많은 축제라면 당장 접어야 한다. 축제 때마다 주도권을 행사하려거나, 집단 이기주의로 반쪽짜리 축제도 불사하면서까지 영혼과 미래가 없는 일회성으로 진행하는 축제는 의미가 없다. 축제가 성공하려면 지역의 전통성을 지키고, 축제에 대한 사후 관리와 모름지기 권위가 있어야 한다. 현재 민선 6기가 출범되면서 새로운 아이디어 발굴과 그동안의 경험을 바탕으로 지역 발전에 최선을 다하고자 노력하는 모습들이 보인다. 문제는 대부분 지난 발자취를 그대로 답습하거나, 정치적인 입지만을 위한 선심성 정책으로 환심만을 사려고, 전임자의 추진 사업을 갈아엎는 것이 마치 강한 추진력이라고 착각하는 데 있다. 그리고 급하면 정부를 향해 구원의 손길을 뻗거나, 균형발전 차원에서 지원을 요청하고, 지역 인재 등용을 강력하게 요구하는 것이 임무라고 생각하지 않길 희망한다. 그동안 오히려 정부를 향한 투쟁과 원망으로 갈등지수만 높아졌다고 본다.

결론적으로 문화는 무형의 무한한 권력을 가진다. 또한, 이 권력은 무형의 가치를 가지기 때문에 대부분 가볍게 취급할 수 있다. 그러나 세계적으로 유명한 관광지를 돌아보면, 일찍이 그 가치를 알고 원형을 보존하고 그 전통을 자긍심 하나로 지켜오고 있다는 점이다. 세계

관광 강국인 프랑스는 2차 대전 당시 오로지 유적의 파괴를 막기 위해 독일에 항복했다는 말이 전해오고 있다. 바로 그 어느 것보다 문화유적의 가치를 바로 본 것이다. 문화야말로 선조들이 우리에게 물려준 재산이며 권력이다. 부디 새로운 민선 6기 단체장을 통하여 문화권력을 회복시킴으로써 전북이 발전하길 간절히 바란다.

전북도민일보 2014-8-19

제 4 부

교육정책
이대로 좋은가

대학 수시모집은 폐지돼야 한다

한 학생이 의기소침해 하고 있다. 왜냐고 물을 수 없을 정도로 기가 죽어 있다. 그의 친구를 통해 알아보니 대학 수시 모집에 지원했는데, 가정 형편이 어려워 등록을 못 했다는 얘기였다. 여러 방법으로 이 돈을 마련하려 했으나 그 액수가 만만치 않아 포기할 수밖에 없었다니 그 심정이 오죽했을까. 이런 딱한 사정을 안 어느 독지가가 이 내용을 모르고 등록금을 준비해 주었으나, 마감일을 넘긴 터라 불가능했다고 한다. 법적으로 1차 수시 합격자는 2차 수시모집이나 정시지원이 불가능하게 되어 있다. 이 학생이 선택할 수 있는 길은 대학진학을 포기하고 재수하는 수밖에 없었다. 사실 수시모집은 정시모집 탈락에 대비한 '보험성 지원 기회'로 악용할 수도 있고, 다른 수험생의 진학기회를 가로막는다는 점에서 합격자 등록을 의무화한 것으로 알고 있다. 그러나 이 학생의 경우는 어떻게 설명해야 할지 모르겠다. 물론 돈이 없었고 제도를 이해하지 못한 학생에게 문제가 있을 것이다.

사실 수시모집은 그 취지와 달리 대학과 고교 현장에서 보면 문제점이 많다. 한마디로 시장판 같다. 완전 장삿속이다. 마치 호객행위를 하듯 집요하게 설명하는 홍보는 학생들의 판단력을 혼란스럽게 만들고 있다. 하루에도 수차례씩 이어지는 각 대학의 홍보를 들어야 하는 학생의 관점에서 보면 짜증스러울 것이다. 그러나 대학 측에서 보면 학교 존폐에 관계되기 때문에 홍보에 총역량을 모아 학생을 선점할 기회로 활용하려 할 것이다. 특히 입학자원이 부족한 전북지역 대학에선 홍보에 사활을 걸 수밖에 없다.

2007학년도 전북은 11,200여 명의 입학자원이 부족했고, 입학자원 중 12%가 서울지역으로, 15%는 다른 시도로 진학한 것으로 나타나 있다. 따라서 다른 시도에서 전북지역으로 진학하는 인원을 고려한다 해도 약 15,000여 명 이상의 입학자원이 부족한 상태다. 그래서 수시모집의 본래 취지와 다르게 수단 방법을 가리지 않는 모집 홍보는 공공연한 일이 되어 가고 있다. 가령 입학생 전원을 해외(연수)여행을 보내준다거나, 아니면 일부 등록금을 장학금으로 감해 준다는 등으로 지원을 유인한 결과 그 부작용이 만만치 않다. 이러다 보니 고교 수업까지 파행으로 몰고 가는 결과를 낳고 있다. 또한, 대학은 장삿속이 되고 적잖은 예산이 들어가지만 이를 만회하기 위해 다른 방법으로 이를 보충하려 하고 있다. 결국, 대학 교육이 부실해 질 수 있다는 점에서 잘못된 제도다. 물론 찬성하는 의견도 많다. 그러나 필자의 생각으로 볼 때 그 어느 쪽도 도움이 되지 않는다는 생각을 하고 있다. 그 예로 일선 고교에서는 각 대학의 집요한 홍보 요청을 거절할 수 없고, 학생은 개인의 의사와는 무관하게 지겨운 홍보를 접해야 하고, 교수는 하루에도 여러 학교를 찾아다니며 입시 설명회를 해서라도 정원을 채워야하는 총성 없는 유치 전쟁이 벌어지고 있기 때문이다.

필자의 생각엔 입학자원이 점점 부족해지자 수도권 지역의 인기대학 또는, 재정적으로 여유가 있는 몇몇 대학에서 로비를 통해 만들어 놓은 제도 같다. 당연히 아니라고 하겠지만 지방 대학은 수시모집으로 정원을 채우기가 점점 힘들어지고 있다는 점이다. 만약 이게 사실이라면 마땅히 1.2학기 수시 모집은 모두 폐지되어야 할 것이다. 입학정원이 절대적으로 부족한 현실에서 입학생을 선점할 기회를 주기 위한 제도라면 반드시 폐지되어야 한다는 말이다. 그리고 거의 고교 3학년 2학기 생활을 대학입시 분위기로 끌고 나가다 보면 그 피해가 학생에게 가게 될 것이다. 더 큰 문제는 학생을 기회주의자로 만들 수 있다는 점이다. 이처럼 소신보다는 눈치로 대학 갈 기회를 주는 제도라면 수시모집은 마땅히 폐지되어야 한다.

앞서 예를 든 것처럼 4년제 수시모집에 합격했으나, 등록금을 마련하지 못해 결국 대학 진학을 못 하고 군대에 간 학생의 경우를 보더라도 잘못된 입시제도다. 제도를 복잡하고 다양하게 만들어 불이익이 없도록 한다는 명목엔 설득력이 있을지 몰라도 복잡해지는 만큼 불투명해지는 약점이 있는 법이다. 제도마련은 일반적인 상식선을 벗어나서는 안 된다. 제도를 이용하는 측면에서 보면 복잡할수록 판단력이 약화되고, 잘못하면 자기 꾀에 무너질 수도 있다. 따라서 잘못된 대학입학제도는 젊은이의 장래를 망쳐놓을 수 있다는 점에서도 반드시 폐지되어야 한다.

새전북신문 2007-7-24

교육감 후보에게

사학을 부정적인 시각으로 보는 것은 어제오늘의 일이 아니다. 더욱이 대부분 사학재단(중학교 20%, 고등학교 80%, 전문대 95%)으로 이루어져 있는 우리 교육 여건을 보면 사학의 비리가 우리 사회에 미치는 영향은 가늠할 수조차 없을 것이다. 이에 대하여 교육감 후보의 생각은 어떤지 궁금하다.

교육은 그 나라의 백년대계이기 때문에 매우 중요하다. 따라서 이번에 전북교육의 수장을 뽑는 것은 무엇보다 중요하다 할 것이다. 그런데 현재의 시스템으로는 후보의 생각을 읽을 수가 없다. 후보는 난립하고, 선거를 앞두고 후보 간에 설전을 벌이고 있지만, 이들 중 누가 교육현장에 대하여 잘 알고 있는지 모르겠다. 예전과 달라지지 않는 선거제도 속에서 검증되지 않은 공약만 남발되고 있다. 서로 어수선한 가운데 민감한 사안에 대해서는 두루뭉수리 넘어가고, 표를 얻을 수 있는 정책에만 요란을 떠는 것은 일반 정치인들과 다름없다. 그래도 교육자적인 양식이 있다면 싸우지 말고 교육현장으로 나가보길 부탁하고 싶다. 무엇이 중요하고, 구체적으로 어떻게 해야 되는지, 도민은 진정 어떤 교육감을 원하고 있는지, 직접 찾아가 사람(학생과 학부모)의 소리를 들어봐야 할 것이다. 지금처럼 아무 고민도 없이 주어진 예산만 가지고 변화 없는 정책을 그대로 답습한다면 직접선거로 선택하는 교육감은 돈과 인력만을 낭비하는 결과를 초래하게 될 것이다.

5년 전 전주시 덕진구 동산동에 있는 한 사립 여고를 방문한 적이 있다. 낡은 책상과 벗겨진 페인트, 제초시기를 놓친 잡초가 무성한 운동장의 모습을 보았다. 그러나 송천동에 공립인 S고등학교의 사정은 완전히 달랐다. 교무실은 넓고 쾌적했다. 교실은 밝았다. 학생과 교사들의 표정에서 자긍심과 여유로움을 보았다. 그리고 더욱 친절했다. 바로 이것이 교육환경에서 오는 긍정의 힘이라고 생각되었다. 이처럼 좋은 교육환경은 자신감과 끝없는 애교심을 배양하고 있었다. 사실 열악한 환경에서 배운 학생은 부정적이고, 배타적일 수밖에 없다. 어려운 문제에 부닥치면 쉽게 포기하고 매사 합리적이기보다는 수단과 방법을 가리지 않는 길을 선택하게 될 것이다. 이웃을 배려하고 사랑하고 어른을 공경하는 것이 사치라고 생각할 수도 있을 것이다. 따라서 좋은 환경에서 교육을 받는다는 것은 개인에겐 행운이며, 나라의 밝은 미래를 튼튼히 하는 길이다. 투자 없는 교육의 백년대계는 무의미하다는 얘기다. 교육은 투자다. 그러나 사학은 이를 망설이고 있다. 단순히 학생을 돈벌이 수단으로 보기 때문이다. 교육은 어머니다. 감싸주며 정성을 다해 가꾸고 다듬어야 진정 참다운 교육이 되는 것이다.

얼마 전 이름과 주인이 바뀐 동산동에 있는 J 여고를 다시 찾아가 보았다. 35억여 원의 개인재산을 털어 투자했다는 학교는 모든 것이 '확' 바뀌어 있었다. '사람을 키우는 것이야말로 가장 보람 있고 아름다운 일'이라고 말하는 새 주인은 의미 있는 곳에 투자할 줄 아는 멋있는 사람이라고 주민들은 말하고 있었다. 운동장엔 천연 잔디가, 울타리엔 울창한 소나무 숲이, 교실 앞뜰엔 아름다운 정원이 조성되었고, 교실도 밝고 깨끗했다. 교무실은 층마다 새롭게 만들었거나 꾸며져 있었다. 보이지 않는 곳까지 세심하게 가정환경처럼 변해 있었다. 4월의 교정엔 봄꽃들이 가득했다. 아마 학생들은 날아드는 나비와 벌을 보며 살갗을 스치는 그윽한 향기를 꿈결처럼 느낄 것이다. 낭만을 충전하고, 아름다운 추억을 만들 것이다. 또한, 교사는 편안하고 쾌적한 환경 속에서 활력을 얻을 것이다. 헌신과 봉사하는 마음으로, 힘 있게 열강(熱講)할 것이다. 이웃 주민들은 잠시 산책하는 휴식공간으로 학교를 이용할 것이다.

교육은 우리의 미래다. 따라서 교육환경 개선을 위하여 투자하도록 설득해야 한다. 대부분 사학재단으로 이뤄진 학교를 현실적으로 설득하기란 불가능할 수도 있을 것이다. 그래도 교육감은 끝까지 그 뜻을 이뤄내야 한다. 사학재단이 투자할 때까지, 교육환경이 개선될 때까지, 그 당위성을 설명해줘야 한다. 잘못된 제도를 탓하기 전에 전북 교육의 대표로서 사명감을 가지고 발 벗고 나서야 할 것이다. 잿밥에만 관심을 두는 무능하고 왜곡된 교육감이 아니라, 발로 뛰는 머슴이 되어야 한다. 잘못된 실력과 언변을 무기로 학생과 학부모를 속이는 교육감이 아니라. 뚝심 있는 일꾼이어야 된다는 얘기다. 거짓으로 위장한 정치인 같은 후보가 아니라, 모범적인 학생의 아버지이며, 존경받는 교사들의 진정한 수장으로서 박수를 받는 미래 지향적인 교육감이 필요하다는 얘기다.

전북도민일보 2010-4-27

영재들의 자살에 대하여

어느 여름날 대학생들이 어울려 야유회를 갔다. 강가에 텐트를 치고 있었는데 갑자기 한 친구가 물놀이하다가 급물살에 휘말려 떠내려 갔다. 친구들이 우르르 몰려나와 살려달라는 친구를 보며 발을 동동 구르고 있을 때, 서울에서 온 한 학생이 갑자기 텐트로 들어가 노트와 필기도구를 꺼내와 무엇인가 열심히 적고 있었다고 한다. 떠내려 가는 사람은 누구이고 무엇을 전공했으며 지난밤 강우량은 얼마고, 물의 깊이는, 유속은, 친구들의 반응은, 이때 친구들 사이에서 망설이지 않고 물속으로 뛰어 들어가 물살에 떠내려가던 친구의 목숨을 가까스로 구한 학생이 있었는데 그가 바로 지방 대학생이라고 했다. 그런데 시간이 지나면서 주목을 받았던 사람은 목숨을 구한 그 학생이 아니라 그 현장자료를 정리해 보고한 서울 대학생이었다는 얘기였다. 이는 마치 재주는 곰이 부리고 돈은 주인이 받아가는 격이라고 했다. 이런 잘못된 사회인식을 바꾸기 위해서라도 자신은 중소기업의 대표로서 잔머리를 굴리는 똑똑한 친구보다는 순수한 열정을 가지고 있는 지방 대학생을 우선채용 하고 싶다며 취업 설명회를 마쳤다. 이 얘기가 적절한 비유인가에 대해서는 생각해 볼 일이지만 확실한 것은 현재 수도권 집중 현상이 교육의 패러다임까지 바꾸고 있다고 본다. 수도권 사람이 말하고 행동하는 것이 보편타당한 쪽으로 인식되기 시작하고 있다는 말이다. 사실 수도권은 전 국토의 11.8%에 불과하다. 그런데 수도권이 모든 자산가치의 3분의 2를 차지하고 있으며, 남한 인구의 절반이 포진하고 있다. 경제 활동인구가 대부분 모여 있고, 지역구를 둔 정치인이나 지자체 단체장은 물론 공공기관장들 대부분이 서울에 주소를 두거나 연고를 가지고 있다. 수도권은 돈과 권력이 집중되어 있어 기회가 많다고 생각하고 있어서 일 것이다. 그도 그럴 것이 위층엔 장관, 옆집은 판사, 아래층엔 경찰 총경이 살기 때문에 빚을 얻어 서울로 가려 한다는 말이 나올 정도로 수도권 집중 현상이 벌어지고 있다.

필자의 기준으로 보기엔 서울은 숨이 턱턱 막히는 곳이다. 어디를 둘러봐도 정을 둘 데가 없이 삭막하다. 표정들이 무겁고, 서로 눈치 보며 경계한다. 빈틈없는 건물 사이로 쫓기듯 달려가는 수많은 차, 큰소리를 지르지 않으면 자기 소리조차 들을 수 없는 거리, 배려 없는 지식인들과 정치인들이 에스컬레이터가 운반해주는 삶을 최고의 행복으로 착각하며 누리고 있는 사이 젊은이까지 수도권을 동경하며 벌떼처럼 모여들고 있다. 그 부작용이 곳곳에 나타나고 있다. 수도권으로 올라간 시골 영재들이 치열한 경쟁을 이기지 못하고 극단적인 선택을 서슴지 않고 있다. 오직 최고가 되기 위해 일부 젊은이들이 몸부림을 치고 있다. 억지로 물가로 끌려 나와 왜 물을 먹어야 하는지도 모르고 배가 터지도록 물을 마시고 있다. 그러다 지쳐 좌절하고 낙오자가 되어버리거나 모든 것을 포기하고 있다는 얘기다.

이런 젊은이에게 필요한 것은 최고와 빠름보다는 느린 휴식이다. 특히 어른들은 그들의 말을 들어 주고 배려하는 태도를 가져야 할 때이다. 다른 사람을 위해 희생하고 봉사하는 게 얼마나 중요한지 조목조목 설명해줘야 한다. 때론 격려도 해주고 사랑하는 말(馬)처럼 갈기도 빗질해주고, 굽도 손질해주고, 목덜미도 쓰다듬어 주고, 눈도 맞추며 엉덩이도 다독거려 주면서 교감을 나눠야 한다. 그리고 세상을 아름답게 볼 수 있는 안목을 가지도록 그들에게 여유를 줘야 한다. 특히 젊은이에게 열정과 진정한 용기가 얼마나 소중한 것이지 모범을 보여줘야 한다. 지금처럼 줄을 세우고, 서열을 매기고, 거기다 최고만을 인정하는 사회 분위기를 바꿔나가야 한다. 무조건 수도권을 동경하고 그 삶이 최고로 생각하는 잘못된 인식이 각박한 세상을 만들어 가는 것이다. 이를 인체로 비교하면 건강이 깨지고 불균형이 찾아오면 사망에 이르게 되는 것이다. 따라서 지금은 균형 잡힌 지도자의 통치가 필요하다. 그래야 우리의 아까운 영재들이 안정을 되찾고 미래를 활짝 열어가는 일꾼이 될 것이다.

지금처럼 수도권 집중화가 지속되면 시골은 폐허가 될 것이다. 따라서 미래를 내다보는 지혜로운 지도자가 강력한 의지력으로 수도권 집중화를 막을 때, 나라가 풍요로워지고 개인의 삶이 윤택해지고, 시골 영재들의 안타까운 자살 소식이 사라지는 안정된 나라가 될 것이란 생각이다.

전북도민일보 2011-4-26

교육정책 이대로 좋은가

지난달 보도에 따르면 고교 2년 동안 체육수업을 받지 않는 경우가 10%에 해당하고, 중학교도 1년 내내 체육수업이 없는 경우가 44.2%라 한다. 이는 중·고교생에게 집중 이수제 도입으로 '체육 몰아치기 수업'이 악용되고 있으며, 입시공부에 밀려 체육수업이 형식적으로 이뤄지고 있다는 얘기다.

더욱 한심한 것은 이제야 고교 교육에서 국사교육을 필수로 정했지만, 대입 수능에서는 선택으로 반쪽짜리 역사 교육정책에 불과하다는 것이다. 역사교육시간조차 이웃 일본의 22%, 중국의 39%에 불과하다고 하니 정말 암담하다는 생각이 든다.

국사는 한 국가의 자긍심의 뿌리다. 체육은 강한 나라를 만들어가는 원동력이다. 따라서 청소년기에 적절한 성장관리를 하지 않으면 부실한 어른이 될 수밖에 없을 것이다. 지금처럼 보여 주기식 교육정책으로 실적만을 고집한다면 참으로 불행한 일이 계속될 것이다. 솔직히 말하면 청소년기에 수학문제나 영어 단어 하나 더 풀고 더 암기한다고 미래가 보장되지는 않는다. 자국의 역사를 모르면서 세계의 역사와 문화를 이해할 수 없고, 왜곡된 역사에 대해서도 반박할 수 없다는 말이다. 대학(서울·부산대학 제외)은 물론 육·해·공·3사관학교에서조차 우리 역사교육이 외면당하고 있는 현실은 이해할 수가 없다.

필자는 우리의 국사와 체육교과목이 무시되는 교육엔 비전이 없다고 본다. 국사는 뿌리이며 체육은 그 원줄기이다. 국·영·수 과목을 굳이 비유한다면 열매다. 예체능 중, 음악은 뿌리를 살찌우는 자양분이며, 미술은 오감을 자극하는 햇살이라고 본다. 열매만을 생각하면 줄기와 뿌리가 불필요할 수 있겠지만, 부산물인 열매는 뿌리와 줄기가 튼튼해야 양질의 결실을 얻을 수 있다는 것이다. 그런데도 우리 청소년기 학생들은 체육과 국사교육을 제대로 받지 못하고 입시준비에 묻혀 적성과 특기를 살리지 못해 벼랑 끝으로 내몰리고 있는 것이다. 국·영·수를 못하면 바보 취급을 받고, 이를 견디지 못해 청소년의 가출이 매년 25%씩 증가하고 있으며 자살률 세계 1위 속에서 영재들이 연쇄적으로 삶을 포기하고 있다는 것이다.

더 큰 문제는 위험수위를 넘나드는 모습을 보고도 방치하고 있고, 어떤 결과가 도래할지 뻔히 알면서도 그대로 두고 있다는 것이다. 올바른 교육이란 무엇이 중요한지 고민하고 물어보는 것이다. 그리고 어른의 입장보다는 교육을 받는 청소년의 입장에서 가르쳐야 한다. 더 늦기 전에 다양성을 인정하고 바람직한 삶의 질에 대하여 설명해줘야 한다. 현재 어른들이 다투고 있는 사이 20여만 명의 청소년이 집을 떠나 가출을 했다는 통계가 나와 있다. 이 심각성을 받아들이지 못하고 있는 지도자에게 묻고 싶다. '교육정책 이대로 좋은가?' 예체능과 우리 국사가 홀대받고 있는 현실에 대하여, 많은 학자들이 전 세계의 흐름을 바로 보지 못하고 편협하고 반지성적인 사람을 만들고 있다는 지적에 대한 물음에 뭐라 답할지 궁금하다. 지금의 경제발전에 고무되어 뿌리 없이도 열매가 열릴 거라고 착각하고 있다면 참으로 불행한 일이다. 우리가 누리고 있는 현재는 그동안 미래를 내다보고 노력했던 선배들이 이룬 발판이다. 이것이 무너지면 우리는 깊은 수렁에 빠지게 될 것이다. 지금 당장 잘못된 교육정책을 해결하지 못하면 결국 헤어 나오지 못하고 허우적대다 추락하게 될 것이다. 더 늦기 전에 잘못된 교육정책에 대하여 대수술을 해야 한다. 우리나라가 바로 서서 영향력 있는 나라로 계속 성장하려면 반드시 역사교육과 체력을 튼튼히 할 수 있는 체육 수업의 확대가 필요하다.

다시 말하지만, 우리의 역사교육은 우리를 지켜주는 자긍심의 뿌리이며, 체육은 강한 나라를 만드는 원동력이다. 그래서 아무리 치욕적인 역사라 해도 정확하게 기술하여 실패한 역사를 되풀이하지 않도록 가르쳐야 하고, 청소년을 강하고 튼튼하게 성장케 하려면, 더 많은 체육교육을 통해 체력을 단련해야 한다. 바로 이것이 먼저 해야 할 올바른 교육 정책이라는 것이다.

전북일보 2011-5-25

교실에서 휴대폰 추방을

학생의 휴대전화(스마트폰)가 두렵다는 어느 고교 여교사의 얘기를 듣고도 설마 했다. 구체적인 예까지 들어 주었지만 직접 보지 못했기에 믿을 수가 없었다. 그는 아이들로부터 해코지를 당할까 봐 훈계를 피하거나 눈을 감아버린다고 했다. 이처럼 분별력이 없는 폭력적인 학생들, 무엇이 귀하고 소중한지, 어느 때 말을 해야 하고 참아야 하는지를 모르고 덤벙대는 학생들을 보면 자신감이 없어진다는 것이었다. 마치 통제할 수 없는 망나니를 보는 것 같아 불안하다고 했다.

지난 4월 한 학생(울산의 고등학교)이 교사를 폭행해 전치 8주에 해당하는 중상을 입혔다는 보도는 매우 충격적이었다. 이유는 수업시간에 문자를 보냈다가 휴대전화를 압수당하자, 교무실까지 쫓아가 교사를 폭행했다 한다. 이유가 어떻든 간에 학생의 행동은 지탄받아야 할 일이다. 그러나 그 책임이 학생에게만 있다고 볼 수 없을 것이다. 그동안 어른이 바쁘다는 이유로 버릇을 잘못 들였거나, 오직 내 자식만을 위한 왜곡된 사랑에서 비롯된 것이다. 다수의 희생을 담보로 권력을 유지하고, 남의 봉사로 먹고살려는 어른들의 잘못된 행동, 비정상적인 방법으로 얻은 돈과 권력으론 잘못을 덮고, 빼앗긴 권력을 찾기 위해 수단 방법을 가리지 않고, 실패를 책임지지 않은 어른들로 말미암아 학생의 정서가 망가져 버린 결과물이다. 지금의 청년들은 어른에 대한 경외심이 없고, 자기들만의 세상에서 그릇된 휴대전화 문화를 즐기며, 아무런 가책도 없이 사는 것 같다. 이를 안정시킬 진정성과 확고한 신념을 지닌 지도자가 없다는 게 슬프다. 나름 권력을 가지며 말마디깨나 한다는 사람은 주저 없이 모두가 애국자라고 하지만 존경할 만한 인물이 없으며, 설령 있다 해도 자라지 못하도록 정치적으로 매장해버리는 정치구조에서 사회는 병들고 어린아이들은 바르게 성장할 리가 없다는 얘기다.

국회 법사위에서 나온 통계에 의하면, 2011년도 1월 기준으로 19세 이하 69만 명이 휴대전화를 가지고 있으며, 규제 없는 사용이 교권을 무너뜨리고, 스승을 무기력하게 만들고 있다고 보고 있다. 휴대전화 사용으로 교사의 66% 정도가 수업에 방해를 받고 있으며, 88%가 수업에 집중하지 못하고 있다는 보도가 있었다. 더 놀라운 것은 수업 모습이 실시간으로 인터넷방송 사이트에 생방송 되어, 다른 학생과 교사의 초상권 침해는 물론, 여과 없이 교실의 모습을 노출시키는 것이 학생들 사이에서는 신종놀이로 통한다니 우려가 된다고 했다.

학생 측에서 보면 휴대전화는 스스로 인권을 지키는 무기일 수도 있을 것이다. 마치 군인의 총처럼 자기를 보호하는 물건이 될 수도 있지만, 그렇다고 군인이 공공장소에까지 총을 휴대하고 다닐 수는 없는 것처럼, 그 사용범위에 대하여 고민할 때라는 것이다.

학생은 우리의 미래다. 바르게 가르쳐야 한다. 식물을 재배하듯 어른의 애정과 부지런한 손길로 끊임없이 통제하고 보살펴야 한다. 믿거름을 주고, 때론 햇볕도 가려주고, 물도 주고, 튼실한 열매를 맺을 수 있도록 희생과 봉사하는 마음으로 이들을 살펴줘야 한다. 따라서 지금 당장 결단을 내려야 한다. 가르쳐도 안 되면 법으로라도 학교에서 휴대전화 사용 금지령을 선포하든지, 다른 조치를 마련해야 한다. 이것이 힘들다면 국민이 준 통치권을 발동해서라도 더 늦기 선 교실에서 휴대전화를 추방해야 한다. 지금처럼 해코지가 두려워 훈계를 못 하는 교실에서는 세계를 지배할 수 있는 글로벌한 인재를 기대할 수 없기 때문이다.

전북도민일보 2011-6-27

어린이에게 돌려줘야 할 요지경

어린 시절(60~70년대) 수학여행과 운동회 같은 특별한 날에 요지경(瑤池鏡) 하나쯤은 사서 놀았던 기억이 날 것이다. 이 요지경이란 카메라처럼 생긴 장난감으로, 셔터를 누르면 통 안에 컬러 사진이 한 장씩 넘어가는 것으로 대부분 외국 풍경이나 동물 사진이 들어 있었다. 컬러 사진이 없었던 시절이라 그 안을 들여다보는 세상은 참으로 신기했다. 이것을 살 돈이 없어 가게주인 몰래 살짝 훔쳐보던 일이 가끔 생각이 난다. 사실 이 요지경은 당시 어린아이들이 가장 가지고 싶었던 장난감이었다. 세계적인 유명 관광지를 간접적으로 볼 수 있었던 유일한 물건이었기 때문이다. 그 조그만 구멍을 통해 손에 잡힐 듯 보이는 세계는 정말 놀랍고 아름다웠다. 특히 호랑이가 입을 '쩍' 벌리고 포효(咆哮)하며 덤벼들 것 같았던 입체영상이 지금도 눈에 선하다. 이처럼 필자는 어린 시절 요지경을 보며 꿈을 키웠다. 이제는 그 이름만 남아 있을 뿐 그 실물은 박물관에나 가야 볼 수 있는 물건이 되었다. 안타까운 것은 요지경이 가지고 있는 가치가 사라지고 현재는 이름만 남아 썩은 냄새가 나고 있다. 이곳에 쓰레기를 버려도 들여다보지 않고는 알 수 없는 속성을 이용해 그 이름이 더럽혀지고 있다. 그래서 요즈음은 어지럽고 혼란스러운 세상을 요지경 속이라 말하고 있다. 특권층들이 돈과 권력의 옷을 입고 은밀한 세상을 만들어 가는 장소로 전락해 버렸다. 이 속에서 자신들만 알아볼 수 있는 암호를 설정해놓고 놀아나고 있다. 그러다 들통이 나면 선량한 서민처럼 머리를 조아리고 다시 죄책감 없이 잘못을 반복하는 사람들이 늘어나고 있다. 요지경 속을 들락거리며 마치 특별한 사람처럼 누리며 살고 있다. 자신의 약점과 거짓을 요지경속에 숨겨 놓고 활보하며 다니고 있다. 문제는 아무나 볼 수 없고 보기 위해선 그 대가를 지불해야 되는 세상, 단단한 열쇠를 채우고 나름의 비밀번호를 설정해 놓고 돈과 권력으로 접근을 막는 게 현대판 요지경이 되어 버렸다. 그 실태는 유행가 가사가 잘 설명해 주고 있다. '잘난 사람 잘난 대로 살고, 못난 사람 못난 대로 살고, 여기도 짜가 저기도 짜가 짜기가 판을 친다.'고 말이다.

우리 모두는 요즈음 세상을 꼬집어 요지경 속이라고 말하고 있다. 정치도, 지도자의 속마음도 다 요지경속에 있어 그 마음을 잘 모르겠다. 아니 뻔한 내용을 가지고도 요지경속에 숨겨놓고 있어 보여주지 않으니 진실인지 모르겠다. FTA 협상이 그렇다. 여·야가 대책도 없이 극과 극으로 나뉘어 대립하며 끝까지 자기가 옳다고 주장하고 있으니 국민이 지친다. 이에 대해 개그맨(최효종)이 꼬집어 개그로 풍자했더니 모독죄로 고소·고발 하는 웃지 못 할 일까지 벌어지고 있다. 우리와 소득이 비슷한 그리스가 선심성 복지 예산 편성으로 국가가 부도 위기에 몰렸다는데 우리 정치인들은 경쟁적으로 복지 선심성 정책을 남발하니 요지경 속이라는 말이다.

돌이켜 보면 우리나라가 이 정도로 성장하게 된 것도 요지경을 보고 꿈을 키우며 자라온 지금의 베이비부머 세대의 노력의 결과라고 본다. 이제라도 우리의 미래를 위해 요지경을 어린아이들 꿈속으로 돌려줘야 한다. 더 이상 가면으로 사용하지 말고 순수한 마음을 담는 꿈의 상자로 기억하게 만들어야 한다. 이대로 나쁜 속마음을 요지경속에 방치하면 우리도 머지않아 부도 위기에 봉착할지도 모른다. 진정 나라의 미래를 위하고 우리의 후손들이 잘살게 하려면 깨끗하고 순박한 꿈을 가지게 했던 요지경을 돌려줘야 한다. 일부 지도자들이 아이에게서 빼앗은 요지경을 더럽고 추한 오물로 채워 나가는 것은 국가적인 수치다. 또한, 복잡하고 아리송하고 이해할 수 없는 모든 것을 싸잡아 '세상은 요지경'이라 말하는 것 역시 무책임한 말이다. 옛날 요지경을 가지고 싶었던 그 마음으로 돌아가 꿈을 키우는 상자로 만들어야 한다. 그 이름의 가치를 그대로 보전해야 된다는 생각이다. 그래야 그 속에 들어가 안식을 얻을 수 있을 것이다.

그 옛날 요지경은 신비요, 세상 밖을 볼 수 있는 유일한 눈이었다. 그리고 꿈을 꾸게 하는 양탄자였다. 희망의 길을 열어가는 열쇠였다. 끝없는 상상력을 키울 수 있는 가장 소중한 보물단지였다. 지금도 요지경을 생각하면 꿈꾸던 어린 시절이 그리워서 하는 얘기다.

전북도민일보 2011-11-22

사라지는 가을운동회를 부활해야

교육과학기술부의 국감 자료에 의하면 서울지역 초등학교의 3분의 1이 넘는 학교가 운동회를 열지 않는다고 한다. 이유는 인근 지역 아파트단지 주민으로부터 '시끄럽다.'는 민원과 오랜 시간 준비하다보면 학력이 저하된다는 이유로 운동회가 부담스럽기 때문이라고 했다. 이 소식을 접하고 즉시 모교인 초등학교로 확인해 보았다. 대답은 운동회 대신 실내에서 할 수 있는 발표회로 한 학년을 마무리한다는 얘기였다. 안타까운 일이다.

필자는 지금도 초등학교 가을 운동회를 생각하면 흙먼지 나는 트랙을 달리던 느낌이 떠오른다. 달리기 순서가 다가올수록 쿵쿵거리던 심장 박동 소리도 느껴진다. 침은 바싹 마르고 아랫도리가 풀려 맨땅에 절퍼덕 주저앉고 싶었던 순간들, 화약 권총 소리를 신호로 어머니 치마폭을 잡고 함께 뛸 때 들었던 꽹과리·북·응원 소리와 펄럭이던 만국기가 지금도 선명하게 보인다. 그리고 파란 하늘을 두둥실 날아오르던 고무풍선, 왁자지껄한 소리와 표정, 엿장수 가위 치는 소리, 거기다 풍성한 먹을거리와 음식 냄새까지 기억이 생생하다. 온종일 뛰어도 상품으로 얇은 공책 몇 권과 연필 몇 자루가 전부였지만 이를 받아들고 개선장군처럼 으쓱거렸던 일들이 바로 어제 일처럼 생각이 난다. 누가 뭐라 해도 필자에게 가을 운동회는 아름다운 기억으로 남아 있다. 또한, 지금껏 살면서 어려움을 견딜 수 있었던 한 가닥 힘이었다. 일 년에 운동회는 단 하루였지만, 한 학년 동안 얘깃거리였으며 성숙해가는 성장 포인트였다. 지금의 시각으로 옛날 운동회를 보면 비효율적이거나 원시적인 문화쯤으로 치부할 수도 있을 것이다. 특별한 안전시설 없이 운동장 안과 밖을 구분하기 위해 말뚝을 박아 새끼로 줄을 치고 그 안에서 운동회를 했으니 말이다. 그래도 그때가 좋았다. 이 새끼줄을 준비하기 위해 어른 틈에 끼어 지푸라기로 새끼를 꽈야 했고, 튼실한 말뚝을 학교로 가져가기 위해 어머니와 같이 뒷동산에 오르기도 했지만, 어머니가 헝겊 조각으로 오재미를 만들면 필자는 그 안에 모래를 채우며 들떠있던 마음이 생각난다. 운동회 예행연습 기간 내내 등하굣길에 검정 무명 반바지에 하얀 러닝셔츠, 머리띠(청·백군)를 두르고 다녔던 그 우쭐함이 지금도 기억 속에 남아 있다. 우리 편이 이길 거라고 팽팽한 신경전을 시작으로 가을 운동회는 설렘으로 많은 꿈을 채워주었다. 협동심과 균형 있는 공동체 의식을 가르쳐 주었다. 함께 기뻐하고 뽐내고 응어리를 풀어가며 자긍심도 되살려 주었다. 학생과 선생님 그리고 가족과 이웃 주민이 어우러지는 큰 화합의 잔치마당이었다. 그런데 이런저런 이유로 사라지고 있다고 하니 아쉽다는 얘기다.

　필자는 초등학교 운동회가 마땅히 지켜야 할 전통이라고 본다. 왜냐면 성장기 아이들에게 학업에서 받는 스트레스를 해소하고, 이 시기에 심어줘야 할 협동심과 배려, 체력강화, 사회성을 배양하여 건전한 사회인으로 성장해 나가는 과정이기 때문이다. 공부하기 위해 운동 시간을 줄인다는 논리는 억지다. 영국, 스위스 등 유럽에서는 체육 시간을 철저히 지킨다. 특히 핀란드는 이를 기본권으로 삼을 정도이다. 필자도 운동이란 학업성취도 향상은 물론 육체와 정신의 균형 감각을 키우는 방법이라고 믿고 있다. 그런데 우리 아이들은 운동장을 버리고 골방에서 스마트폰 속에 빠져 꼼짝달싹하지 않고 있다. 이들에게 이타심과 인내심을 기대할 수 있을까? 컴퓨터 게임에 정신을 빼앗긴 이들에게 애국심이 무슨 가치가 있으며, 공동체 의식이 무슨 의미가 있겠는가. 이대로 우리의 미래를 담보할 수 없다는 얘기다. 더 늦기 전 어른이 나서야 한다. 미래를 위해 사라지고 있는 가을 운동회를 부활해야 한다. 아이들이 닭장에 갇혀 TV 예능프로그램에 영혼을 빼앗기지 않도록 막아야 한다. 학교에서 운동회까지 대행업체에 일임한다는 것은 학교이길 포기하는 범죄 행위이다. 이러다가 수학여행조차도 학생만 가거나 없어질 것이며, 머지않아 학교 교육 자체가 유명무실하게 될 것은 뻔한 얘기다. 결국, 학교는 그 기능을 상실하고, 목적과 방향도 없이 표류하거나, 교사가 학생과 학부형의 눈치를 보다가 학생을 사교육 시장에 다 빼앗기고 말 것이다. 또한, 무분별한 TV 예능프로에 점령당하고, 컴퓨터와 스마트폰에 뒤통수를 맞아 만신창이가 된 학교는 이 땅에서 사라지게 될 것이다.

필자가 생각하는 학교란 아이들이 꿈을 가지고 더 높이 날 수 있도록 교육하는 곳이다. 지금처럼 어른의 잣대로 그 날개를 꺾어서 우리 안에 넣어버리면, 날지 못하고 그 자리에 주저앉아 알만 낳는 기형의 새처럼 될 것이다. 따라서 지금 당장 가을의 푸른 하늘을 배경 삼아 마음껏 날 수 있도록 운동회를 부활해야 한다. 자연을 벗 삼아 땀이

나도록 운동하므로, 근육과 신경을 균형 있게 발달시키고, 성장기 스트레스를 해결하여, 육체의 건강과 건전한 가치관이 뿌리를 내리도록 도와줘야 한다는 얘기다.

전북도민일보 2012-10-31

수도권 집중이 몰고 올 먹구름

우리나라 전체 인구의 50%, 100대 기업의 본사 84%, 제조업의 56.9%가 수도권에 밀집되어 있다. 이런 수도권의 면적은 전 국토의 11.8%에 불과하다. 그런데도 지금 대학의 38.1%나 몰려있는 수도권으로 지방대학까지 이전 중이거나 검토하고 있으며, 이전을 완료한 대학이 8개교나 된다. 암담한 현실이다. 대학의 입장에선 생존권 사수라는 차원에서 이해되지만, 이전을 필사적으로 막으려는 지방과 각종 웃돈과 특혜를 주고라도 이전을 받아들이려 하는 수도권의 치열한 싸움을 보고 있자니 씁쓸하다. 우리 지역만 하더라도 우석대는 이미 충북 진천으로 일부 학과를 이전했고, 예원 예술대학은 경기 양주로 모든 짐을 싸서 올라갔으며, 원광대도 경기도 평택으로 이전할 예정이라고 한다. 이렇게 이전하거나 예정인 대학이 20여 대학에 이르고, 천안과 아산 지역은 현재 19개 대학이 난립하는 대학촌이 되어버렸다. 예상한 대로 지난 31일 교육부가 발표한 대학구조개혁평가 최종 결과 충북에서는 4년제 대학 5곳과 전문대 한 곳 등 6곳이 정부 재정지원을 받지 못하는 하위 20%인 D그룹에 포함되었다. 이는 전국부실대학의 10%를 차지하는 높은 비율로 이미 예견된 결과였다.

좀 더 정부가 신중하게 미래를 보고 인허가를 내주었다면 이런 혼란은 피할 수 있었을 것이다. 이제 와서 남 얘기하듯 대학을 100개 이상 퇴출해야 한다는 주무 장관의 말은 정말 무책임의 극치라는 생각이다. 처음부터 조금만 생각하고 일관되게 원칙을 고수했더라면 하는 아쉬움이 많다. 결국, 원칙 없는 정부로 말미암아 대학은 경영 이익을 창출하는 사업장으로 전락하고 말았다. 그 증거로 1970년대 14만 명이던 일반 대학생 수가, 1990년대 들어선 104만 명, 2010년엔 202만 명으로 무려 15배에 가깝게 증가한 것을 보면 알 수 있다. 당시에도 분명히 대입 학령(學齡)인구가 어느 시점에 이르면 감소할 거라는 예측이 나와 있었음에도 경쟁적으로 대학을 신설하였고, 이를 이제 와서 구조조정을 통하여 대학을 퇴출하면 된다는 단견으로 모든 책임을 회피하려는 것은 큰 잘못이라는 얘기다. 이 실책으로 인하여 현재 막대한 사회적 비용과 정부 정책에 대한 국민의 불신은 더 깊게 뿌리 내리게 되었다는 사실을 절대 간과해서는 안 될 일이다. 지금 이 시각도 이래저래 수도권으로 몰리는 힘을 저지하지 못하고 당하고만 있는 중소도시(농촌)는 죽을상이다.

대학을 통하여 희망을 걸었던 지방의 인재 양성은 붕괴하고, 이로인해 성장 동력까지 상실되면서, 지역의 인구유출이 더욱 가속화되고 있으니 닭 쫓던 개 지붕 쳐다보는 격이 되어버렸다. 사실 이런 점을 감안하여 10여 년 전부터 정부는 국가균형 발전 특별법을 만들어 유지해왔지만, 언제부터인가 이 법의 핵심이라 할 수 있는 수도권규제완화라는 카드가 몇몇 힘 있는 사람들이 다시 꺼내 들기 시작했고 정부도여기에 힘을 실어 주었다. 이 결과 힘이 균형을 잃고 수도권 쏠림현상이 더욱 심화하면서 국토 균형발전은 물 건너가고 말았다는 것이 중론이다. 더 심각한 것은 권력의 견제와 균형을 이루게 해야 할 헌법재판소까지 국회의원 선거구를 인구비례로 결정해야 한다는 판결을 내렸다는 점이다. 이유는 현재 1인의 투표 가치를 3배로 인정하는 불평등이 발생하기 때문에 그 가치를 조정해야 한다는 판결이다. 아주 당연하고 흠잡을 수 없는 명판결이다. 그러나 필자는 다른 각도에서 생각해보았다. 결과적으로 이 판결이 누구를 위한 것이냐는 것이다. 이 역시 수도권 집중에 무게를 실어준 것으로 볼 수 있다. 설령 평등주의 법으로 당연한 귀결이었을지는 몰라도 현재 1인의 투표가치를 따지기 전에 1인이 보전하고 지켜야 할 지역의 면적으로 보면 농촌 지역의 가치에 무게를 실어줘야 할 형편이라고 본다.

억지 논리 같지만, 면적만을 단순 비교해 보면 전북 완주군은 서울의 약 1.4배에 가깝지만, 서울시 국회의원 47명인데 반해 완주군은 김제시와 통합해 1명뿐이다. 아주 작은 나라인 몰디브 인구 35만 명에 대통령 1명, 13억 인구를 가진 중국도 주석은 1명이다. 이 비교가 적절하지 않을 수 있지만 모두 대표라는 점에선 같다. 완주공단의 A 회사는 종업원이 7명인데 대표는 1명이다. 그 옆에 B 회사는 종업원이 500여 명이 되는데도 대표는 혼자다.

결국, 대표란 사람의 규모에 따라 결정되는 게 아니라 그 독립성을 인정하느냐는 문제라고 본다. 지자체 즉 지방자치 단체를 독립적으로 보면서도 국회의원 수만큼은 전혀 다른 지역과의 통합으로 보려는 것은 언어도단이다. 국회의원은 그 지역을 대표하는 심부름꾼이다. 서울 면적의 1.4배나 되는 전북 완주군엔 1명도 안 되는 반쪽짜리 국회의원도 과하다고 말하는 것은 누가 봐도 이해하기 어렵다는 얘기다. 결과적으로 99마리의 양을 가진 수도권이 1마리의 양을 빼앗으려 드는 것과 다를 바 없다. 그것은 과한 욕심이다. 이 욕심은 더 심각한 기형의 수도권을 형성하고 나아가서는 견디지 못해 공멸하게 될 거라는 얘기다. 이제부터라도 정부는 미래를 내다봐야 한다. 지금 수도권 집중을 막지 못하면 어두운 그림자가 드리워질 것이다. 앞으로 새로운 정책을 펼치려면 그 정책이 누구를 위한 것이냐고 먼저 물어보기 바란다. 이를 기조로 원칙과 일관성 있는 정책으로 나라의 무기력증을 회복해야 우리가 공존할 수 있다는 말이다.

전북도민일보 2015-9-2

제 5 부

잘못된 선택엔
미래가 없다

총선을 준비하는 당신에게

17대 총선이 얼마 남지 않은 요즈음 유권자들은 무슨 생각을 하고 있을까? 아마 음대 입시생이 있는 집에 세 들어 사는 세입자의 마음이 아닐까 싶다. 밤이고 낮이고 두들겨 패는 피아노와 시도 때도 없이 벽에 못질하는 소리 등을 일방적으로 마냥 듣고 있어야 하는 심정일 것이다. 마음 같아서는 조용한 공원 바닥에 잠자리를 펴고 싶지만, 꽃 샘추위가 매워 어쩔수 없이 그 소음을 다 듣고 있자니 자꾸만 짜증이 날 것이다.

또다시 총선이 시작되었다. 그들이 다시 돌아와 자신들이 주인인 양 닥치는 대로 소음(진정성 없는 요란한 소리)을 뿌리고 다닌다. 지역의 발전을 위해 자기가 반드시 여의도로 가야 된다 말하지만, 유권자에겐 모두 헛소리로 들린다. 진정 '그 나물에 그 밥이다.'라고 말하는 소리를 듣지 못하는 당신들의 정체는 무엇인가. 일꾼인가, 아니면 주인인가. 그동안 거짓말로 특권을 누리더니, 그 좋은 머리로 소박한 서민을 우롱하더니, 그 단맛(특권)을 진정 버릴 수 없어 다시 읍소하고 있는가. 당선되면 그 약속들이 말짱 도루묵일 터인데 또 속란 말인가. 이제 그만 솔직해지자. 그리고 무엇을 원하는지 유권자에게 물어보자. 권력을 잡기 위해 반성 없이 또 뽑아 달라 하면 어쩌자는 것인가. 인간사 새옹지마라 했다. 권력은 무상한 것이다. 지금부터라도 진정한 일꾼이 되려면 겸손한 마음으로 때론 양보하는 미덕으로 진정성 있는 자세를 가져야 한다. 그동안 줄곧 주인 행세를 해 놓고 이제 와서 세입자처럼 낮은 자세를 보이려고 하는 것은 비겁한 모습이다. 이제라도 위선을 버리고 국민을 우러러봐야 한다. 지금처럼 당리당략에만 얽매여 갈피를 잡지 못하면 국민에겐 필요 없는 사람들이다. 더 이상 16대처럼 불신의 골을 깊게 파지 말고, 더 이상의 갈등을 조장하지 말고, 먼저 국민을 생각하는 국회의원이 되겠다는 각오를 다져야 할 것이다. 무늬만 애국자요 겉모습만 일꾼인 사람은 우리에겐 필요 없다. 진정 우리에게 필요한 사람은 잘못을 인정하고 책임지는 사람이다. 때만 되면 찾아와 읍소하거나 요란 법석을 떠는 사람이 아니라, 길에 버려진 담배꽁초를 먼저 허리 굽혀 집어 들 수 있는 마음씨를 가진 사람이다. 서민(이웃)의 작은 소리를 경청하고 심부름꾼으로 한없이 낮아지려는 사람이다. 어떠한 경우라도 한결같은 마음으로 국민을 섬기려는 사람이다. 만약 당신의 마음속에 이런 감정이 전혀 없다면 후보직을 사퇴해야 한다. 매사 억지로 하면 문제가 생기는 법이다. 특히 자각이 없는 사람이 국민을 대표하면 그것은 서로 망하는 길을 자초하는 것과 같다. 이미 그 길로 깊숙이 접어들었는지도 모른다. 왜냐하면, 선거전이 점점 혼탁해지니 하는 말이다.

투표일이 가까워지면 순한 양처럼 굴다가 임기가 시작되면 거만한 주인이 되어 거들먹거리는 당신들, 민생보다는 소속 정당의 시녀처럼 굴며 국민을 무서워하지도 않는 당신들, 마치 자신이 잘나서 금배지를 달았다고 착각하는 사람들이라는 것을 잘 알고 있다. 이제부터라도 국민이 무엇을 원하는지 찾아 나서는 일군이 되기 바란다. 그리고 반드시 정상에 도달하면 하산을 준비해야 한다는 것을 늘 마음에 새겨 두길 바란다. 그리고 정상에 있는 한 이 나라는 당신들이 무슨 마음을 먹느냐에 따라 운명이 결정된다는 사실을 명심해야 할 것이다. 17대 총선이 얼마 남지 않았다. 유권자는 이들을 표심으로 잡아야 한다. 다른 방법은 없다.

전북일보 2004-3-29

어떤 후보를 선택할 것인가

　내가 어릴 적 어머니께서는 쌀을 키에 담아 위아래로 치시며 일일이 뉘와 돌을 가려내셨다. 이 쌀을 다시 물로 씻어가며 쌀 틈에 숨어있는 돌과 뉘를 가려내시고서야 밥솥에 넣고 불을 지피시던 모습이 문득 생각난다. 매번 반복되는 일이라 귀찮으셨을 터이지만, 단 한 번도 그 번거로운 일을 거르지 않으셨던 것은 가족을 생각하면 적당히 지나칠 수 없었던 수고였을 것이다. 그러나 요즈음엔 도정기술이 발달하고 첨단 전기밥솥이 개발되어 그런 수고 없이도 밥을 지을 수 있으니 얼마나 편리한가. 손에 물을 묻히는 시간에 또 다른 일을 할 수 있으니 그 얼마나 좋은 세상인가. 정말 살맛나는 세상이다.

　이렇게 세상이 발달하면서 여유가 생겨 더 깊어질 것 같던 이웃 간에 끈끈한 정이 오히려 희미해지고 있다. 일방적인 친절도 사생활 침해라는 그물에 걸려 주저하게 되었다. 선거 유세도 차량을 이용해 후보자 없이 포괄적 홍보를 할 수 있어 편리하지만 모든 사람을 피곤하게 만들고 있다. 선거유세용 차량에서 퍼붓는 선거 로고송이 지겹도록 시끄럽다. 후보자야 절박한 심정이겠지만, 총선을 바라보는 유권자의 한 사람으로서 선거 운동 기간이 싫다. 현재의 선거제도를 대폭 수정해야 할 것 같다. 가령 후보자 없는 유세 차량은 불허, 소리의 크기도 출력 제한선을 어기면 벌금형, 그리고 도우미를 통해 거리에서 춤추게 하는 행위 금지 등, 그리고 지금처럼 나이가 되고 돈만 있으면 후보가 될 수 있는 세상이 아니라, 소득세 한 푼 내지 않고, 군대를 기피하고, 전과 기록을 가진 사람은 후보 자격을 주지 않음으로써 조용하고 차분한 선거 풍토를 만들어 차분히 여러 출마자의 얘기를 들어야 할 것이다. 혹자는 너무 가혹하다고 말할지 몰라도 적어도 나라의 미래가 달린 문제다. 이것들은 최소한 우리가 지켜야 할 기본적인 의무다. 이를 권력이나 돈으로 피해간 사람에게 광에 열쇠를 맡겨는 안 된다. 지금 우리가 답보상태에 있는 것은 이를 묵인한 결과다. 이 모양 이 꼴을 벗어나기 위해선 철저한 검증과 자격심사가 필요하다. 자신의 과오를 덮고 딱 한 번만 더 기회를 달라 사정하면 바로 그 자리에서 거절해야 한다.

의무란 모두가 지켜야 할 가장 기본적인 행위이다. 스스로 이를 지키지 못하고 국민을 대표한다면 그것은 거짓이다. 잘하는 말로만 살신성인 정신으로 봉사하겠다고 말하는 것은 국민을 우습게 보는 것이다. 따라서 다른 덕목이 갖춰져 있다고 해도 국민의 의무를 다하지 못했다면 후보자격을 박탈해야 된다고 생각한다. 그럼에도 불구하고 이들이 끝까지 거짓을 말해서라도 오로지 여의도로 입성하겠다는 생각이라면 참으로 불행한 일이다. 그래서 후보자의 마음을 들여다봐야 한다. 눈 가리고 아웅 하는 자세로 유권자에게 접근하면 가차 없이 버려야 한다. 당선되었다 해도 언젠가 쓰레기처럼 버림을 받게 될 거라는 인식을 심어줘야 한다. 그래도 수단과 방법을 안 가리고 끝까지 추한 욕심만으로 정치생명만을 연장하려 한다면 함께 망하게 될 것임을 각

인시켜줘야 한다.

　이제 얼마 남지 아니한 총선을 기다리며, 밥을 짓는 그 옛날의 어머니 심정으로 돌과 뉘(자격 미만자)를 가려내야 할 것이다. 좀 수고스러워도 철저히 가려서 씻고 또 씻어서라도 자신과 식구 그리고 이웃을, 아니 대한민국의 장래를 위해서라도 옥석을 가려내야 할 것이다. 국민의 의무를 다하지 못한 그들의 욕심을 심판하기 위해서라도 반드시 투표에 참여해야 할 것이다. 실종된 풀뿌리 민주주의를 뿌리내리기 위해서라도 그들의 감언이설에 속지 말고 바른 후보를 선택해야 할 것이다.

전북일보 2004-4-15

거짓말의 끝은

17대 당선자들의 선거공약 이행 정도를 따져보니 거짓말이 많았다. 18대 공약도 살펴보았다. 전혀 실현 가능성이 없어 보이는 내용이 다수 포함되어 있었다. 그러나 그들은 또 당선되었고, 19대 총선에도 다른 공약을 들고 나와 지역의 경제를 살리고, 농민이 잘사는 나라로 만들겠다며 말하고 있다. 그리고 그들은 99%의 서민을 위해 밑거름이 되어 바른 정치로 반듯한 대한민국을 만들겠다고 힘주어 말할 것이다. 듣고만 있어도 흐뭇하고 감동적인 얘기다. 문제는 이런 약속을 믿는 사람이 없다는 것이다. 그런데도 그들은 절박한 심정으로 국회의원이 되려고 죽기 살기로 매달리는 고생을 마다치 않는다. 유권자가 원하면 간이라도 떼어줄듯 한 자세로, 듣기 싫다는데도 떠들며 곳곳을 누비며 다니고 있다.

거짓말을 잘해야 출세한다는 말이 있다. 구직자 중 51%가 취업을 위해 거짓말을 한 경험이 있다고 했다. 거짓말을 통해 64%가 입사에 성공했으며, 거짓말 응답자 중 86%는 적당한 수준의 거짓말이 필요하다고 했다. 놀라운 것은 거짓말 잘하는 직업은 무엇이냐는 질문에 76%가 정치인이라고 했다. 그 한 예로 한 지자체에서는 혁신도시 사업을 밀어붙이기 위해 거짓말로 그 효과를 3배 이상 부풀렸다고 했다. 서울시장 당선자는 뉴타운 개발을 약속하고는 선거 뒤엔 그런 일이 없었다고 말했고, 비례공천 당선자의 허위경력과 전과 4범에 주가조작 혐의까지 있는데도, 그런 사실을 몰랐다며 공천엔 아무런 문제가 없었다고 공천자가 말하고 있다. 또, 전국적으로 조류 인플루엔자(AI)가 발생해 그 피해가 크게 확산되자 그때서야 최선을 다했지만 방역관리와 전국적인 대응 체계에 허점이 있었다고 지난해의 발표문을 그대로 읽어 내렸다. 이처럼 거짓말은 공직자 입에서도 나온다. 이는 황우석 박사가 '나의 연구를 막지 마라'고 큰소리치더니 결국 사기극으로 국제 망신을 시킨 거짓말과 하나도 다를 바 없다는 생각이다.

이처럼 정부(공직자)가 권력의 힘으로 말하는 거짓말은 나라를 망하게 할 것이다. 이번 선거처럼 거짓말이 판치도록 정부가 나서서 통제하지 못한다면 원치 않는 시련을 겪게 된다는 얘기다. 이제 선거는 끝났다. 10여 일이 지난 지금 성원에 감사하다는 현수막 하나 덜렁 걸어 놓고 정치인들은 철새처럼 날아가 버렸다. 지금 어디서 무슨 생각을 하고 있는지 몰라도, 나뭇가지나 전봇대에 현수막만 펄럭거리고 당선자는 보이지 않는다. 벌써부터 특권층 행세의 시작을 알리는지, 현수막은 반드시 지정장소에 만 걸어 놔야 한다는 것을 무시하고 있다. 이는 기본이 되어 있지 않았다는 말이다. 혹자는 지정 장소에 걸지 않는 것이 뭐가 그리 중요하냐고 묻는다면 할 얘기가 없다.

그러나 서민에겐 엄격한 법이 그들에게 관대해야 할 만한 이유는 없다고 본다. 사사로운 법이라고 해서 무시해도 될 만한 사람은 아무도 없다. 지도자는 더욱 철저한 자기관리가 있어야 하고, 가장 기본적인 법을 어겨서는 안 되는 일이다. 특히 지역을 대표하는 지도자들은 더욱 그러하다. 이유는 바로 당신들이야말로 전북의 얼굴이기 때문이다. 바로 당신들이 우리 전북을 이끌고 나가는 선장이기 때문이다. 당신들이 기초적인 법을 얕잡아 본다면 전북은 더욱 낙후되는 것은 시간문제다. 당신들이 게으름을 피우면 더욱 가난해지며, 지자체 간 서로 아옹다옹하면 전북은 소외된다는 것이다. 아니 투표율이 전국 최하위가 아니라 아예 투표를 거부할지도 모른다. 투표율은 민심이다. 그동안 거짓말로 표를 구걸했고, 작은 법하나 지키지 않는 당신들로 인해 투표참여가 부진한 것이다. 현재 투표율 47.5%라는 것은 바로 전북의 건강상태를 말하고 있는 것이다. 전북의 투표율이 전국 최하위라는 얘기는 결국 전북의 지도자들이 거짓말을 많이 하고 있다는 말이다.

전북도민일보 2008-4-21

자신보다 유권자를 생각하는 후보를

옛날 인도의 어느 마을에 '마짬바'라는 사냥꾼이 살았다고 한다. 어느 해인가 그의 마을에 기근이 들어 식량난에 허덕이게 되었는데 '마짬바'가 사투를 벌인 끝에 엄청 큰 코끼리를 잡게 되었다. 그러나 혼자 힘으로는 도저히 옮길 수 없게 되자 마을에 내려와, 사람들을 불러 모아 도움을 청하게 되었다. 마을 사람들은 너나 할 것 없이 앞 다투어 코끼리 운반에 나섰다. "영차영차! 우리 코끼리, 우리 코끼리다." 마을 사람들이 '우리 코끼리'라 외치며 열심히 옮기는 것을 보고 '마짬바'는 소리를 질렀다. 우리 코끼리가 아니고 내 코끼리라고 주장하자, 그래 분명 '네 코끼리지.' 그럼 우리는 뭐지, 왜 땀을 흘려야 하는데, 주민들은 뒤로 물러서서 방관자가 되었고, 마짬바 혼자 코끼리를 운반하려 애를 써보지만 꿈적도 하지 않았다. 그래서 그는 결국 우리 코끼리라고 외치며, 도움을 받아 함께 마을로 운반했다 한다. 그리고 이를 공동 분배해서 어려운 기근을 넘겼다는 얘기이다. 여기서 중요한 것은 사냥꾼의 현실적인 상황 판단이다. 만약 끝까지 고집을 피웠다거나, 기만했다면 마을 사람들이 기근에서 벗어날 수 없었을 것이다.

요즈음 많은 사람이 여의도 사냥터에 입성하기 위해 총선 후보로 나섰다. 얘기를 들어보면 모두 잘났다. 공천심사자를 향해 자기만이 특별한 무기를 가지고 있으며, 힘과 지혜가 있다고 공손히 말하고 있다. 남보다 더 큰 사냥감을 잡아 모두 잘사는 세상을 만들겠다고 큰소리치지만, 그들의 우렁잇속 같은 마음을 어찌 알겠는가. 더욱이 서로 짜고 하는 '짬짜미 정치'에 익숙해진 기성 정치인들이 공천의 새바람을 차단하려고 나서는 바람에 공천의 객관성만 상실되고 말았다. 여기저 기서 반발과 억울함을 호소하기에 이르렀고, 끝도 없이 판을 치는 유 언비어는, 공천을 허울 좋은 정치 쇼로 만들어 버렸다.

누군가 국회를 떠나면서 남겼던 유명한 말이 있다. "코미디 잘 배우고 떠납니다." 오죽했으면 국회를 떠나며 정치를 코미디에 비유했겠는 가. 정치란 말로 하는 게 아니다. '기도 잘하는 교인의 신앙심이 의심스럽다.'는 어느 목사의 우스갯소리처럼, 모름지기 정치 지도자란 말이 살아 있어야 한다. 어떤 경우라도 필요할 때 필요한 만큼만 말을 해야 할 것이다. 권력을 잡아 강력한 힘이 생겼다 하여 갑자기 말단 공무원의 잘못에 대책 없이 질책만을 퍼부어댄다면 잘못이다. 정말 그들이 문제일 수는 있어도 그들만의 책임이 아니라. 뿌리 깊은 관료주의에서 그 문제점을 찾아야 할 것이다. 바라기는 지도자로서 우호적이고 정감 어린 표현으로 다독거릴 수 있어야 한다. 미래를 보는 안목으로 서민을 먼저 생각해야 한다. 지난 정부처럼 현란한 발언이나 고도의 말솜씨로 포장하려는 정치는 사라져야 한다. 잘못에 대해선 반드시 그 책임을 물어야 할 것이다. 후보자 선택에 고민해야 한다. 아직도 근거 없는 병역(兵役)비리 주장으로 유력한 대통령 후보를 낙마시켰던 조력자들이 정치판에 남아서 말솜씨 하나로 세상을 바꾸겠다는 욕심을 부리고 있다. 반드시 유권자가 심판해야 한다. 이제 말만 잘하는 죽은 정치는 사라져야 한다. 수단 방법 가리지 않고, 뉘우침 없이 국민을 우습게 보고, 살아남기를 원할수록 정치 불신의 골이 깊어짐을 명심해야 할 것이다.

지금 국민은 세상을 바꾸려는 심정으로 4년 임기를 준비하는 후보자 선택에 고민을 시작했다. 정신을 차리고 이번만큼은 구호만 외치는 사냥꾼을 반드시 골라내려 하고 있다. 인도의 '마짬바'처럼 현실적인 감각과 판단을 내릴 수 있는, 묵묵히 일할 수 있는 사람을 뽑아 여의도로 올려 보내기 위해 준비하고 있다는 말이다.

전북도민일보 2008-7-14

싸움은 말려야 한다

새해가 되면 무엇인가 새로워질 것 같고, 어둠이 가시고 새로운 빛이 해처럼 솟아오를 것 같다. 불가능은 뒤로 가고, 갈등과 대립이 용서로 가려지고, 서로 위하고 격려하며 아름다운 세상이 될 거라는 기대를 하게 된다. 그러나 그 기대는 잠시일 뿐, 오늘도 어제의 싸움이 계속 이어지고 있다.

그리스 철학자 헤라클레이토스는 '싸움은 만물의 아버지이며 왕이다.'라고 했다. 즉 싸움이란 새로운 것을 생성하는 보편적이고 변함없는 법칙이지만, 정상적인 사람이라면 싸움을 원하지 않을 것이다. 특히 소모적인 싸움은 피하고 싶지만, 이 시각도 오만과 편견으로 싸우는 소리에 역사의 수레바퀴가 삐걱대며 돌아가고 있다.

사실 싸움이란 자기중심의 좁은 생각에서 시작된다. 때로 가혹한 희생을 요구하고, 비참하게 만들기도 하는 이 싸움을 멈추기 위해 사람은 약속했다. 이를 법(法)이라 한다. 우리는 이 법의 테두리 안에서 보호받고 조화를 이루며 행복하게 살기 원하지만, 이를 무시하며 살려는 사람 탓에 세상이 시끄럽다. 이처럼 법이 한편에서 힘없이 무너지고 있다. 지키면 손해 본다는 생각, 고무줄과 같은 것이라 무조건 이겨야 한다는 잘못된 생각에 싸움의 방법이 유행하기도 한다. 이렇게 싸움이 계속되는 이 세상이 마치 전쟁터와 같다. 여·야(與野) 할 것 없이 치고받으며 정상에 먼저 오르려 하고 있다. 이 싸움은 지도자가 나서서 반강제로라도 말려야 한다. 이해시켜야 하고, 때로 정확한 법의 잣대를 들이대야 한다. 비록 강한 저항에 부딪힌다 해도 뒤로 물러서지 말고 반드시 바로 잡아가는 것이 지도자의 덕목이다. 그것이 아주 약한 자의 민원(民願)일수록 더욱 그러하다.

그런데 행정 당국에서 이 작은 민원을 외면하고 있다. 군청(郡廳)의 조례에 따라 이뤄지는 마을 이장 선거가 파행을 겪고 있는 문제에 대하여 극히 상식선에서 고민하고 뭐가 문제인지 물어보기만 해도 간단히 해결할 수 있는 문제를 수수방관하고 있다. 주민의 자정 능력을 평계 삼아 두고 보자는 식의 행정에 대하여 필자는 강하게 지적을 하고 싶다. 일부 주민들은 6·2선거를 앞두고 표 계산 때문이라 말하고, 힘 있는 특정인을 봐주고 있다고 입방아를 찧고 있는데도 군청은 말이 없다. 바로 이것이 공직자의 전형적인 복지부동이라고 해야 할 것이다. 수차례 중재해줄 것을 건의했으면 현장을 직접 나서서 민원 사항에 대하여 확인해야 함에도 아직도 책상에만 앉아있다. 이처럼 무사 안일한 공직자를 보는 것은 씁쓸하고 슬픈 일이다. 아마 약한 주민의 민원이라서 무시하는 것 같다. 진정한 공직자라면 유연한 사고와 열린 자세로 민원인의 기본입장을 듣고 그들을 설득해 타협점을 찾도록 하는 것이 기본자세라고 본다. 언제까지 땅에 엎드려 장애물이 지나가기를 기다리고 있을 것인가. 나서서 해결하라는 임무를 받음에도 아직도 몸을 사려 숨어 있을 텐가. 뚜렷이 보이는 화를 키워 스스로 자멸하도록 방관하는 당신들은 도대체 어느 나라 사람인가.

　불씨를 초기에 진압해야 한다는 것쯤은 삼척동자도 다 아는데, 산 전체를 다 태우고 난 다음에 소화기를 사용하려 아껴두고 있는가. 공직자는 법을 만들었고, 그 법을 지키고 집행하는 데 주저함이 없어야 한다. 4대강, 세종시 등의 문제도 중요하지만 작은 마을의 주민으로 보면 이장선거보다 더 중요한 일이 어디 있겠는가. 서민은 이웃과 무모한 싸움으로 상처받기를 원치 않는다. 눈치 보지 말고 소신대로 규정(법)대로 지금 당장 복지부동의 자세를 버리고 주민의 편에서 갈등의 가르마를 타야 할 것이다. 지금 바로 군수가 나서서 마을에서 벌어지고 있는 싸움을 말려야 한다는 얘기다. 왜냐하면, 이 싸움이 큰 싸움의 불씨가 될 수도 있기 때문이다.

전북도민일보 2010-1-26

투표를 포기하면 미래가 없다

아무리 귀중한 것이라 해도 그 수가 많아지면 소홀해지거나 천덕꾸러기가 될 수 있는 것이 세상의 이치다. 더구나 이것들이 살아서 제멋대로 움직이는 생물이라면 혼란스러워 차라리 없는 게 훨씬 나을 수도 있다. 6.2 지방선거를 두고 하는 말이다. 필자의 상식으로는 선뜻 이해되지 않는다. 8개의 투표용지에, 많게는 40~50명이 넘는 후보를 가려 기표를 해야 한다는 것이 말이 된다고 생각하는가. 이 많은 후보가 각자 길거리를 누비며 유세를 펼치고 다니는 모습이 가관이다. 서로 시차를 두고 다니는데도 가는 곳마다 시골 오일장처럼 종일 요란을 피우며, 자기만이 세상에서 가장 귀한 일을 할 수 있는 후보자라고 외치고 다닌다. 그러나 멈춰 서서 귀담아듣는 사람이 없다. 바람 몰이꾼인 도우미조차 무표정으로 몸만 흔드는 모습이 보기에 민망하다. 문제는 우리가 가장 소중한 사람을 선택하는 선거에 관심이 없다는 것이다. 앞으로 곳간 열쇠를 맡겨야 할 사람으로, 우리의 미래를 맡길 일꾼을 가리기 위해 가는 걸음을 멈추고 잘 들어보고 물어봐야 하는데 그냥 지나가 버린다. 이처럼 엉터리 선거를 누군가는 책임을 져야 하는데 아무도 없다. 중요한 선거를 이런 식으로 진행하면 누군가는 검증되지 않은 후보가 어부지리로 당선될 것이고, 이 사람이 물의를 일으켜 사회를 혼탁하게 만들 게 뻔한 데도 그대로 밀고 나가고 있다. 그래서 인지는 몰라도 후보자가 벌써부터 법을 어기면서까지 설레빌을 치고 있다. 죽기 살기로 매달려 고함을 지르고 있다. 마지막 기회라고 생각했는지 시장을 누비고 다니고 있다.

사실 선거는 잔치 분위기여야 한다. 그러나 차분하고 조용해야 한다. 후보자는 정정당당하게 실현 가능한 공약을 내세우고, 유권자는 이를 냉정하게 검증하는 심판관의 위엄이 있어야 한다. 막가파식으로 아파트 앞에 유세 차량을 대놓고 개사 된 유행가의 볼륨을 머리끝까지 올리고 도우미를 사서 율동을 한다고 되는 게 아니다. 눈에 잘 뜨이는 곳마다 경쟁적으로 현수막을 걸거나 건물 외벽을 자신의 사진으로 도배한다고 찍어주는 게 아니다. 조용히 있어도 인정하는 후보가 되어야 한다.

유권자는 그 숫자가 백이든 천이든 시간이 걸리더라도 그들의 진심을 들여다보고 일할 수 있는 사람을 선택해야 한다. 기본이 된 사람, 배려하는 마음이 몸에 밴 사람, 진득하게 때를 기다릴 줄 아는 사람, 논리적으로 말하고 행동하는 사람, 도덕적으로 흠이 없는 사람. 삶의 아름다움을 느낄 수 있는 사람, 반드시 어른을 공경하는 효자, 거짓과 궤변에 달통한 사람이 아니라, 조금은 어눌해도 세상을 보는 눈이 맑고, 이웃의 아픔을 함께할 수 있는 소박한 사람이어야 한다. 현행 선거 풍토로는 이를 구분할 수 없다면, 잘못된 선거제도로 당장 바꿔야 한다. 그러나 이미 벌어진 일이다. 유권자에겐 선택의 기회만 주어져 있다. 시간이 없어도 많은 후보자 중에서 누군가를 신중히 선택해야 한다. 모두 중요하다. 도지사도, 시장 군수도, 교육감과 교육위원, 그리고 도의원, 또 시군위원, 비례대표 정당 등 어느 것도 소홀하게 볼 수 없다. 이 많은 사람을 한날한시에 선택하라는 정부의 무책임함을 탓할 시간이 없다.

솔직히 유권자의 16%에 해당하는 60대 이상의 연령층에 여덟 번의 기표를 요구하는 것은 무리다. 24%에 달하는 20대 유권자에게 이런 모순을 가지고 투표를 요구하는 것 또한 설득력이 없다. 잘못된 제도라면 지금 당장 고쳐야 한다. 하루에 세상일이 다 결정되어야만 효율적이고 바람직하다는 것은 행정편의주의적인 사고방식이다. 경제적인 손실 때문에 하루에 선거를 치러야 한다고 하지만, 그것은 살림 잘하는 일꾼이 할 얘기는 아닐 것이다. 소중한 선택이 무관심으로 퇴락하는 선거제도라면 어떤 부담을 감수하고라도 바꿔줘야 한다. 만약 이 틈을 파고들어 검증되지 아니한 후보가 당선이라도 된다면 그 손실을 가늠하기조차 어렵다는 사실을 간과해서는 안 된다는 얘기를 다시 또 하고 싶다. 차라리 이럴 바에야 후보자를 모아 놓고 시험을 보든지, 달리기로 순위를 결정하든지, 아니면 몸무게를 달아 판단하는 것이 매우 객관적이라는 생각마저 든다. 일단 악법도 법이라 했다. 우리 유권자는 반드시 투표해야 한다. 이럴수록 꼼꼼히 살펴보고 정확히 기표해야 한다. 바로 그것이 미래를 위한 길이기 때문이다.

전북도민일보 2010-5-25

민선 5기 당선자에게

한바탕 전쟁을 치르듯 요란을 떨던 선거전(戰), 한 사람이라도 더 만나려는 후보의 열정은 손을 부르트게 했다. 겸손한 마음으로 고개를 숙이고, 활짝 웃는 얼굴로, 주먹을 불끈 쥐며 자신감을 보여주었다. 그리고 전북 사랑을 목이 터지라 외쳤던 당신들, 온 천지를 뒤덮을 듯 대형사진과 현수막을 내걸었고, 마치 돌까지라도 씹어 소화시킬 수 있다는 패기를 보여주었다. 내가 아니면 누구도 전북의 미래를 책임질 수 없다던 당신을 선택한 모든 유권자가, 새로운 민선 5기에 거는 기대가 크다.

먼저 할 일은 가장 낙후된 우리 전북을 잘 살게 하는 것이다. 전북의 최우선 과제는 14개 시·군 자치단체장이 서로 합심하여 전북을 살리는 일이다. 이제 지난 4년을 잊어버려야 한다. 우리 아들딸에게 고향을 지킬 수 있는 발판을 마련해 주기 위해 중앙정부의 관심과 지원을 끌어내야 하고, 도민의 의식을 깨울 수 있는 모범적이고 강력한 리더십을 보여줘야 할 것이다. 전북을 위하는 일이라면, 진정한 지역의 머슴으로서 정부를 설득해 전북경제가 우뚝 설 수 있도록 자존심을 버려야 할 것이다. 자신의 권한에 있는 지역의 발전을 위하여 현안을 관철시키려는 열정도 중요하지만, 전북 미래의 모습을 그려가며 자중하고 서로 협력하고, 서로서로 밀어주며 격려하는 화합의 큰 정치가 필요하다는 얘기이다.

이제 4년 동안 민선 5기가 전북을 이끌고 나가야 한다. 이제 당신이 선장이다. 전북도민은 이제 강이든 산이든 당신을 믿고 따라갈 것이다. 설령 거대한 장애물이 있다 해도 같이 넘을 것이다. 조금 부족하다 해도 의지할 것이다. 지쳐 넘어지면 함께 일으켜 세울 것이다. 같이 웃고 울 것이다. 진정 당신은 우리의 일꾼이기도 하지만 모두의 리더이기 때문이다. 이제 당신의 가식과 허물도 우리에겐 진정성이 있는 아름다움으로 받아들여야 하는 4년임을 우리 도민은 잘 알고 있다. 이제 와서 속임수를 부려도 우리는 모르는 일이며, 무조건 최선의 방법으로 알고 따르게 될 것이다. 오로지 당신이 온몸과 마음으로 목이 터지라 외쳤던 전북 사랑에 대하여 믿을 것이다. 이제 한 배를 탄 심정으로 당신을 바라볼 것이다. 바라기는 당신으로 말미암아 우리 전북이 발전되기만을 희망하며, 어디를 가든 당당하고 패기 넘치는 당신이 되길 갈망한다. 진정한 우리의 리더가 되길 바라는 것이다.

이제 당신들은 우리 전북의 CEO이며 희망이다. 우리 모두의 자존심이며 미래이기 때문에, 우리의 선택이 헛되지 않도록 죽고 살기로 전북을 이끌어주길 바란다. 특히 김완주 전북도지사는 14개 시·군 모두 골고루 잘살 수 있도록 협의하여, 지역별 특성에 맞는 산업을 발굴하고 육성하여, 행복한 전북을 만들겠다는 약속을 반드시 지켜야 할 것이다. 공무원들에게 3일은 현장에서 2일은 도청에서 도민을 만나고 현안을 챙기라는 지시가 지켜질 수 있도록 도정을 꼼꼼히 확인해야 한다. 또한, 시·군 자치단체장을 아우르고 이들이 가지고 있는 현안을 전북 발전의 틀에서 조정하고 협력할 수 있도록 맏형으로서 리더십을 발휘해야 할 것이다. 시·군 자치단체장 역시 지사를 중심으로 협력하여 함께할 때가 바로 지금이라는 것을 명심해야 할 것이다.

민선 5기 당선자들은 어느 때보다 전북의 발전 가능성에 대하여 긍정적이라는 평가 여론을 눈여겨보길 바란다. 그동안 낙후된 이유에 대하여 중앙정부의 관심 및 지원 부족(33.9%), 지역정치인들의 정치력 부재(18.6%), 기업 유치 입지여건 불리(17.1%), 도민들의 적극성과 진취성 부족(9.6%) 등의 순서로 발표되었다. 이 내용을 분석해보면 대부분 민선 5기 당선자들이 해결할 수 있는 문제라는 것이다. 이제 때만 되면 나와서 표를 구걸하여 권력을 누리던 시대는 지났다. 권력만을 탐하여 잔머리만 굴리는 세력은 반드시 도태될 것이다. 이제 혈세만을 축내는 무능한 당선자는 스스로 물러나야 한다. 솔직히 자신의 능력과 무관하게 특정정당의 공천만으로 당선된 사람도 있다. 그러나 이제는 지난 일이다. 지금부터라도 항상 자신보다는 이웃을 생각하는 너그러운 정치인, 전북의 경제 발전에 생명력을 불어넣을 수 있는 정치인, 전북의 모든 아들딸에게 일자리를 만들어주는 정치인, 살고 싶고 찾아가고 싶은 전북을 만들기 위해 모든 일상을 포기할 수 있는 정치인, 호남의 곁가지로 살아온 우리의 온순함에 대하여, 강력한 리더로 새롭게 이끌 수 있는 정치인이 되어주길 바란다.

전북도민일보 2010-6-28

6.4 후보자와 유권자에게

'바로 제가 희망이며 유권자의 행복입니다. 앞으로 소통하고 풍요로운 시대를 열기 위해 이 한 몸 받치겠습니다. 역동적이고 명품지역을 한결같은 뚝심으로 만들어 가겠습니다. 저를 믿어주십시오.'라는 내용의 선거 홍보 유인물들이 집으로 배달되고, 유출된 개인정보를 이용, 일면식도 없는 후보에게서 휴대전화 문자까지 받지만, 유권자는 시큰둥하다. 왜냐하면, 믿음이 가지 않는 일부 후보가 거짓 공약을 남발하기 때문이다.

이제 투표일까지 1개월도 남지 않았다. 그래도 결정해야 한다. 강 건너 불구경할 때가 아니다. 방관하면 세월호(人災) 사건 같은 대형 사고를 다시 자초할 수도 있으며, 이러다 자중지란으로 모든 것을 잃을 수도 있다. 지금까지 무관심이 곳곳에 부정부패를 켜켜이 쌓이게 하거나, 방관하게 되면 성장의 발목을 잡혀 끝없이 추락하게 할 것이다. 필자는 세월호 같은 대참사를 겪고도 의식 문화를 바꾸지 않으면 더 이상의 기회가 없다고 본다. 그래서 6.4지방선거가 나라의 운명을 가르는 마지막 갈림길이라고 보고, 올바른 지도자를 찾기 위해 후보자의 속내를 샅샅이 들여다봐야 한다. 면면을 잘 살펴서 그중에서도 올곧은 사람, 참으로 겸손하고 무던히도 성실한 사람, 자신을 돌보지 않은 희생과 봉사가 몸에 밴 사람, 말만 잘하고 실천하지 않는 얼치기 전문가가 아니라, 느려빠져도 신뢰를 목숨처럼 지킬 수 있는 사람을 찾아내야 한다. 당선용 커닝페이퍼에 불과한 공약보다 사람의 됨됨이를 봐야 한다. 그들은 대부분 무조건 당선되고 보겠다는 생각으로 진실을 일회용 액세서리 정도로 달고 다니는 사람들이다. 인간생활에서 가장 중요한 신뢰는 겉 포장지에 불과하고, 인간을 중시하는 시민의식은 거추장스러운 겉옷이라고 인식하는 사람들이다. 이들에게 남을 구하는 숭고한 희생정신을 기대하는 것 자체가 모순이다. 그래서 지금 우린 세월호 선장에게 돌을 던질 수 있는 지도자가 없다는 말이다.

　누군가 성공은 성격에서 비롯된다고 했다. 이 말은 그 사람의 성장과정에서 형성되는 습관(성격)이 매우 중요하다는 얘기다. 오죽했으면 우리 속담에 '세 살 버릇 여든까지 간다.' '크게 자랄 나무는 떡잎부터 알아본다.' 거기다 비판적으로 '제 버릇 개 못 준다.' 했을까. 며칠 전부터 배달되고 있는 후보자 홍보물을 보며 다시 생각해본 우리 말 속담들이다. 거짓부렁이가 넘쳐나는 홍보물엔 후보의 학력과 병력사항은 없고, 즐비하게 감투 경력들만 빽빽했다. 물론 학력의 정도가 유능함의 기준이 될 수 없으며, 병역사항이 기본적인 애국심의 척도가 될 수는 없다. 다만, 이미 알 사람은 다 알고 있는데도 구태여 감추려는 저의가 보이기 때문이다. 지도자의 가장 큰 덕목은 떳떳함과 솔직함이다. 그리고 겸손과 자신감 있는 용기라 할 수 있을 것이다. 그런데도 자꾸 감추려 한다면 똥 싸고 매화 타령하는 것으로밖에 볼 수 없다는 것이다. 사실 형편이 어려워 못 배울 수도 있다. 몸이 아파 가고 싶어도 군대에 못 갈 수도 있다. 아니면 지금의 생각과 당시의 생각이 다를 수도 있다. 이게 치명적인 흉이 될 수 없다. 지도자가 되겠다고 출마했으면 과거를 거울삼아 합리적인 사고를 가지고 용서를 빌거나, 진실한 마음으로 해명할 일이다. 의도적으로 누락했다면 어느 누가 당신을 훌륭한 지도자로 따르겠는가 말이다. 이제라도 눈감고 '아웅' 하지 말고, 유권자를 똑바로 바라보며, 솔직하고 담백하게 조곤조곤 설명해주는 게 지도자의 첫걸음이라고 본다.

영국의 존 메이저 총리는 초등학교를 졸업했고, 미국의 링컨 대통령도 집에서 독학했다고 한다. 이 외에도 수많은 지도자가 자신의 초라한 과거를 딛고 당당히 지도자의 길을 걸었다. 이들의 공통점은 인기 정치를 따라 움직이는 사람이 아니라. 공자가 말했듯 이들은 한결같이 가까이 있는 자를 기쁘게 하고, 멀리 있는 자를 따르게 하는 성실하고 부지런한 정치가들이었다. 이번 6.4지방선거를 앞두고 정치적으로 이용하지 말라는 것이다. 어려운 문제일수록 자기 일인 양 머리를 맞대고 무엇이 문제인가 들여다보란 얘기다. 얄팍한 술수로 잠시 이 세상을 지배하면 언젠가는 무너지는 법이다. 제발 권력으로 합리(合理)를 뭉개버리는 희열을 즐기지 말고, 거짓과 가식을 버리고 지도자로서 신뢰를 회복하기 위해, 뼈를 빻고 부수는 마음으로 분골쇄신(粉骨碎身)해 달라 부탁하는 것이다.

전북도민일보 2014-5-13

6.4 지방선거 당선자에게

　당선이란 개인에게 영광이요. 가족과 친지 등에게는 자랑할 만한 일이며, 그동안 선거를 위해 분투한 주변 사람들에게는 승리의 기쁨을 함께할 만한 가치 있는 일이다. 특히 투표했던 유권자들은 다가올 미래에 대해 염려 반 기대 반으로 지켜보고 있을 때, 당선자는 새로운 각오를 다지며 한 몸을 던져 명품지역을 만들겠다는 생각으로 가득 차 있을 것이다. 바로 이것이 소위 말하는 초심(初心)이다. 그런데 이번 선거에서 나타난 문제는 불신의 골이 깊어지고 있고 점점 투표참여율이 하락하고 있다는 것이다. 이를 물리적으로 만회하기 위해 사전 투표제를 도입했지만, 그 참여도엔 별반 차이가 없었다. 오히려 선거는 주민에게서 멀어지고 선거전만 치열한 싸움판으로 변질되고 말았다. 그 어수선한 틈을 노려 전과자(광역단체장 후보 45%, 교육감 후보 26%)까지 단체장 등을 하겠다고 판치는 세상에서, 보석 같아야 하는 페어플레이는 뒷전이 되었고, 상대를 야비하게 찍어 내리는 것을 기본 삼아, 유권자의 환심만을 사고자 선심성 공약을 들고 골목을 누볐다. 목이 갈라지고 허리가 아파도 진통제를 먹어가며 당선만을 위해 분투했으니 당선 그 자체가 감개무량할 수밖에 없을 것이다.

그러나 그 기쁨을 잠시 접어둘 때이다. 왜 자신을 지지했으며, 그토록 반대한 이유가 무엇이었던가. 더 중요한 것은 가까이서 선거기간 동고동락한 사람(同志)들을 앞으로 어떻게 관리하며, 더 잘사는 지역을 만들기 위해 어떻게 마음을 가다듬어야 할 것인가를 고민해야 한다. 먼저 원칙과 일관성을 중시해야 할 것이다. 우리 사회가 때마다 어려움을 겪고 있는 이유는 기본이 무시되고 있기 때문이다. 특히 지도층에서부터 권력과 돈으로 고무줄 자를 만들어 사용하기 때문이다. 이에 사회질서는 무너지고, 규칙을 지키면 바보라고 생각하는 것이 보편적인 상식이 되어버렸다. 이런 때일수록 당선자는

첫째, 참신한 지도자로 먼 미래를 내다보며 지구가 내일 멸망한다 해도 한 그루의 나무를 심어 줘야 한다. 바로 이것이 원칙과 일관성을 위한 근간이 될 수 있으니 말이다. 그래야 신뢰가 회복되고 안정된 사회를 만들어 가는 지름길이 된다는 얘기다.

둘째, 새로운 사업을 구상하기 전 전임자가 추진했던 사업을 존중하고 문제점을 보완해야 할 것이다. 이제 힘이 생겼다 하여 전임자의 업적을 가로채거나 갈아엎어 버리는 일이 절대 있어서는 안 된다. 가령 전임자가 심은 가로수에 대하여 '잘못된 수종을 선택했다느니, 병충해에 약하다'느니 하는 이유를 달아 가차 없이 뽑아버리고 또 새로운 나무를 심는 식의 행정은 이제 그만해야 한다. 이와 같이 국민의 세금을 일회용 컵 사용하듯 하면 기회주의자다. 역사와 전통의 맥을 끊어 버리는 일을 일상으로 삼게 되고, 해당 지역은 특색 없는 회색 지역이 되고 말 것이다. 또한, 낙후되어 못사는 지역으로, 인심은 떠나고 불신의 골이 깊어지고, 전시행정만 난무하게 되어 결국 속으로 병든 빛 좋은

개살구가 되고 말 것이다.

셋째, 당선자 스스로 단점을 포장하거나 감추지 말아야 한다. 사람은 누구나 콤플렉스 하나쯤은 가지고 있다. 이를 숨기기보단 장점으로 변화시키려는 용기가 필요하다. 삐뚤어진 성격을 고집으로 밀어붙이는 일은 금해야 한다. 괴테의 말처럼 세상에 '식견이 없는 활동처럼 무서운 것은 없다.'고 했다. 요즈음 개그 프로를 보면 못생긴 외모를 스스로 비하하거나, 상대로 하여금 농락거리 안주로 삼도록 버려둠으로써 오히려 인기를 누리고 있는 경우가 바로 성공자의 모습이다. 영국의 존 메이저 총리가 초등학교를 나오고도 한결같은 성실함과 부지런함으로, 에이브러햄 링컨은 못생긴 외모를 어린아이의 권유로 수염을 길러 호감을 얻었던 것처럼 지도자란 당당함에 그 매력이 있는 것이다. 권위의식을 버리고 자신의 콤플렉스를 직원과 주민에게 내보이는 용기가 필요하다. 바로 이런 인간성이 지도력에 윤활작용을 한다고 본다.

넷째, 뒤를 돌아봐야 한다. 쓴잔을 마신 낙선자의 마음을 헤아려 그의 장점을 얻어 와야 한다. 그 또한 수년을 준비한 사람이라는 사실을 망각해서는 안 된다. 외면하지 말고, 상대와 합심하여 그가 말하는 행복 시대를 함께 열어나가야 한다. 뚝심으로 지키려 했던 자존심을 고스란히 수용하는 큰 그릇이 바로 진정한 지도자의 모습일 것이다. 그동안 함께 선거를 통하여 경쟁자로 보여 주었던 열정, 그때 흘렸던 땀과 수고를 고스란히 지역 발전의 밑거름이 되도록 화합의 시대를 열어나가야 한다.

끝으로 떠날 때 아쉬워 붙잡고 싶어 하는 지도자, 공과 사를 철저히 구분하는 지도자, 덕과 문화를 기본 철학으로 받아들일 수 있는 여유로운 지도자로 지역 발전을 위해 헌신·봉사하길 부탁한다는 말이다.

전북도민일보 2014-6-16

제 6 부

2018년
2월 24일

작은 꽃은 큰비를 두려워하지 않는다

작은 꽃은 큰비를 두려워하지 않는다 했던가. 코딱지처럼 작은 매듭 풀은 줄기차게 내린 장대비에도 꼿꼿하다. 너무 당당해 얄미운 생각마저 든다. 그런데 얼마 전 큰비를 피하지 못한 현대그룹 고 정몽헌 회장이 지구 밖으로 떨어지고 말았다. 정말 슬픈 일이다. 더욱 안타까운 것은 그의 죽음에 대하여 추측성 보도만 난무하다는 것이다. 누가 창 밖으로 밀쳤다는 소리도 있고, 고생을 모르고 자란 터라 상한 자존심을 거두지 못해 자살했다는 얘기도 있다. 아무튼, 그 큰 꽃이 소낙비를 피하지 못하고 이승을 떠난 것에 대하여 소문이 무성하다. 특히 젊은이들이 고개를 갸우뚱거리고 있다. 도저히 믿을 수 없다는 표정들이다. 필자는 이들에게 말해주고 싶다. '조금만 참고 기다리면 문제는 곧 해결될 것이고, 진실은 언젠가 세상 밖으로 나오게 될 것이다.' 그러니 기다리라고, 친구에겐, '이 사람아 너무 그러지 말게, 다 그런 거지 뭐, 우리가 모르고 있는 게 한두 가지인가 제발 부탁인데 너무 부정적인 생각은 하지 말게, 피치 못할 사정이 있지 않겠는가? 괜히 잘 알지도 못하면서 소설을 쓰면 머리 아픈 일이니 좀 더 기다려보세.' 이렇게 말하면 필자에게 병신 육갑한다고 말할 수도 있을 것이다. 그러나 필자의 생각은 망자를 두고 섣불리 단정 짓지 말자는 말이다. 무성한 소문만 따라가다 보면 오히려 진실이 숨어버리니 조금만 기다려 보자는 얘기다. 필자가 생각하기론 그가 둑길에 작은 매듭 풀 같은 사람이었다면 그렇게 허망하게 죽지는 않았을 거라고 본다. 죽기 전까지는 자신의 의지와 달리 큰 꽃으로 태어나 뽐내며 살았겠지만, 고개를 꼿꼿이 들고 다니다 부러짐을 당했으니 불행한 탄생이 되어버렸다. 아마 그도 저승에서 마음 아파하고 있을 것이다. 다시 태어날 수만 있다면 큰비에도 견딜 수 있는 작은 꽃으로 태어나길 희망할 것이다. 왜냐면 개똥밭에 굴러도 저승보다 이승이 좋으니 말이다.

그의 죽음을 봐도 행복은 좋은 조건이 아니라, 악조건에서 더 길게 더 진하게 찾아오는 것임을 알 수 있다. 그는 어느 누가 보아도 이 세상에서 가장 행복한 조건을 갖춘 큰 꽃잎이었다. 그런데 한바탕 쏟아지는 장대비를 견디지 못했다. 너무 쉽게 무너지고 말았다. 이처럼 행복이란 세상에 돈이 많다 하여, 큰 권력을 가졌다 하여 거저 주어지는 것만은 아니다. 오히려 볼품없는 작은 꽃으로 태어난 것이 복이라는 생각이 들 수도 있다. 큰 꽃처럼 큰비를 두려워할 필요가 없으니 말이다.

그의 죽음은 슬픈 일이다. 그가 대답할 수만 있다면 물어보고 싶다. 왜 세상을 버렸는지 말이다. 국민은 그 진실이 궁금하다. 아무튼, 돈과 권력이 있다 하여 스스로를 큰 꽃으로 착각하며 우쭐거리지 않길 바란다. 작아서 큰 꽃처럼 많은 것을 누리거나 얻을 수는 없지만 나름 행복을 느끼며 살면 된다. '작은 꽃은 큰비를 두려워하지 않는다.' 했다. 즉 이 세상에 어떤 소나기가 내려도 작은 꽃은 비를 두려워하지 않는다는 말이다. 만약 당신이 두려움을 느끼고 있다면 아마 큰 꽃에 대한 허황된 꿈을 꾸고 있을 것이다. 결국, 그 꿈으로 인하여 불행해질 수도 있을 것이다. 행복해지려면 그 꿈을 버려야 한다는 얘기다.

삼가 고인의 명복을 빕니다.

전북일보 2003-3-9

가을 벼 이삭은 고개를 숙이는데

가을 벼 이삭은 고개를 숙인다는 말을 모르는 사람은 없을 것이다. 모른다면 바보이거나 아직 유치원에도 가지 못한 어린아이 정도의 수준일 것이다. 퇴근 후 논둑길을 걷다가 고개 숙인 벼 이삭을 보았다. 아쉽게도 태풍으로 인하여 쓰러져 있었다. 이를 일으켜 세우는 나이든 농부를 보며 어린 시절 가을걷이로 분주했던 시골 풍경이 문득 생각났다. 당시엔 소가 끄는 달구지가 유일한 운반 수단이었고 좁은 길은 지게가 이용되었다. 가을 수확 때면 좁은 논둑길로 볏단을 지게로 지어 나르던 농부들의 숨 가쁜 숨소리가 논길을 오갔다. 당시 어렸던 필자는 학교에서 돌아와 벼 이삭을 줍거나, 친구들과 함께 논둑길에 심어진 콩을 몰래 뽑아 구워 먹던 두근거림이 지금도 남아있다. 밤이 되면 등잔불 밑에서 숙제를 하고 책 속에서 파스칼을 만나 함께 갈바람에 춤추는 갈대 길을 달려가기도 했다. 또 산티아고에서 헤밍웨이를 만나 바다 얘기를 듣기도 했다. 이렇게 가을밤에 새로운 사람을 만나기 위해 밤새워 읽어 내렸던 책 속에서 꿈을 키우며 어린 시절을 보냈다. 지금은 지나간 그 추억 속을 거닐며 지난 시절의 향기를 찾아가고 있다. 그리고 이제 어른이 되어 맞이하는 이 가을에 조용히 길을 걷고 있다.

가을엔 '쌀독에서 인심 난다.'라는 옛 속담이 있듯, 농민이 노동과 땀으로 얻는 결실을 기다리는 계절이다. 옛 말에 가을 닭띠는 잘산다는 말이 있다. 가을 상추는 문 걸어 놓고 먹는다거나, 가을엔 부엌 아궁이 부지깽이도 덤벙대고, 대부인 마나님도 나막신을 들고 들로 나선다 했다. 이처럼 가을은 너나없이 바쁘지만, 수확 시기를 놓치지 않기 위해 힘든 시간을 보낸다. 그런데 태풍 '매미'가 할퀴고 지나갔다. 그 상처가 너무 커 농부가 망연자실하고 있는 모습이 슬프게 한다. 예전 같으면 쓰러진 벼를 일일이 일으켜 세웠다. 그대로 버려두면 싹이 트거나 썩어 쭉정이가 되어 버리기 때문이다. 그런데 요즈음에는 일으켜 세울 인력이 없어 방치하고 있다. 정치인도 넘어지게 되면 스스로 일어서지 못한다. 넘어진 벼를 주인이 일으켜서 옆에 것과 함께 묶어서 세워야 바르게 서는 것처럼 정치인도 국민이 일으켜 세우고 붙들어 주고 감시를 게을리 해서는 안 된다는 얘기다.

농촌을 이대로 두면 점점 공동화 현상이 가속되어 결국 황폐화할 거란 예측까지 나와 있다. 아마 그 이유는 고령화로 대를 이을 사람이 없다는 것이다. 정치인도 마찬가지다. 선거철만 되면 자신이 국회의원에 당선되면 농촌을 금방 살릴 것 같던 그들조차 농업정책 개발에 인색하다. 그러다 보니 농촌의 경쟁력은 점점 약화되고 있다. 이미 마음속에선 표만 얻기 위해 농민을 이용하고 있다는 얘기가 퍼지고 있다. 이제라도 정말 농촌을 살리고 싶으면 환골탈태하는 심정으로 농부의 마음을 닮아야 한다. 정략적인 싸움판을 끝내고 농촌을 거들고 나서는 책임자가 되어야 한다. 그리고 가을 벼 이삭처럼 고개를 숙이고 말보다 실천을 앞세우는 사람, 잘못을 내 탓이라고 말할 수 있는 겸허하고 용기 있는 정치지도자가 되어야 한다. 지금처럼 서로 헐뜯고 모든 것이 상대방 탓이라고 말하는 사람으로는 '매미'라는 태풍 피해에 울고 있는 농민을 달랠 수 없다는 얘기다.

전북일보 2003-9-27

뻔뻔스러운 사람들

요즈음 소고기 파동에 국민이 분노하기 시작했다. 분을 참지 못해 분신 자살자도 생겨나고, 중학생까지 촛불을 들고 시위현장으로 달려 나가고 있다. 그러나 책임 있는 권력자들이 보이지 않는다. 미꾸라지처럼 요리조리 피해 빠져나가 보이지 않는다. 일이 벌어지고 난 다음에서야 안심하고 먹을 수 있다며 소고기 시식회를 열고 있다. 꼭 이렇게 일이 벌어져야 말하고 행동하는 그들은 국민을 어떻게 생각하고 있을까. 국민의 머슴이란 이름표를 달고 행실은 주인 노릇을 하는 사람들, 이러지도 저러지도 못하고 속이 썩고 있는 국민의 마음을 알고 있기는 한가. 정말 국민을 주인으로 생각하는 지도자는 없다는 말인가. 말로만 애국자가 아니라 최소한 양심이 있는 지도자, 일이 터지면 손발을 걷어붙이고 나서서 문제 해결을 위해 몸을 사리지 않는 지도자는 없는가. 물론 대부분 지도자가 바른 양심으로 제자리에서 최선을 다하고 있을 것이다. 그런데도 필자의 눈에는 거짓말하는 지도자만 보이는 것은 편협한 시각을 가지고 있어서인가. 어쩌면 염려하지 않아도 될 일인지 모른다. 세상일이란 다 그렇고 그런 것인지 모른다. 이렇게 뻔뻔스러워야 출세하는 지도자(정치인)가 되는지도 모른다.

뻔뻔스럽다는 말을 사전에서 찾아보았다. '보기에 부끄러운 짓을 하고도 염치없이 태연하게 군다. 후안무치하다. 낯 두껍다.' 등으로 표현하고 있었다. 이 뻔뻔스럽다는 말은 결국 주변을 의식하지 않고 자기 멋대로 사는 사람들을 말하고 있지만, 국민이 원하는 지도자는 모름지기 어떤 물질적 힘보다 강한 도덕성과 정신적인 가치를 우위에 놓고 판단하는 사람(권력층, 상류층, 지식인 등)이다. 또한, 항상 쫓기듯 말하지 않고, 구차하게 변명하거나 무조건 밀어붙이지 않는 지혜롭고 현명한 리더를 말한다. 조금 어설프더라도 솔직하고 담백한 사람, 묵묵히 걸으며 미래를 계획하고, 설계해나가는 사람이며, 꿈과 희망을 줄 수 있는 사람이다. 긴 안목으로 돌다리도 두들겨가며 건널 수 있는 아주 신중한 사람이며, 끝없이 겸손한 사람이다. 지금 소고기 파동으로 인한 촛불 시위가 확산하고 있는 이유는 이런 지도자가 없다는 불안감에서 비롯된 것이다.

현재 일부 국민들은 지도자를 믿을 수 없다고 말하고 있다. 아니, 이름만 빼고는 가짜가 많다고 말하고 있다. 눈 씻고 찾아봐도 믿고 존경할 만한 사람이 없다 할 정도로 부패한 집단으로 여기고 있다. 그 예로 어머니를 통해 당에 거액을 헌납하고 비례대표에 당선된 젊은 여자, 부당한 주식거래로 떼돈을 벌었다는 사람, 병역을 기피하고도 당당히 입성한 의원도 있다며 국민이 분노하고 있다.

이처럼 우리에겐 뻔뻔한 정치인들이 많다. 이들이 여의도로 입성한 이상 한 국민은 그들을 믿지 못할 것이다. 언제든 촛불을 들고 거리로 뛰쳐나갈 준비를 하고 있을 것이다. 기회 있을 때마다 무서운 여론으로 그 뻔뻔함을 심판하려 할 것이다. 두려워하지 않고 자신들의 야욕을 채우는데 국민을 들러리쯤으로 생각하면 그 분노가 폭발할 것이다.

요즘 소고기 파동에 대한 그 책임을 따져 묻기 위해 촛불을 들고 길거리로 나가고 있다. 그 국민의 함성이 2002년 6월의 월드컵 함성과 중첩해 들린다. 한반도의 지축을 흔들었던 위대한 감격의 외침인 "대~한민국"의 소리가 분노로 바뀌고 있다. 세계사의 한 페이지를 장식했던 그때의 함성이 시들해지고 있다. 지금의 심한 갈등과 대립이 찬란한 영광의 불빛을 사그라지게 하고 있다. 바로 뻔뻔스러운 지도자들 때문이다. 더 늦기 전 월드컵의 열광을 곱씹어 보면서 그 뻔뻔스러움을 접고, 이제라도 진솔한 마음으로 소고기 파동을 설명해야 할 것이다. 국민이 이해할 때까지 말이다.

전북도민일보 2008-6-12

이명박 정부에 국민이 원하는 것

　필자가 초등학교에 다녔던 60년대 겨울은 몹시 추웠다. 문고리를 잡으면 손가락이 쩍쩍 달라붙었다. 손 지문에 남아있던 습기가 쇠붙이에 닿는 순간 얼기 때문이다. 방안으로 들어서도 윗바람이 드센 방에서는 입김이 서렸다. 불을 지핀 아랫목은 절절 끓어도 윗목은 냉골이었다. 앉아 있으면 코끝이 시려 아예 이불로 머리를 덮어쓰고 잠을 청했다. 잠자리 들기 전 머리맡에 놓아둔 자리끼가 아침에 눈을 뜨면 꽁꽁 얼었다. 칼바람에 손과 볼때기가 터서 쩍쩍 갈라졌으며, 노랑 콧물이 들락날락했다면 믿겠는가. 그 콧물을 닦던 옷소매 자락이 가죽처럼 번들거렸다면 거짓말이라 할 것이다. 배고프고 힘든 시절이었지만 물이 오염되었다거나 이상기온으로 생태계가 변하고 있다는 얘길 들어본 적이 없다. 당시엔 눈(雪)을 뭉쳐 베어 먹었다. 처마 끝에 매달려 있는 고드름을 따서 우둑우둑 깨물어 먹었다. 또한, 겨울 날씨도 정확히 삼한사온이 지켜졌다.

　얼마 전 산행을 다녀왔다. 눈이 몹시 퍼붓던 뒤라 겨울 산은 역시 장관이었다. 가지마다 꽁꽁 얼어붙은 산호 같은 하얀 눈꽃이 오전 햇살을 머금어 아름다웠다. 필자는 예전처럼 새해(구정) 시작의 느낌을 담아 소원을 빌었다. 며칠 후 그 산에 다시 올랐다. 눈은 녹아 찾아볼 수 없었다. 필자는 문득 온난화가 주는 경고라는 생각이 들었다. 수많은 과학자의 지적에도 우리가 자연을 파괴한 결과다. 문제는 이런 현상이 감당할 수 없는 재앙으로 이어질 징후가 보인다는 점이다. 지금부터라도 파괴를 중단하고 자신의 잇몸처럼 자연을 보호해야 한다. 미래를 예측하지 못하고 눈앞에 이익에 급급한 나머지 무분별한 개발을 계속한다면 돌이킬 수 없는 지경에 이르게 될 것이다.

이제 새로운 정부가 시작되었다. 지난 정부는 우리의 기억에서 지워질 것이다. 그리고 새로운 연출자가 무대를 장악하고 아름답고 평안한 나라를 만들려 할 것이다. 처음엔 모든 것을 순리와 법대로 지켜나가려 할 것이다. 그러나 시간이 지나면서 저항을 받게 되고 결국 전과 다름없는 정부로 전락하게 될 것이다. 이런 정부가 되지 않길 희망한다. 더는 국민을 무시하는 정부가 되지 않기 바란다. 지난 정부 사업을 무조건 갈아엎거나 가당치도 않은 사업을 벌여 무거운 짐을 국민에게 전가하는 일이 절대 없어야 할 것이다. 새로운 것이 항상 좋은 것이 될 수 없다는 사실을 결코 잊어서는 안 된다. 새롭게 시작하려면 국민의 동의를 얻어야 한다. 공감도 얻지 못하고 경부 대운하 사업을 밀어붙이겠다는 정부에게 하는 말이다. 천문학적인 예산을 투입하면서 막무가내로 환경과 경제를 살리기 위한 수단이라고 말한다고 믿을 국민은 없다. 설령 그렇다고 해도 반드시 국민을 이해시켜야 한다.

옛말에 '돌다리도 두들겨 보고 건너라.' 했듯 신중해야 한다. 그리고 서둘지 말아야 한다. 온 국민이 고개를 끄덕일 때까지 기다려서 문제를 해결하는 인내와 지혜를 가져야 할 것이다. 권력과 돈으로 무조건 성급하게 이끌어간다면 훗날 그 정부는 문제의 정권으로 기억하게 될 것이다. 필자가 보기엔 경부 대운하 건설은 대부분 국민이 동의하지 않고 있다. 이는 국토가 만신창이가 되어 다시는 복구할 수 없는 최악의 상태에 이를 수 있다는 주장에 일리가 있다고 본다. 달콤한 말로 윤택함을 보장하겠다는 장담으로 자연을 파괴하기보다는, 차라리 가난한 부자로 사는 게 나을 것이라는 생각이다. 자연이 훼손되고 파괴되어 기후가 변하면 사람이 살 수 없는 땅이 될 것이다. 사람이 살 수 없는 땅에서 황금이 쏟아진들 무슨 소용이 있겠는가 말이다. 다 싫다. 추운 겨울에 옷과 고무 신발을 기워 입고 신어도 좋다. 살을 도려내는 칼바람으로 겨울잠을 설쳐도 좋다. 가난해서 어쩔 수 없이 차가운 구들방 윗목을 차지할 수밖에 없어도 좋다. 처마 끝 수정 같은 고드름을 마음 놓고 먹을 수 있는 맑고 깨끗한 환경이면 된다. 지금 정부가 모두 함께 잘살 수 있는 길이라며 자연을 훼손하는 것은, 용서할 수 없는 범죄임을 이명박 정부가 이해하기 바란다.

전북도민일보 2008-7-14

지도자의 불감증

에이브러햄 링컨이 주 의회 의원으로 출마했을 때, 그가 속한 공화당 본부에서 2백 달러를 지원했으나, 1백99달러 25센트를 되돌려 보냈다는 유명한 일화가 있다. '선거 연설회장 사용료는 제가 지급했습니다. 여러 유세장을 돌아다니는 데는 내 말(馬)을 이용했기 때문에 교통비는 전혀 들지 않았습니다. 선거 운동원 중에 나이 드신 분이 목마르다 하여 음료수를 사서 나눠 드렸습니다. 그 음료수 값이 75센트였으며, 그 영수증을 함께 동봉합니다.'라는 편지와 함께 돈을 되돌려 보냈다는 내용의 얘기다. 역시 링컨은 위대한 지도자였다. 참으로 존경받을 만한 권위와 권력을 누렸던 안정적인 대통령이었다는 생각이 든다.

왜 우리에겐 이런 지도자가 없을까. 있어도 보지 못하는 것일까. 우리의 지도자를 바라보면 마음이 답답하다. 언제 터질지 모르는 시한폭탄을 안고 있는 것 같아 불안하다. 마치 뇌물을 받는 것이 지도자의 덕목처럼 되어버린 세상에, 청렴한 지도자는 구분되지 않고 오늘도 여·야 갈등의 골만 깊어가고, 세상인심이 점점 흉흉해지고 있다. 인터넷상에서 특정 네티즌들의 악성 댓글로 가정이 파탄되고, 전화금융 사기로 서민의 피 같은 재산이 갈취 되며, 하루도 거르지 않고 쏟아지는 기업의 정치로비자금, 성 접대로까지 번진 검찰의 비리 논란 등 사회 전반에 불신과 비리가 팽배하다. 지금 우리 지도자들은 무엇이 국민을 위하고 국익에 도움이 되는지도 모르고 있는 것 같다. 때마다 선거철만 되면 국민을 주인으로 모신다고 얘기하는 그들을 믿을 국민은 아무도 없다. 항상 정치 생명의 연장선에서 반대를 위한 반대로 국론을 분열시키고 세상을 정략적인 눈으로만 보는 그들 때문에 국민은 정치를 불신하고 있는 것이다.

지도자가 불안하고 초조하면 국민은 안정적인 삶을 보장받을 수 없다. 힘이 있다 하여 공권력을 남용하면 결국 그 화가 부메랑처럼 돌아온다는 사실을 명심해야 한다. 지금부터라도 모든 지도자가 정직하길 희망한다. 높은 도덕성으로 국민을 섬기며, 늘 자숙하고, 겸손하고, 부지런하며, 칭찬과 격려를 아끼지 않는 사람이길 바란다. 모든 국민은 이순신과 같이 냉철한 머리와 따뜻한 마음을 가지고 권력 앞에 굴하지 않았던 대장부를 원하고 있다.

통계를 보면 살인, 강도, 강간 등 강력 범죄로 경찰에 검거된 청소년이 3년 만에 50%가 폭등했다고 한다. 이유도 없이 무참히 친구를 폭행하는 일도 자주 발생하고 있으며, 십대가 돈을 노리고 가족까지 살해하는 '패륜 범죄'까지 일어나는가 하면, 중학생이 자기 생각에 반한다 하여 집안에 휘발유를 붓고 방화로 일가족을 몰살시켰다. 어느 십대들은 한 달 용돈을 500만 원 이상 받아 명품을 사고 있다는 얘기도 있다. 이처럼 청소년 범죄가 갈수록 흉포화 되고 범죄 나이가 낮아져 대책 마련이 시급한데도, 귀를 막고 이 순간도 밥그릇 싸움만 하고 있으니 한심스럽다는 얘기다.

우리 속담에 '윗물이 맑아야 아랫물이 맑다.'라는 얘기가 있다. 이것은 기본 상식이며 진리이다. 지도자가 깨끗해야 세상이 아름답고 살맛이 나는 세상이 되는데, 끊임없이 발생하는 지도자의 부정부패로 우리는 지금 중병을 앓는 중이다. 더욱 놀라운 것은 지도자가 불감증에 걸려 있다는 사실이다. 감염된 사실조차 모르고 흙탕물에서 난투극만을 벌이고 있다. 더 망가지기 전에 주인인 국민의 마지막 힘(여론)으로 싸움을 말려야 한다. 엄격한 잣대로 부정부패에 대해선 지위고하를 막론하고 반드시 일벌백계로 다스려야 하고, 조직 내부에 불공정한 관행을 고발하는 사람에 대해선 특별한 기회를 주거나, 엄격한 신상필벌의 원칙을 적용하도록 앞장서야 한다. 그래야 지도자의 조급증과 불안함이 치료되어 치료되어야 에이브러햄 링컨 같은 지도자가 나타나게 될 것이란 얘기다.

전북도민일보 2010-10-26

우리의 지도자에게

초등학생이 싸움을 말리던 58세의 여교사를 폭행해 병원에 입원케 했다는 얘기가 있다. 미국에 유명 대학을 중퇴한 청년이 PC방에서 게임을 하다 뛰쳐나가 귀가하던 젊은이를 묻지마 살인을 했으며, 또 다른 젊은이는 음주 후 차를 몰고 가다 택시를 잡으려던 사람을 치어 두 명이 사망하고 세 사람이 크게 다쳤다고 한다. 서울 강남의 유명 유치원에서는 유통기한이 3년이 지난 음식 재료를 사용, 집단으로 복통을 일으켰는데 주방 냉장고엔 썩어서 곰팡이로 뒤덮인 음식재료가 가득했다는 기사도 나와 있다. 이처럼 삶의 기본과 중심이 뿌리째 흔들리는 이유는 균형 감각을 잃어버린 지도자의 영향이 크다 할 것이다.

그렇다면 국민이 희망하는 지도자는 어떤 사람일까? 먼저 일상생활을 편안하게 살 수 있도록 다스려주는 사람일 것이다. 또한, 근검절약을 몸소 실천하고, 질서를 중시하고 어떤 경우라도 원칙을 지키려는 사람, 사치스러움으로 위화감을 주지 않는 늘 겸손한 사람, 기강을 바로 세우고 부패를 척결하는 강력한 사람, 전통을 중시하면서 새로운 기술개발에 식견과 진취적인 판단력이 있는 사람, 어려운 사람의 아픔을 함께하고 같이 웃고 울어줄 감성 있는 사람, 대중을 열린 대화의 장으로 유도하여 합리적인 방법으로 문제 해결을 끌어낼 수 있는 사람, 그리고 확실한 목표의식을 가지고 소신대로 이끌 수 있는 사람, 때론 권력을 무기 삼아 무질서를 과감히 물리칠 수 있는 사람, 잘못을 바로 시인하고 용서를 구하는 용기 있는 사람 등, 이를 요약하면 지도자란 정직하고, 꿈과 소신을 가진 균형 감각이 뛰어난 사람이라는 얘기다.

여기서 지도자란 누구를 말하는 것일까. 물론 최고 통수권자와 특권층이다. 그러나 우리(어른) 또한 지도자라는 것이다. 이유는 우리는 아버지이며, 어머니이고, 스승이며, 선배이고, 유권자이기 때문이다. 따라서 세상의 모든 잘못에 대하여 나라를 탓하고, 단체장(전북 민선 5 기 당선자 14명 중 8명이 각종 비리혐의로 검찰수사 중)을 핑계 삼고, 직장의 상사를 비판만 한다면, 더욱 심각한 사태가 초래될 것이다.

이제 2010년의 끝자락이다. 유난히 사건·사고가 잦았던 해였다. 우리를 더욱 안타깝게 만들었던 일들이 많아 기억할 수조차 없다. 특히 지도자라고 존경받아야 할 사람들이 당리당략을 위해 난투극을 벌이는 모습은 너무 부끄러운 일이었다. 여기다 치졸한 비리에 연루되어 나라의 격을 뿌리째 흔드는 모습에 국민은 할 말을 잃어 가고 있다. 이를 보고 국민이 무엇을 배우겠는가. 너나 할 것 없이 기본을 상실하는 세상이 될까 염려된다는 것이다. 그래서 이대로 둘 수 없다는 자정 운동이 벌어지고 있다. 저항에 부딪혀 더 큰 손실과 상처를 받기 전에, 새해가 되기 전에 우리(어른)가 나서서 일에 책임을 지고 의무를 다하기 위한 약속을 해보자는 것이다. '먹는 음식을 불량 식품으로 만들어 이익을 취하지 않겠습니다. 지금부터는 절대 음주운전을 하지 않겠습니다. 또한, 불법과 탈법을 동원해 나 혼자만 잘살겠다는 생각을 버리겠습니다. 어떤 일이 있어도 내 자식만 귀하다는 생각을 버리고, 자신을 통제하고 절제할 수 있도록 회초리로 가르치겠습니다. 싸움을 말리는 할머니 같은 여교사의 머리채를 잡고 폭행하거나 침을 뱉는 일이, 얼마나 치졸하고 비겁하고 배은망덕한 행위인지, 국민의 아픔에 대하여 눈물로 함께 하는 지도자(어른)가 되겠습니다.'라고 말이다.

2011년에도 더 많은 어려움이 있을 수 있다. 우리는 함께 이겨내야 하고, 더욱 강력한 힘을 키워야 한다. 국민의 삶의 질을 향상하려면 나라의 품격을 높여야 하고, 안정적인 권리를 보장받으려면 지도자가 정직하고, 꿈과 소신으로, 권력을 개인의 사욕과 탐욕을 목적으로 행사하지 않을 때 가능한 일이다.

2010년의 끝에서 간절히 바라기는, 우리의 모든 지도자가 말보다는 행동으로 신뢰를 회복하고, 기본을 지키는 성숙한 사람이 되길 소원한다.

전북도민일보 2010-12-19

'한국病'을 고치려면

얼마 전 한 야당 대표가 '한국病을 고치겠다.'고 했다. 이 병은 서민과 중산층의 희망을 빼앗아 가는 것으로 우리 사회를 짓누르고 있으며, 빈부 격차가 심해지고, 반칙과 특권이 횡행하고 있다 진단하고, 치유를 위한 국민의 동참을 호소하고 나섰지만, 내용상으로 새로울 것은 없었다. 이미 14대 김영삼 대통령 취임사에서 대부분 언급되었던 내용이다. 그 당시에도 한국병으로 말미암아 근면성과 창의성이 사라지고, 가치관이 흔들리고 있으며, 국민이 자신감을 잃어 가고 있다고 지적한 것이 18년 전의 얘기다. 그러나 한국병은 치유되지 않았고 더욱 심각해져 위험수위에 접어들어 가고 있다. 문제는 치유가 안 되는 그 병의 원인이 무엇이냐는 것에 대한 진지한 성찰이 부족하다는 것이다. 특히 지도층과 정치인이 더 그러하다. 힘 있는 그들이 탈법과 편법에 능숙하고, 처벌 또한 온정주의로 흘러가다 보니, 세상은 돈을 많이 벌면 성공이고, 뚜렷한 업적이나 능력 없이도 돈만 있으면 정치인이 될 수 있으며, 권력도 돈으로 얻을 수 있다고 생각하기 때문에 치유가 어렵다는 것이다.

정치인과 지도자는 우리 사회에 상위 계층이다. 위에서 흐려진 물은 사회 전반에 걸쳐 부패와 탈법을 일으키고, 계속해서 새로운 문제를 만들어 내는 것이다. 이를 보고 뜬금없이 '한국病'을 치유하겠다고 나선 지도자를 우린 신뢰하지 않는다. 또 선거전의 시작을 알리는 메뉴일 뿐이라는 부정적인 시각이 강하다는 것이다. 2012년 총선과 대선을 앞두고 국민에게 서비스하는 논평쯤으로 생각한다는 것이다.

진정 우리 사회가 건강해지려면 먼저 정치인과 지도자가 신뢰를 회복해야 한다. 스스로 욕심을 버려야 한다. 나눠 먹어야 할 사냥감을 입안에 감춰두고, 친구 말에도 대답을 못 하는 펠리컨과 같은 모습을 버려야 한다. 턱이 길게 늘어난 흉한 모습을 보기 전에 먹이를 뱉어내야 한다. 병은 한국병의 전염원이 되는 본인부터 치료해야 한다. 자신의 안위를 위해 남의 희생을 권력으로 강요하지 말고, 학연과 지연 그리고 혈연으로부터 자유로워야 병의 연결고리를 끊을 수 있다는 것이다. 그다음 과감한 결단과 희생으로 개혁을 끌어낸 후 '한국病'을 고치겠다는 생각을 해야 그나마 치유가 가능한 것이다. 지금처럼 고위공직자의 비리가 갈수록 지능화되고, 대담해진다는 것은 치유할 수 없는 말기 암 환자로 가는 길이 되는 것이다. 이를 과감히 수술하지 않고 덮거나, 대충 수습하려는 데만 급급하면 결국 때를 놓치게 되고, 다시는 회복할 수 없는 지경에 이르는 것이다. 진정 '한국病'을 고치겠다고 나섰다면 상대 정당을 적으로 보지 말고 함께할 동반자로 보아야 한다. 다독거려 대화의 장으로 끌어내는 기술이 필요하다. 너무 조급하게 생각하지 말고 국민의 지지 속에 인기에 영합하는 정당이 아니라 정도를 걸어가는 정당, 지금은 나약하지만, 한 그루의 묘목을 심는 심정으로, 미래를 보는 정당으로 가기 위해 끊임없이 기다려야 할 것이다.

'한국病'의 원인은 조급증에 있다는 사실을 우린 잘 알고 있다. 오죽했으면 '우물가에서 숭늉 찾는다.'라는 우리 속담이 있었겠는가. 어디를 가든 '빨리빨리'를 외치는 마음을 진정시키려면 앞서가는 지도자와 정치인들이 속도 조절을 해야 한다는 얘기다. 지금 당장 결론을 내려는 조급증으로 당리당략 차원에서 접근하지 말고, 잘못하는 사안에 대하여 자신의 소속당일지라도 과감하게 그 상처를 도려내야 '한국病'은 치유된다는 얘기다. 지금처럼 감사원장 후보, 경찰 고위 간부까지 비리 연루 사실을 놓고 상반된 의견으로 지루한 공방을 벌이는 것은 국민을 혼란스런 조급증에 매몰시키는 일이다.

  바라기는 2011년도 새해에는 모든 지도자와 정치인들이 정당을 초월해 함께하는 나라가 되길 희망한다. 서민이 꿈과 희망을 품을 수 있도록 사회질서를 바로잡아주길, 반칙과 특권이 판치는 세상이 아니라 올바른 생각과 행동이 대접받는 사회를 만들어 주길, 국민의 38%가 다른 나라에 살고 싶다는 얘길 허투루 듣지 않길 바란다. 야당 대표의 말처럼 지금 '한국病'을 치유하지 못하면, 이룩한 경제 성장조차 모래 위의 성처럼 무너져 버린다는 지적에 대하여 깊이 새겨들어야 할 때이다. 더 늦기 전에 '한국病' 치유를 위해 함께하는 정치풍토를 조성하고, 늘 싸우는 정치판이 아니라 서로 격려하고 아낌없는 박수를 보내며, 칭찬에 인색하지 않은 새해가 되길 바란다.

전북도민일보 2011-1-13

지도자가 시치미를 떼면 모두 망한다

'시치미를 떼다.' 라는 말은 알고도 짐짓 모르는 체한다는 뜻이다. 이 시치미에 대하여 이해를 돕기 위해 어원을 찾아보았다. 매를 이용한 사냥이 백제 시대부터 시작되어, 고려 충렬왕 때엔 궁중 안에 응방(鷹坊)이란 기구를 두었고, 그 후 응방도감이라는 높은 벼슬아치를 둘 정도로 매우 성행했다고 한다. 당시에 웬만한 벼슬아치나 한량이라면 대부분 매사냥을 즐겼으며, 길들인 매를 다른 사람이 욕심을 내는 일이 생겼다고 한다. 따라서 매를 도둑맞거나 서로 뒤바뀌는 것을 방지하기 위해 특별한 표시를 했고, 이 표시로 매의 꼬리 털 속에다 소뿔로 얇게 만든 명패를 매달았는데, 이것을 시치미라고 한다. 이를 떼면 누구의 매인 지 알 수 없게 된다 하여 생긴 것으로 '잡아떼다'라는 말도 원래는 '시치미를 잡아떼다'에서 '시치미'가 생략된 형태의 말이라는 것이다.

결국, 예나 지금이나 시치미를 떼고, 거짓을 진실로 바꾸려는 사람의 속성엔 큰 차이가 없어 보인다. 그러나 사회 발전 속도에 비례하여 그 시치미가 점점 지능화되어가고 있다. 또한, 생명을 경시하는 풍조로까지 이용되고 있다. 요즘 일어나고 있는 사건을 보면, 마치 브레이크가 파열된 차가 추락할 것처럼 불안하고 그 끝이 보이지 않는다. 속고 속이기 위해 끝까지 시치미를 떼야 산다고 하는 의식이 팽배해지면서 곳곳에서 사건과 사고가 터지고 있다.

며칠 전 노르웨이에선 10대 아이들이 총에 맞아 76명이나 죽어갔다. 필자가 가서 본 이 나라는 평화롭고 풍요로웠다. 평소 안전하고 개방적인 나라다. 기회의 땅이라 일컫던 미국에서조차 최근 수십 차례 총기사건이 발생해 많은 사람이 죽거나 다쳤다. 카지노에 침입한 신원 미상의 남자가 파티 중인 사람들을 향해 무차별 총격을 가했다는 소식도 있다. 아내를 흉기로 찌르고 100m 절벽 아래로 밀어버린 일이 우리의 곁에서도 있었다. 이처럼 늘어만 가는 인면수심(人面獸心)의 사건의 시작이 하찮은 시치미에서부터 시작한다는 점이다. 때로 오해에서 비롯되었다고 말하기도 하지만, 이 모든 것은 그 나라의 지도자의 잘못된 시치미 관리가 사회 전반에 미친 영향으로 보고 있다. 결국, 윗물이 세상을 흐리고 있다는 생각이다. 거짓으로 일관하고, 돈과 권력으로 다스리려 하고, 원칙 없는 수단과 방법으로 군림하려는 지도층의 행위가 빚어낸 결과로 본다.

얼마 전 전 검찰 최고위직 출신 변호사 3명이 9천여억 원을 탈루한 '선박 왕'의 시치미를 합법적으로 떼어주려는 모습도 그렇다. 법을 집행했던 전 최고위급 지도자가 범법자의 편에서 변론하는 이유는 뻔하다. 모르긴 해도 개인의 욕심을 위해 시치미를 떼는 데 동조하는 거라고 본다. 이는 국민 정서가 절대 용납하지 않을 것이다. 권력으로 세상일이 자유롭다 하여 적의 편에 선다면 국민은 분노할 것이다. 미래의 주인인 어린 학생들이 보고 따라 하고 있다. 지금 아이들이 학교에서 싸움질, 돈 갈취, 몽둥이질 등을 모방하고 있다. 규율이 가장 엄격해야 할 군대에서조차 구타를 당하고 이를 비관한 군인이 1년에 80여 명이나 자살하고 있다는 사실이 남의 일이라고 생각하는가.

이대로는 안 된다. 지도자가 먼저 뼈를 깎는 각고를 해야 한다. 나라를 책임지고 있는 어른들이 나서서 법을 바로 세워야 하고, 시치미를 떼면서까지 폭력을 정치유지 수단으로 사용하는 일을 해서는 결코 안 될 것이다. 국민은 불법을 자행하면서도 시치미를 떼는 지도자를 이제 과감하게 버리게 될 것이다. 또한, 모든 것이 내 탓이라고 말하는 사람과 화합하고 용서하고, 약한 자를 아름답게 보호하는 세상을 만들기 위해 국민이 스스로 나서서 거짓 지도자를 영원히 추방하는 사회를 만들어 갈 것이다.

벌써 내년 총선과 대선을 앞두고, 돈과 권력 사이를 배회하는 지도자들이 밉상으로 꿈틀거리고 있다. 이제 발붙이지 못하도록 쭉정이를 가려내야 할 것이다. 그리고 어머니 같은 사람, 시치미 떼지 않고 솔직하고 담백한 아버지 같은 사람, 묵묵히 걸으며 미래를 계획하고 설계하는 형(누나) 같은 사람, 꿈과 희망을 주며 긴 안목으로 세상의 돌다리를 두들겨가며 건널 수 있는 스승 같은 지도자를 선택해서 '현대판 노아의 방주' 운운하는 비어(蜚語)를 잠재워 나가야 할 것이다.

전북도민일보 2011-8-1

보스는 국민이 원하는 지도자가 아니다

36년 전 신병 때의 일이다. 콘센트 막사에 빗방울 떨어지는 소리를 들으며 야간 점호를 준비하는데 갑자기 비상이 걸렸다. 완전군장으로 연병장에 집합하라는 것이다. 소총 1정이 도난당해서다. 중대장은 즉시 찾지 못하면 모두 죽을 각오를 하라는 것이었다. 살벌한 분위기였다. 숨소리조차 함부로 내뱉을 수 없는 공포의 분위기였다. 점점 폭군이 되어가는 중대장은 우리를 흙탕물에 튀김을 하듯 좌로 굴러 우로 굴러, 뒤로 취침 앞으로 취침 등의 얼차려로 우리를 녹초로 만들었다.

사실 군(軍)에서의 총기 도난 사고는 큰 화를 불러일으킬 수 있는 매우 중대한 사건이다. 지휘관에겐 자칫 군 생활을 불명예로 포기하거나 모든 불이익을 감내해야 하는 대형 사고다. 그 때문에 중대장은 평상심을 잃어버리고 흥분하고 있었다. 아니, 속으론 울먹이며 애원하고 있었다. 제발 좀, 모두 눈을 감고 있을 테니 손만 살짝 들어달라는 것이었다. 그러나 갖은 협박과 읍소를 다하며 모든 카드를 다 사용했으나 허사였다. 끝내는 격앙된 목소리로, "야, 이 ○○○들아! 너희들 지금 군화 속에서 발가락으로 춤추고 있지?" 잔뜩 주눅이 들어 있던 우리를 향해 중대장은 고래고래 고함을 질렀다.

"아닙니다!" 칼로 바람을 가르듯이 절도 있는 큰소리로 대답했다. 눈방울 굴러가는 소리가 들릴까 봐 죽은 막대기처럼 부동자세로 서 있어야만 했다. 빗물이 옷 속으로 흘러 등줄기를 타고 흘러내려도 절대 권력자 앞에서 말뚝처럼 서 있을 수밖에 없었던 당시 병영생활은 무조건 복종만 용납되었다. 특히 부대 내에서 중대장은 무소불위(無所不爲)의 힘을 가지고 있었다. 그런데도 사병이 군화 속에서 발가락으로 춤추고 있을지도 모른다고 생각하던 자신감 없던 통솔력이 문득 생각이 난다.

진정한 지휘관이었다면 군화 속의 발가락까지 멈추게 할 수 있는 자신감과 믿음이 있어야 했다. 그러나 그는 힘으로 해결하려는 보스에 지나지 않았다. 그것은 리더십의 부재였다. 뜻대로 안 되니 이기적인 방법으로 목적을 이루려 했다. 요즈음 약자를 배려하지 않고 늘 큰소리치고 '아니면 말고'라는 무책임한 한탕주의 정치 행태와 별반 다를 바 없었다는 얘기다. 오늘날 국민이 정치 집단을 혐오하게 된 것도 이런 문화와 무관치 않다고 본다. 지금 이대로 가다간 무슨 일이 날 것 같은 생각이 든다. 더 깊은 물구덩이에 빠지기 전, 입만 살아 있는 지도자를 추방해야 할 것이다. 콩밭에 마음이 가 있는 비둘기(권력의 주변에서 서성이는 지도자)를 멀리 날려 보내야 한다는 얘기다.

특별히 이번 서울시장 보궐 선거를 앞둔 유권자는 한 번 더 생각해 보고 누가 더 진정한 리더인가 만져 보고, 살펴보고 뒤집어 봐야 할 것이다. 그래도 의심스러우면 다 해체해 봐야 한다. 따라서 이번 서울 시장 선거가 신뢰를 회복하는 분수령이 되길 희망한다. 그러기 위해선 왜, 오세훈 서울시장이 왜 물러났는지 되짚어봐야 한다. 시민은 왜 그를 선택했고 다시 버리게 되었는지 복습을 해야 한다. 그는 '시민이 행복한 서울, 세계가 사랑하는 서울을 만들겠다.'고 호언장담했던 사람이다. 그러나 하루아침에 빈 깡통처럼 찌그러져 버렸다. 이때를 기다렸다는 듯이 확성기를 들고 거리로 나와 '내가 진정한 리더다. 자신만이 신뢰를 바탕으로 책임 있게 미래를 이끌어 갈 사람이다. 시민의 아픔을 치유하고 보듬는 시장이 되겠다. 시민사회 세력과 함께 서울을 살리고 새 시대를 열겠다.'고 천편일률적으로 말하고 있는 그들을 잘 봐 둬야 한다. 더는 속지 않고 후회하지 않기 위해서 말이다. 시장으로 당선되면 추종세력이 따르게 되고, 이에 우쭐대며 자기가 주인인 것처럼 착각하고 보스의 길을 갈 수 있는 사람을 가려내야 한다. 말만 잘하는 포장된 애국자와 눈 가리고 아웅 하며 속이려 드는 그들을 과감히 추려 내야 한다. 적어도 국민의 지도자라면 보스의 생각과 행태도 모방해서는 안 되며, 오로지 가난한 리더로 국민을 주인처럼 모시는 존경 받는 심부름꾼이 되어야 사회가 안정되고 평안해진다는 얘기다.

전북도민일보 2011-9-28

차기 대통령은 이런 사람이

　겨우 세 살짜리 아이가 스마트폰을 뚫어지라 바라보고 있다. 부모가 이를 빼앗으려 하지만 악을 쓰며 울어대자 이기지 못하고 포기한다. 아이는 울음을 뚝 그치고 표정도 없이 스마트폰의 작은 화면에 눈을 고정한 채 미동도 없다. 도대체 뭘까 하고 화면을 들여다보니 어린이 만화 영화였다. 부모 말에 의하면 이 아이는 스마트폰만 있으면 한두 시간은 쥐 죽은 듯이 조용하다고 했다. 위층에 초등학생도 게임하기 위해 부모가 집을 비우길 기다리며 눈치를 보고, 한 대학생은 PC방에서 10시간 넘게 슈팅 게임을 즐기다 갑자기 의식을 잃고 사망했으며, 30대 여자도 게임을 하다가 의자에 앉은 채 사망했다는 보도는 하나도 새로울 게 없는 내용이 되어 버렸다.

　이처럼 유아부터 성인에 이르기까지 가상공간 속에서 헤어 나오지 못하는 이들이 점차 늘어나고 있다. 이 풍요로운 가을볕마저 외면하고 스마트폰을 들고 골방에 틀어박혀 혼자만의 세상을 찾아가고 있다. 이것도 모자라 아예 퀴퀴한 냄새가 찌들은 PC방 속에 갇혀 담배 연기로 온몸을 샤워하고, 가상세계를 보다가 바로 앞 장애물들을 보지 못하고 자꾸 넘어지고 있다. 이대로 두면 우리 젊은이가 쇠락해질 것이다.

나라가 무기력증에 빠져 중심을 잃을 것이다. 벌써 10명 중 7명이 휴대 전화 벨 소리 환청을 들으며 방향감각을 상실하고 있다고 한다. 이를 분신처럼 몸에 지니고 잠시라도 손을 떠나면 불안해하고 있다. 이대로 가면 중증 장애인이 될 것이다.

우리나라가 청소년 자살률 세계 1위가 된 데는 다 그만한 이유가 있다. 지도자가 진정한 리더가 아닌 보스적인 절대적 권력을 남용하고, 비합리적인 타락과 부패에 둔감한 결과 사회가 상처투성이가 되고 있기 때문이다. 그래서 국민은 더 늦기 전에 훌륭한 지도자를 갈망하고 있다. 새로운 지도자는 모든 사람이 사랑하고 칭찬을 하는 사람, 말을 적게 하고 함부로 말하지 않는 사람, 개인의 욕심을 부리지 않고 흔적을 남기지 않는 지도자를 원하고 있다. 국민은 이런 훌륭한 지도자가 고삐를 다시 잡고 새로운 방향을 정하고 채찍을 가해 따사로운 가을 햇볕으로 인도해 주길 바라고 있다.

필자는 어린 시절 고삐 풀린 망아지처럼 온 동네를 뛰어다녔다. 싸우고, 뒹굴고, 비명도 지르고, 남의 집 고구마 서리도 하고, 가을엔 메뚜기도 잡고, 벼 이삭도 줍고, 어머니 치맛자락을 잡고 오일장도 따라가 운동화 사달라고 생떼도 부리며 어린 시절을 보냈다. 자연 속에서 세상 물정을 느끼고 만들면서 어른이 되었다. 그 당시엔 가상 세계라는 게 없었다. 인명을 경시하는 풍조도 없었다. 쉽게 꿈을 접는 일도 없었다. 모든 것이 느렸다. 손 편지로 소식을 전하고, 전화를 받거나 하려면 이장 집에 갔고, 영화를 보려면 버스를 타고 전주 시내로 나가야 했다. 두부 한 모를 사기 위해서도 오일장에 심부름을 가야 했던 그때는 잠시도 혼자 있을 수가 없었다. 무조건 대문 밖으로 나와 진종일 놀다가 해가 떨어지면 집에 들어가는 일이 다반사였다.

누군가 아이들은 사람이 아니라 했다. 사람이 되려면 놀아야 하고, 놀아봐야 뭘 잘할 수 있는지, 뭘 해야 재미있고 행복한지를 경험하며 사람이 된다 했다. 그런데 요즈음 아이들은 휴대전화와 PC에 파묻혀 산다. 마치 악취가 진동하는 양계장 쇠창살 안에 가둬 놓고 온종일 잠도 못 자고 앉지도 못하게 하여 알만 낳는 닭처럼 변해가고 있다. 무조건 1등을 해야 하고 싸우면 반드시 이겨야 하는 세상에서 병들어가는 닭처럼 꾸벅꾸벅 졸고 있다. 더 늦기 전에 진정한 리더가 대통령이 되어, 이 시대에 맞는 새로운 놀이 문화를 발굴해야 하고, 건전한 공간 확보를 위해 투자해야 한다. 국민이 모두 건전한 여가를 보낼 수 있는 제도적인 장치를 마련할 수 있는 위원회를 만들어 새로운 놀이 문화의 패러다임을 제시해야 할 것이다.

앞으로 10년이 한반도 운명을 가를 가장 중요한 시기라는 학자들의 충고가 이어지고 있다. 새로운 대통령은 독수리 같은 미래의 눈으로 현재를 바라봐야 할 것이다. 청소년이 우리의 미래임을 명심하고 조급하게 임기 내에 무엇을 이루려 말고 긴 안목으로 훗날을 바라보는 지도자가 되어야 할 것이다. 130년째 공사 중인 스페인의 사그라다 파밀리아 대성당(Sagrada Familia)처럼 얼마가 걸리든 아름답고 조화로운 마무리를 꿈꾸고 실천하는 지도자를 국민이 기다리고 있다는 얘기다.

전북도민일보 2012-9-25

새로운 대통령이 가장 먼저 해야 할 일

새로운 대통령이 가장 먼저 해야 할 일은 좋은 일자리를 만들어 내는 것이다. 좋은 일자리를 많이 만들어 모든 국민이 활발한 경제 활동을 통해 삶의 질을 높이는 것이다. 그렇다면 좋은 일자리란 무엇인가. 필자가 생각하기엔 인간 중심적인 직장이라고 본다. 눈앞의 이익보다 사람을 중시하는 기업, 신뢰를 바탕으로 땀과 기술의 가치를 가장 큰 덕목으로 생각하며, 나이 먹은 근로자의 경험을 성장으로 연결하려는 기업의 일자리가 곧 좋은 일자리라는 것이다. 따라서 대통령은 강력한 통치력으로 기업을 철저히 감독해야 한다. 정경유착의 고질적인 암덩어리를 과감히 도려내고, 노동집약적 경영보다는 감성으로 삶의 질을 향상시키는 기업 육성이 우선돼야 한다는 것이다.

현재 우리는 GNP는 2만 달러 대에 머물러 있거나 후퇴하고 있다. 그 원인은 노동집약적 기업경영이 가지고 있는 한계라고 본다. 지금 세계적인 불황에도 크게 염려하지 않는 나라의 면면을 들여다보면 대부분 인간 중심의 장수기업이 그 맥을 같이하고 있다는 점이다. 이들은 한결같이 나이가 많다는 이유가 생산성을 떨어뜨리는 요인이 아니라, 오히려 경험과 기술의 숙련이 생산성과 제품의 질을 향상할 수 있는 기본이라고 믿고 있다. 일본이 오랜 경기침체에도 건재한 이유는, 젊은 고학력이 이끄는 첨단 벤처기업보다는 오랫동안 다져진 장수기업이 버티고 있기 때문이라는 평가가 나와 있다. 이처럼 우리를 앞서가는 나라는 오랜 경험과 숙련된 기술을 존중하고, 육성해 가면서 경제가 어려울 때 그 진가를 발휘하고 있는 장수기업이 뒤에 버티고 있는 것을 알 수 있다. 이들의 공통점은 사람을 핵심 가치의 중심에 두고 자연스럽게 가업을 이어가며 세계적인 브랜드를 만들어 내고 있다는 점이다.

이에 반해 우리는 1년에 107만여 명이 창업하고 86만여 명이 폐업으로 문을 닫고 있으며, 기업의 평균 수명은 겨우 10여 년에 불과하다는 통계가 나와 있다. 일본은 200년 이상 된 기업이 3,100여 개, 독일은 840여 개나 된다. 바로 이 장수기업이 세계적인 경기침체에도 뿌리를 깊게 내려 그 나라의 경제를 흔들림이 없이 붙들고 있음을 대통령은 알고 있어야 한다는 것이다. 대통령은 그동안 추구해왔던 성장 위주의 정책을 멈춰야 한다. 작은 이익을 위해 근로자를 하찮게 여기거나, 비합리적인 혈연 기업경영 등으로 자생 능력을 상실하고, 점점 불황의 늪으로 빠뜨리는 기업을 퇴출해야 한다. 그동안 우리 경제가 살아남기 위해 어쩔 수 없는 선택인 것처럼 묵인하며 지원해 왔지만, 더 늦기 전에 이런 기업의 풍토에 대해 과감한 손질을 하고, 장수기업이 성장할 수 있도록 모든 지원을 아끼지 말아야 한다는 것이다.

이제 급변하는 세계 경제 속에서 과거 얘기만을 하고 있을 때가 아니다. 과거에 매달려 다가오는 미래의 물결에 대비하지 못하면 우리에겐 미래가 없다고 본다. 따라서 18대 대통령은 조급한 성과를 보이기보다는 미래를 향한 준비가 필요하다고 본다. 특히 인간 중심의 기업

경영으로 안정적으로 성장하려는 장수기업 육성에 모든 역량을 쏟아부어야 할 때라고 본다. 왜냐하면, 명품 장수기업이 안정된 좋은 일자리이며, 국민 삶의 행복이며, 국력의 뿌리이기 때문이다.

전북일보 2012-12-24

2018년 2월 24일

춥다. 바람에 노출되는 볼때기가 쩍쩍 갈라질 것 같다. 50년 만의 추위라더니 차 안에 마시다 만 페트병 물이 꽁꽁 얼어붙었다. 빙판길을 기어가듯 차에 올라 시동을 걸어보지만, 꼼짝도 하지 않는 차를 포기하고 출근 시간에 늦지 않기 위해 시내버스에 오른다. 모처럼 타보는 버스다. 차 안은 훈훈하다. 사람의 냄새가 풀풀 난다. 체온이 따스하게 느껴진다. 바로 코앞에서 숨소리가 들린다. 심장이 뛰는 박동 소리가 차바퀴 소리를 타고 흐른다. 라디오 음악과 해설이 흥을 돋운다. 모든 승객이 고개를 끄덕인다. 만원 버스의 불편함에도 행복한 표정들이다. 아쉬운 점도 있었지만, 그는 우리 정치 역사상 가장 위대한 지도자였다. 이제 오래도록 추앙할 수 있는 대통령이 나왔다는 사실에 모두 밝은 얼굴로 출근길 버스 안에서 방송을 듣는다.

"국민 여러분! 이제 5년의 임기를 마치고 오늘 박근혜 대통령께서 보통시민으로 되돌아가십니다. 입고 오셨던 그 옷차림으로, 들고 오셨던 해진 가방을 그대로 들고 말입니다. 어려운 세계 경제 여건에도 약속을 지키려 노력한 유일한 대통령이십니다. 끝까지 국민을 설득했고 동의를 구함으로써 믿음을 회복했습니다. 보혁, 지역, 세대, 가진 자와 못

가진 자, 남녀 성, 기타 모든 사회적 갈등을, 어머니 같은 부드러운 마음으로 어루만져 주셨던 대통령, 항상 약자의 편에서 세상을 바라봐 주셨던 대통령, 원칙과 약속을 가장 중요한 덕목으로 여겼던 대통령으로 국민 대통합을 이루셨습니다. 정치인과 지도자들은 본래의 모습대로 국민의 심부름꾼이 되어 국민은 행복하게 했습니다. 북한도 이제 우리의 지원을 받아 삶의 질이 향상되었으며, 머지않아 통일을 통한 더 강한 대한민국을 보게 될 것입니다. 이웃 일본도 왜곡된 역사를 바로잡고 독일처럼 통 큰 사죄와 함께 동등한 입장에서 상생하겠다는 각오를 보여주었습니다. 중국 또한 동반자로서 상호 협조를 구하고 있으며, 자국의 이익을 위해 함께할 수밖에 없다는 사실을 인정하게 되었습니다. 국민 여러분! 이제 정치가 건강하고, 사회가 안정되고 있습니다. 나라가 자신감을 회복하니 법과 질서가 안정되고 경제가 다시 성장하고 있습니다. 삶의 질이 향상되어 출산율이 80년대 수준으로 회복되었고, 사교육비도 현저하게 감소하였고 대학을 가지 않아도 된다는 의식의 변화가 생겼습니다. 일자리가 없어 분노하던 젊은이들도 땀과 기술의 가치를 찾았습니다. 이제 줄(권력)이 있어야 사람 취급 받을 수 있다고 믿던 기성세대가 마음을 바꾸니 젊은이들이 눈높이를 맞춰 일자를 찾아가고 있습니다. 이제 돈과 권력이 있다고 죄가 없어지는 세상이 아니라 법 앞에 모두가 평등하게 되었습니다. 돈 때문에 부모형제를 죽이는 일은 있을 수 없습니다. 선생님의 머리채를 잡고 차가운 복도 바닥에 내팽개치는 버릇없는 제자도 없습니다. 내 아들을 꾸짖었다고 학교를 찾아가 교사 뺨을 후려치는 몰지각한 학부형도 없습니다. 돈과 권력으로 법질서를 농락하던 파렴치한 일부 사람들도 이제 역사 속으로 사라졌습니다. 바로 청와대를 나서는 박근혜 대통령께서 5년 동안 민생을 토대로 이룩하신 위대한 업적입니다."라는 방송을 차 안에서 듣고 있는 승객들이 흡족한 표정이다. 약속이나 한 것처럼 조용하게 청취하고 있다. 물론 이는 가상적인 얘기다. 그러나 온 국민이 갈망하는 시나리오다.

그동안 대통령이 취임하면서 세상을 바꿔 놓을 듯 그럴듯한 어록과 화려한 어휘력을 총동원해 공약을 만들어 냈지만, 민생을 살리는 데는 대부분 실패했다. 이유는

첫째, 국민을 올려다보지 않았으며,

둘째, 측근 비리를 막지 못했다.

셋째, 원칙과 일관성이 없었으며, 마지막으로 무늬만 있는 지도자였기 때문이었다.

사실 국민이 바라는 올바른 통치란, 벌거벗은 마음으로 모든 것을 던지고 버렸을 때 가능한 일이다. 그러나 그런 대통령은 없었다. 국민을 두려워하지 않았고, 측근의 부정부패를 방관하거나 막지 못했다. 그동안 정권을 잡거나 유지하기 위해 혈연, 지연, 학연, 남북 분단의 상황 등을 이용해왔다. 나라의 운명을 바꿀 수도 있는 현안조차 이분법으로 접근했다. 그 결과에 대해서 책임지지 않아 국민의 불신이 극에 달하게 만들었다. 여기다 남북관계는 더 불안해지고 오리무중 속이 되었다. 그 때문에 국민은 신뢰를 회복하고 안정된 나라를 원하고 있다. 그래서 정권이 바뀔 때마다 늘 마지막이라는 심정으로 박 대통령에게 기대를 걸고 있다. 박근혜 대통령은 분명 약속했다. 문제의 답을 현장에서 찾아 나서는 바지런한 대통령이 될 거라고, 그는 틀림없이

안정되고 평화로운 나라, 행복하고 건강한 나라를 만들 거라고 믿는
다. 그리고 국민은 2018년 2월 24일 청와대를 떠나는 박 대통령을 지
켜볼 것이다. 아쉬운 마음과 붙들고 싶은 심정이 우러나오길 바라면서
말이다.

전북도민일보 2013-2-22

지도자의 거짓말이 나라를

    옛날 중국에서는 죄인에게 쌀을 씹게 해, 침이 많이 배어나면 거짓 말로 판단했다고 한다. 아랍에서는 증언을 마친 죄인에게 불에 달군 쇳덩어리를 혓바닥에 찰나(刹那) 동안 댄 다음 상처가 남지 않으면 거 짓말을 한 것으로 보았다고 한다. 이는 거짓말을 하면 입안에 침이 고 인다는 사실을 알고 있었기 때문이다. 그 뒤 거짓말 탐지기가 나왔고 그 역사가 100년이 넘는다. 흔히 이 기계가 거짓말과 진실을 정확하게 판단해주는 기구라고 생각하는 사람들이 있는데 사실과 다르다. 하지 만 많은 범죄자가 이 장치만 보고도 지레 겁을 먹고 묻기도 전에 심리 적 압박을 받고 자백한다고 한다. 그러나 자진해서 거짓말 탐지기 수 사를 요청하는 용감한 용의자가 있다고 한다. 왜냐면 법적 증거능력도 제한되어 있으며, 거짓말 탐지기를 속일 수 있는 설명서를 이미 숙지 하고 있거나, 무서운 권력의 칼을 쥐고 있기 때문이다. 인간이 왜 못된 거짓말을 할까. 그 이유는 간단하다. 속여야 내가 살기 때문이다. 문제 는 이 거짓말에는 사회를 병들게 하는 강한 독성과 전염성이 있다는 것이다. 또한, 사회 지도층들이 내뱉는 경우, 일파만파 안정된 사회를 뒤흔들어 놓을 수 있는 무서운 위력을 가지고 있다.

요즈음 세월호 유가족의 무고한 대리기사 폭행을 놓고, 진실공방에 세상이 시끄럽다. 분명 누군가는 거짓을 말하고 있는데 서로 아니라고 한다. 국민은 이들에게 거짓말 탐지기라도 들여대고 싶다. 사실 사건의 전후 사정으로 보아 자초지종은 짐작되지만, 분명 옆에서 들었고, 두 눈으로 똑똑히 보았다고 주장해도, 기억이 없다거나, 못 봤다 말하면 진실의 끝이라는 것이다. 그나마 CCTV 영상 일부를 확보하고 있어 그들을 움직일 수 있었지만, 이마저 없었다면 꼼짝없이 미궁에 빠질 수 있는 사건이 되었을 것이다. 앞으로는 확실한 증거 확보를 위해 사람의 눈으로 보고, 귀로 들었던 모든 내용 등이 다시 영상으로 재생할 수 있는 기술이 개발되고 말 것이다. 이 진화된 기술이 인간의 양심을 지배하게 되고, 곧 혼란을 야기하게 될 것이다. 결국, 인공지능 로봇에 끌려 다니는 꼭두각시 같은 지도자를 보게 될 것이다.

얼마 전에 유관순의 항일 역사가 교과서에서 사라지고 있다는 보도를 보았다. 그 이유가 당시 친일파가 그 행적을 감추기 위해 유관순을 과장해서 찬양했다는 것이다. 3.1절과 유관순 노래를 부르며 애국심을 키워온 필자로선 너무 황당한 일이었다. 만약 당시 일본의 경성재판소 2심 판결문이 없거나 공개되지 않았다면 그 또한 지속적인 논쟁거리가 되었을 것이다.

이뿐인가, 1968년 "공산당이 싫어요."라고 외치다 북한 무장공비들에게 대검으로 찔려 무참히 죽어 갔던 9살의 이승복 어린이, 당시 어머니와 형 동생까지 무자비하게 살해했던 공비의 만행에 대하여 교과서에 수록되고 온 국민의 반공 교육장으로 활용하기 위해 기념관과 동상까지 세웠지만, 당시 '언론개혁 시민연대'가 오보(誤報)라고 들고 나왔다. 이것 역시 법으로 가려지지 않았으면 얼마나 황당한 일이 벌어졌 겠는가 말이다. 이처럼 병들고 있는 사회 한쪽에서 우리 일부 젊은이 들이 서슴없이 6.25를 북침이라고 말하고 있다. 이렇게 되기까지 그 책 임은 지도자에게 있다. 입만 벌리면 거짓말로 일삼는 일부 지도층에게 그 책임이 있다는 말이다. 국민을 속이고 하늘을 손바닥으로 가릴 수 있다고 착각하는 사람들, 부정부패 고리에 온몸을 매달고 특권의식만 을 가지고 말하고 행동하는 사람들이 이 나라를 곤경에 빠뜨리고 있 다는 말이다. 진정 국민은 현재 나와 있는 거짓말 탐지기로써는 진실 여부를 가름할 수 없다는 생각에, 원시적인 방법으로 그들의 혀에 쇳 덩어리를 뜨겁게 달궈 대보고 싶어 할 것이다.

이 땅의 지도자라면 한 번 가슴에 손을 얹고 스스로 물어보길 희망 한다. 얼마나 많은 거짓말을 하고 있는지, 정말 양심은 살아 있는지, 남도 그러하니 나도 그럴 수밖에 없다는 변명을 하고 싶다면 지도자이 길 포기해야 할 것이다. 지도자란 특권의식을 가지고 눈치만 슬슬 보 는 벙어리가 아니다. 이 나라를 짊어지고 갈 봉사자이며, 희생자가 되 어야 한다는 것을 명심해야 한다. 지금 당장 먹고살 만하다 하여 놀고 먹어도(국회 공전) 될 만큼 우리는 안정된 나라가 아니라는 얘기다. 우리 속담에 '설마가 사람 잡는다.'는 말이 있다. 설마 나라가 무너지겠는가 하고 생각한다면 당신은 이 나라의 진정한 지도자가 아니라는 얘기다.

전북도민일보 2014-9-26

제 7 부

김연아가 있어
행복하다

할머니에게 박수를 보내며

새 천 년인 2000년을 맞이하는 심정을 새삼 얘기할 필요는 없을 것이다. 다만 무엇인가 달라져야 한다는 바람으로 해맞이를 했을 것이다. 과연 무엇이 달려져야 하는가는 개인의 차이에 따라 다르겠지만, 대부분 사람은 정부가 신뢰받아 사회가 안정 되고 노력한 만큼 삶의 질이 좋아지길 바라고 있을 것이다. 그리고 한 가지 욕심을 부린다면 진실과 거짓을 구분할 수 있는 눈을 가지고 싶어 할 것이다.

지난 천 년은 혼돈의 시대였다. 무엇이 진실이고 거짓인가 구분할 수 있는 능력이 상실되었고 쫓기듯 앞만 보고 왔다고 볼 수 있는 사건이 지난해 안산 시내 한복판에서 있었다. 한 여자가 남성으로부터 백주 대낮에 노상 추행을 당하며 살려 달라 소리치며 눈물로 호소하고 있었다. 그러나 어느 누구도 나서서 만류하거나 신고조차 하지 않았다고 한다. 무참하게 일방적으로 당하는 현장을 많은 사람이 목격하고도 그냥 지나쳤고 모두 침묵했다. 그 이유는 그것을 진실이라고 믿었거나, 나도 피해자가 될 수 있다는 생각 때문이었다. 후에 밝혀진 일이지만 그 여자와 남자는 아무런 관련이 없었다고 한다. 이처럼 불신의 담은 높아지고, 진실을 보고도 믿지 않는 일이 우리 주변에서 벌어지고 있다는 말이다.

이제 새로운 천 년이 시작되었다. 국민은 이제 이런 혼돈과 불신이 난무하는 세상에서 벗어나고 싶다. 편안하고 행복해지고 싶다. 새해 시작부터 전해오는 할머니의 감동적인 얘기가 계속되길 바라고 있다. 그 내용은 어느 할머니가 폐품을 모아 대학에 1억 원을 기증했고, 또 다른 할머니는 밤을 새워가며 버선과 저고리를 만들어 팔아 41억 원을 병원에 기탁했다는 소식이다. 이는 얼어있던 국민의 차가운 마음을 훈훈하게 만들었다. 필자는 이 할머니들이야말로 이 나라의 주인공이며 추앙받아 마땅한 사람들이라는 생각이다. 많이 배워 말 잘하고, 힘이 있어 거들먹거리는 꼴불견 같은 지도자보다 백배 천배 훌륭한 사람들이라는 생각이 들었다. 많이 배우지 못해 모르고 저지르는 잘못은 용서할 수 있어도, 알고 지키지 않는 것은 큰 죄가 되는 세상이 되어야 한다. 우리 지도자는 할머니들의 선행을 보고 부끄러워해야 할 것이다. 어려운 일에 늘 변명만 늘어놓고 미꾸라지처럼 빠져나가지 말고 행동으로 앞장서야 할 것이다. 그리고 지도자가 먼저 희생과 봉사를 통하여 구태를 벗어버리고 새로운 천 년을 시작해야 희망찬 새로운 천년을 기대할 수 있을 것이다.

2000년을 시작하면서 지도자들에게 올바른 길라잡이가 되자는 제안을 한다. 더는 부끄럽지 않게, 거짓에 의지하지 말고, 권력과 돈의 위력을 빌어 서민을 옥박지르지 말고, 누구든지 파란 신호만을 보고 길을 건너는 평범하고 아름다운 세상을 만들어 가자고 말이다. 못 배운 한을 풀기 위해 공부하려는 사람만을 생각하여 평생 모은 재산을 미련 없이 사회에 맡기는 할머니를 스승 삼아 지도자와 국민이 닮아 가길 희망한다. 이런 할머니의 뜻을 받들어 풍요롭고 평화로운 나라를 만들어 가길, 할머니의 숭고한 뜻을 이어받아서 양심을 회복해 나가길 바란다. 큰일을 하고도 이 추운 겨울 연탄 한 장으로 버티고 있는 할머니에게 아낌없는 박수를 보내 드리면서, 새 천년을 맞이하는 우리 모두의 마음가짐이 되어 밝은 미래를 열어가자는 얘기다.

전북일보 2000-1-14

길거리 응원전에서 6.13당선자를

참 잘했다. 너무너무 자랑스럽고 장하다. 태극전사들은 온 국민의 찬사와 사랑을 받아 마땅하다. 독일에 패한 것은 하나도 문제 될 것이 없다. 최선을 다한 모습을 보며 얼마나 많은 사람이 눈시울을 적셨는가. 국민이 한마음으로 너무 좋아 엉엉 울었다. 껑충껑충 뛰며 날아다녔다. 약속이나 한 듯 길거리로 몰려나와 한반도의 지축을 흔들어 세계를 깨웠다. 세계인이 대한민국을 보았고 함께 열광했던 2002 월드컵을 생각하면 가슴이 벅차오르지만, 마음 한쪽에서는 강한 아쉬움이 남는다. 월드컵과 총선을 함께 치른 이유 때문이다. 유권자는 월드컵 응원을 했지만, 다른 쪽에선 확성기를 들고 다니며 선거운동을 하는 웃지 못 할 일이 벌어진 것이다. 선거를 미루거나 앞당길 수도 있었을 터인데 서로 합의점을 찾지 못해 벌어진 일이다. 결국, 유권자에게 후보를 차분히 검증할 기회를 주지 않았다. 이로 인해 누군가는 어부지리로 덕을 보았을 것이고, 어떤 후보는 자신의 존재를 알릴 기회를 놓쳤다고 한다면 누가 봐도 잘못된 일이다. 선거란 지역의 대표를 뽑는 매우 중요한 일이다. 따라서 선거일 조정을 위한 합의점을 돌출해내지 못한 정치인들에게 그 책임이 있다 할 것이다.

아무튼, 후보자와 모든 지도자는 보았을 것이다. 국민이 왜 월드컵에 열광하는지, 국민이 뭉치면 얼마나 무서운 힘을 가지게 되는지 눈으로 확인했을 것이다. 이 나라는 몇몇 지도자가 가지고 놀아도 되는 놀이터가 아니라는 것을 실감했을 것이다. 붉은 셔츠를 입고 구름 때처럼 모여 소리치는 모습을 보고도 아무런 감동이 없다거나, 이를 보고도 정확하게 민심을 읽지 못하는 사람이라면 지도자의 자격이 없다고 본다. 그럼에도 지도자가 되었다면 다시 한 번 뒤 돌아보고 국민을 존중하고 두려워해야 할 것이다. 왜 국민이 지방선거를 외면하고 월드컵에 빠져 있었는지 새겨봐야 할 것이다. 히딩크라는 축구 감독 한 사람이 얼마나 많은 일을 할 수 있는지 두 눈으로 확인하고 깨달아야 할 것이다. 선수기용에 객관적인 평가 방법을 도입한 히딩크의 고집(철학)이 성공적인 성과를 거둔 월드컵에 대하여 우리의 지도자와 총선 후보자들이 보고 배워야 할 것이다. 진정 대립과 갈등을 잠재우고 오로지 열정과 실력으로 치른 월드컵을 보면서 깨달아야 할 것이다. 유창한 말솜씨 하나로 국민을 현혹하거나, 거짓 술수로 애국자인 양 설레발을 치면 너나 할 것 없이 모두 수렁 속으로 추락한다는 것을 알아야 할 것이다.

권력이란 흐르는 강물 같은 것이다. 흘러가 버리면 그만이다. 그러나 저지른 잘못은 대대손손 그 고통을 머리에 이고 살아야 하는 무거운 짐이다. 후회하기 전, 저 붉은 함성을 두려운 울림으로 받아 들어야 할 것이다. 누구랄 것도 없이 손뼉 치며 환호하는 저 놀라운 모습에서 눈물겹도록 나라를 사랑하는 국민의 모습을 눈여겨봐야 할 것이다. 남녀노소 하나가 되어 목이 터져라 '대~한민국!'을 외치고 있는 그 기운을 받기 위해선 현장으로 나가 동참해야 할 것이다. 수천 도(度)의 용광로에 던져진 쇳덩이가 녹아 붉은 물결로 출렁이는 경이로운 모습을 봐야 한다. 역동적인 에너지가 분출하여 하늘에 맞닿고 있는 모습을 확인해야 한다. 이 작은 나라가 월드컵을 열수 있었던 것은 우리나라를 적으로부터 피로 수호했던 호국 영령들이 있어서임을 기억해야 한다. 자, 이제 붉은 빛으로 함께하는 모습을 보면서 마음을 새롭게 하자. 지금도 늦지 않았다. 대립과 갈등을 벗어버리고 새로운 대한민국의 문화 창조를 위해, 6.13 당선자와 패배자 모두 길거리로 나와 손을 잡자. 그리고 서로 같은 방향을 바라보며 한목소리로 외치자, "아, 대~한민국!"

전북일보 2002-6-28

싱그러운 6월에

4년 전 6월 월드컵을 생각하면 지금도 에너지가 솟구쳐 올라 꿈과 희망이 꿈틀거린다. 그때 온 국민은 좋아 껑충껑충 뛰었다. 거리로 쏟아져 나와 '대한민국!'을 외치는 소리에 지축까지 흔들렸다. 주체할 수 없는 기쁨으로 낯선 사람에게 포옹을 당했어도 어느 한 사람 마다치 않았다. 너무 좋아 하늘을 향해 미친 듯 닫힌 가슴을 열고 고래고래 소리를 질렀다. 이런 모습에 똥개도 이리 뛰고 저리 뛰고 난리였다. 기쁨에 엉엉 울기도 했다. 숨이 넘어가는 줄도 모르고 악을 썼다. 무엇이든 나눠줬고 심지어 욕설을 퍼부어도 모두 붉은 악마가 되어 악을 선으로 받아들였다. 누구랄 것 없이 어우러져 목이 터지라 온몸을 던져 응원했던 모습은 전 세계를 놀라게 했었다.

이처럼 월드컵은 대립과 갈등 속에 침체되어 있는 국민을 하나로 만들었으며, 무엇인가 달라질 거라는 희망을 품게 했다. 그러나 4년이 지난 지금도 정치판은 코만 드렁드렁 골고 있다. 눈곱도 안 떼고 부스스 잠을 깨더니 하품만 하고 있으니 밉상이다. 4년이란 긴 시간을 주었는데, 오늘도 비단결 같은 말을 앞세워 요란만 피우고 있다. 뻔뻔스럽게도 염치도 없이, 수단 방법을 가리지 않는 유세전이 또 시작되었다. 4

년 전 그랬던 것처럼 허울을 뒤집어쓰고 지나치게 자신감을 떨던 그들이 구걸하듯 한 표를 달라 겸손을 떨고 있다. 소낙비가 와서 세상이 어수선해도 능청을 부리고 있다. 국가의 경쟁력이 9단계나 하락했다는 데도 무조건 남의 탓으로만 돌리고 있다. 외국펀드 회사에 전북의 1년 예산의 1.2배를 날치기당하는 판에도 자기 잘못이 아니라며 철새처럼 다시 찾아와 한바탕 난리를 피우고 있다.

이제 선거는 끝났다. 거리가 텅 비어 쓸쓸하다. 어디 숨어서 무슨 일을 도모하는지 코빼기도 보이지 않는다. 이제 볼 장 다 보았다는 것인지 모르겠지만 제발 국민을 우롱하지 말고 끝까지 추락하여 다시 복구할 수 없는 상태에 이르기 전에 뼈를 깎는 심정으로 약속은 반드시 지켜야 할 것이다. 국민을 외면하면 안 된다. 이제 와서 내가 당선되었으면 더 잘할 거라는 얘긴 필요 없다. 국민은 누가 되어도 마찬가지임을 이미 알고 있다. 지금의 선거제도로는 절대 참신한 후보를 골라낼 수 없다는 것도 알고 있다. 이런 식으로 선거를 치를 바에야 차라리 몸무게를 달아 선출하든지, 아니면 정치학교를 만들어 수능시험을 보듯 평가하여 결정하든지, 아니면 가장 쉽게 선착순으로 뽑아야 할 것이다. 이번에도 지역 구도를 타파하지 못하고 특정 정당이 싹쓸이한 것에 대하여 국민이 먼저 반성을 해야 한다.

싱그러운 2006년 6월의 시작이다. 다시 반목의 정치판으로 멍들어가는 것을 그대로 지켜볼 수는 없지 않은가. 우리 모두 정신을 차리자. 미래를 위해 당선자를 격려하고 꼼꼼히 지켜보며 따져나가자. 그들이 진정 국민을 위해 일하는 사람인가. 아니면 전과 같이 개인의 영달만을 위해 자리에 연연하는 사람인가. 또다시 4년 후에 남의 탓이라 헛소리하면 용서하지 말고, 그때도 귀신 씨나락 까먹는 소리로 나라 사랑, 전북 사랑 외치며 한 표를 구걸하면 정말 쪽 바가지를 차게 하자.

4년 전 월드컵을 응원하던 소리가 아직도 귓가에 맴도는 6월이다. 다시 한 번 선거에 이기고 짐에 대한 생각은 접어두고 하나가 되어 순수한 마음으로 '대한민국!' 6월의 함성을 다시 질러보자. 그리고 이제부터는 부질없이 학연, 혈연, 지연, 남녀노소, 따지지 말고 더 늦기 전에 진정 나라와 전북을 위해 누가 잘하는지, 누가 가슴으로 느끼며 말하고 실천하는 이순신인지, 누가 대립과 갈등을 잠재우고 국민을 하나로 만들어 가는지 지켜보자.

전북일보 2006-6-5

누구와 차를 마시고 싶은가

노벨 평화상 수상자인 넬슨 만델라와 차 한 잔을 마시는데 2,550만 원이란다. 이는 미국 온라인 경매 사이트인 이베이가 진행한 경매에서 익명의 입찰자가 응찰한 액수다. 학생들에게 물어보았다. 누구와 차를 마시고 싶으냐고, 대부분 유명 연예인의 이름을 댔다. 알만한 어른에게 내용을 설명하고 물어보았다. 단 한국 사람이라는 조건을 붙여 보았다. 그는 먼저 없다고 했다. 그래도 한 번 더 생각해보라 했더니 현존하는 사람은 아니었다. 대다수 국민은 어느 사람과 차를 마시고 싶어 할까. 특히 대통령을 하겠다고 나서는 사람 중 누굴 선택할까. 얼마의 경매가로 입찰하고자 할까. 그 이유는 무엇이며 누가 대통령이 되어야 하는가 물어서 그 대답을 정리해보면,

첫째, 거짓말하지 않는 사람이라 했다. 지금 후보 간 진실 공방으로 난투극을 벌이고 있다. 이를 보다 못한 국민은 후보 검증을 위해서라도 거짓말 탐지기를 들이대고 싶을 것이다. 끊임없이 부딪히는 상황에서 최선의 선택을 놓고 고민할 것이다. 사실 투표를 포기하고 싶어도 반드시 선택할 수밖에 없어 힘들어하고 있다. 지쳐서 부엌의 행주처럼 무기력증에 시달리고 있다.

둘째, 대통령은 책임감 있는 사람이라 했다. 지도자란 국민을 먼저 생각해야 한다. 높은 사회적 신분을 가지는 특권층인 지도자에겐 반드시 책임이 따른다는 노블레스 오블리주(Noblesse oblige)를 실천하는 사람이 되어야 할 것이다. 만약 자기 배를 채우기 위해 권력을 불법 도구로 사용하고, 훗날 그 책임에 대해서 시치미를 떼는 것으로도 부족해, 국민의 자존심을 싸구려 취급한다면 분노하게 될 것이다.

셋째, 언제든지 국민을 위해 희생하는 대통령이 필요하다고 했다. 함량 미달의 지도자가 국가와 국민을 위해 희생하기는커녕, 자신의 영달을 위해 비굴한 모습을 보인다는 것은 국가적인 불행이다. 지도자는 어머니다. 그 어머니가 자식을 돌보지 않고 자식의 희생을 요구한다면 그 어찌 잘된 집안이겠는가.

넷째, 손해 볼 줄 아는 대통령이 되어야 한다고 했다. 손해 보지 않기 위해, 권력의 힘으로 재산을 축적하는 사람이 지도자가 되어서는 안 된다. 정치생명 연장을 위해 적과 동침도 서슴지 않는 변절자는 싫다. 이는 결국 상황에 따라 그럴듯하게 말 바꾸기로 손해를 모면하는 사람이기 때문이다.

위와 같은 내용을 모두 충족하는 대통령은 없을 것이다. 그래도 국민은 갈망한다. 왜냐면 더 나은 미래를 만들어가기 위해서다. 그러나 어제는 한나라당, 오늘은 열린 우리당, 내일은 민주당, 이도 저도 아니라며, 통합신당을 만드는 것을 보면 한심스럽다. 이처럼 정치생명을 연장하기 위해 카멜레온과 같이 위장술에 능통한 정치인이 있다는 것은 참으로 불행한 일이다. 정치적인 도의가 무엇인지 왜 지도자가 되어야 하는지조차 모르는 그들과 차를 마신다면 어떤 분위기가 연출될까.

웃을 수도 울 수도 없는 황당한 상황이 벌어질 것이다.

국민은 이순신과 같은 지도자를 희망한다. 그분과 차를 마시길 희망할 것이다. 좋아하는 음악을 들으며, 이 더위에도 따끈한 차 한 잔 마시는 행복을 누리고 싶을 것이다.

우리 전북인은 누구와 차를 마시고 싶어 할까. 필자는 도지사와 전주시장 그리고 덕진구 C 의원을 만나 차 한 잔을 마시고 싶다. 이유는 이들이 지역발전을 위해 굵직한 현안 사업들을 진행하기 위해 동분서주하는 모습을 볼 기회가 있었기 때문이다. 도(전라북도)와 지역에 당면한 현안 사업을 관철하기 위해 정부 해당 부처로 담당자를 찾아다니는 어머니 같은 억척스러운 희생정신을 확인했기 때문이다. 그들은 반드시 약속을 지키겠다는 신념으로, 지도자로서 수준에 맞는 의무를 다하고 있었다. 아직 예단하기는 어렵지만, 지금까진 사력을 다하고 있었다. 따라서 머지않아 전북이 호남의 중심이 될 거라는 희망을 품어 보는 것으로 오늘은 즐겁기만 하다.

새전북신문 2007-6-26

김연아가 있어 행복하다

약간 상기된 얼굴에 투명한 눈물이 흘러내렸다. 이를 본 국민도 눈시울을 적셨다. 전 세계인이 지켜보는 가운데 "무궁화 삼천리 화려강산 대한 사람 대한으로…" 시상대 제일 높은 곳에 당차게 서 있는 19살 소녀가 자랑스러웠다. 다부지고, 오달지고, 야무지며 카리스마가 넘치는 얼굴에 흘러내렸던 눈물에 국민은 행복했다.

여자 피겨 세계 싱글대회에서 금메달을 딴 김연아는 우리의 자랑으로 우리의 보석이며 희망이다. 우리의 저력이며 미래이고, 메마른 대지에 단비 같았다. 정치인들이 서로 잘났다고 이전투구하고 있을 때, 묵묵히 어려운 현실을 극복한 소녀, 달콤한 유혹을 누르고 혹독한 훈련을 견뎌온 소녀, 우리에게 꿈과 희망이 무엇인지를 확실하게 가르쳐준 소녀, 얼음판 위에 넘어져 다칠까 봐 조마조마하게 한 죄를 빼고는 한 가지도 버릴 게 없는 금쪽같은 김연아가 있어 행복했다. 자다가도 벌떡 일어나 손뼉을 치고 싶고, 하나님께 김연아가 원하는 무슨 소원이든 들어주라고 전화하고 싶다. 열흘 가까이 지난 지금도 그때를 생각하면 가슴이 뛴다는 얘기다.

영국에서 이 세상에서 가장 행복한 사람은 누구냐는 질문에 모래성을 쌓는 어린이라고 대답한 사람이 제일 많았다. 두 번째가 하루 집안일을 마치고 아이를 목욕시키는 엄마, 세 번째는 대수술을 성공적으로 마친 외과 의사, 끝으로 작품의 완성을 놓고 콧노래를 부르는 예술가라 했다. 이에 대해 이견이 있을 수 있겠지만, 한 가지 공통점은, 행복이란 특별한 곳에 있지 않고 우리 생활 가까이에 있다고 말하고 있다. 행복은 욕심을 부려서 얻어지는 게 아니라는 것이다. 그런데도 대부분 사람은 특별한 주문을 외우거나 은밀한 곳에 손을 내민다. 세상에서 자기 혼자만 최고 행복을 찾으려 발버둥을 친다. 특히 정치인들은 행복해지기 위해 양심에 반하는 행동과 거짓을 서슴지 않는다. 다가온 행복조차 알아차리지 못하고 지속해서 돈과 권력을 탐하다 결국 혼탁한 사회를 조장하는 지도자가 되고 만다.

정치인의 말과 행동은 우리 사회를 이끌어가는 길라잡이가 된다는 점에서 매우 중요하다. 세상에 모든 것들은 시간이 지나면서 성숙해지고 안정적으로 자리를 잡아 가는데, 지난 정권도 별반 다를 게 없었다. 오히려 추하게 마무리한 면이 있다. 돈과 권력 앞에 와르르 무너져 버렸다. 문제는 하루아침에 추락하면서 권력이 얼마나 부질없는가를 알았을 터인데, 지금 이 순간도 당리당략에만 몰두하고 있다. 변하면 죽는다고 생각하는 것 같다. 그래서인지 뻔뻔하게 한 입으로 두말하며 다니고 있다. 우쭐대며 거들먹거리고 있다. 화려한 말장난으로 세상을 지배할 수 있다고 착각하고 흙탕물 속으로 들어가고 있다. 아무런 노력 없이 세상을 지배하려고 설레발을 치고 있다.

국민은 정치지도자들이 마음을 비우고 오로지 국민을 위해 힘이 들어도 떳떳하고, 당당하게, 어떤 유혹에도 굴하지 않고, 늘 한결같이 우뚝 서려면 남다른 노력이 필요하다.

김연아는 승리를 위해 수도 없이 넘어지고 온몸에 멍이 들었다고 한다. 쏟아지는 세상 유혹을 뿌리치며 하루 평균 8시간씩 연습했으며, 감각을 잃지 않으려고 자신과 싸움을 했다고 한다. 그 피와 땀이 투명한 보석으로 알알이 눈물이 되어 흘러내리는 모습을 보며 세계인이 그 눈물에 마음을 열고 갈채를 보내주었다. 그 순수하고 고귀한 눈물 한 방울이 꽁꽁 얼어있었던 국민의 마음을 녹여 주었다. 그 보석같이 투명한 눈물이 국민을 행복하게 했다. 자신을 태워 나온 승리의 눈물이었기에 모두 한마음으로 박수를 치면서 대한민국의 한 사람으로 행복했다. 이 어린 소녀 한사람이 흘린 땀의 결실이 잠시나마 모든 갈등을 잠재우고 대한민국을 세계 위에 올려놓았다.

바라기는 19세의 어린 나이로 세계 얼음판을 접수한 김연아의 순수한 열정이 오래오래 지속하길, 이를 상업적으로 이용하여 온 국민의 행복을 무너지게 하는 일이 없길, 국민의 마음속에 영원히 아름답고 다부진 모습으로 남아 있길 바란다. 우리에게 김연아가 있어 행복했다.

전북도민일보 2009-4-8

우리에게도 마윈(馬雲) 같은 청년이

　지난달 아시안 리더십 콘퍼런스 참석차 한국을 방문한 중국 마윈의 인터뷰가 매우 인상적이었다. 평범한 사람이 중국 최고 부자가 되었다는 것과 거듭된 실패에도 포기 없이 도전해 오늘에 이르렀다는 고백에서 많은 박수를 받았다.

　세계인은 그를 '경영의 거인'으로 부르게 되었다. 그는 성공한 사람이며, 청년들에게 꿈을 전해주는 전도사가 되었다. 이제 그에 대한 존경을 넘어 수많은 청년에겐 선망의 대상이 되었다. 그동안 자신의 처지와 주변 환경을 탓하던 청년들이 새로운 희망을 품게 되었다는 것은 매우 고무적인 일이다. 마윈은 자신을 변변치 못한 사람이라 표현하고 있다. 학위도 없고 그렇다고 부유한 가정에 태어났다거나, 흔히 말하는 재벌의 2세가 아니라고 강조하고 있다. 162cm의 키와 보잘 것 없는 외모 탓에 30번 넘게 취업의 문턱에서 떨어졌다고 털어놓았다. 그래도 미국을 배우고 싶어 하버드 대학에 10번 원서를 냈으나 역시 모두 거절당했고, 미국 KFC가 중국에 진출해 입사원서를 냈지만 24명 지원자 중 혼자만 떨어졌다고 했다. 경찰시험에서도 5명 지원자 중 혼자만 떨어졌다고 담담히 말하고 있다. 이쯤 되면 의기소침해질 만도 한데 그는 실패가 두렵지 않았으며, 오히려 실패에서 교훈을 찾았다고 했다. 그리고 다른 사람의 과거 실수를 공부하면서 그 실수를 피할 수 있었다는 그 말은 잔잔한 감동으로 긴 여운을 남기고 있다. 우리 젊은 이들이 주목해야 할 말이다. 그리고 젊은 시절은 낙방의 연속이었다고 말하는 그의 말을 새겨들어야 한다. 그는 취업하기 어려운 환경에서도 좌절하지 않았으며, 그렇다고 사회에 불만을 토로하지도 않았다. 지나친 갈구와 욕심으로 가야 할 길을 잃어버리는 실수를 답습하지도 않았다. 늘 오뚝이처럼 일어섰으며, 끈기를 가지고 묵묵히 걸었다. 그리고 어떤 경우에도 고개를 숙이지 않았고 지금까지 당당하게 걸어왔다고 했다. 우리 청년들도 현재의 심각한 실업문제를 놓고 좌절하거나 불만으로 반감을 품기보다는, 이 불만을 문제 해결의 기회로 삼는 것이 중요하다고 본다. 그가 말했듯 미래의 성공자는 지금 불평하는 사람이 아닌 이 불만을 해결하는 사람 중에서 나온다며, 사람이 해결하지 못하는 문제는 세상에 거의 없다고 했다.

이처럼 그는 매사에 긍정적이었고 그런 마인드가 오늘날 마윈을 만들었다고 본다. 혹자는 그가 성공할 수 있었던 것은 중국이라는 거대 시장과 급속한 발전이 이뤄졌기 때문에 가능한 일이었다고 분석하지만, 필자는 아무리 좋은 환경이 조성되어 있다고 해도 그의 높은 성찰과 긍정적인 생각 없이는 불가능한 일이라고 생각한다. 만약 그가 한국에 태어났다면 어떻게 되었을까 생각해보면 아직도 걸음마를 떼지 못했거나 실업자가 되어 있을지도 모른다. 아마 고개를 넘지 못하고 제자리에서 바둥대는 수레를 안타까운 마음으로 보고 있을지도 모른다. 방관하고 있는 정부를 보며 더 실망하고 더 낙담하여 지쳐 있는 청년의 모습을 보고 있을지도 모른다.

현재 우리는 심각한 사회갈등 양상의 끝을 보지 못하고 있다. 우리는 포용력과 상대방을 이해하는 미흡한 자세에 길들어 있다. 특히 극심한 이기주의가 팽배해지면서 청년들이 성장할 수 있는 토양(土壤)까지 황폐해지고 있다. 이는 밤낮없이 다투기만 하는 정치인들의 책임이 더 크다고 할 수 있다. 결국, 지도층의 싸움은 갈등을 양산하고 이 결과가 사회 전반에 미치는 악영향이 너무 크다는 것이다. 더 늦기 전에 소통을 통하여 오직 나라의 미래만을 위한 고민이 필요한 때이다. 청년의 꿈이 시들해지기 전에 생태계가 외래어종과 식물에 점령당하는 것처럼 더 이상 생명력을 상실하기 전에 청년을 보듬어줘야 한다. 왜냐하면, 바로 이들이 우리의 아들딸이며 대한민국의 미래이기 때문이다. 특히 세대 간 갈등이 양극화로 더 심각해지기 전에 청년들이 힘겹게 끌고 오르려는 수레를 뒤에서 밀어줘야 한다. 기성세대가 지혜를 모으고 힘을 모아 어려운 고비를 넘도록 버팀목이 되어주어야 한다는 말이다.

이제 비전 없는 갈등 조장은 과감히 버려야 할 구태다. 청년의 소리에 귀를 막거나 방임하는 것 또한 범죄다. 임금피크제가 청년 고용에 도움이 되고, 정년 연장이 청년 실업에 문제가 되거나, 중소기업과 대기업 간 임금 격차가 심해 청년이 외면하고 있다면 이 문제부터 해결해 줘야 한다는 말이다. 대승적인 차원에서 미래를 봐야 한다. 정치적인 이익을 떠나서 함께해야 한다. 이것은 기득권 포기가 아니라 양보다. 이 양보가 상생으로 가는 첩경이란 말이다. 이것이 우리 지도층(기성세대)이 청년들에게 만들어줘야 할 토양이다. 이런 땅에서 마윈과 같은 청년이 나올 수 있으며, 이런 나라에서 청년들이 자유롭게 활개를 치게 될 때, 우리의 미래가 보장된다는 말이다.

전북도민일보2015-6-4

제 8 부

하얀 거짓말이
필요하다

공자의 5악

　고래 싸움에 새우 등 터진다 했던가. 벌써 치열한 싸움이 시작되었다. 없는 흠집을 만들어 가며 상대와 공방을 벌이고 있다. 어제만 해도 기세등등하던 고래(국회의원)가 꼬리를 접고 넙죽 엎드렸다. 선거 때가 된 것이다. 이맘때가 되면 늘 있는 일이지만 어김없이 찾아드니 별의별 생각이 다 든다. 더 한심스러운 것은 국민에게 미주알고주알 일러바치며 판단하라고 던지는 소리가 시끄럽다. 차라리 문 걸어 잠그고 죽든 살든 소리 없이 자기들끼리 싸울 일이지 유권자는 왜 끌어들이는지 밉다. 이러고도 자신들이 대한민국 최고의 애국자라니 지나가던 개가 웃을 일이다. 어리석다고 말하기엔 아는 것이 많은 어른이며, 무책임하다고 말하기엔 너무 똑똑하고, 모르는 척하기엔 너무 시끄러워 견딜 수 없다고 국민이 말하고 있는데도, 그들은 오늘도 혈연과 지연을 등에 업고 표 구걸에 나서고 있다. 차라리 말이나 말지, 부족해서 잘못을 저질렀다 말하면 좋으련만 한결같이 남의 탓이라고 말하는 그들은 누구인가. 진정 자신들이 힘 있는 고래이고 국민은 새우라고 믿고 있는가. 그 중요한 민생법안을 볼모로 잡을 수 있으니 능력자라고 착각하고 있는가. 세상 모든 것을 자기들 기준으로 판단하고 행하는 그들을 보고 있자니 공자가 말하는 5악이 떠오른다.

첫째, 만사에 빈틈이 없이 시치미를 떼며 간악한 수를 부리는 사람이다. 지난 청문회의 중인석에 앉은 사람이 청와대에 간 적이 있느냐는 물음에 기억이 잘 나지 않는다고 했다. 정말 기가 찰 일이다. 너무너무 뻔뻔하다 못해 측은할 정도다.

둘째, 공정치 아니한 일을 하면서도 겉으로 공정한 듯 처리하는 사람이다. 이는 원칙을 무시하는 행위로 부정직함과 도덕성 타락으로 이어지며, 물신주의와 한탕주의가 팽배해지는 원인이 되기도 한다. 문제는 힘없는 서민이 아니라 권력층, 상류층, 지식인 등 소위 사회지도층에서부터 비롯된다는 것이다. 이를 두고 지도층이 썩어 나라꼴이 어려워질 수도 있다는 말을 새겨들어야 할 때라고 본다.

셋째, 모두 거짓말인데도 워낙 언변이 좋아서 진실인 것처럼 말하는 사람이다. 누군가 정치는 연극이라 했다. 언제나 그랬듯 선거 때만 되면 의혹을 폭로하는 장이 된다. 대박을 터트려야 정치생명을 연장할 수 있다는 생각에 필사적으로 터트리는 폭로전, 눈 하나 깜짝하지 않고 거짓 증거를 대며 허풍을 치고는 '아니면 말고'라는 말로 마무리하는 사람들, 유력했던 대통령 후보도 낙마시켰던 거짓 병풍 사건, 9,500여억 원의 비자금을 조성한 전직 대통령의 전 재산이 29만 원이라는 거짓말 등, 거짓말을 잘해야 잘 산다는 나라가 되어서야 어찌 좋은 나라이겠는가. 여론조사에 의하면 거짓말을 잘하는 집단이 정치가로 76%다. 다음으로 11.4%가 연예인으로 나타나 있는 것이 우리의 현실이다.

넷째는 악당이면서 기억력이 좋아 여러 사람을 홀리는 사람이다.

마지막으로 못된 일을 하면서도 동시에 사람에게 은혜를 베푸는 것처럼 행동하는 사람이라고 했다. 이처럼 사상가인 공자가 5악에 대하여 말한 것은 1,500여 년 전인 중국 춘추시대의 일이다. 그 비평이 지금의 헌실과 별반 다를 바 없다. 그러나 오늘날처럼 바닥까지 추락하지는 않았을 것이다. 또다시 선거가 시작되었다. 벌써부터 요란하다. 국민의 시선이 곱지 않다. 또, 한바탕 홍역을 치러야 할 정치판을 보자니 짜증이 난다. 이제부터라도 우리 정치인도 새우 싸움에 고래 등이 터지기 전에 부패 없는 사회를 구현하려는 의지를 보여줘야 한다. 도덕성과 정신적인 가치가 우선하는 정책을 펼쳐야 밝은 미래가 있을 것이다.

전북일보 2006-12-28

10년 후를 바라보자

10여 년 전 여름, 20여 명의 교회 청년들과 덕유산을 종주(삼공리→영각사)했다. 삼공리 주차장에서부터 장마철 장대비(이날 새벽 지리산에서 100mm 집중 폭우로 60여 명이 숨지고 30여 명이 실종됨)를 맞으며 향적봉 대피소로 향했다. 몇 번인가 포기하려 했지만, 우린 몰아치는 강한 폭우를 뚫고 가까스로 저녁 8시경에 향적봉 산장에 도착했다. 산장 안은 비를 피해 온 등산객들로 발 디딜 틈이 없었다. 통로엔 비에 젖은 신발과 배낭들이 쌓여 있었고, 침상은 앉을 자리조차 없었다. 하는 수 없이 젖은 신발 더미 위에 주저앉으려니 퀴퀴한 냄새와 그 끈적거림이 참을 수 없이 짜증나게 했다. 젖은 몸 그대로 쪼그린 채 잠을 청한다는 것은 정말 고역이었지만, 저녁도 거른 채 뜬눈으로 밤을 새울 수밖에 없었다. 20여 평 남짓한 공간에 100여 명이 들어차 숨조차 제대로 쉴 수 없는 상황이었지만 대피소 안은 쥐죽은 듯 조용했다.

10시쯤 되었을까. "우당탕…." 20여 명의 젊은이가 설 자리조차 없는 좁은 대피소 안으로 들어왔다. 오전에 영각사를 출발하여 온종일 걸어왔다고 하는 그들은 몹시 지쳐 있었다. 낙오자까지 발생했으나 중간에서 포기하지 않고 강행할 수밖에 없었던 산행이었음을 짐작할 수 있었다. 모두 무사함에 대하여 박수를 보냈다. 그러나 잠시 후 이들의 무례함은 사람들을 더욱 피곤하게 했다. 그래도 좀 지나면 나아지겠지 하는 생각으로 기다렸으나, 젊은 대학생들은 주변 상황을 전혀 의식하지 않았다. 폭우를 뚫고 칠흑처럼 어두운 산길을 더듬듯 대피소까지 왔다는 기쁨을 표현하고 있었다. 감격스러운 말투로, 마치 승리한 장군처럼 그 좁은 틈을 비집고 들어와서는 페트병의 과실주를 꺼내놓고 마시기 시작했다. 그러나 아무도 그 불편함에 대하여 말하지 않았다. 귀를 막고, 코를 막고, 온몸의 감각을 잃은 듯 죽은 시늉을 하며 몸만 뒤척이고 있었다. 이유는 학생들이기 때문에 그럴 수도 있겠거니, 아니 건장한 체육과 학생들의 위협적인 말투에 행여 봉변을 당하지 않을까. 아니면 누군가 말을 하겠지 생각했지만 어느 누구도 불편함을 얘기하지 않았다. 이들은 계속해서 마시며 떠들기 시작했다.

필자는 더는 참을 수 없었다. 그래 조심스럽게 헛기침을 해보았다. 들은 척도 하지 않았다. 그냥 참고 쪼그린 채 눈을 붙이려 했지만 견딜 수가 없었다. 곰곰이 생각하니 화가 머리끝까지 치밀어 올랐다. 그래서 점잖게 "어이, 학생들 조용히 좀 하지." 하고 타이르듯 말했다. 그러나 당신이 뭔데 분위기 깨느냐는 무반응으로 잠시 침묵이 흐르는가 싶더니, 그들은 더 큰소리로 강한 어투의 경상도 사투리를 섞어가며 자기들의 무용담에 빠져들고 있었다. 어떤 학생은 떨어져 나간 신발 밑창 대신 옷소매를 찢어 밑창으로 삼고 온 힘을 다해 선배님 뒤를 따라 왔다고 하자 박수가 터져 나왔다. 어느 여학생은 칠흑처럼 어두운 폭우 속을 선배님이 건네준 벨트 끝만을 의지하고 여기까지 올 수 있었다며 목이 멘 듯 말끝을 흐리자, 동지애가 상승하고, 또 한 번 과실주

건배가 이어져 갔다. 그래도 사람들은 몸만을 뒤척일 뿐 말이 없었다. 순간 나도 모르게 "어이, 학생들 잠 좀 자자." 날벼락을 치듯 고함을 질렀다. 그러자 기다렸다는 듯 여기저기서 학생들을 향해 질타가 쏟아졌다. 그리고 긴 침묵이 흘렀을까. 다시 귀신 씨나락 까먹는 소리로 구시렁대기 시작했다. 이를 보다 못한 대피소 대장이 3,000원 내줄 터이니 밖으로 나가서 자라는 소리에, 술자리를 접던 10여 년 전의 그 학생들이 문득 생각이 난다. 지금 어디서 무엇을 하고 있을까. 30대 초반의 나이가 되었을 것이다. 이들은 그때의 덕유산 종주를 어떻게 기억하고 있을까. 지금의 심정으로 그 상황이라면 그 무례함을 다시 보일 수 있을까. 아마 대부분 잘못된 행동이었다고 말할 것이다.

요즈음 권력을 믿고 안하무인으로 주인 행세를 하려는 권력자들을 보며 그때 일을 떠올려본다. 권위와 권력을 구분 못 하는 철없는 정치인을 보노라면 화가 머리끝까지 치밀어 오른다.

10년이면 강산도 변한다 했듯, 지금의 생각이 전부인 것처럼 목숨을 거는 극단적인 정치 행태는 매우 어리석은 일이다. 정치생명의 연장만을 위해 싸우지 말고 10년 후를 바라보자. 서로 한 발짝 뒤로 물러서서 바라보면 무엇이 나라의 미래를 위한 길인가 보일 것이다.

전북도민일보 2008-7-15

하얀 거짓말이 필요하다

　필자의 초등학교 때 얘기다. 어머니께서 이웃집에서 망치를 빌려오라 하면, 투덜대며 가기 싫다는 몸짓으로 반항하던 때가 있었다. 이런 날 어머니께서는 부지깽이를 들고 다그치며 반 강요하다시피 심부름을 보내곤 했다. 나는 하는 수 없이 사립문을 나서면서도 가기 싫어서 미적거렸다. 한달음에 갈 수 있는 이웃집을 마냥 서성이다 반나절이 지나서야 돌아온 적도 있었다. 지금 생각해보면 어린 나이에 물건을 빌려오라는 심부름이 그렇게 싫었던 모양이다. 그러나 생일이나 제삿날 떡을 나눠주는 일은 추운 겨울에도 신이 나 근방 동네 한 바퀴를 '획' 돌고는 부뚜막에 쪼그리고 앉아서 또 심부름시킬 일 없느냐고 물었던 기억이 난다.

　사실 필자가 어렸던 그 옛날, 남의 집에 물건을 빌려오는 것은 죽고 싶을 정도로 창피한 일이었다. 그래서 그 집 대문 앞을 기웃거리다 돌아와서는 누가 먼저 빌려 갔다거나, 아무도 없다고 거짓말을 했다. 이런 필자에게 어머니는 화를 버럭 내시거나 욕을 퍼부어댔다. "저런 썩을 놈의 자식 심부름 하나 제대로 못 하고…" 그래도 뒤돌아서면 생선의 가운데 도막을 먹이려 하셨던 어머니께서, 거짓말은 절대 나쁜 짓이라고 귀에 딱지가 앉도록 가르쳐주셨다.

그러나 필자는 달걀을 어머니 모르게 숨겨서 구멍가게에 가 군것질을 한 기억이 난다. 예전엔 닭을 놓아먹여서 특별히 알을 낳는 곳이 따로 없었다. 닭들이 알아서 적당한 장소에 알을 낳기 때문에 집안 곳곳을 살펴봐야 했다. 특히 은밀한 곳에 알을 낳는 경우가 있어 어머니는 집안 구석구석을 뒤지셨다. 혹시 알 낳는 곳을 모르느냐고 물으시면, 시치미를 뚝 뗐지만 금방 알아채셨던 어머니, 지금 생각하면 거짓말이 얼마나 어설펐겠는가 싶어 절로 웃음이 나온다.

거짓말에도 종류가 있다. 그중의 하나가 하얀 거짓말이다. 이 거짓말을 보통 좋은 거짓말이라고 한다. 가령 엄마가 안고 온 아이를 보며 무조건 참 잘생겼다고 말한다든지, 노인에게 염색하니 훨씬 젊어 보인다거나, 지금은 힘들지만 니는 분명히 성공할 것이다. 불치병으로 사경을 헤매는 환자에게 많이 좋아졌으며, 얼마든지 회복 가능하다고 말한다거나, 우리 경제가 훌륭한 정치가들로 말미암아 하반기에는 회복될 터이니 더욱 열심히 하자든지…. 아무튼 이 하얀 거짓말은 서로 격려하고 위로하고 희망을 주는 거짓말이라고 한다. 그러나 통계에 의하면 우리 국민은 외국인과 비교하면 새빨간 거짓말이 더 많다는 것이다.

얼마 전 MBC 스페셜에서는 좋은 소문과 나쁜 소문에 대하여 확산 속도를 비교분석한 결과를 방영했다. 나쁜 소문은 좋은 소문에 비해 5배 이상의 확산 속도를 가지고 있으며, 불안감이 높은 집단일수록 4배 정도 나쁜 소문을 빨리 듣는다는 것이다. 다시 말해, 이 새빨간 거짓말의 무서운 확산 속도로 인하여 목숨을 포기하는 사람이 있을 수 있으며, 진실이 왜곡되어 절망 속에서 땅을 치며 통곡할 수도 있다는 것이다. 용산 철거민 참사를 보아도 그렇다. 유족을 앞에 두고 벌이는 거짓말이 난무하고 있다. 국민은 다 알고 있는데 모른다고 시치미를 떼고 있다. 일부 힘 있는 몇 사람은 끝까지 명명백백한 증거가 있는데도, 끝까지 아니라고 하고 있다. 정말 국민을 핫바지로 보고 있다면 슬픈 일이다. 만약 거짓말을 입에 달고 사는 것이, 아니 말만 잘하는 것을 매력쯤으로 생각하는 그들의 모습이 진실이라면 이들은 부분적인 사이코패스가 아니겠는가.

새빨간 거짓말은 죽음을 부를 수 있다는 사실을 명심해야 한다. 물론 거짓을 말해야 되는 피치 못할 이유가 있겠지만, 궁색한 변명을 늘어놓는다는 것은 더 큰 죄일 수 있다는 것이다. 혹, 본인들이 국가를 위해 하얀 거짓말을 하고 있다고 착각하고 있지는 않을까 염려된다. 아무튼, 지금 우리는 거짓말에도 아름다운 거짓말이 있다는 것을 이해하고, 적극적으로 확산시킬 때라고 본다. 들어서 행복하고, 용기를 얻고, 세상이 아름다워진다면 하얀 거짓말을 아낌없이 쏟아내야 할 것이다. 어려운 경제를 함께 일으켜 세우기 위해서라도 말이다.

전북도민일보 2009-2-11

숭고한 권위가 그립다

한번 성한 일은 반드시 쇠한다는 표현을 화무십일홍이라고 한다. 세상의 권력이 무한하지 못하다는 뜻으로 곧잘 빗대어 쓰는 말로 영원한 권력은 없다는 말이다. 요즈음 죄인처럼 끌려 다니며 고개를 숙이고 있는 그를 보면 권력의 무상함이 생각난다. 지난 정권에서 막강한 권력으로 부러움을 한 몸에 받았던 사람이란 것이 믿어지지가 않는다. 누군가 권불 십 년이라 했던가. 사냥이 끝나면 그 개는 삶아 먹는 게 이치라 했다. 결국, 우리는 먹고 먹히는 세상에 사는 사람들이며, 물이 위에서 아래로 흐르는 것처럼 어느 사람도 거스를 수 없는 법이다. 이를 모를 리 없는 사람이 이 시각도 권력을 등에 업고 술덤벙물덤벙하며 질서를 어지럽히고 있다. 높이 오를수록 떨어졌을 때 충격이 크다는 사실을 망각하니 용감한지 몰라도, 그 무모함이 개인의 자아의식을 좀먹고 공동체 의식을 망가지게 하고 있다는 사실을 알아야 할 것이다.

옛말에 '똥구멍으로 호박씨 깐다.'는 속담이 있다. 배설물에서 호박씨가 나왔는데도 아무것도 안 먹은 척 시치미를 떼는 모습들이 구차하다는 얘기다. '청백리 똥구멍이 송곳 부리 같다.'는 속담도 있다. 부정한 재물을 탐내지 않는 깨끗한 권력자를 가리키는 말이다.

달리 먹은 것이 없으니 배설할 것이 없어 항문도 송곳같이 날카로울 것이라는 의미이다. 조선 초기의 명재상이었던 황희 정승은 18년간이나 영의정을 지냈지만, 인품이 원만하고 결백하여 청백리라 불렀다 한다. 그러나 그에게도 유독 술을 좋아하는 아들이 근심거리였다. 아들 술버릇이 더욱 심해지자, 어느 날 정승은 어깨에 밤이슬이 내려 축축해질 때까지 대문 밖에 서서 아들을 기다렸다고 한다. 술 취한 아들이 비틀거리며 대문 안으로 들어서는 것을 보고 정중하게 허리를 숙이며 말했다. "어서 오십시오." 그러자 당황한 아들이 "아버지 접니다." 정승은 더욱 정중하게 "아닙니다. 자식이 아비의 말을 듣지 않으면 내 자식이 아니라 손님입니다."라고 말했던 정승의 가르침에 따라, 그 아들은 아버지 못지않은 청백리 선비의 자세로 학문에 정진했다고 한다. 진정 이 시대의 황희 정승은 없는가. 역사책에서나 만날 수 있는 사람인가 아니면 시대의 변화에 따라, 시대의 정승은 다른 것인가. 자식의 일이라 하면 무슨 돈이든 끌어다 그 삶을 윤택하게 만드는 것이 도리라고 생각하면 오산이다. 결국, 이렇게 자식을 양육하면 아들과 가족까지 검찰청으로 끌려 다니는 신세가 된다. 만약 황희 정승이 이를 본다면 뭐라 할지 궁금하다. 아마 권력은 있었으나 권위를 잃어버렸음에 대하여 탄식했을 것이다. 새로운 권력 앞에 만신창이가 된 권위, 한없이 교만한 권력은 어리석게도 이겼다고 자축하는 습성을 가지고 있다. 그러나 우러러 숭엄하기까지 한 권위는 강력한 힘으로 세상을 지배하고 있다는 사실을 알았을 때는 이미 패가망신했을 때인 것이 안타까운 것이다.

숭고한 권위가 그립다. 지난 과거 역사에서 권력의 칼을 휘두른 인물들은 이미 역사의 뒤안길로 사라졌지만, 아직도 우리가 황희 정승을 그리워하는 것은 술 취한 아들을 대문 밖에서 밤늦도록 기다리다 젖은 황희 정승의 촉촉한 어깨다.

5월이다. 계절의 여왕답게 녹색의 푸름이 하늘을 덮는다. 그러나 가을이 되면 단풍이 들어 바닥으로 떨어질 것이다. 4월의 벚꽃이 세상을 덮을 듯 요란했지만, 지금은 그 흔적조차 찾을 수 없듯, 아무리 당신들이 발버둥을 쳐도 시간이 지나면 기억 속에서조차 지워지게 마련이다. 이제라도 나라의 미래를 위해 황희정승을 다시 찾아가 그 정신을 배우기 바란다.

전북도민일보 2009-5-12

가을과 보자기

조석으로 써늘함이 느껴지는 가을이다. 짓무른 여름 상처가 갈바람으로 꼬독꼬독 마르는 것 같아 좋다. 잠시 쉬어가는 고갯마루 휴게소에서 파란 하늘과 그 위에 떠 있는 솜털 구름을 본다. 별들이 쏟아지는 가을 밤, 풀벌레 노래를 따라 부르며 반딧불이를 쫓아간다. 가을은 등산길로 말하면 산죽과 억새가 널브러져 있는 경사 없는 평 길이다. 생선으로 말하면 가운데 도막이다. 아무튼, 이 가을에 익어가는 들녘 황금물결을 바라보는 부자의 마음으로 인사청문회가 진행되길 희망했지만, 속고 속이고, 무시하고 묵인하고, 상처를 뜯고 할퀴는 수준 낮은 청문회를 본 국민은 우울하다. 그래도 가을은 풍요로워 좋다. 부는 바람이 향기롭고, 뽀송뽀송한 어린아이 궁둥이처럼 만져보고 싶은, 그래서 보자기에 쌓아 벽장 속에 감춰두고 싶을 정도다.

이 가을에 왠지 꽁꽁 묶어놓은 얘기 보따리를 풀어 이별한 친구와 진솔한 얘기를 나누고 싶다. 다시 한 번 옛날로 돌아가 검정 고무신을 신고, 먼지 나는 신작로(비포장도로)를 달리고 싶다. 오늘 문득 어머니가 헌 옷을 잘라 손바느질로 한 땀 한 땀 꿰매주신 누더기 보자기가 문득 생각난다. 그 보자기에 책을 둘둘 말아 어깨에 메고, 찰싹거리는 양철 필통 소리에 발맞춰 학교를 오갔던 때가 생각난다. 이 보자기로 책을 싸면 책보자기, 떡을 싸면 떡보자기, 선물을 싸면 선물보자기, 접으면 하찮은 천 조각에 불과했지만, 펼치면 보기 싫은 것을 덮어주는 보자기였다. 여러 개를 이어 놓으면 생명을 구하는 구명줄이 되지만, 손발을 묶어버리면 의지력을 빼앗는 도구가 되고, 얼굴을 가리면 강도를 위한 복면이 되는 보자기가 이 가을에 생각난다.

우리 마음속에도 수많은 무형의 보자기가 있다. 그래서 본능적으로 상대의 마음 보따리를 풀어 진실을 보려 하지만 쉽지 않다. 빗장을 걸어 놓고 동문서답을 하면 어쩔 수 없다. 뻔한 일조차 모른다거나 기억나지 않는다고 시치미를 떼도 힘으로 풀 수 없는 보자기. 따라서 이미 결정을 내려놓고 형식적인 과정을 밟으려는 여당과 어떻게 하든 흠집을 내려는 야당의 싸움(인사청문회)은 애당초 의미 없는 평행선이었다. 이미 성숙한 정치를 외면하는 이들(일꾼)에게 기대할 것이 없었다. 차라리 이 나라의 주인인 국민에게 결론을 내리게 하는 것이 옳았다. 노련한 주인은 왜 이들이 죽기 살기로 싸우는지 그 이유를 알고 있다. 현재 여대야소의 표 대결은 무의미하다는 것도 알고 있다. 이대로는 정치적인 불신만 키우는 꼴이라는 것을, 아예 청문회 자체를 없애든지, 유지한다면 국민에게 물어(여론조사) 결론을 내린다면 누구도 시비를 걸지 못할 것이다.

진정한 일꾼을 자청했다면 먼저 양심의 보자기를 풀어야 한다. 바로 그것이 용기이다. 주인은 거짓 보자기로 진실을 덮어버리는 일꾼을 원하지 않는다. 아들은 책임감이 강하고, 생활력 있는 아버지를 원하며, 군인은 병사 마음으로 군대를 통솔하려는 장군을 원치 않는다.

오곡백과가 무르익어가는 가을에 마음의 보따리를 풀어보자. 혼자만의 비밀은 아름다울 수 있지만, 공직자로서 양심을 버리면서까지 자신만의 이익을 위해 보따리를 풀지 않는다면 국민을 우롱한 결과가 나올 것이다. 진실은 언젠가 밝혀지며, 속이면 패가망신을 당하는 법이다. 우선 당장 거짓과 진실을 적당히 넘나들며 유익을 취하는 자가 출세를 하는 것처럼 보일지 몰라도, 속일수록 더 큰 고통을 받게 될 것이다. 당신을 위해서도 지금 보따리를 풀어야 할 것이다. 눈뜨고 지켜보는 국민 앞에서, 당신의 손바닥만 한 보자기로 진실을 숨길 수 있다고 생각한다면, 그것은 오만이며 착각이라는 얘기이다.

전북도민일보 2009-9-30

국격을 높이려면

언젠가 이웃집 노인이 서울시청 광장을 일부러 가보았다고 한다. 이유는 2002년 월드컵 당시 붉은 셔츠를 입고 구름 때처럼 몰려든 수많은 사람의 모습을 TV로 지켜보며 함께 월드컵을 응원했던 기억들이 있어 매우 궁금했다고 한다. 이처럼 TV가 우리의 여가 이용 패턴까지 바꿔 놓을 정도로 생활에 깊숙이 자리 잡게 되었다. 여가 이용도 조사에 따르면 TV 시청이 1위, 2위가 인터넷 게임, 3위가 등산 등으로 나타나 있다. 특히 10대들은 54%가 PC로 뭔가를 하고, 31%는 TV를 즐긴다고 한다. 연령층이 높아질수록 많이 본다고 한다. 결국, TV 시청이 일상생활의 일부분이 되어버렸다. 특히 우리나라 청소년의 시청률이 세계 1위라 한다. 청소년 가치관 형성에 그 영향이 크다는 통계도 나와 있다. 이처럼 TV는 생각을 차단하고, 공주병, 왕자병에 걸리게 하며 허황한 꿈을 꾸게 함은 물론 어른조차도 환상을 가지게 하고 이젠 없어서는 안 될 필수품이 되어버렸다. TV는 의식주와 같은 중요한 존재가 되어있지만, 부정적인 측면이 더 많다는 결과에 대하여 생각해 볼 때이다.

첫째, 너무 많은 정보로 스트레스를 받게 한다는 것이다.

둘째, 지배계층의 정권 유지 도구로 이용하는 경우가 많다고 보는 시각도 있다.

셋째, 개인의 개성이 무시되거나 획일화시키려는 경향이 있다고 본다.

끝으로 사회에 대한 문제가 대중에게 급속히 확산된다는 측면에 대해 염려하는 시각이 많다. 그러나 이 문제에 대하여 개선하려는 의지가 보이지 않는다는 점이다. 더 큰 문제는 보면 볼수록 환상과 허황된 꿈만 눈덩이처럼 커지게 된다는 것이다. 단순히 먹거리만을 소개하거나, 경쟁적으로 정치인들의 입이 되고, 대중 스타들의 놀이터 역할만을 할 뿐 오래도록 기억에 남을 만한 프로그램이 별로 없다는 것이다. 조금만 신경 쓰면 시청자가 상상하게 하고, 유익한 지혜를 줄 프로그램 제작이 가능할 것도 같은데, 고민과 노력 없이 쉬운 방법으로 TV 앞에 시청자를 끌어들이고 있으니 하는 말이다. 물론 가능한 범위 내에서 최선을 다하고 있을 것이다. 그러나 더욱 선정적이고 막장으로 가는 드라마와 연예인 프로그램으로 우리의 청년들이 병들어가고 있어 미래가 염려된다. 혹자는 시청하지 않으면 될 것 아니냐고 반문할지도 모른다. 그러나 앞서 말했듯 우리는 이미 미디어에 점령당해 보지 않고는 견딜 수 없을 정도로 중독되어 있다. 더구나 미디어법이 통과되어 더 많은 TV 채널로 우리를 유혹하고 있다. 이제는 보고 안보고의 문제가 아니라 우리 생활의 일부가 되어버렸다. 그래서 이대로는 안 된다는 말이며, 신경 써서 프로그램을 잘 다듬어야 한다는 것이다. 천편일률적인 싸구려 프로그램은 배제해야 하고, 지금부터라도 구태의연한 틀에서 벗어나야 한다. 국민이 품위를 지키고 정서를 아우를 수 있는 감동적인 내용이 담겨 있는 프로그램을 개발해야 한다. 이를 강력한 전파를 이용하여 세계로 확산시켜야 한다. 이대로 간다면 지금의 한류는 오래가지 못할 것이다. 시간이 지나면 지금과 같은 보여주기 식 프로그램은 식상해지기 때문이다. 지금처럼 몇몇 대중스타들의 일상까지 적나라하게 공개되고 겹치기 출연 등으로 결국 끝말 있거나 보게 한다면 오래가지 않아 외면받게 될 것이다. 이를 타파하려고 계속 강도를 높이다 보면 막장으로 가거나, 선정적인 주제를 찾게 될 것이다. 따라서 조금 느리게 가더라도 TV 전파를 계획적이고 지혜롭게 사용하여 한류열풍을 확산시켜 국격을 높일 수 있도록 고민해야 될 때라고 본다.

전북도민일보 2009-11-24

주민소환제로 풀뿌리 민주주의를

1973년도 호남고속도로가 개통되면서 전주시로 진입하는 도로(현재 동산동에서 용산 다리)에 녹지형 중앙분리대가 조성되어 있었다. 이를 처음 접한 시민은 신기했다. 역시 고속도로라 다르다고 생각했지만, 몇 년이 지난 후 차량 흐름을 방해하고 안전사고 위험을 키운다 하여, 완전히 제거하고 포장을 해버렸을 때만 해도 그러려니 했다. 그러나 몇 년 전에 다시 또 시내 중심까지 녹지형 중앙분리대를 설치하여 소나무를 심어 삭막한 도시 공간을 아름답게 가꾸려는 시의 노력을 보면서도 마음이 불편하다. 혹 대전시처럼 녹지형 중앙분리대 사업이 전면 중단되거나 또 다른 이유로 수정 보완하기 위해 갈아엎어 버릴 수도 있다는 생각이 들어서다.

사실 녹지형 중앙 분리대를 놓고 1석 3조 효과가 있다고 강력히 주장하는 이가 있지만, 차량 흐름을 방해하고 안전사고를 유발한다는 이유를 내세워 설치 자체를 수정하거나 아예 설치를 제도적으로 못하도록 막아야 한다는 의견도 있다. 문제는 기준이 없다는 것이다. 때에 따라 전임자가 벌여놓은 사업은 무조건 검토의 대상이 된다는 것이다. 성남시처럼 전임자는 호화 시청사를 짓고 후임자는 그 빚을 못 갚겠다고 하는 것처럼, 무조건 갈아엎거나 문제의 사업으로 분리해 4년마다 새롭게 시작하는 사업으로 낭비하는 예산이 천문학적이라 하니 개탄스러운 일이다. 문제는 비단 성남시뿐만이 아니라는 것이다. 총체적으로 지자체마다 이미 수십억에서 수천억 원이 들어갔어도 공사가 중단되거나 재검토 대상이 되어버린 사업이 한둘이 아니라는 것이다. 특히 단체장이 바뀐 지자체일수록 더욱 심각하다. 어떤 사업이든 합리적인 방법으로 철저한 공론화 과정을 거치도록 제도적인 뒷받침이 있어야 한다. 그리고 선심성 공약을 남발하지 않도록 정책 실명제를 도입하고, 주민소환제 등을 활용하여 철저한 검증을 해야 한다는 얘기이다.

수년 전 영국 런던의 하이드파크를 여행한 적이 있다. 아름드리나무가 시내 복판에 가로수로 자리 잡고 있었다. 모르긴 해도 수백 년은 되었을 법한 우람한 나무는 믿음 그 자체였다. 우리 같았으면 뿌리를 내리기 전에 수종을 끊임없이 바꾸거나 갈아엎었을 것이다. 이를 보면서 37년 전 전주 나들목 녹지형 중앙 분리대가 지금까지 있었다면 어떤 모습이었을까 상상해 보았다. 명물이 되었을 것이다. 광주 광산구 공항 입구의 가로수인 30년 된 메타세쿼이아보다 훨씬 자랑할 만한 길이 되어 오가는 사람에게 즐거움을 주었을 것이다.

명물은 처음부터 탄생하지 않는다. 기다리고 뜸을 들이고 비바람에 온갖 풍상을 이겨온 내력이 있어야 가치가 있는 법이다. 그런데도 전임자가 결정한 사업이라 하여 무조건 갈아엎으려는 치졸한 행정은 항상 제자리걸음을 면하지 못하게 만드는 것이다. 전시 행정에만 눈을 돌리거나 개인의 영달을 위하여 권력을 남용하는 사례가 끊이지 않는 한 지자체는 성공하지 못한다는 얘기다. "왕은 가도 행정은 남는다."라는 말이 있다. 이는 결국 단체장은 바뀌어도 지역주민의 살림을 도맡아 하는 자치단체는 연속된다는 말이다. 힘이 있다 하여 막무가내로 사업을 벌여 놓는 것은 무능이며, 지역주민을 불행하게 만드는 것이다. 능력도 없는 행정력을 권력으로 포장하고 남용하는 것은 남의 물건을 훔치는 것과 다를 바가 없다는 얘기다.

풀뿌리 민주주의 의식에 입각한 지자체운영이 절실히 요구된다. 무엇이든 깊게 생각하고 의견수렴이라는 절차를 거치는 행정이 필요하다. 능력도 없으면서 빚을 지면서까지 사업을 추진하는 무책임한 단체장은 필요 없다. 전임자가 벌여 놓은 사업이라 하여 무조건 갈아엎어 명물의 싹을 잘라버리거나 선심성 공약으로 환심을 사려는 단체장에 대해서는 주민이 막아야 한다. 건실한 주민소환제 등을 활용하여 잘못된 정책에 대해서는 그 책임을 반드시 물어야 한다. 그리고 문제가 있으면 과감히 퇴출시켜야 한다. 바로 이것이 풀뿌리 민주주의의 근간이다. 성숙한 주민소환제가 적절히 적용될 때 지역이 발전하고 나라가 흥하게 되며 우리의 삶이 윤택하게 될 것이다.

전북도민일보 2010-7-29

마중물

어린 시절 우물에서 두레박으로 물을 길어 나르는 심부름을 종종 했다. 추운 겨울이면 두레박줄이 꽁꽁 얼어붙어 곤욕을 치르기도 했다. 그 줄이 끊어지면 가지랑 대에 갈고리를 매달아 두레박을 건져 내느라 낑낑대기도 했다. 그래도 물을 길을 수 없을 땐 먼 곳에 있는 마을 공동우물까지 가서 도르래 질을 해 물심부름을 하곤 했다. 여기서도 물을 얻지 못하면 옆집 부잣집에 가서 작두샘 신세를 져야 했다. 필자가 기억하기론 당시 60년대에 작두샘은 부잣집에서나 볼 수 있었다. 신기하게도 한 바가지 정도 물을 작두펌프에 붓고 힘차게 위아래로 저으면 맑은 물이 '콸콸' 쏟아져 나왔다. 이때 작두질을 하기 전 작두에 붓는 물을 '마중물'이라 한다. 나이 들어 생각하니 이 마중물이 있어 오늘이 있다는 생각이 든다. 필자에게 그 마중물이 어머니였다. 가난했던 시절 어머니를 강아지처럼 졸졸 따라다녔다. 치맛자락을 잡고 한 손엔 구멍 난 함석 두레박을 들고 봉동장(오일장)에 가기도 했다. 장 구경도 하고, 먹고 싶은 것을 졸라서 먹을 수 있는 유일한 날이기 때문에 시장가는 어머니를 따라붙었다. 벌써 50여 년 전의 얘기다.

여름 어느 날 어머니께서 구멍 난 필자의 검정 고무신과 달걀 꾸러미를 주섬주섬 챙기셨다. 뒤꿈치가 달아빠진 신발의 주인이 필자인지라 울고불고 따라나서질 않아도 장에 갈 수가 있었다. 장터에 도착하자마자 신발을 때우는 곳에 지키고 앉아 있으라 했지만, 어머니의 치맛자락을 잡고 시장통을 따라다녔다. 머퉁이를 먹으면서까지 말이다. 옛 시골 오일장은 지금의 백화점처럼 사람들로 발 디딜 틈이 없었다. 대부분 주민이 장날에 생필품을 사거나, 세상 돌아가는 정보를 얻기 위해 시장으로 모여들었다. 이날도 어머니는 머리에 이고 오셨던 보리쌀과 달걀 꾸러미를 파신 돈으로, 튼튼하고 실한 두레박을 골라 사셨다. 그리고 땀을 뻘뻘 흘리고 서 있는 내게 선뜻 얼음과자(아이스케이크)를 사줬다. 어쩐 일인지 이날은 집에 돌아오는 길에 신발가게에 들러 그 비싼 검정 운동화까지 사주었는데도 짜증을 부렸던 것 같다. 이런 필자를 신발가게 앞마당 샘으로 질질 끌고 갔다. 바가지에 물을 퍼주며 작두샘에 부으라 했다. 어머니는 작두처럼 생긴 손잡이를 힘 있게 잡고는 위아래로 저었다. 그러고는 필자의 웃옷을 반강제로 벗기고 엎드리게 하더니 작두샘 주둥이를 그 위에 대고 작두질을 하셨다.

"어뗘냐! 시이원 하제…" 신경질을 부렸지만, 그 시원함이 지금도 생각난다. 물이 '콸콸' 쏟아져 나오는 모습이 그리 신기할 수 없었다. 빠르게 작두질을 할수록 시원한 물이 더 나왔다. 바로 이것이 온몸을 움직여 지하수를 퍼 올리는 수동펌프였다. 전기가 필요 없이 힘을 쓰는 만큼 물을 얻을 수 있는 친환경적이고 과학적인 물 공급 장치였다. 지금처럼 상수원에서 가정에 물을 공급하는 수도시설에 비하면 호랑이 담배 피우던 시절 얘기에 불과하지만, 그 당시 두레박이 필요 없는 작두샘은 부의 상징이었다. 그러나 이 샘에도 처음 물을 퍼 올리기 위해서는 반드시 마중물이라는 게 필요했다는 얘기다. 이 마중물이 우리에게 주는 교훈을 그냥 지나칠 수 없다는 얘기를 하려는 것이다. 이 마중물이 없으면 새로운 물을 구할 수가 없다. 한 바가지 정도지만 반드시 남겨놔야 되는 물이다. 이 물이 자신을 버리는 희생이 있어야 필요한 물을 얻을 수 있다. 이 물로 가족이 살고 이웃과 나라가 산다는 것이다. 지금처럼 얕은 생각으로 마중물을 허드렛물(권력 다툼)처럼 낭비한다면 새로운 물을 얻을 수 없다는 것이다. 아껴야 한다. 이 물은 개인의 소유물처럼 함부로 해서도 안 되며, 사용 후 반드시 마중물을 준비해 두어야 한다. 귀찮다 하여 빈 바가지(빈 양심)를 채워 놓지 않으면 어떤 노력으로도 물을 퍼 올릴 수가 없다는 말이다.

이 세상의 모든 일은 마중물에서부터 시작한다. 결국, 노력과 희생과 땀도 이 마중물이다. 17세 이하 어린 소녀들이 관심과 지원 없는 악조건에서 축구로 세계를 제패한 것은 인내와 땀을 마중물로 삼았기에 가능했다는 말이다. 마중물 없이 저절로 되는 것은 세상에 아무것도 없다. 있다고 우긴다면 그는 다른 우주에서 지구로 떨어진 외계인이거나 비정상적인 사람일 것이다. 지금 청문회를 거치고 있는 국무총리 후보자는 충분한 마중물이 준비된 사람이길 희망한다는 얘기다.

전북도민일보 2010-9-28

살맛나는 세상을 만들려면

짜증이 난다. 차라리 망치로 PC를 부숴버리고 싶다. 진드기처럼 달라붙는 바이러스와 싸우다 앞뒤 손발 다 들었다. 며칠 전 PC에 문제가 있어 해결방법을 찾으려 이곳저곳 검색했더니, 갑자기 10개가 넘는 바이러스 진단치료 프로그램이 동시에 나타나기 시작했다. 어느 것은 삭제조차 되지 않았다. 교묘하게 결재과정을 거치도록 유도했다. 삭제된 것도 대부분 재부팅 하면 되살아났다. 마치 불사조 같은 이들과 싸우는 것은 무모한 짓이었다. 결국, 포맷 후 다시 프로그램을 설치하고서야 싸움을 마쳤다. 요즈음 이런 일들이 빈번하게 일어나고 있다.

얼마 전 KBS 1TV에서는 소고기에 대한 소비자고발을 방영했다. 이것 역시 매번 반복되는 내용이다. 사실 소고기를 속여 파는 게 어제 오늘의 얘기가 아니다. 줄을 서서 기다려야 고기를 먹을 수 있다는 유명식당에서 수입고기를 한우로 속여 파는 일 또한 새로운 얘기가 아니다. 그런데 방송은 노다지를 발견한 것처럼 계속 신나게 방송을 해댔다. 마치 지도자들은 잘하고 있는데 보통사람들에게만 문제가 있는 것처럼 말이다. 이런 식의 방송으로는 절대 문제를 해결할 수 없다. PC를 포맷하듯 완전히 치부를 들어내야 한다. 이 모든 책임이 지도자에게 있다는 사실을 이를 인정하게 하려면 방송카메라가 지도자를 따라다녀야 한다. 그 비리를 낱낱이 고발해야 한다. 가령 국회의원이 주차는 잘하고 있는지, 회의 출석은 잘하고 있는지, 아니면 진정한 머슴으로 그 의무와 책임을 다하는지 가감 없이 국민에게 보여주었어야 한다. 왜 서울시 오세훈 시장이 승부수로 던졌던 주민투표 결과를 두고 각 대표들이 이분법으로 접근하는지 속마음까지 투시해 줘야 한다. 권력투쟁의 시계가 6개월 앞당겨 져서 여·야가 첨예하게 엇갈려 갈등을 조장한다고 하는데, 그 진실은 무엇인가 국민에게 알려줘야 한다. 또한, 3천억 원의 대선자금을 건넸다는데 받은 사람은 헛소리라고 말하는 전직 대통령의 진실도 밝혀야 한다. 요즘 화두가 되는 서울시 교육감이 말하고자 하는 진실은 무엇인가. 대가성이 전혀 없이 수억 원을 건넸다고 말하는데 언론이 그 진실을 밝혀줘야 한다. 왜 지도자들은 자꾸만 말 바꾸기를 하는지, 그 진실이 무엇인지 서로를 위해 밝혀줘야 한다. 똑같은 사안에 대하여 한편에서는 즉각 자진하여 사퇴하라 하고, 또 다른 측에서는 정치 공세로 몰아붙이느냐고 소리를 높이고 있는데, 누가 맞는지 알아봐 줘야 한다. 그리고 KAL 폭파범 김현희를 놓고 정권 때마다 조작이라고 하고, 다른 한쪽에서는 명백한 증거라며 자료까지 제시하고 있는데 김현희 본인도 자신이 분명한 폭파범이라고 말하고 있는데, 똑같은 주장에 대하여 국민이 헷갈리지 않도록 정리를 해줘야 한다. 바로 공영방송이 나서서 자꾸만 불신의 벽이 높아지는 것을 차단하고 안정적인 나라가 되도록 해야 한다.

지금 정치인들이 국민을 유리 바퀴 수레에 태워 자갈밭으로 몰고 가고 있다. 그래서 몹시 불안해 하고 있다. 이에 국민은 어떻게 하면 견딜

지 궁리 중이다. 그사이 나라의 기강은 점점 무너지고, 돈 있고 힘 있는 사람 세상이 되고 있다. 모두가 한탕주의로 마늘밭에 현금을 묻고 싶은 유혹을 쉽게 뿌리칠 수 없는 나라에 살고 있다. 국민은 지금 개인 PC를 무단 점령해서라도, 가짜 휘발유를 제조 판매하거나, 가짜 참기름을 만들어 팔아서라도 황금을 얻어야 된다고 조급하게 생각 하고 있다. 우리 속담에 "윗물이 맑아야 아랫물이 맑다."라는 얘기가 있다. 이것이 변할 수 없는 진리인 것처럼, 지도자가 사악하면 그 제자 또한 같은 부류에 속할 수밖에 없는 것이 우리 인간의 속성이다. 따라서 지도자가 제일 무서워하는 카메라를 곳곳에 달아 그들을 감시해야 한다. 누가 윗물에 오물을 투척하는지, 침을 뱉고 구린내 나는 발을 씻고 있는지, 어느 누가 급하다는 핑계로 아무 곳에나 대소변을 보고 매화타령을 하는지, 국민이 들여다 볼 수 있도록 보여 줘야 한다는 것이다.

국민이 굶주린 하이에나가 되기 전에 지도자는 머리를 숙이고, 겸손한 모범을 보이며 어른다운 모습을 보여줘야 한다. 지금처럼 공영방송이 국민을 가르치려 말고, 카메라 방향을 지도자에게 맞추고 그들을 철저히 감시해 모범을 보이게 한다면 살맛이 나는 세상이 올 것이다.

전북도민일보 2011-8-29

정말 이러다가

　정말 이러다가 무슨 일이 생기지 않을까? 전전긍긍하면서도 말을 못하고 바라만 보고 있는 국민의 심정을 그들(정치하는 사람과 정치를 하겠다고 나서는 사람들)은 알까? 마치 여·야가 다투는 모습이 마치 막가파식으로 싸우는 부부 같다. 서로 부부의 도리를 다하며 사는 것이 좋을 것 같은데, 자식들이 보는 앞에서 서로 삿대질도 모자라 머리끄덩이를 잡고 거품을 머금고 싸우다 흥분해 가스를 틀어놓고 불이라도 붙일 요량이다. 싸우다가 혹 장모님(다른 사람)이라도 오면 그 싸움을 멈추고 싸움의 끝을 보여줘야 도리이거늘 위아래에 대한 배려도 없이 싸움을 계속하는 당신들은 도대체 무슨 생각을 하고 있는가?

　제발 오늘도 싸우고 싶다면 당신들을 불안한 마음으로 바라만 보고 있는 이웃(국민)의 표정을 단 한 번이라도 바라보길 바란다. 특히 싸움을 지켜보며 떨고 있는 자식(젊은이)들의 눈망울을 똑바로 바라보기 바란다. 전생에 무슨 악연이 있었기에 철천지원수처럼 싸우면서도 밖에선(대중 앞에선) 가정의 행복을 운운하는 당신들은 정말 부부가 맞는지 묻고 싶다. 물론 그동안 서로 상처를 받으며 마음을 닫고 산 세월을 모르는 바는 아니지만 그래서 서로 불신하고 못마땅하게 생각할 수도 있고, 때로 죽이고 싶도록 미울 수도 있을 것이다. 그러나 공권력을 동원해서야 겨우 그 싸움을 뜯어말릴 수 있다면 매우 심각하다는 말이다. 지금은 싸우고 있을 때가 아니다. 풍랑이 밀려오는 바다 한가운데서 그것도 겨우 조그마한 조각배 위에서 우격다짐하며 싸울 때가 아니란 말이다. 서로 얼굴을 마주 보고 오순도순 얘기하다 보면 풀리지 않을 응어리가 어디 있겠는가. 지금(총선과 대선을 앞두고)이야말로 대승적인 차원에서 국익을 생각하고, 서로 존중하면 될 것을 늘 원수를 보듯 앙갚음하겠다는 심정으로 서로를 흘겨보니 세상이 어지러운 게 아니겠는가.

옛말에 '화를 낼 줄 모르는 사람은 바보이고 화를 내지 않는 사람은 현명한 사람이다.'는 얘기가 있다. 당신들이 현명한 사람이라고까지는 생각하지 않지만 적어도 지금 상황에서 배를 침몰로 몰고 가면 패가망신할 거라는 것쯤은 예상되지 않는가. 지금 눈앞에 보이는 이익만을 보고 싸우는 사이 바로 당신의 자녀가 학교에서 왕따를 당하거나, 다른 아이를 괴롭히고 있다는 것을 정말 모르는가. 지금 장성한 당신의 아들인 청년이 일자리가 없다며 오늘도 종일 정처 없이 헤매고 있는 사실을 외면할 것인가. 이미 땀의 가치를 상실하고, 일자리는 있는데 두려워 뛰어들지 못하고 있는 사이 외국인 근로자가 그 자리를 차지하고 있다. 권력에만 집착하여 싸우는 사이 국민 정서가 멍들어 가고 있다. 이웃 나라들은 미래를 향해 뛰며 우리를 애써 무시하고 있고, 북한은 남쪽을 향해 장거리미사일을 시험 발사한다는데, 강 건너 불 보듯 하며 밥그릇 싸움만 하는 당신들은 도대체 어느 나라 사람들인가.

총선과 대선을 앞두고 오로지 정권을 빼앗겠다는 측과 빼앗기지 않겠다는 사이 벌어지고 있는 난투극을 보는 국민의 한 사람으로 참으로 부끄럽다. 이대로 가면 어느 당이 정권을 잡는다 해도 더 큰 불신으로 그 분노가 극에 다다를 것이다. 지금처럼 상대의 일에 대해선 무조건 반대요 자기편끼리는 못 먹어도 찬성이라는 논리로 정치한다면 그 미래는 불을 보듯 뻔하지 않겠는가. 잠시 싸움을 멈추고 왜 싸우는지 자문해 보길 바란다. 싸우고 있는 상대가 누구인가를 살펴보고, 그 결과에 대하여 고민해 보라. 국익을 위해서 한 발자국 뒤로 물러서서 양보하고 공평하다고 생각하는 범위에서, 그 싸움이 계속되지 않도록 법을 정하고, 그 법을 존중하며 사이좋게 살 방법을 선택하라. 바로 그것이 더불어 사는 세상이 아니겠는가 말이다. 우리는 이 땅에서 같이 살아가야 할 사람들이다. 정말 이대로 가면 나라가 망하고 말 거라고 국민이 염려하고 있는 소리를 귀담아서 듣기 바란다.

전북도민일보 2012-3-21

잔반(殘飯)이 사라졌다

우리가 먹는 전체 음식량의 1/7이 매일 쓰레기통으로 들어간다고 한다. 이로 인한 환경오염과 처리에 드는 에너지 낭비 등 연간 처리 비용만 8천억 원이 넘는다 하고, 한 가정을 기준으로 음식쓰레기를 20%만 줄여도 승용차 47만대가 1년간 운행하고 배출하는 이산화탄소를 줄일 수 있다는 통계가 나와 있다. 따라서 이 잔반을 어떻게 하면 줄일 수 있느냐를 놓고 많은 아이디어가 나오고 있지만, 그 실효성은 미비하다.

특히 많은 사람이 동시에 먹는 음식의 경우 잔반은 지속적으로 늘어나고 있는 실정이다.

필자가 다니는 교회도 예외가 아니었다. 주일 점심에 뷔페식으로 200여 명 이상의 단체 급식을 한다. 이때 잔반 처리를 위해 식당 한편에 대형 플라스틱 잔반통을 준비하고, 이곳에 매번 2/3 이상의 음식물 쓰레기가 채워져 땅에 묻거나 버렸다. 이 잔반 발생을 줄이기 위해 경고문에 가까운 구호도 부착하고 광고도 했지만 별 효과가 없었다. 그런데 그 잔반이 사라졌다. 신기한 변화가 일어난 것이다. 그 이유로

첫째, 한 사람의 헌신적인 희생이 있었다. 궂은일인 식판 닦기를 자

청한 여성도가 있어서 가능한 일이었다.

둘째, 공정하고 일관성 있는 행동이 있었다. 음식물을 남겨 식판을 반납하면 가차 없이 지적하며 벌금으로 오백 원(선교헌금으로 적립)을 내게 한 일이다. 처음엔 마찰이 많았다. 젊은 사람에게 고함치며 오백 원을 끝까지 내라고 하는 것은 그런대로 봐줄 수 있었지만, 나이 드신 어른에게까지 큰소리로 음식을 남기면 안 된다며 돈이 없으면 빌려서라도 내야 한다고 식당이 떠나가도록 큰소리로 지적해 나갔다. 남녀노소 예외가 없었다. 코흘리개 아이들부터 어른은 물론 목사, 장로 구분 없이 심지어는 처음 나온 사람에 이르기까지 오백 원을 내지 않으면 큰소리로 창피를 주었다. 필자도 얼마 동안은 적응되지 않아 긴장했고 주머니에 돈이 없을 땐 남은 음식을 억지로 입안으로 꾸역꾸역 밀어 넣는 일도 있었지만, 이제는 먹을 양만큼만 담아 음식 쓰레기를 남기지 않게 되었다. 사실 처음에는 지나치다는 생각에 반감이 있었지만, 공정하고 일관성 있게 지적하며 스스로 희생하는 모습을 보고 어느 누구도 말을 할 수 없는 분위기였다. 결국, 이 여성도의 올바른 지적에 점점 음식물 쓰레기기 줄더니, 아예 잔반통이 사라져 버렸다. 지금은 잔반통이 사라진 것에 대해 자긍심을 가지게 되었다.

필자가 이를 보며 깨달았다. 새로운 변화란 시간이 만들어 내는 게 아니라 희생이 있어야 하고, 공정성과 일관성이 있어야 하며, 특히 그 기준, 즉 법의 잣대가 누구를 막론하고 같아야 한다는 사실을 확인하게 되었다.

음식물 쓰레기는 낭비이며 환경오염의 주범이라는 것에 대하여 모르는 사람은 없다. 특히 교회라는 환경에서 서로 싫은 소리를 못하고 피해 갈 수도 있었지만, 궂은일을 자청하면서까지 비난을 감수했던 한 사람이 음식물 쓰레기 해결을 위해 동일한 잣대로 적용한 결과라고 본다. 이런 변화를 보며 혐오하는 우리 정치 현실과 비교해보았다. 그 많은 지도자와 정치인이 주장한 변화는 어디로 가고, 아직도 서로에게만 그 책임이 있다고 말하고 있는 것은 정치적인 쓰레기, 즉 잔반을 쏟아내고 있는 것과 무엇이 다른가 묻고 싶다. 우리 정치인은 자기를 버리는 희생이 없고, 변화를 위한 일관성과 공정성이 없다. 무슨 일이든 자기가 하면 옳고 상대가 하면 문제라는 인식이 거짓을 양산하고 혼돈의 세상으로 만들어 버리는 잘못된 최면에 걸려 있다.

이대로 가면 나라의 미래가 없다. 따라서 적어도 정치를 하려면 세상을 바로 보고 올바른 소리를 듣는 귀와 공정한 말을 할 수 있는 입과 몸을 가져야 할 것이다. 지금처럼 모든 정치 현안을 이분법으로 접근하는 태도부터 버려야 한다. 잘하면 잘한다 하고, 못하면 못한다는 얘기를 할 수 있는 진정한 지도자가 나와야 한다. 지금처럼 국민으로부터 '그 나물에 그 밥'이라는 말을 듣고도 감각이 없다면 불행한 나라다. 이 틀을 깨고자 나섰던 후보마저 그 싹을 잘라 버린 것에 대하여 안타깝게 생각하지 않는다면 우리의 장래가 어둡다는 얘기다.

전북도민일보 2012-11-28

올바른 역사의식이 경쟁력이다

필자는 얼마 전 그리스 종군기자 키몬 스코르딜스가 사명감을 가지고 썼다는 강뉴(kagnew)라는 책을 접하고 단숨에 읽게 되었다. 내용은 6.25 참전국가의 하나인 아프리카 에티오피아가 황실 근위 부대인 '강뉴 부대'의 활약상을 그린 내용이다. 6천여 명을 파병한 그들은 253번의 전투에서 전승하였고 우리 전쟁고아들을 돌봐준 매우 용감하고 인간적인 군인이었다는 글을 읽고 아프리카의 가난한 나라 에티오피아를 다시금 생각하게 되었다.

우리가 알고 있는 이 에티오피아는 6.25가 끝나고 7년 동안 비 한 방울도 내리지 않아 한해 100만 명 이상 굶어 죽어간 나라다. 또 1974년부터 17년 동안 공산화되어 나라가 더욱 황폐되었고, 여기다 내전을 겪으며 아프리카에서 가장 잘사는 나라에서 가장 못사는 나라가 되었다.

우리는 1950년대 전쟁으로 많은 고아가 발생하였고 질병과 굶주림으로 허덕였던 가난한 나라였다. 당시 우리는 1인당 국민소득 50달러로 수준으로 다시는 일어설 수 없을 정도로 파괴된 나라였다. 그 때문에 세계 여러 나라로부터 도움을 받았던 나라다. 필자도 60년대 초등학교에 다니며 배급품으로 옥수수빵과 덩어리 분유를 받아먹었던 기억이 지금도 생생하다. 서로 배급 당번을 하려 했던 가난하고 배고픈 시절이었다. 지금은 다시 기억하고 싶지 않지만, 배고픔에 노릇노릇한 빵과 덩어리 분유를 급하게 먹다가 목에 걸려 혼이 난 적도 있었지만, 지금도 그 꿀맛 같던 점심을 먹어 본 기억이 별로 없다.

이처럼 우리는 전쟁으로 폐허가 된 가난한 나라였다. 세계인들조차 다시 일어설 수 없는 나라로 보았다. 완전히 망가진 폐허 속에서 분단과 냉전의 아픔을 딛고 오늘날과 같은 놀라운 경제 발전과 민주주의를 이루리라고는 누구도 생각할 수 없었다. 그런데 지금은 세계 10위권의 경제 규모를 가지게 되었고, 선진국 클럽인 OECD 개발원조위원회에 가입까지 했다. 그뿐인가. 세계평화를 위해 파병하고 유엔 사무총장까지 배출한 나라가 되었다. 이제 세계가 주목하는 나라, 월드컵과 올림픽을 개최한 나라로 그 위상이 높아지면서 우리의 문화가 세계인의 주목을 받게 되었다. 기적을 이뤄 잘사는 나라로 한류 열풍을 일으키고 있다. 필자는 그 원인을 그동안 나라를 지키기 위해 흘린 선인 (先人)들의 땀과 피의 결과물이라 본다. 또한, 세계 평화를 위해 낯선 이 땅에 목숨과 피를 흘린 수많은 파병 군인들이 있었기에 가능한 일이라 본다. 결코, 지금의 안정된 번영이 하루아침에 이뤄진 것이 아니다. 과거의 고통과 눈물을 미래 지향적인 지도력으로 이끌어온 지도자가 있어서다. 아직도 남아 있는 20%의 전후 세대들이 이를 기억하고 있다. 공산주의가 어떤 것이며, 가난한 나라에 산다는 게 얼마나 억울하고 슬픈 일인가를, 그러나 불행하게도 일부 우리 젊은이는 과거 역사를 외면하고 있는 것 같다. 노력 없이도 지금의 안정을 누릴 수 있다고 착각하고 있는 것 같다. 따라서 지나간 역사를 몰라도 앞으로만 나가면 된다는 무모함에 사로잡혀 있지만, 필자가 보기엔 이대로 가다간 역사의 의식(뿌리)이 고사되고 말 것이다. 나라의 정체성마저 흔들리게 될 것이라고 보고 있다.

우리 현재 대학생 4명 중 1명은 6.25 발발 연도조차 모르고 있으며, 북침이라고 말하는 초등학생이 70% 정도라는 발표를 봐도 오늘날 젊은이의 역사의식이 희박해지고 있다는 것을 알 수 있다. 이를 바로 잡지 않고는 우리의 미래를 담보할 수 없다는 것이다.

중국 춘추전국시대의 전략가인 손자병법에 '적을 알고 나를 알면 백전백승한다.'는 대표적인 말이 있다. 이 의미는 적을 알아야 이긴다는 말이다. 과거의 역사를 바로 알고 있어야 왜 우리가 에티오피아를 도와야 하는지 알 수 있듯이, 지나온 길은 올바른 길을 선택할 수 있는 기준이 된다. 그동안 압축 성장을 위해 수단과 방법만을 경쟁적으로 가르쳤다면, 이제는 우리의 뿌리인 역사를 철저히 가르치고 스스로 되새겨보는 소양을 키워줘야 한다. 너무 힘겹게 살아온 삶을 물려주지 않기 위해 자녀에게 물고기를 잡아주는 행위가 지속된다면 성장 동력 발전기는 멈추게 된다는 것을 명심해야 된다. 예전과 달리 지금의 치열한 국제화시대에서는 한 번 자생능력을 잃어버리면 다시는 일어서지 못한다. 더 늦기 전에 바르고 철저한 역사 교육으로 통일 대박의 대한민국을 만들어가야 한다는 말이다.

전북도민일보 2014-7-16

제 9 부

가짜가
짝퉁을 만든다

그들은 법을 지키지 않아도 되는가

4.15총선 당선자들이 걸어 놓은 현수막이 거리마다 자랑하듯 걸려 있다. 내용은 잘못된 정치문화를 새롭게 바꾸겠다는 것과 국민을 주인으로 알고 섬기겠다는 글들이 적혀 있지만, 너무도 상투적이다. 마치 동전만 넣으면 자동판매기에서 나오는 말 같아 음미할 만한 가치가 없어 보인다. 이유는 마지못해 억지 인사 같다는 것이다. 더 실망스러운 것은 법을 지켜야 할 그들이 현수막 게시대를 무시하고 눈에 잘 보이는 곳마다 장소를 불문하고 걸쳐 놓았다. 그 이유를 물어보면 지정 장소에 걸자니 절차가 귀찮고 다른 일반 현수막이 내려질 때까지 기다릴 수 없다고 할 것이다. 보통사람은 그 절차를 무시할 수 없는데, 이들은 때와 장소 구분 없이 마음대로 걸어도 되는 특권이 벌써 주어졌다고 착각하고 있는 것 같다. 혹자는 별것 아닌 것을 가지고 트집 잡는다고, 그게 무슨 큰 문제가 되냐고 핀잔을 줄지 모르지만, 기본을 무시한 당선자들의 처사가 정당하다고 볼 수 없다는 것이다. 옛말에 '바늘 도둑이 소도둑 된다.'는 말이 있다. 이들이 무시하는 하찮은 것들이 결국, 유권자를 무시하는 데서 시작된다는 점이다. 또 이들은 어겨도 되고 일반 국민은 반드시 지켜야 되는 법이란 없다. 이들은 주정차

를 위반해도 실수로 생각하고, 국민이 어기면 벌금을 내야 되는 경우도 없다. 이들이 저지르는 작은 실수도 부정부패로 이어지고, 이들의 경거망동한 행위가 나라의 질서를 어지럽게 만드는 것이다. 그 때문에 이들이 누리는 면책과 불체포로 보호받아야 하는 것이 원칙일 수는 없다. 법이란 인간이 공존하기 위해 만들어 놓은 것으로 그 어느 누구도 무시할 수 없다. 그런데도 법을 어기고 현수막을 내건 그들은 누구인가. 우리 모두가 인정하는 특권층이던가. 우리는 동의한 적이 없다. 지금이라도 국민의 정서를 존중한다면 지정된 장소에 걸려있지 아니한 현수막을 직접 회수해야 할 것이다. 그리고 의미 없는 당·낙선 인사는 거두어야 할 것이다. 국민이 당선자에게 바라는 것은 그럴듯한 공약이 아니라 가장 기본적인 법질서부터 지키는 성실한 국회의원이다.

수년 전 어느 연구 단체 조사통계에 의하면, 법을 어기는 사람의 대부분이 지도층이라 한다. 부패지수 4점 만점을 기준으로 정치인이 3.81점이며, 그다음으로 기업인이 3.60이고, 최하위가 농민으로 1.43점으로, 힘이 있는 곳은 부패하기 쉽다는 등식이 성립됨을 나타내고 있다. 이는 법 앞에서조차 군림하고자 했던 역대 특권층이 만들어놓은 결과물이다. 이제 그 꼬리를 잘라 버려야 할 때다. 대부분이 초선의원으로 출발하는 17대 국회에서조차 거듭나지 못한다면 지금의 암울한 정치 현실은 끝을 보지 못할 것이다. 국민을 무시하고 자신이 소속되어 있는 정당의 당리당략만을 주장하는 꼭두각시 노릇을 한다면, 국민은 또 속았다고 억울해할 것이다.

전북일보 2004-5-3

식파라치로 해결한다고?

언젠가 농산물 시장을 지나다 쓰레기더미를 뒤적거리던 노인을 보았다. 시들어 버려진 무청과 배춧잎 속에서 쓸 만한 것을 고르고 있었다. 문득 옛날 생각이 났다. 볏짚으로 시래기를 가지런히 엮어 응달진 처마 끝에 달아 두었다가 죽을 끓여 주셨던 어머니. 다른 사람은 몰라도 필자는 이 시래기 맛을 안다. 한겨울에 시래기와 민물고기 그리고 고추장을 적당히 풀고 자글자글 지져놓으면 그 맛은 최고의 별미였다.

그러나 요즈음엔 먹긴 해도 그 맛이 개운치가 않다. 몸에 이롭다 하여 무조건 먹었다간 낭패 보기 일쑤다. 왜냐하면, 그 출처가 분명치 않고 어디서 어떻게 누가 만들었는지 모르기 때문이다. 때깔을 좋게 하려고 농약을 치고 방부제를 뿌리는 행위가 보통의 일로 되어버렸기 때문이다. 밝은 세상에 많이 배워 절대 속지 않을 것 같은데도 그럴듯하게 포장된 현물에 속고 만다. 속을수록 불신의 골이 깊어지는 이 병은 현대의 첨단의학의 힘으로도 치유할 수 없게 되었다. 이는 양심을 저버리는 것으로 세상을 각박하게 만들어 버린다. 이제 일상처럼 되어버린 불량식품 사건들 속에서 스스로를 위로하며 살고 있다. 문제는 이런 풍토가 사그라지지 않고 더욱 지능화되고 있다는 것이다. 이제 서로 속여야 살 수 있다는 결론을 가지고 콩나물에 농약을 뿌리고, 두부에 석회를 넣고, 톱밥을 염색해 가짜 고춧가루를 만들고, 생선 배를 갈라 납덩어리를 넣거나, 공업용 기름으로 닭튀김을 해야만 잘살 수 있다고 생각하는 우리가 되어 가고 있다. 정말 우리는 적자생존의 피비린내 나는 밀림 속에 삶을 사는 것인가. 진정 속이지 않으면 그냥 당하고 마는 것인가. 더불어 공생하기 위해 상생의 정신으로 살아야 할 우리가 인간의 몸속에서 살을 파먹고 사는 기생충의 역할도 서슴없이 자행하는 불량식품 제조·판매 행위가 근절되지 않으니 참으로 안타까운 일이다.

바로 엊그제 대보름 음식을 준비하기 위해 사온 고사리 신문 포장지에서 불량식품을 제조·판매하는 행위를 신고하면 1,000만 원의 포상금을 준다는 기사가 눈에 번쩍 띄었다. 개정된 '식품위생법'을 7월부터 시행한다는 내용 끝에, 이제 거액의 포상금을 노린 '식(食)파라치'가 등장할 거라는 기사를 보며 국내산이라 표시된 고사리를 다시 한 번 살펴보지 않을 수 없었다. 포상금으로 불량식품을 근절시킬 수 있다고 믿는 국민은 그리 많지 않을 것이다. 이유는 그동안 아주 작은 식품법 하나 똑바로 세우지 못했기 때문이다. 반드시 책임져야 하는 위치에 있으면서도, 단 한 번도 책임지는 일 없이 문제를 묻어 버렸던 사람들이기 때문이다. 자기의 이익에 반하면 국민에게 책임을 전가하고, 자라목처럼 몸을 움츠리는 사람들, '아니면 말고'라는 무책임한 정치로 국민의 마음을 멍들게 하는 바로 그 사람들, 때로 돈과 권력이 있다 하여 텃밭에 자신만을 위해 먹을 것을 심어 거두거나, 대한민국을 가장 많이 사랑하는 것처럼 얘기하는 사람들을 보면 슬퍼지기까지 한다.

지금 국민은 믿고 따를 수 있는 사람을, 존경까지는 못해도 원칙을 무시하지 않는 사람을 원하고 있다. 지금처럼 부은 간 덩어리를 다스리듯 극약처방을 내리면, 이웃 간 불신과 포상금만을 올리는 일이 될 것이다. 지금이라도 문제 해결을 위해 스스로 법을 지키며, 고무줄 같은 법을 바로 잡아서, 한탕 하고 싶은 유혹을 물리칠 수 있도록 국민정서를 안정시키는 것이 불량식품 제조·판매 행위를 막는 길이다.

전북일보 2005-2-24

님비와 핌피의 줄다리기

땅거미가 질 무렵 동네 천변을 산책하고 있었다. 5월의 싱그러움이 코끝에 스치고, 졸졸졸 흐르는 냇물 소리가 귓전을 흥겹게 했다. 발걸음은 가벼웠고 기분은 마냥 유쾌했다. 점점 어두워져도 시간 가는 줄 모르고 천변을 따라 얼마를 걸었을까. 저만치 시동을 끈 트럭의 짐칸에서 인기척이 있었다. 이들은 무엇인가를 차 밖으로 내던지고 있었다. 막 마지막 짐을 내팽개치듯 쏟아놓고, 시동을 걸더니 도망치듯 달아나 버렸다. 먼지를 일으키며 사라진 자리엔 역겨운 악취가 코를 틀어막게 했다. 어두워 자세히 볼 수는 없으나 소파, 냉장고, 깨진 김 칫독 등을 버리고 간 것이었다. 일부러 다음날 오후 이 길로 퇴근했다. 차마 열거하지 못할 정도의 각종 쓰레기가 버려져 있었다. 소파는 천 갈이만 하면 쓸 수 있을 것 같았고, 냉장고 역시 서비스를 받으면 충분히 사용 가능해 보였다. 그러나 일회용 기저귀나 깨진 독, 생활 쓰레기 등은 범벅이 되어 파리 떼를 불러 모으고 있었다. 이처럼 인적이 드문 곳에 버려진 쓰레기는 비라도 오면 모두 씻겨 냇물로 흘러들어 갈 것이다.

누굴까? 도대체 무슨 생각으로 이런 곳에 쓰레기를 버리는 것일까.

모르긴 해도 본인이 사는 집은 깨끗하게 정리하며 살 것이다. 그리고 고상한 취미를 가지고 있거나, 동네에서 말마디깨나 하며 지내는 사람 일지도 모르는 일이다. 아니면 폐기물을 전문적으로 투기하는 사람이 거나, 막상 버릴 방법을 몰라 그럴 수도 있을 것이다.

얼마 전부터 이 마을에 현수막이 걸리기 시작했다. 절대 안 된다는 얘기다. '쓰레기 매립장 결사반대'라는 표현은 점잖은 편이다. 차마 지면에 옮기지 못할 정도의 섬뜩한 표현들을 전봇대마다 줄줄이 걸어 놓고, 절대 당하고만 있지 않겠다는 각오를 담고 있었다. 이는 어떠한 일이 있어도 내 집 뒤뜰에는 가져오지 말라는 님비(Nimby)현상이다. 분명 필요한 시설이지만 우리 동네만큼은 사절이라는 님비의 신드롬은 퍼지고, 결국 집단 이기주의로 발전해 미래지향적인 정책 추진의 걸림돌이 되는 것이다. 이처럼 지방자치단체는 발목이 잡혀 있고, 주민과 서로 법정투쟁을 벌여야 하는 지경에 이르렀다. 님비현상의 발생원인은, 공정성과 투명성을 합리적으로 확보하지 못한 정책에 있다고 본다. 이는 권력과 힘의 논리로 원칙과 권리마저 무시당하는 정책의 부산물인 것이다. 따라서 바보가 아닌 이상 당하고만 있을 수 없다는 것은 너무도 당연한 일이 아니던가.

지도층에 있는 사람은 무조건 투명해야 한다. 합리적이어야 하며, 어떠한 이유라도 원칙을 무시해서는 안 된다. 익산시청, 완주군청 이전 등을 놓고도 설왕설래 말이 난무한 이유는 원칙들이 무너졌기 때문이다. 지자체는 주민이 납득할 수 있는 논리를 개발하되, 공정하고 투명해야 한다. 제발 우리 집 앞마당에 지어달라고 하는 집단 핌피(Pimpy)현상 때문에 눈치를 보거나, 일관성 없는 결정을 내린다면 더 큰 상처를 입게 될 것이다. 명목상 공청회를 한다 하고 안팎으로 숨어서 실력 행사를 하면, 결국, 험한 풍랑을 만나 좌초될 것이다. 결국 서로 피해 자가 되거나 망하는 일이 생길 수도 있다는 얘기다. 요즘 원칙과 공정 성을 상실하고, 권력과 무력으로 개인의 뜻을 관철하려는 사람들로 대한민국이 시끄럽다. 때문에 세상사람 모두가 집안에 쓰레기를 아무 곳에나 버리고 싶은 게 솔직한 심정일 것이다.

'윗물이 맑아야 아랫물이 맑다.' 했듯이, 원칙 앞에서는 고하를 막론 하고 공정해야 될 것 이다. 있는 자와 없는 자를 놓고 죄를 골라 물어 서도 안 되고, 개인의 정치 생명 연장수단으로 눈치나 보며 꼬리를 내 리는 기회주의자 또한 지도자가 되어서도 안 된다. 지금처럼 중요한 현 안을 놓고 님비와 핌피 사이에서 줄다리기하는 현실이 지속한다면 미 래가 없기 때문이다.

새전북신문 2007-5-29

멍텅구리

멍텅구리는 바닷물고기 이름이다. 이 고기는 못생기고 동작이 느려서, 아무리 위급한 때라도 그 위험에서 벗어나지 못한다고 한다. 그래서 멍텅구리 같은 사람이란 판단력 없이 옳고 그름을 제대로 분별할 줄 모르는 바보 같은 사람을 일컫는 말이다. 그러나 세상엔 스스로를 가리켜 바보라고 말하는 사람은 없다. 그런데 요즈음 정치 상황을 보면 이 바닷물고기 같은 정치인들이 자주 보인다. 얼마 전에도 우리 국회의원들의 추태가 미국 시사주간지(TIME) 표지에까지 등장했다니 그 망신살이 온 세상을 뒤덮고 말았다. 어쩌다 이 모양 이 꼴이 되었는가. 어디서 그 원인을 찾아야 하는가. 정권이 바뀌면 좀 나아지려나 했는데 마찬가지가 되었다. 누구의 잘못이라고 말할 수는 없지만, 그 골이 점점 깊어지고 있는 게 정치 현실이다.

지금 여당에서는 국회폭력 법을 만들어서 처벌하겠다고 말하고 있지만, 지난 정권 때 자신들은 어떠했는가를 생각해보면 자다가도 웃을 일이다. 세상을 바르게 살라 말하는 뒤편에서 본받지 못할 일을 마치 개선장군처럼 행동하고 있는 당신들을 보면 암담하다. 이유야 어디 있든지 간에 당신들은 국민에게 본을 보여주어야 할 사람들이다. 그런데도 국회에서 주먹으로 치고 박고 싸우고는 기념사진까지 촬영까지 했다. 카메라 촬영을 즐기려는 모습처럼 보여 국민이 슬프다. 마치 당신들이 돈 받고 연기하는 탤런트처럼, 의무도 없고 책임도 없는 단역 같아 부끄럽다는 얘기다.

'장군이 병사의 마음을 가지면 군대를 통솔할 수 없다.'고 했는데, 병사처럼 굴고 있는 모습에서 대한민국의 미래를 찾을 수 없어 실망이라는 얘기다. 지금 국민은 이유를 따져서 이해할 만큼 여유롭지 못하다. 외면하고 있는 민생법안에 서민은 울고 있다. 오늘도 칼바람을 뒤로하고 어려운 경제 난국을 헤쳐 나가기 위해 현장으로 나가고 있다. 당신들은 당리당략에 눈이 멀고, 따뜻한 태국에 골프 여행을 가고 있는 사이, 대부분 국민은 내일의 경제를 염려하고 있다는 얘기다. 일이란 반드시 잘잘못이 있는 법이다. 그러나 그것을 폭력적으로 해결하는 방법은 옳지 않다. 더 나쁜 것은 힘이 있다 하여 결론을 폭력 쪽으로 유도하는 일이다. 뻔한 결론을 가지고 억지를 부리며 해볼 테면 해보라는 식의 힘 과시는 인간과 구분되는 다른 동물의 왕국에서나 있을 수 있는 일이다. 끝까지 버텨 합의점을 찾지 못하고, 지구 끝까지 가겠다는 결론은 멍텅구리나 하는 짓이다. 그러나 당신은 멍텅구리 물고기가 아니다. 잘나고 잘생겨서 국민이 선택한 사람이다. 이제 와서 이런 식으로 막가파식으로 서로 싸움질만 하면 어쩌란 말인가. 버릴 수도 없고 그렇다고 다시 선택할 수도 없고, 나라의 경제는 수렁으로 빠져들어 가는데, 모두 붙들고 몸부림쳐야 할 형편에 손을 놓고 멋대로 살면 국민은 어찌 되겠는가.

개미 생태 보고에 의하면, 개미집단의 20%만이 근면하게 일을 할 뿐 80%의 대다수는 주변에서 빈둥빈둥 놀고먹는다고 한다. 국회의원들은 당연히 20% 집단에 속해 있어야 할 것이다. 바로 당신들이 국민의 대표이기 때문이다. 심사숙고해서 소중한 한 표 한 표가 모여서 여의도로 보냈기 때문이다. 이를 모를 리 없는 당신들의 무책임한 행동으로 국민이 울고 있다. 다시 또 선거 때가 되어 구걸하듯 납작 엎드리는 당신에게는 절대 속지 않을 것이라고 다짐을 하고 있다. 정치는 상식이다. 상식에는 모든 국민이 편안하게 사는 길이 있는 법이다. 다시 말해 상식을 모른다는 것은 바닷물고기인 '멍텅구리'일 수밖에 없다는 것이다. 진정 당신들을 '멍텅구리'라고 불러도 되겠는가?

전북도민일보 2009-1-13

소박한 가치관이 경쟁력

요즈음 몰매를 맞는 '알몸 졸업식 뒤풀이'에 대해 의견이 분분하다. 대부분 사람이 지나치다고 말하지만, 일부에선 그게 무슨 대수냐고 반문하기도 한다. 이유는 젊은이로서 그럴 수도 있다는 것이다. 문제는 내가 아닌 다른 사람에게 피해를 준다는 데 있다. 자기만 좋다고 아무 곳에서나 큰소리로 노래할 수는 없는 법이다. 자기 욕구를 충족하기 위해 사회 공생 법칙을 어겨서도 안 된다. 대다수 국민이 '알몸 졸업식 뒤풀이'에 대해 염려하고 있지만, '왜 그래야 했을까?'라는 점을 간과한 것 같다. 그들이 추구하는 가치관이 어디서부터 시작되었는가를 심각하게 고민하지 않는다는 것이다.

우리 기성세대가 바쁘게 앞만 보고 달려와 잘사는 나라가 되었지만 전반적으로 불신의 골이 깊어지고 있다. 서로 타협하고 양보하고 조화를 중시하는 미덕에 대하여 소홀히 했기 때문이다. 자성의 목소리를 내면서도, 잘못에 대해서 내 탓이라고 말하며 희생하기는커녕, 지금 이 시각도 세종시 문제가 모든 매체를 점령하고 있다. 이런 이분법적인 사회의 시스템에서 순박한 청소년들은 소외되고 도태되어 병들어가고 있다. 이를 염려하는 마음으로 성급하게 내린 극약처방 대책이 언제나 일시적인 방법에 불과했다. 결국, 천문학적인 사교육비만 증가시켜 부모들의 허리만 휘게 했다. 경쟁적으로 자식의 능력을 키우기 위해 대다수가 자신의 삶을 살지 못하고, 사회가 이끄는 대로 피곤하게 사는 것이 우리 어른의 처지라는 것이다.

지금 우리에겐 '단순하고 극히 소박한 삶'의 가치관이 필요하다. 땀의 가치를 중시하는 세상이 되어야 한다. 귀하고 천한 것이 없는 기술의 가치를 인정하는 세상을 만드는 것은 어른들의 몫이다. 끝까지 고집스럽게 지켜야 할 자존심이다. 장인정신을 존중하고 본받으려는 세상, 1등을 못하면 패배라고 인정하는 사회가 아니라, 소박한 가치관을 주눅 들게 만드는 세상이 아니라, 정해진 법을 반드시 지켜야 더불어 살 수 있다는 점을 청소년들에게 가르쳐야 한다. 아무리 좋은 제도라 할지라도 이 법칙을 부시고 혼자 서려 할 때, 그 반발력은 사회를 불안하게 만들고, 또 다른 소외를 낳고, 결국 사회 불신이 팽배해져 국가 경쟁력이 떨어진다는 것을 가르쳐야 한다. 오직 소박한 가치관이 우선시될 때 국가 경쟁력이 높아지고 행복지수가 상승하게 될 것이다. 지금처럼 밴쿠버 동계올림픽 김연아와 쇼트트랙 등 많은 선수를 통하여 우리는 가장 행복했지만, 어른(정치인)들 때문에 우리나라의 행복지수가 OECD 30개 회원국 중 25위라는 부끄러운 순위에 머물고 있다는 사실을 기억해야 한다.

행복은 소박한 가치관에서 나오는 것이다. 그 가치가 땀에서 더욱 빛이 나는 것이다. 10대 경제국 안에 든 것도 따지고 보면 땀이었다. 지금 세계가 우리를 닮고자 하는 것도, UAE가 우리 정부에 원전수출 계약조건으로 KAIST·KDI·한전·산업인력공단 중, 가장 먼저 국제

기능올림픽을 주관한 산업인력공단을 양국협력기관으로 요청한 것도 우리 경제 발전이 땀과 기술을 근간으로 한 기능 강국에서 나왔다는 것을 세계가 알고 있다는 증거다.

현명한 어른(정치인)이라면 미래를 봐야 한다. 지금은 소박해도 이 힘이 세상을 지배하고 발전의 근간이 된다는 것을 믿어야 한다. 소박한 가치관이 없는 정치가는 필요 없다. 노력 없는 부자와 정치가도 필요없다. 인간성이 살아 있고, 양심과 도덕성이 살아있는 지도자가 세상을 다스릴 때 청소년이 바로서고 스스로 잘잘못을 분별하는 세상이 될 것이다. 바로 소박한 이 가치관이 이 시대의 진정한 경쟁력이란 말이다.

전북도민일보 2010-3-1

어른 노릇

아이들은 어른을 보고 자란다. 그래서 어른은 아이들의 거울이라는 말을 한다. 보고 자라기 때문에 어른은 아이에게 항상 너그럽다. 실수를 용서하고 이해하려고 노력한다. 상처를 받지 않도록 감싸주고 보호하려 한다. 그러나 어른의 잘못에 대해서는 질타를 서슴지 않는다. 더심한 말을 찾아 공격까지 한다. 이유는 그 어른의 언행이 수많은 사람에게 영향을 주기 때문이다. 잘못된 판단 하나가 국가의 운명을 좌우하거나, 이를 보고 자라는 아이들에게 평생의 짐이 되므로, 모든 어른이 규범을 지키고 양심이 살아 있어야 국민이 행복하게 된다고 생각한다.

그런데 요즈음 청문회를 보고 있자니 부끄럽다. 소위 어른이라고 하는 지도자가 뻔한 일인데도 시치미를 떼거나 별것 아닌데도 침소봉대하며 노발대발하고 있다. 정말 짜증이 난다. 분명 잘못하고 있는 것 같은데 둘러대고, 이유가 있고 증거 없으니 아니라고 잡아떼는 모습에서 환멸을 느낀다. 아예 양심은 땅속에 묻어버리고 증인석에 앉아 있는 것 같다. 이에 질문자는 흥분하며 의미 없는 소설을 쓰고 있다. 왜 이처럼 똑같은 문제를 가지고 여·야당이 상반된 결론을 내려야 하는지를 아는 국민은 피곤하다. 사실 이런 청문회는 시간과 예산 낭비이며 국민 모두에게 상처를 줄 뿐이다.

'죄송하게 생각합니다. 거울삼아 잘해 보겠습니다.' 온 국민이 지켜보는 자리에서 지도자가 되겠다는 분들이 겨우 한다는 말이 이런 수준이라면 청문회는 무용지물이라는 얘기다. 더 큰 문제는 후보자의 자세이다. 겸허하게 받아들이고 국민을 두려워하는 모습이 아니라 항변하고 싶은 심정으로 청문회에 응하고 있다는 것이다. 어떤 사람은 되레 묻고 따지려 들고 있다. '지금 질의하시는 의원님께서 처지를 바꿔 볼 때 자유로우십니까? 저 역시 의원님의 처지에서 심한 분노와 질타를 보낸 적이 있습니다. 의원님은 위장전입과 부동산 투기와 전혀 무관하십니까?'라고 말이다. 결국, 털어서 먼지 안 나는 사람이 없다는 심정으로, 작은 잘못에 대하여 주어질 권력을 포기하라는 것은 너무 억울하다는 생각을 하고 있다. 적당히 자리를 모면하고 권력을 누리겠다는 꿈에 집착하고 있는 결과다. 자신이 국민의 거울이 되어야 한다는 생각보다는 국민에게 군림하겠다는 욕심을 부리고 있기 때문이다. 따라서 이들과 함께해야 하는 국민은 불행하다. 아이들이 보고 배울까 걱정이다. 이 악순환의 고리를 끊지 않으면 우리나라엔 더 이상의 미래가 없다고 보는 국민이 많다. 따라서 악순환의 고리를 끊어야 한다. 이고래 힘줄 같은 끈을 과감히 끊어야 한다. 누군가는 피투성이가 되어야 하고 용기 있는 희생이 있어야 가능하겠지만, 현재를 사는 우리 어른이 해결해야 할 일이다. 매번 청문회 때마다 진흙투성이가 되도록 서로 물고 뜯고 싸우는 모습으로는 선진국이 될 수 없다.

그래서 묻고 싶다. '후보자와 의원님들! 끝없는 도덕적 해이로 나라가 곤두박질칠 수도 있다고 생각하지는 않습니까. 당신이야말로 지도자로서 법을 지켜야 되는데, 교묘히 법을 이용하는 나쁜 사람이라고 생각되진 않습니까. 공정성을 상실한 몸으로 청문회에 쪼그리고 앉아 말꼬리를 잡은 당신은 정말 비겁한 사람이며, 모든 것을 죄송하다는 단 한마디로 넘어가려는 당신은 교묘한 사람이라고 한다면 뭐라 하시겠습니까?'라고 말이다.

지도자 여러분! 제발 아이들 앞에서 자신의 잘못을 솔직히 인정하는 용기를 보여주기 바랍니다. 대다수 국민은 무릎을 꿇는 당신의 모습을 보고 싶어 합니다. 더욱 참신하고 능력 있는 후보자를 추천할 수는 멋있는 당신을 보고 싶어 합니다. 지금 당신 때문에 대한민국이 멍들어가고 있는 모습을 보면서도 현행법을 어기고도 아무렇지 않게 지도자가 된다면 서민들의 박탈감은 어찌하란 말입니까. 당신의 결단이 필요합니다. 바로 이것이 존경받을 만한 공직자의 기본자세입니다. 당신은 거듭되는 실수를 용서받아야 할 어린아이가 아니라 어른입니다. 그래서 더 이상의 실수를 용납할 수 없습니다. 자꾸 권력의 힘으로 도덕적 기준 잣대가 고무줄처럼 오락가락하지 마십시오. 제발 한 점의 구름 같은 권력을 포기하시고 어른으로서 체통을 지키시기 바랍니다.

전북도민일보 2010-8-26

거짓 없는 공직자 필요

'거짓은 잠시 통한다. 그러나 진실이 드러나기 시작하면 거짓을 행한 모든 것이 하루아침에 쪽박신세가 되고 만다.'고 했다. 그런데 거짓이 사라지지 않고 있는 이유가 어디에 있는가. 그것은 법을 집행하는 사람들이 거짓으로 진실을 왜곡하여 이익을 취하기 때문이다.

거짓은 진실의 탈을 쓰고 허상으로 유혹한다. 진실은 희생과 인내를 요구하거나 목숨을 담보해야 할 쓰디쓴 약이지만, 거짓은 무차별적으로 파괴하거나 진실을 왜곡하는 마약과 같은 것이다. 잡초 같은 번식력이 세상을 뒤덮을 거라고 착각할 정도로 화려하고 달콤하다. 어떤 이는 거짓이 있어 아름다우며, 속이지 못하면 성공할 수 없다는 억지소리를 하고 진실을 부정하며 살지만, 대부분 사람은 기본적인 양심을 지키며 살고 있다. 하지만 가장 소중한 양심을 저버리는 일들이 비일비재하게 일어나 불안하다. 잊을 만하면 터지는 음식 파동이 바로 그것이다. 그 수를 헤아릴 수 없을 정도로 많다. 얼마 전 맛있게 먹던 감자탕과 정수기 물에 대장균이 득실거리고, 사료용 참치 내장을 창난젓으로 둔갑시켜 100톤 넘게 팔아온 업자들이 적발되었으며, 제조과정에서 공업용 표백제까지 사용하거나, 독성 있는 지네를 만병통치약으로 선전하거나, 설사약을 다이어트 식품으로 팔아먹는 등 헤아릴 수 없을 정도로 많이 발생하고 있다.

이처럼 사람이 먹는 것까지 속이고 있다. 점점 더 그 강도가 더해가는 것은 아무래도 사회 전반에 걸쳐 있는 불신의 꼬리가 남아 있어서일 것이다. 법을 집행하는 공직자부터 법을 지켜야 함에도 그 신뢰가 바닥으로 추락한 결과일 것이다. 각 나라의 공직자 신뢰도를 보면 10점 만점에 스웨덴 6.6 일본 4.6 미국 3.8 우리나라 2.7로 나타나고 있다. 공직 기관인 국회 3.0 정당 3.3 검찰 4.3 경찰 4.5로 국민의 70%는 공직자의 절반이 부패하고, 공직자가 법을 제대로 지킨다고 보는 경우는 5%에 불과하다는 것이다.

공직자(기관)가 법을 철저하게 감시하지 못하거나 무시하면 나라의 기강은 무너진다. 우리는 그 결과를 중동에서 찾을 수 있다. 카다피를 향한 반정부 시위로 파국으로 치닫고 있는 리비아, 시민혁명운동으로 권좌를 포기한 이집트 무바라크의 눈물을 보면 감히 국민을 담보로 부정부패를 일삼은 결과가 얼마나 무서운가를 알 수 있다. 지금 북한은 모르긴 해도 중동에서 벌어지고 있는 사태를 보면서 전전긍긍하고 있을 것이다. 북한 주민은 입이 있어도 말하지 못하고, 눈이 있어도 보지 못하며, 귀가 있어도 듣지 못하고 있다. 그러나 그것도 머지않아 백일하에 드러날 것이다. 그런데도 북한 독재자는 밑창이 뚫린 배를 몰고 풍랑이 이는 곳으로 가게 할 것이다. 배에서 탈출하려는 사람에게 족쇄를 채워 바닷속으로 밀어 넣을 것이다. 지금 북한은 6월에 식량 재고가 바닥난다는데, 어린이들은 영양실조로 굶고 있다는 데도 허세를 부리고, 한미 연합 훈련인 키 리졸브 연습에 대하여 '전면전'을 선포하고, '서울 불바다'를 거론하며 위협의 강도를 높이고 끝까지 거짓으로 체제유지를 꾀할 것이다.

지금 우리 정부가 해야 할 일은 여·야가 서로 싸우지 않도록 합심할 수 있는 길을 모색하는 것이다.

그러기 위해서는 공직자가 국민을 위해 모범을 보여야 한다. 그리고 공직자가 나서서 국민을 안심시켜야 한다. 거짓된 말이나 약속을 하지 말아야 한다. 공직자가 법을 지키지 않고 권력과 돈으로 무장하면 불행한 나라가 되는 법이다. 아마 김정일이 우리에게 바라는 시나리오일 것이다. 지금 우리가 할 일은 거짓 없는 공직사회를 만드는 것이다. 이를 기조로 신뢰를 회복하고 국력을 키워 나가는 것이다. 바로 그것이 북한의 경거방동을 잠재우는 길이다. 더 이상 그들을 자극하지 말고 스스로 착각에서 벗어나게 하는 방법이다. 공직사회 정직이 이런 난제를 해결하는 기본이라는 얘기다.

전북도민일보 2011-3-1

가짜가 짝퉁을 만든다

　문득 어머니가 그립다. 이맘때면 부러진 낫 몽당이를 갈아 만든 칼로 쑥을 뜯어 개떡을 해 주셨다. 먹기 싫다는 데도 꾸역꾸역 자식의 주둥아리에 밀어 넣어 먹여주었다. 언젠가 집사람에게 이 개떡이 먹고 싶다고 얘기를 했다. 그때마다 집 근처 쑥은 오염되었을 수도 있으니, 주말에 공기 좋고 물 좋은 시골 쑥으로 떡을 해주겠다고 한 지 수년이 지났다. 정말 어머니가 해주셨던 그 쑥 개떡이 먹고 싶었다. 부러 오일장에 가 사 먹으려 해도 꺼림칙하다. 혹 지저분한 쑥으로 만든 가짜 떡이 아닐까 하는 생각이 들어서다. 기다리다 못해 작심하고 직접 낫을 들고 시골 강가를 찾았다. 차를 제방 한쪽에 주차하고 지천으로 널려 있는 쑥을 낫으로 '척척' 잘라 마대자루에 가득 담았다. 이것을 집으로 가져와 깨끗하고 연한 순만을 골라 쑥떡을 해 먹었다. 그런데 왠지 부족하다. 풋풋한 쑥의 향기가 나지 않았다. 어머니처럼 싸라기 쌀이 아닌 특미(特米)로 모양을 내 만든 떡이었지만 어머니의 손맛을 느낄 수 없었다. 어머니가 빚은 떡은 뚝배기처럼 투박했다. 한입 베어 물면 은은한 쑥 내음이 입안에 가득했다. 씹는 느낌이 쫄깃쫄깃하면서도 부드러웠다. 그러나 가난한 시절 밥 대신 먹어야 했던 떡이라 먹기 싫었다. 그런데 이제 와서 자꾸만 그 떡이 먹고 싶은데 진짜 쑥인지 믿을 수가 없다는 말이다.

요즈음엔 가짜가 판치는 세상이라 개떡 하나 마음 놓고 사 먹을 수 없다. 음식물까지 짝퉁이 판친다. 농약을 뿌리고 색소를 섞고 방부제를 첨가하고 심지어는 가짜재료로 만들거나 양을 속이고, 생선엔 납 덩어리를 집어넣어 무게를 늘리는 등 차마 사람으로서는 할 수 없는 일들이 점점 늘어나고 있다. 이뿐인가. 세상사까지 진짜인가 가짜인가 혼동이 된다. 이에 속지 않으려 모든 감각을 동원하며 살지만 진짜 같은 가짜에 속는 일이 많다는 게 슬프다.

진짜(진실)란 무엇인가. 한마디로 아름답고 가치 있는 것이다. 기다림과 정성이 깃들어 있고, 그렇다고 화려하지 않으며 나부대지도 않는다. 무례하게 강요하지도 않으며, 겸손하고, 특히 정의로우며, 약자를 무시하지 않는다. 경청하고 배려할 줄 알며, 깊은 애정도 있다. 그리고 이해와 감사가 있으며, 약속을 목숨보다 소중히 여기며, 거짓말을 하지 않는다. 배신하지 않으며, 균형 잡힌 세상을 만들어 준다. 더불어 살게 하며, 아픔을 위로하게 만드는 것이 진짜의 모습이다. 반면 가짜(거짓)는 화려하다. 소란스러우며, 거만하고, 제 잘난 맛에 산다. 무섭고 두려운 존재이며, 잔인하고 오만하며, 거북하고 배은망덕하다. 상대의 아픔은 아랑곳하지 않는다. 마음에 빗장을 걸어 잠그고 오히려 화를 낸다. 모든 책임을 상대에게 돌리는 철면피다. 그리고 개인의 영달을 위해선 아무것도 가리지 않는 독식가다. 이 가짜가 지금 세상을 지배하려 들고 있다. 이를 내버려두면 지옥이 되어 버릴 것이다. 자발적인 능력으로 가짜의 유혹을 자제하지 못하면 혼돈의 세상이 된다. 이를 정부가 나서서 억제력을 발휘해 가르마를 타줘야 한다. 지금처럼 균형을 잃어버리고 국민이 다투도록 버려두면 정부는 가짜라는 얘기다. 혁신도시에 LH공사 유치를 놓고 전북과 경남이 설전을 벌이고 있는데도 침묵하는 정부, 도민이 일어나 흥분하고 박탈감에 사로잡혀 부글부글 끓고 있는데도 말이 없다. 금방이라도 화약을 들고 불속으로 뛰어들 것 같은데도, 심한 내홍(內訌)으로 치닫고 있는 모습을 보면서도 방관하는 정부를 보면 슬프다. 힘 있는 경상남도가 부럽다. 목청이 찢어지라 외치는 전북 인이 안쓰럽다는 얘기다.

필자가 보기에 전북은 그동안 힘 있는 정부와 가짜 정치인들에게 속았다. 도민 모두가 LH공사 유치를 위해 얼마나 많은 공을 들였는가. 주겠다고 했고 그럴 거라 믿었던 전북인의 배신감은 이루 말할 수조차 없다. 왜 전북은 왕따를 당하고 있는가? 그러면서도 여당 국회의원 한 명 없는가? 야당 일색으로 몰표를 준 것이 잘못이다. 애당초 LH공사 유치는 여기서부터 어긋난 것이다. 달걀을 한 바구니에 담은 당연한 결과다. 어디를 가도 전북을 대변해줄 사람이 없다는 게 가장 큰 문제라고 본다. 그래서 지금부터라도 전북의 미래를 위해 내년 총선과 대선에서 여당과 야당을 황금분할 해야 한다. 전북의 정치 구도를 바꾸지 않는 한 전북의 미래는 불투명하다. 직접 낫을 들고 쑥을 잘라 개떡을 해먹는 번거로움이 있더라도, 가짜 정치인을 속속들이 가려내야 한다. 당장 그 맛이 익숙하지 않더라도 진짜를 고르기 위한 수고를 해야 한다. 어서 빨리 전북은 LH공사 유치 실패의 박탈감에서 벗어나야 한다. 이제 와서 책임론을 내세워 분열하지 말고, 이 틈에 지역감정을 앞세우는 가짜에 현혹되지 말고, 차분히 진짜 같이 포장된 짝퉁을 골라내야 전북의 미래에 희망이 있다는 말이다.

전북도민일보 2011-5-27

국민을 속이면 공멸한다

천둥(정치적 싸움)이 잦아지면 비가 내린다는 말이 있다. 필자가 보기엔 금방이라도 폭우가 쏟아져 세상이 뒤집힐 것 같아 답답하고 불안하다. 그런데도 지도자들은 잿밥에만 관심을 둘 뿐 도리어 큰소리치며 싸움질이다. 서로 상대를 적으로 알고 박박 우기고 있다. 경청이나 배려는 찾아볼 수 없고 흑백 논리와 비리 그리고 권력 남용으로 세상을 어지럽히고 있다. 이러다 공멸하지는 않을까? 불안하다. 서로 힘을 모아 이 나라를 반석 위에 올려놓아야 함에도, 그 본분은 깡그리 잊어버리고 상대를 멱살잡이하고, 몸으로 공격하는 것도 모자라 도끼로 문짝을 부수고 최루탄을 던지며, 서로에게 막말하는 국회의원들을 보고 있자니 슬프다. 더 큰 문제는 우려했던 일들이 자꾸 벌어지고 있다는 것이다. 쓰레기장으로 가야 할 썩은 불량식품이 버젓이 우리 식탁에 오르고, 학교 폭력으로 자살하는 학생이 늘어나고 있으며, 묻지 마 범죄가 곳곳에서 벌어지고 있다. 이를 바로 잡아야 할 지도자는 당리당략에 따라 싸우고, 돈 있고 힘 있는 사람의 죄는 무죄이고, 돈 없는 약자의 죄는 유죄인 세상이 되어 가고 있다.

왜 지도자들은 현실을 무관심으로 일관하는가 묻고 싶다. 정말 피해자의 아버지라 해도 그대로 둘 것인가. 스스로를 국민의 머슴이요 국민을 대표하는 지도자라고 하면서 당리당략에 노예가 되어버린 당신들은 도대체 어느 나라 사람인가 말이다. 진정 대한민국 국민의 한 사람으로서 특별히 지도자로서 뼛속까지 각성해야 할 것이다. 마치 하루살이처럼 날뛰지 말고 뻔한 거짓으로 포장하지 말고 자중해야 할 것이다. 머리 좋다고 어렵고 헷갈리는 말로 국민을 현혹하지 말아야 할 것이다. 한 입으로 두말하지 않은 바른 양심을 가져야 할 것이다. 온갖 비리를 다 저지르면서도 말로는 가장 합리적인 진보요 가장 이상적인 보수라 말하지 말아야 하며, 잔머리로 국민을 속이며 우롱하지 말아야 한다. 분노가 폭발할 땐 이미 늦다는 것을 알아야 할 것이다.

싸움질만 하는 국회의원들과 일부 지도자에게 다시 한 번 묻고 싶다. 영남권 신공항 건설을 현 정부에서 이미 폐기한 공약인데, 국가 경쟁력 차원에서 정말 꼭 필요하다고 말하는 것이 선거와 아무런 관련이 없는가? 한미 FTA에 대하여 우리가 국가경쟁력을 가지게 하려면 운명처럼 받아들여야 한다고 했다가 이제 와서 아니라면서 아예 폐기하겠다고 하는 말은 정말 나라를 위한 것인가? 제주 강정마을의 해군기지는 국가안보를 위한 필수 요소라고 추진해야 한다더니 지금은 여러 사정을 들어 반대하는 것 또한 정말 선거하고 아무 관련이 없는 일인가? 진정 여·야 모두가 하늘을 우러러 바른 양심에서 나라의 장래를 위해 반대와 찬성을 하고 있는가 말이다. 언제는 찬성하고 입장과 정권이 바뀌니까 반대하고 그러다 은근슬쩍 모호한 언행으로 둘러대고 이러고도 지도자인가 말이다. 쓰면 뱉고 달면 삼키는 정치 쇼에 국민이 실망하고 있다. 왜 극과 극에서 서로를 향해 화살을 겨누는지 어떻게 하든 정권만 잡으면 된다는 생각 뒤에 표를 의식한 말 바꾸기라는 의견에 대해서는 뭐라 할지 궁금하다. 나라와 나라가 싸우면 전쟁이며, 한울에 사는 한민족끼리 싸우면 자멸인 것을 정말 모르는가.

제발 서로 싸우지 말자. 당신들이 서로 헐뜯고 모함하고 말을 바꾸는 막말이 판을 치는 사이에 우리의 소중한 청소년들까지 방황하고 있다. 땀의 가치를 모르는 그들의 가치관이 무너져 내리고 있다. 청년들의 순수한 꿈의 화살촉에 독이라도 칠 셈인가. 그러지 말고 서로 타협하라. 지금처럼 과열되어 폭발할 것 같은 선거로는 우리의 미래가 없다. 이대로 가면 모두 망하게 되어 있다. 차라리 이럴 바엔 선거제도를 폐지하고, 깨끗하고 정정당당히 사다리 타기라도 해라. 어차피 그 나물에 그 국밥이라면….

옛말에 '윗물이 맑아야 아랫물이 맑다.'라는 속담처럼 지도자가 깨끗해야 국민이 편안하고 살맛나는 세상이 되는 법이다. 거짓과 술책으로 국민을 속이면 우리 모두 공멸하게 된다. 모든 것을 잃고 후회하기 전에 멈춰야 현명한 지도자이며 애국자다. 국민은 지금도 기다리고 있다. 선거를 통해 새로운 화합의 시대가 열리길 말이다. 그 선거가 바로 앞으로 다가와서 하는 얘기다.

전북도민일보 2012-2-22

안전 불감증

설마가 사람 잡는다는 말이 있다. 안전 불감증에 관한 결과를 돌려서 비유한 말이다. 2년 전 벽에 사다리를 놓고 천정을 오르다 그대로 낙상해 병원에 입원한 적이 있다. 3m 높이에서 미끄러져 턱밑을 10바늘이나 꿰맸다. 오른 엄지손가락도 사다리에 으깨어져 철심을 박아 고정할 정도로 대형 사고를 당한 것이다. 조금만 주의를 기울였다면 일어나지 않았을 사고였다. 먼저, 배운 대로 사다리 설치 시 안전 각도를 준수했어야 했다. 아니면 누군가에게 사다리 끝을 잡아 달라고 부탁을 했으면 일어나지 않을 사고였다. 지금 후회해도 흉터와 아찔했던 사고 순간은 지워지지 않는다. 필자에게 순간방심이 남기고 간 상처다.

우리 주변에서 이런 크고 작은 사고가 끊이지 않고 있다. 그 원인은 안전 불감증에 있다는 얘기를 하고 싶다. 지난 22일 경북 포항제철소의 파이넥스 공장에서 폭발로 화재가 발생했다. 쇳물을 만드는 용광로에 풍구(바람을 넣는 구멍)가 막혀 가열된 공기가 위로 솟구치며 일어난 사고였다. 필자가 근무한 80년대 초에도 유사한 사고를 경험했었다. 작년 9월엔 경북 구미에서 일어난 불산 유출 사고로 23명의 사상자가 발생했다. 이 지역이 특별재난 지역으로 선포되었다는 보도화면을 보며 그 처참함에 놀라움을 금치 못했다. 지난 22일엔 LG실트론 공장에서 불산 혼합액이 누출되는 사고가 있었고, 1991년 3월에도 구미 두산전자가 페놀 원액 30톤가량을 낙동강으로 방류한 대형사고도 있었다. 이때 무색무취의 페놀 수돗물을 마신 많은 임산부가 훗날 유산, 사산 및 기형아 출산 등으로 피해를 보았다는 보도를 접하면서 그 당시 구미에서 경험했던 일들이 되살아났다. 이처럼 작업환경이 좋다는 대기업의 안전사고가 끊이지 않고 있어 지금 국민이 불안해하고 있다.

2011년 산업재해로 사망한 근로자 수가 2,100여 명에 이른다고 한다. 이는 미국, 독일, 일본 등과 비교하면 3~4배나 높은 수준이며, 더 큰 문제는 특히 우리 대기업의 안전 불감증이 매우 심각한 수준이라는 것이다. 그 주된 원인은 무사 안일한 기업의 태도에 있다고 한다. 우리 기업은 노동집약적 기업 형태에서 이익만을 추구하는 안전 불감증이라는 병을 앓고 있으며, 이를 감독하는 기관 역시 느슨한 업무 태도와 솔선수범하지 않는 지도자 사이에서 기본적인 원칙을 지키지 않은 결과라고 해야 할 것이다. 결국, 우리 사회는 이기주의와 물질 만능주의가 팽배해지고 있으며, 국민 대다수가 원칙을 지키면 손해 본다는 생각을 하고 있다. 그 때문에 일상에서 안전은 불필요한 조건일 수밖에 없다. 이익을 위해서는 수단과 방법을 가리지 않고 대충 처리하는 게 훨씬 이익이 된다는 생각이다. 바로 이런 생각이 부정부패의 고리와 연결되고, 이를 통해 사업자의 배만 불리게 되었다는 것이다. 결과적으로 안전 불감증을 치료하는 것이 사회질서를 바로잡는 것이라는 얘기다.

따라서 어려서부터 안전에 대한 중요성을 인식하는 근본적인 교육이 필요하다. 특히 안전은 행복을 지켜주고 인간의 생명과 직결되는 것임을 어려서부터 심어줘야 한다. 많은 안전사고에서 보듯이 단 한 번의 사고에도 되돌릴 수 없는 엄청난 재앙이 뒤따른다는 것을 인식해야 한다.

또한, 기업의 이익만을 추구하다 벌어진 사고에 대해서는 끝까지 그 책임을 물어야 할 것이다. 사고를 은폐하거나 축소하려는 기업에 반드시 불이익을 줘야 하고, 정부는 안전사고 관리체계를 일원화하고 경영진에 대한 책임 처벌을 대폭 강화해야 한다. 안전보다 생산성을 앞세우는 구시대적 기업 문화를 버리지 못하는 기업들은 과감히 퇴출해야 한다. 최소한의 안전 의식만 있어도 방지할 수 있는 사고를 외면하는 기업 풍토를, 과감하게 개선하도록 해당 부처는 감독과 지도를 꾸준히 해나가야 한다.

안전 불감증은 지독한 고질병이다. 인간의 감각을 둔하게 하거나 별다른 느낌이 들지 못하도록 포장된 무서운 폭탄이다. 다시 한 번 우리 주변에 안전상 문제는 없는지 확인 점검해야 할 때이다. 계절적으로 움츠렸던 몸이 나른해지는 계절에 설마가 사람 잡을 수 있다는 생각을 해야 한다. 마음속에 자리 잡은 안전 불감증을 내가 먼저 물리칠 때 살기 좋은 세상이 올 것이다. 작금에 유행처럼 번지고 있는 안전사고의 책임은 우리 모두에게 있다. 결코, 기업과 지도자 탓만이 아니라는 얘기다.

전북도민일보 2013-3-27

'을'이 살아야 '갑'이 산다

지난 5월에 남양유업 영업사원의 욕설 사건 때문에 세상 밖으로 드러난 갈등이 심각한 사회적 문제로 다뤄지고 있다. 결론은 잘못된 갑과 을의 관계가 나라를 병들게 하고 있다는 것이다. 그동안 끊임없이 을은 분노했지만, 갑은 당연한 귀결처럼 받아들인 결과 곪아 터져 버렸다. 그나마 다행인 것은 현 정부가 이 사태를 정확히 보고 팔을 걷어붙였다. 강한 의지를 가지고 바로 잡겠다고 칼을 빼 들었다는 것이다. 원칙적인 문제로 접근해 불합리성을 없애겠다는 것이다. 정말 환영할 일이다. 그러나 지난 정권처럼 흐지부지될까 염려된다.

요즘 한국산업의 심장부 역할을 했던 공업지역의 열기가 식어가고 있다는 보도가 나오고 있다. 그 원인을 대기업의 횡포 결과로 보는 시각이 많다. 물론 그 책임은 정부에 있다. 정부가 성장 위주 정책으로 대기업을 키워 왔고, 대기업은 중소기업을 자회사처럼 거느리게 되었다. 중소기업을 자신들의 성장 발판으로 삼았고, 무한정 희생양으로 삼아온 결과 중소기업은 5년을 버티기 어렵고, 살아남는 확률은 30%, 성장하여 중견기업이 되는 비율도 전체의 0.04%에 불과하다고 한다. 그래서 끊임없이 해외로 공장을 이전해 보지만 역시 성공률은 미비한 실정이다. 더 심각한 문제는 대기업마저 경쟁력을 상실하고 도태되는 기업이 늘어나고 있다. 이로 인해 지방의 경제 축이 흔들리는 소리가 들리고 있다는 것이다.

몇 년 전 간암으로 세상을 떠난 친구의 부친이 있다. 효성이 지극한 친구는 간에 좋다는 꾸지뽕나무를 구하려고 강원도 산골까지 가서 겨우 구할 수 있었다고 했다. 예전엔 쉽게 볼 수 있었던 나무였지만 누군가의 간암 치료에 좋다는 말에 무분별한 채취로 멸종위기에 처하게 된 것이다. 뿌리째 뽑아 간 결과다. 누가 뭐라 해도 대기업은 기업의 뿌리인 중소기업을 보호해야 한다. 전체업체 수의 99%에 해당하고, 종업원 수로 88%에 달하는 우리 중소기업을 뿌리째 흔들면 모두 살아남을 수 없다는 것이다. 기업의 근본 뿌리인 중소기업을 보호하지 않고는 우리 경제는 무너질 것이다. 따라서 비바람 눈보라에도 견딜 수 있을 때까지 중소기업을 가꿔나가야 한다. 자생능력을 갖출 때까지 보호해야 한다. 어렵게 시작한 중소기업에 대하여 적어도 걸음마를 뗄 때까지 우유를 주고 말을 가르치고 걸을 수 있도록 정부는 그 책임을 다해야 한다.

먼저, 과감한 지원으로 전통과 장인정신을 담아낼 수 있는 제품을 만들 수 있도록 해야 한다. 독일이나 일본처럼 장수 기업이 탄생하도록 안정적인 근로 조건을 만들어 줘야 한다. 하루살이처럼 빛만 쫓아다니다가 없어지는 중소기업의 형태로는 대기업이 더는 성장할 수 없으며, 지역경제의 근간까지 흔들리게 될 것이다. 지금 그 징후가 보인다.

지금 당장 기업의 뿌리인 중소기업을 먼저 살려내야 한다. 갑의 힘으로 꺾지 말고 물과 나무의 관계처럼 서로 상생하는 길을 택해야 한다. 좀 더디 가더라도 함께 가야 할 것이다. 다시는 대기업의 횡포 때문에 아까운 중소기업이 사라지지 않도록 일관성 있는 정책을 펴야 할 것이다. 하루속히 정부가 국민에게 신뢰를 회복하고 싱가포르처럼 기업하기 좋은 나라를 만들어 갈 때, '일자리는 많은데 일할 사람이 없다.'는 얘기가 사라지게 될 것이다. 중소기업이 안정적으로 활성화되면 작업환경이 개선될 것이고 대기업과의 임금 격차가 좁혀질 것이다. 방황하는 32만 명의 청년실업자가 중소기업으로 돌아올 것이다. 이게 바로 대기업과 중소기업의 상생(相生)이다. 이게 바로 청년실업을 줄이고 탄탄한 기업으로 성장하는 길이다. 다시 한 번 강조한다. '을'이 살아야 '갑'이 산다. 지금처럼 갑의 일방적인 횡포에 적응하지 못하고 경쟁적으로 중소기업들이 해외로 공장을 이전하고 있는 이유는 대기업에 그 원인이 있다고 본다. 더 이상의 대기업 횡포는 자멸이다. 지금 바로 중소기업을 파트너로 인정하고 함께 가야 한다. 또한, 정부는 이 현실을 직시하고 진정한 '갑'으로서 원칙과 일관성을 가지고 대기업이 중소기업에 횡포를 부리지 못하도록 관리 감독해야 한다. 그래야 우리 경제가 살고 청년실업이 해결된다.

전북도민일보 2013-6-30

제 10 부

국민이
아프다

오늘은 어제가 아니다

오늘의 위정자(어른)들은 지우개가 귀했던 초등학교 시절, 검지 손 지문에 침을 발라 공책을 박박 문지르던 생각이 날 것이다. 몇 번이고 고쳐 쓰다 보면 종이가 말려 찢어지거나, 구멍이 뻥 뚫려 다른 종이를 오려 밥풀로 붙여 쓰던 시절을 보냈다. 그러나 오늘의 아이들은 쓰다가 맘에 들지 않으면 노트를 통째로 버리거나, 컴퓨터로 숙제를 해결하는 시대에 살고 있다. 이렇게 자란 청년들과 논쟁을 벌이다 보면 결국 괜히 긁어 부스럼을 냈다는 자괴감에 빠지고 만다. 개인적인 차이는 있겠지만, 그들에겐 매정함이 있다. 현 지도자의 잘못에 대해선 지위고하를 막론하고 '확' 바꿔야 된다는 얘기를 주저 없이 한다. 나무를 옮겨 심을 수 없다면 톱으로 잘라 옮기면 된다는 생각을 가지고 있다. 이들에게 나무를 옮기려면 때와 방법이 중요하다고 말해도 별로 설득력이 없다. 이는 비단 필자만의 생각이 아닐 것이다. 살았던 시대가 다르니 당연한 일이다. 이를 어른으로서 인지하지 못하고 계속 우기면 따돌림을 당하고, 끝까지 고집을 부리면 구닥다리 영감취급을 받게 되고 만다는 얘기다.

며칠 전 개밥그릇을 딸아이(대학 3년)가 버렸다. 필자는 아파트 쓰레기장을 뒤져서 이를 다시 찾아왔다. 왜냐하면, 돌아가신 어머니가 애지중지하셨던 그릇이기 때문이다. 그러나 딸아이는 지저분하니 버려야 한다는 주장을 꺾지 않았다. 결국, 쓰레기장에 다시 버리고 말았다. 필자에겐 추억이 깃들어 있는 귀한 물건이었지만, 딸아이에겐 이미 수명을 다해 가치가 없는 지저분한 물건이었다. 이처럼 똑같은 물건을 보고도 생각이 다른 것은 당연한 일이다. 여기서 서로의 의견을 계속 주장하면 대립이 된다. 이 갈등의 골이 깊어지면 싸움과 분열이 되는 법이다. 어른이라고 개인의 주장을 기득권처럼 주장하면 개밥에 도토리 신세가 된다는 말이다. 따라서 함께하려면 누군가 양보해야 한다. 경청하고 배려해야 한다. 이게 바로 어른으로 품격을 지키는 일이다. 이를 모르고 자신의 야심은 특별하고 정당하다 말하는 국회의원들이 있다. 이는 독불장군에 불과하다. 줄줄이 수감되면서도 자신은 정당하고 부끄러운 일을 한 적이 없다고 말하는 것을 보고 젊은이들은 뭐라 할까. 한마디로 '확' 바꿔야 된다고 말할 것이다. 동정심으로 묵인하고 용서하면 더 큰 문제가 발생한다고 얘기할 것이다. 가난하게 살았던 어른들은 몽당연필을 볼펜 자루에 끼워서 끝까지 사용했던 기억을 가지고 있다. 그러나 지금 청년들은 그럴 필요도 없이 성장했기 때문이다.

오늘은 어제가 아니다. 우리 청년들은 궁색하게 자라지 않았다. 지금 어른처럼 뻔뻔스러운 국회의원들을 용서할 마음이 없다. 미꾸라지처럼 빠져나가는 데만 급급한 그들을 계속 지켜볼 마음이 그들에겐 없다. 우리와 다르다. 잘못에 대하여 관대하지 않으며, 변화를 두려워하지 않는다. 재수 없게 나만 걸렸다고 구차하게 말하는 그대로 믿지 않는다. 하루속히 어른 스스로 구습을 벗어야 한다. 청년들이 좋은 것을 보고 배우도록 길을 열어줘야 한다. 우리가 반성하지 않고 싸움을 멈추지 않으면 그들은 어른을 포기할 것이다. 그리고 한술 더 떠 지금처럼 너 심한 마약파티를 더 벌이게 될지도 모른다.

셰익스피어는 '개도 직권으로 짖으면 사람은 따른다.' 했다. 그리고 누구나 산꼭대기에 오를 수가 있지만, 거기에 오래 살 수 없다고 했다. 지도자는 권력에 대한 미련을 버려야 한다. 그 옛날의 환상에 사로잡혀 고집을 부리면 모두 망가져 버린다. 이 시대는 깨끗한 지도자를 요구하고 있다. 말만 잘하는 사람이 아니라. 작은 소리를 무시하지 않는 사람, 사람 많이 모이는 곳만 찾아가 대신 써준 축사를 읽는 사람보다는, 동네 조기 축구회에서 주민과 함께 뒹굴 수 있는 사람, 당찬 소신과 청렴함을 무기로 삼는 사람이 젊은이의 길라잡이가 되길 바라고 있다.

아직도 변화된 시대에 적응하지 못하고 구속되면서까지 자신은 아무 죄 없다 말하고 있는 국회의원이 있다는 것은 부끄러운 일이다. 세상은 변했는데 자꾸 옛날 사고에 머물러 있는 것 같아 안쓰럽다. 이제 모든 것을 내려놓고 솔직해지자. 그동안 가지고 놀았던 권력의 단맛을 토해내자. 어른이 되어서도 길들여진 그 맛에 취해 주변을 살피지 못한 것에 대하여 반성하자. 그동안 국회의원의 옷을 입고 콩밭에 가서 즐겼으면 됐다. 이제 마음을 바꾸든지 자리를 물러나든지 결정해야 한다.

지위가 높으면 그 책임 또한 큰 법이다. 그래서 혹자는 지배하기는 쉬워도 통치하기는 어렵다고 했다. 국민에게 용서를 구하고 조용히 일

기를 쓰자 어제는 정말 잘못 했다고 그리고 내일은 마음을 비우겠다
고 말이다.

전북일보 2004-2-13

정치인 또한 작은 국민입니다

　서로가 한 치의 양보가 없다. 마치 마주 보고 달리는 고속철과도 같다. 이들에게 묻고 싶다. 두 열차에 나눠 탄 작은 국민의 심정을 좀 헤아려 줄 수는 없느냐고, 같은 궤도를 달리고 있음을 모를 리 없을 터인데, 어쩌자고 자기주장만 하고 있는지, 혹시 믿는 구석이라도 있는지, 이러다가 충돌하면 어쩌려고 그러는지, 염려하는 심정으로 국민은 당신들에게 묻고 싶어 한다.

　'자기주장만 늘어놓고 있는 당신은 누구인가. 왜 국민 앞에선 상생의 정치를 얘기하고, 뒤돌아서선 멋대로 역사를 쓰려 하는가. 실패한 과거는 묻지 말라고 바락바락 우기는가. 과거가 그토록 부끄러운가. 정말 당신들은 과거 없는 현재가 있다고 믿고 있는 것은 아닌가. 그리고 자꾸 우기고 시치미를 떼려는 그 시커먼 속셈은 무엇인가. 귀를 막고 바른 소리는 듣지 않으려는 그 저의가 무엇인가.'고 말이다.

　솔직히 국회의원들을 보면 실망이 크다. 기분대로 하라면 모두 바꾸고 싶다. 아니면 심층 면접을 봐서 다시 선별하고 싶다. 정말 국민만을 위해 일 할 수 있는 사람인가, 아니면 발목을 잡고 가는 길을 방해하는 훼방꾼인가. 구분할 수 있는 탐지기라도 들이대고 싶은 게 국민의 마음일 것이다. 그러나 이제 와서 어쩌겠는가. 이미 던져진 주사위인 것을 싫으나 좋으나 선택했으니 어쩔 수 없이 지켜볼 수밖에 없다는 것을 잘 알고 있다. 국민은 이 점을 이용해 혹 우롱하지는 않을까 염려하고 있다. 혹 4년 동안은 마음대로 해도 된다는 생각에 경거망동하지 않을까 걱정하고 있다. 그래서 부탁한다. '약속을 지키지 않아도 좋다. 앞으로 나가려는 발전의 발목을 잡고 훼방하지나 마라, 규칙을 깨고 깽판을 치면 그 피해가 국민에게 간다는 사실을 알고 자중하라. 말도 안 되는 소리로 어깃장을 놓으며 자신의 언행을 정당화시키려 마라, 지역 주민을 위한다는 명목을 내세워 설레발을 치지 마라, 진정 드라마의 주인공처럼 감동적인 정치를 못 해도 좋으니 제발 생각하고 말하고 행동하라. 정말 이런 행위가 정치 생리학상 불가능하다면 차라리 침묵하라, 바로 그것이 국민과 나라를 위한 길이다.'라고 말이다.

필자가 보기엔 이대로 가면 여·야 중 어느 쪽인가는 불행을 자초하는 원인 제공자가 될 것이다. 경우에 따라선 엄청난 결과로 다시 회생할 수 없는 파국에 이르게 할 수도 있을 것이다. 그런데도 자신과 당만을 위해 싸우기만 한다면 당신들은 정말 나쁜 사람들이다. 이제 그 싸움을 끝내고 감동적인 정치를 부탁한다.

아테네 올림픽 여자 양궁단체전 박성현의 마지막 화살이 1점 차이로 승패를 가르자, 온 국민은 길길이 뛰며 감동했다. 눈시울을 적시며 "대~한민국!"이라 외쳤다. 왜 우리는 그토록 기뻐했는가. 거대 중국을 이겨서가 아니다. 금메달을 하나 추가했다는 사실에 고무되어서도 아니다. 완전한 승리였기 때문이다. 돈을 주었거나 훔쳐 오지 않았으며, 오로지 순수한 피와 땀의 결실이었기 때문이다. 이것이 국민에게 진한 감동을 주었고 그래서 자랑하고 기뻐한 것이다.

지금처럼 상대를 의식적으로 무시하는 정치판에서 무조건 자기편만을 옹호하는 패거리 정치는 이제 그만 할 때가 되었다. 아직도 끝까지 가보다가 '아니면 말고'라는 말 한마디로 덮으려 한다면 지도자의 자격을 이미 잃은 것이다. 국가를 위하고 국민을 위한다는 말은 이제 하지 말자. 지금처럼 어려울 때일수록 대다수가 인정하는 감동 정치만이 국민을 안심시킬 수 있다. 아직도 혼란 속에서 이순신 장군 동상만을 보고 살아야 하는 국민 앞에 책임을 질 줄 아는 사람, 말보다는 실천을 앞세우는 사람, 자기 눈에 티를 볼 줄 아는 사람, 잘못을 곧바로 인정하는 사람, 상대의 얘기를 끝까지 경청할 수 있는 지도자가 절실히 필요하다.

이제 우리도 경제 10위권에 나라답게 정권이 바뀔 때마다 길라잡이가 없던 방황을 끝내야 한다. 당리당략만을 위하는 정치판 속에서 벗어나야 한다. 언젠가 당신들도 때가 되면 작은 국민이 되어 뒷방으로 밀려나게 된다는 사실을 명심하고 소신 있는 정치인이 되길 바란다.

전북일보 2004-10-5

국민을 더 이상 울리지 마십시오

밤새 울어서 다시 살아올 것 같으면 울겠다. 그들의 죽음 앞에 넋을 잃고 있을 그의 부모를 생각하면 가슴이 떨리고 답답하다. 이럴 땐 무슨 말을 해야 하는가, 뭐라고 해야 위로의 표현이 되는가. 오늘 아침은 해마저 구름 뒤로 숨어버렸다. 어둠 속에서 '정말 신(神)이 있기는 한가.' 하고 물어보고 싶다. 아니면 '신도 질투를 하는가. 너무 바쁘다 보니 미처 신경 쓸 겨를이 없었던가.'하고 따져 묻고 싶다. 일 년 전 고 김선일 씨가 머나먼 아랍 땅에서 한국인이라는 이유 하나만으로, 테러리스트에게 무참하게 살해당하더니, 전선을 지키던 8명의 젊은이가 동료의 총에 맞아 한 줌의 재가 되었다. 그들은 모두 무죄였다. 누굴 죽인 적도 없고, 그렇다고 누굴 괴롭힌 적도 없었다.

특히 고 김선일 씨는 죽음 앞에서 '나는 죽고 싶지 않다. 나는 살고 싶다.'고 처절하게 부르짖었다. 우리는 카메라 앞에서 처절하게 절규하던 그 모습을 아무 대책도 없이 지켜봐야만 했던 사람들이다. 자괴감과 무력감 속에 분노했지만, 살해자들은 복면을 쓴 채 한 젊은이의 꿈을 송두리째 앗아가 버렸다. 3년 전에는 서해교전으로 6명의 희생자가 있었다. 이들은 나라를 지키기 위해 북한군과 싸워 전사했다. 얼마 전에는 비무장지대 GP에서 한 병사가 이성을 잃고 동료에게 수류탄과 총을 난사하여 많은 젊은이가 희생되었다. 참으로 가슴 아픈 이 일을 뭐라 설명해야 할지 모르겠다. 단순히 비극적인 일로 끝을 내야 하는가. 아들을 잃은 부모에게 뭐라고 위로를 해야 하는가. 그는 외아들을 보는 것만으로 기쁨이요 자랑이었는데, 적군과 싸우다, 전사해도 땅을 치며 통곡할 일인데, 잠을 자다 단 한 마디 자기의 생각을 말하지도 못한 채 동료의 총에 맞아 한 줌의 재로 꿈을 접어야 했다니, 이게 말이 된다고 생각하는가. 그 젊은이들은 우리의 아들이요 이웃이다. 대한민국에 태어난 이유 하나만으로 이국땅과 대한민국 군 내무반에서 잔인하게 살해된 이들에게 우리는 무슨 말로도 고인의 넋을 위로할 수는 없을 것이다. 더 큰 문제는 아물지 않은 그 상처를 잊기 위해 묻고 싶어도 물을 사람이 없다는 것이다.

진정 이 아픔에 대하여 유족들은 누구에게 위로를 받아야 하는가. 창자가 뒤틀리고 얼굴이 찌그러지며 눈, 코, 입으로 쏟아지는 얼음덩어리 같은 이 가족의 슬픔을 누가 받아 준단 말인가. 도대체 누굴 응징해야 그 분통이 풀린단 말인가. 영정을 끌어안고 오열하는 저 가족이 무슨 죄가 있단 말인가. 진정 대한민국에 태어난 죄가 이렇게 크단 말인가. 최고의 애국자임을 자처하며 동네방네 설치던 그들(정치인들)은 다 어디 가고 침묵의 껍질만 남아 있는가. 그 많던 국민의 대표는 없고 누구 하나 속 시원하게 이것은 내 책임이라고 말하는 자가 왜 없는가. 온갖 권력을 다 누리면서 이런 때만 되면 왜 눈치만 보는가 말이다.

일 년 전 고 김선일 씨 생가인 부산까지 내려가, 자기 죄인 양 가족의 손을 잡고 고개를 숙였던 그 국회의원님은 어디 갔는가. 정신 차리지 못하고 어디서 아무 생각 없이 당론에 따라 삿대질만 하는 허수아비 노릇을 계속하고 있는가. 이제부터라도 국민을 위해 무엇을 해줄 수 있는가를 고민하기 바란다. 말로만 변화하고 있다거나 변할 거라는 상투어로 국민을 우롱하지 말고, 진정한 리더가 되어야 할 것이다. 만약 스스로 고통 분담 없이 세상이 변할 거라 믿는다면 도끼에 발등을 찍히게 될 것이다. 그때 가서 후회하면 늦는다. 지금 당장은 우리 앞에 피지도 못하고 죽어간 젊은이들이 있다는 사실을 직시하고 지금 대한민국이 울고 있으며, 참을 수 없는 울분을 누구에게 퍼부을지 모른 채 국민이 고통스러워하고 있다는 사실을 명심해야 한다. 당신들의 무능함으로 국민을 울리지 말아야 할 것이다. 그것은 큰 범죄다. 이 모든 책임은 바로 당신들의 정치 싸움에서 비롯된 국민의 아픔이기 때문이다.

전북일보 2006-1-9

국민의 생각

요즈음 세상 돌아가는 소리가 유난히 시끄럽다. 도대체 무슨 소리인지, 누가 잘하고, 누가 속이고, 누가 누굴 힘들게 하는지, 어느 소리가 진실이고 거짓인지, 서로가 막말로 열을 내며 자기의 소리를 믿어 달라 하니, 어쩌면 좋단 말인가. 가장 애국적이고 가장 미래지향적이며, 가장 현실성 있다고 말하는 그들은 누구인가. 모두가 나라의 미래를 염려하는 애국자들인가. 그러나 국민이 보기엔 마주 보고 달리는 기차와 같다. 분명 어느 한쪽이 잘못된 정보와 아집으로 나라를 어렵게 하고 있으니 말이다. 부러진 신념으로 나라의 운명을 홍정하는 제물로 삼고, 그럴듯한 논리로 소신까지 팔며 바락바락 우기니 혼란스럽고 짜증난다며 한 노인이 쓴소리를 퍼부어대고 있다.

'우리처럼 농사짓고 사는 늙은이의 말은 쓰레기여. 세상일(정치)을 알면 얼마나 알겠나 싶어 참고 견디지만, 그래도 갑자기 떼돈을 벌었다는 바다 얘기에 속이 뒤집혀, 우리는 일 할수록 늘어나는 부채에 허탈해 견딜 수가 없는데 말여, 정치인들은 아무것도 모르고 탁상발언만 쏟아내고 있는데 앞으로 누가 농촌을 지킨댜'라고 말하며 노인은 화가 나 있었다. 여든 가까운 나이라 얼굴은 쭈부러지고, 손은 참나무 껍질처럼 말라비틀어지고, 손톱과 지문은 닳아 뭉그러져 볼품이 없었지만, 오늘도 고추 하나라도 더 따기 위해 밭으로 가며, 자신도 청년 시절에 나라를 위해 총을 들고 싸웠던 때가 있었다는 얘길 몇 번이고 반복 했다. 그리고 '말이 씨가 되는 법이여. 그리고 천둥이 잦으면 비가 오는 법이여, 무엇이든 신중혀야 혀. 절대 그놈들(북한)을 믿어서는 안 되지.'라는 말에 힘을 주었다. 이 노인의 생각을 정리해보면, 한번 흘러간 물로는 물레방아를 다시 돌릴 수 없다는 얘기였다. 나라가 어려움에 부닥치면 누가 책임을 질 거냐는 얘기다. 요즈음 경제가 어렵고 혼란스러운데, 언론마저 나랏일을 남 얘기하듯 하고, 특히 TV는 특정 연예인들의 놀이터가 되고, 그곳에서 먹고 놀고 춤추고, 3개 방송에 겹치기 출연하면서까지 뱉어내는 말에 내용이 무엇이냐고 묻고 싶다고 했다. 요즈음처럼 말 많은 세상, 그러나 깨끗하게 책임지는 사람은 없고, 지도자는 많은데 존경할 만한 사람은 없고, 모범적이어야 할 정치인들은 늘 싸움질이고, 그나마 남아 있는 법질서는 무늬뿐이라 국민은 혼란스러워 하고 있는 마당에, 왜 그들의 얘길 듣고 있어야 되냐는 말이다. 결국, 국민을 핫바지쯤으로 생각하고 목적을 위해선 거짓을 얘기해도 되냐며 연거푸 막걸리를 마셔댔다.

그 나라의 제도나 의식, 문화, 정치구조 등의 수준은 언론이 주도한다고 볼 수 있다. 따라서 언론은 더 늦기 전에 미래를 보고 프로그램을 제작해야 할 것이다. 흔들림 없는 정론으로 국민을 대변하고 기본 질서를 지켜야 할 것이다. 편하게 연예인들의 일상을 침소봉대하여 특종으로 다루는 언론은 사라져야 한다. 그들의 일상을 확대 해석해 방송으로 내보내는 것은 국민을 더욱 초라하게 만드는 일임을 명심해야 할 것이다. 이런 방송의 형태에 대해 국민은 무엇에도 현혹됨이 없어야 할 것이다. 그리고 막말을 쏟아내며 서로를 무조건 적이라 생각하는 이분법으로 모든 사안에 접근하는 정치인을 눈여겨봐야 할 것이다. 설마 머리 좋은 그들(정치가, 지도자)이 나라를 망하게 하겠느냐는 안일한 생각을 버려야 할 것이다. 절대 지금의 형태로 봐서 정치인을 믿어서는 안 된다. 그들은 어쩌면 자리만 차지하고 있는 살아있는 장식품에 불과한 사람들이다. 그들은 늘 싸우고 책임지지 않는 습관을 가지고 있으며 눈앞에 이익만을 추구하는 사람들이다. 북한의 위협을 느끼지 못하며, 나라의 흥망보다는 자신의 정치생명 연장선에서 여의도로 가는 길만 따라가는 나그네 같은 사람들이다. 국민은 이들을 좋아하지 않는다. 그렇다고 몹시 싫어하지도 않는다. 그래도 버리지 못하는 이유는 이들이 언젠가 제자리로 돌아와 그 몫을 다해주길 바라고 있는 게 국민의 생각이기 때문이다.

전북일보 2006-10-2

국민이 아프다

　16년 전의 일을 생각하면 지금도 눈물이 난다. 음주 운전자의 차(봉고)에 치여 이승을 떠난 어머니에게 오히려 독설을 퍼부어 대던 가해자의 부모를 생각하면 말이다. 살 만큼 산 노인이니 자식에게 해가 되지 않도록 합의부터 보자던 그 당당한 모습이 떠오른다.

　어머니께서는 시골의 2차 왕복 도로를 건너다 차에 들이 받혀 온몸이 부서져 버렸다. 연락을 받고 읍내 병원으로 허겁지겁 달려갔을 때, 어이없게도 부러진 다리를 고정한다고 석고를 반죽하고 있었다. 환자의 위급상황조차 판단하지 못한 의사를 원망할 여유도 없이 어머니를 모시고 전주로 향했다. 급한 나머지 가까운 개인병원에 가보았지만 거절당하고, 대학병원에 가는 동안 어머니는 거친 숨을 몰아쉬고 있었다. 아들인 난 참나무 껍질 같은 깡마른 손을 부여잡고 정신을 차려야 한다고 발을 동동거렸지만, 아픔과 공포에 질린 창백한 얼굴에서 눈물만 흘리고 계셨다. 이미 온몸이 과속 차량과의 충돌에 장기가 파열되고 뼈들이 부러져 있었다. 이런 어머니를 위해 할 수 있는 일이 전혀 없었다.

　어머니는 일흔아홉 나이에 새벽기도회를 하루도 빠지지 않았다. 식사 한 번 거르신 적 없는 건강한 노인이었다. 나들이 때면 모시 베를 직접 날고 짜신 옷을 즐겨 입었고, 참빗으로 머리를 곱게 빗고 항상 동백기름으로 깔끔하게 마무리를 하셨다. 힘든 농사일을 하면서도, 자식을 위해 생강 보따리를 머리에 이고 전국을 다시셨던 보따리 장사꾼이었다. 자식이 집을 나설 땐 늘 차 조심하라고 말하던 어머니가 피투성이가 된 채로 차에 실려 병원으로 가고 있었다. 피골이 상접한 쭈글쭈글한 손, 금방이라도 끊어질 것 같은 희미한 맥박, 따스한 온기로만 살아있음을 확인할 수 있었던 어머니가 마지막으로 남긴 한마디가 문득 생각난다. "아프다." 촛불이 꺼지듯 가까스로 토하듯 뱉어낸 그 말을 듣고도 아무것도 해 줄 수 없었던 마음이 지금도 마음 한구석에 상처로 남아있다. 사실 얼마 전까지만 해도 어머니란 말만 들어도 눈물을 주체하지 못하고, 16년이 지나서야 겨우 감정을 추스르며 지금 일기를 쓰는 심정으로 이 글을 직고 있다.

어머니의 갑작스러운 죽음은 긴 슬픔을 남겼다. 그 이유가 어디에 있든 오목가슴을 쥐어뜯는 고통이었다. 한 마디 사과는커녕 빈정대듯 말하는 가해자가 죽이고 싶을 정도로 미웠다. 솔직히 어머니의 죽음을 이용해 돈을 벌려 한다고 말할 때 총을 들고 싶었다. 늙은 사람이니 덜 서운할 거라고 말할 때 돌을 던지고 싶었다. 평상시에 잔병치레가 많았다는 억지소리를 했을 땐 더는 참을 수 없는 분노가 솟구쳤지만, 이제 시간이 흘러 모든 것을 삭혀 버렸다. 이처럼 죽음은 끝이 아니라 살아 있는 사람에겐 불행의 시작이 될 수도 있었다. 오죽했으면 고인은 가족의 기억 속에서 함께 살아간다고 했을까. 따라서 듣거나 보거나 말하지 못한다 해서 함부로 말거리를 만들면 고인과 그 유족에게 더 큰 죄를 짓게 된다는 것을 알게 되었다. 세상에 남아 자유롭다는 이유로 한 사람의 죽음에 대하여 우렁잇속 공방을 벌일 자격이 우리에겐 없다는 말이다. 지금 필자는 어떤 말로나 글로도 고 노무현 대통령을 대신할 수 없다는 말을 하고 있다. 우리는 고인의 명복을 빌어주며 죽음으로 표현하고자 했던 그 마음을 헤아려봐야 한다. 그리고 진심으로 애도해야 할 것이다. 왜냐하면, 무엇으로도 다시 생명을 되돌릴 수 없으니 말이다. 대통령이 스스로 목숨을 버렸다는 것은 나라가 그를 버렸다는 말로, 그 이유가 어디에 있던 이것은 참으로 불행한 일이다.

문득 필자 어머니가 남긴 마지막 말 "아프다."고 말하던 그 음성이 생각난다. 어머니를 생각하면 그 아픔과 고통이 뼛속으로 다시 파고든다. 그리고 대통령의 유가족이 생각난다. 필자도 국민의 한 사람으로 죄스럽고 미안한 마음으로 유가족과 고인을 향해 고개를 숙인다.

정말 슬픈 일이다. 온 국민이 비통함에 빠졌다. 대통령이 선택한 자살에 대하여 슬퍼하고 있다. 그 이유가 언젠가는 밝혀지겠지만 답답하고 안타깝다. 사실 자살이란 무책임의 끝판에 자리하고 있는 악마다. 그와의 싸움에서 생명을 내주는 것은 인간 패배이다. 아무리 억울하다 해도 그럴 수밖에 없다 해도 말이 통하지 않는다고 죽음으로 대신할 수는 없다고 본다. 물론 오죽했으면 하는 심정으로 이해할 수도 있지만, 그래도 안타깝다. 그리고 너무 슬픈 일이다. 더 국민의 마음을 아프게 하는 것은 고인에 대하여 뜬소문이 파다히 퍼지고 있다는 것이다. 죽음에 대한 진실을 왜곡하는 것은 가장 치졸하고 가장 나쁜 짓이다. 바라기는 이 아픔이 하루속히 치유되길 바란다는 얘기다.

삼가 고인의 명복을 빕니다.

전북도민일보 2009-6-10

국회의원 300명 중 출석 59명?

지난 25일 오후 첫 대정부 질문이 진행되기 전 국회에서 난데없는 출석체크를 했다고 한다. 그 결과 300명 중 59명이 출석하여 의사 정족수조차 채우지 못했다 하니 참으로 한심스러운 광경이다. 실로 그 자리는 국회의원으로서 당연히 참석해야 할 자리다. 대정부 질문은 반드시 들어야 할 소리이며 적극적인 발언이 필요한 자리다. 그런데도 참석하지 못한 것에 대하여 구차한 변명만 늘어놓았다면 이미 자격 미달이라고 본다. 말로만 국민의, 국민에 의한, 국민을 위한 정치를 하겠다고 되는 것이 아니다. 먼저 국회의원은 그에 걸 맞는 품위와 임무 그리고 그 책임을 다해야 한다는 것이다. 그게 바로 국민을 두려워하는 마음이며 국민을 주인으로 생각하는 일꾼의 기본자세인 것이다. 지금처럼 당연히 있어야 할 자리에 없고, 소속 정당에 아바타로 꼭두각시 노릇만 일삼는 국회의원이라면 우리의 미래는 어두워질 것이다.

국민의 지도자란 국민이 무엇을 원하는지 알아야 한다. 그것을 무시하고 모든 행위를 정치 생명 연장선에서 바라보면 민생이 불안해진다. 권력의 그늘만을 찾아 똬리를 틀면 사회가 부패하고 막장으로 갈 수밖에 없다는 얘기다.

많은 석학은 10년 후 한국의 놀라운 변화를 얘기하고 있다. 한국의 변화 속도가 세계에서 가장 빠른 나라가 될 거라는 예측을 내놓고 있다. 한마디로 상전벽해(桑田碧海), 즉 뽕나무밭이 푸른 바다가 되듯 세상이 몰라볼 정도로 바뀐다는 얘기다. 또한, 일부 경제학자들은 10년 후 한국 경제가 세계 5위로 올라선다는 조심스러운 낙관 뒤에 양극화 현상이 심화하여 분열이 일어날 수도 있다는 견해를 밝히고 있다. 이처럼 과학기술과 경제가 발달해 우리 생활이 변화된다는 점에선 매우 긍정적인 면도 있지만, 부정적인 측면에서 보면 염려되는 부분이 많다는 얘기다. 따라서 안정된 사회를 만들어 가려면 미래의 물결을 먼저 파악하고 대응하는 게 우선이지만, 그보다 우리 지도자들의 의식이 변하고 국민의 생각이 변해야 가능한 일이라고 본다.

얼마 전 동물 사료로 사용해야 할 폐닭을 식용으로 둔갑시켜 판매한 우리 지역의 업체가 경찰에 무더기로 붙잡혔다. 해썹(HACCP) 인증 업체까지 가담한 사건이라 실망감이 컸다. 또 지적 장애가 있는 자신의 친딸과 조카를 수차례 성폭행한 인면수심(人面獸心)의 아버지도 있었다. 찜질방을 돌면서 상습적으로 스마트폰을 훔친 무감각한 젊은이도 있었다. 그리고 고의로 주행 중이던 차와 부딪쳐 보험금을 타낸 사기꾼과 이와 동조한 의사들이 사회를 혼란스럽게 한 사건도 있었다. 이 모두가 모범적이어야 할 국회의원과 같은 지도자가 바로 서지 못해 벌어진 일이라고 본다. 왜냐하면, 그들은 법을 만들고 지켜야 하는 지도자이기 때문이다.

국회의원은 스스로 국민의 일꾼이라 말하고 있다. 그러나 당선되면 국민을 두려워하지 않는다. 국민을 대신해 소임을 다하라고 국회에 보내주었는데 그들은 그곳에 출석하지 않고 딴전을 피웠다면 더 이상 무슨 말이 필요하겠는가. 옛말에 '하나를 보면 열을 안다.'는 말이 있다. 지금의 국회를 보면 우리의 미래가 보인다. 더 이상 변명하지 말고, 국회의원으로서 소임을 다하기 바란다. 꺼져가는 희망의 발전소의 불씨를 살려내야 한다. 제발 돈과 권력 앞에 비굴해지지 말고 제삿밥에만 관심을 두지 말고, 당리당략에 따라 반대를 위한 반대를 하지 말고, 소신정치로 국회를 지켜나가자. 또다시 국회 대정부 질문에 국회 정원의 20%밖에 출석하지 않았다는 소식이 들려오지 않도록 각성하자. 자라고 있는 어린아이들이 보고 배울까 불안하다. 10년 후 한국의 미래가 어찌 될지 불안하다.

전북도민일보:2013-4-29

지도자의 막말은 멸망의 길이다

처칠은 말을 더듬거렸다. 거기다 혀가 짧아 발음이 좋지 않았지만 한 나라의 최고 권력자가 되었고 지금까지도 명연설가이며 존경받는 지도자로 남아 있다. 불행하게도 우리에겐 이런 지도자가 없고, 막말로 5천만 국민의 마음을 혼란스럽게 하는 지도자만 득세하고 있다. 정권이 바뀔 때마다 다툼은 기본이고, 새로운 말을 만들어 비아냥거리는 모습을 보면 마치 상대가 죽어야 내가 사는 것처럼 착각하고 있는 것 같다. 지금 이 시각도 투쟁하는 싸움닭 같은 지도자가 막말을 하고 있다. 문제는 싸움의 끝이 보이지 않는다는 것이다. 싸우다 지치면 이어달리기하듯 또 다른 싸움을 계속하다 보니 이제 국민은 무엇이 진실이고 거짓이며, 정의란 무엇인지 헷갈린다는 말이다. 더 황당한 것은 서로 상대를 보며 삿대질과 막말로 윽박지르다가도, 자신의 이익을 위해선 의기투합하고 뒤돌아서면 연기자처럼 웃고 있는 모습이 얄밉기만 하다.

사실 일본 지도자가 막말하면 한목소리로 성토하면 되지만, 우리 지도자끼리 싸우며 하는 막말은 국론을 분열시키고 성장의 추진력을 상실하게 만드는 원인이 된다는 점에서 자중해야 할 것이다. 진정 나라를 위하는 지도자라면 상대의 말을 경청하고 가장 합리적인 진실에 의존해 타협할 줄 알아야 한다. 싸움에도 도리가 있는 법이다. 그런데 지도자들끼리의 싸움은 무조건 이겨야 하고 과정보다는 결과를 중시하는 까닭에 치열하다 못해 잔인하기까지 하다. 이제 진정 나라를 위하고 국민의 행복을 원한다면 태도를 바꿔야 한다. 그리고 겸손한 마음으로 허리를 굽혀 땅에 떨어진 삼강오륜(三綱五倫)을 주워 담아야 한다. 그동안 압축 성장한 경제 발전을 위해 일등만을 우대하던 풍토도 과감히 버려야 한다. 혁신이라는 명목으로 목을 조이며 몰아붙였던 막말도 삼가야 한다. 성장 위주의 혁신정책도 미련 없이 버려야 한다. 아울러 긴장되고 지쳐있는 국민을 공감 정치로 그 피로를 풀어줘야 한다. 지금껏 이룩한 경제 발전을 뒤돌아보고 소외된 국민을 위로하고 달래 줘야 한다. 지도자가 앞장서서 권력의 단맛에 대한 유혹을 물리치고 합리적인 방법으로 공감대를 형성하는 세상을 만들어 가야 한다. 그리고 우리도 흠모하고 추앙받는 지도자 탄생을 위해 진실 된 눈으로 흔들림 없이 세상을 바라봐야 한다. 특히 막말하는 지도자를 무시해버려야 한다.

말은 남을 죽일 수도 있고 죽은 사람을 살릴 수도 있고, 말(言)이 병들면 자신과 나라를 망칠 수도 있다고 한다. 칼에는 양날이 있지만, 사람의 혀에는 몇 백 개의 날이 달려 있다고 한다. 조심하고 또 조심해야 되는 것이 말이다. 별생각 없이 내뱉은 말에 개인이 상처받고 국력이 낭비되며 나라의 품격이 저하되는 법이다. 그래서 진정한 지도자라면 미리 준비한 유효적절한 단어를 선택해 절제 있는 말을 해야 한다. 전략적으로 때와 장소를 가리고 때론 침묵해야 한다. 링컨은 쉰 목소리와 사투리가 심해 말하는 소리가 듣기 거북했지만, 명연설가로 아직까지 존중받는 것은 상대를 존중하고 핵심을 찌르는 진실 되고 간결한 연설 때문이었다고 한다.

　말을 조심스럽게 해야 한다. 한 번 더 생각해보고 해야 한다. 지도자라면 거짓으로 진실을 오도하려 말고 국민이 바라봐 줄 때까지 기다리는 마음으로 말을 아껴서 하자는 얘기다. 스스로 많이 배워 유식해서 달변가라 생각하면 큰 착각이다. 말은 당신의 노예지만 입 밖으로 나오면 주인이 된다는 것을 명심해야 한다. 또한, 국민은 말만 잘하는 정치인을 신뢰하지 않는다는 것도 새겨들어야 한다. '기도 잘하는 사람은 신앙심이 의심스럽다.'라는 말이 있듯 진실이 담겨있지 않는 지도자의 말은 허울뿐이라는 얘기가 있다. 지금 우리 국민이 절실하게 원하고 있는 지도자는 원칙과 일관성이 있게 행동하는 사람이다. 더 늦기 전에 모든 지도자가 막말을 자제하고 경청하는 문화가 정착되어 공감 시대가 열리길 희망한다.

전북도민일보;2013-8-21

경고를 무시하면 재앙이 닥친다

진주만 근처를 배회하던 일본 어선을 탐지한 미 연방수사국(FBI)은 정부에 긴급보고서를 올렸다. 당시 동양에 선교사로 갔다가 돌아온 원 터저드 박사도 일본이 전쟁 준비로 광분해 있다고 경고를 되풀이했지만, 미국 당국은 신경을 쓰지 않다가 결국 많은 희생자와 배가 파괴되었다는 얘기는 픽션이 아니다. 1945년 8월 6일 일본 히로시마 상공에 미군 비행기 편대가 나타나 헤아릴 수 없이 많은 삐라를 뿌리며 50리 밖으로 대피하라 했지만 '거짓말일 거다, 공갈이다, 그때 가봐야 한다.' 면서 대다수 사람이 무시했던 결과 30여만 명의 생명과 재산이 원폭으로 잿더미가 되었다는 것 또한 사실이다. 2008년 5월 12일 중국 쓰촨 성 대지진 때 6만 9,000여 명이 사망했을 때에도 3일 전부터 두꺼비 수십만 마리가 이동하면서 도로를 뒤덮자 주민들이 불안해했지만, 두꺼비 번식기의 정상적인 이동이라고 무시했다는 얘기를 우린 들어서 안다. 우리나라도 수많은 사람이 일본의 야욕을 경고했음에도 그것을 수용하지 않아서 7년 동안 대혼란을 겪었던 임진왜란이 있었다.

이처럼 경고를 무시하면 엄청난 대가를 치르게 된다는 사실이 역사적으로 증명되고 있다. 그런데도, 우리는 지금 무엇을 하고 있느냐는 것이다. 3년 전 연평도를 폭격한 북한이 또다시 청와대를 불바다로 만들어버리겠다고 경고하고 있다. 이에 대해 우리 정치지도자들은 대책이 없는 듯하다. 여·야 시각 차이가 극과 극이다. 일부 학자들은 이로 인해 우리의 경제 성장 엔진이 꺼질 수도 있다고 말하고 있다. 그런데도 야당은 북한을 정치적으로 이용하지 말라 하고, 여당은 야당이 발목을 잡아 해볼 도리가 없다고 말하고 있다. 훗날 뭐라 평가할지는 아무도 모른다. 다만 지나온 역사가 그랬듯 분명 경고를 무시하면 재앙이 온다는 사실을 우린 알고 있다.

지도자란 앞서가는 사람이다. 국민은 그 뒤를 따라가는 무리다. 얼마 전 야당 국회의원이 경호 경계선을 넘어가 힘없는 경호원에게 시비를 걸어 난투극을 버렸다. 참으로 부끄러운 일이다. 이게 무슨 대수냐고 반문할지도 모른다. 아니, 오죽했으면 경계선을 너머가 경호원과 다투었겠냐고 할 것이다. 그럼 이렇게 묻겠다. 정말 그 방법밖에 없었는가. 공무를 수행하는 경호원이 무슨 죄가 있느냐는 말이다. 어쩌면 경호 경계선은 작은 경고일 수도 있다. 그래서 하찮게 볼 수도 있다. 문제는 모든 사건 사고의 시작은 어처구니없게도 작게 시작된다는 점이다. 많이 배우고 지혜로운 정치인이라면 기본자세부터 고쳐야 한다. 자꾸 남의 탓만 하지 말고, 우물에서 숭늉 찾지 말고 앞뒤를 헤아리는 길라잡이가 되어야 한다는 얘기다.

우린 세계 10위권에 있는 경제 강국이다. 이제 우리의 생각과 행동의 양식도 이 수준에 맞춰야 한다. 세계적으로 자랑할 만큼 국격도 향상되었는데, 당리당략에 따라 멱살잡이나 하고 있다면 개탄할 일이다. 제삿밥에만 관심을 가지면서 궤변만 늘어놓지 말고 작은 경고도 크게 받아들여야 한다. 필자가 보기엔 중요한 갈림길에 와 있는데 갈등과 혼돈 속으로 자꾸 빠져들어 가는 모습이 보인다. 그리고 믿고 따를 만한 지도자가 없는 것 같다. 유럽 일부 국가가 선심성 복지 정책으로 부도위기에 몰려 있다는 데도 없는 돈을 빌리거나 증세를 해서라도 복지 예산을 더 많이 편성하라고 생떼를 부리는 지도자들이 있다. 여기다 북한은 서울을 불바다로 만들어 버리겠다고 위협하는데, 먼저 제 밥그릇 챙기는 데만 혈안이 되어 있다. 이 모두가 국민을 위한 거라고 말하지만, 필자가 보기엔 거짓말이다. 이미 국민도 다 알고 있다. 그래서 국민의 마음을 읽는 지도자가 나오길 기다리고 있다. 진정 닥칠지도 모르는 엄청난 재앙을 대비해 미래로 안내할 수 있는 지도자를 원하고 있다. 그래야 이 나라를 지킬 수 있고 이 아름다운 금수강산을 후손에게 무려 줄 수 있기 때문이다.

전북도민일보 2013-11-27

왜 일본은 반성하지 않는가?

　유럽을 여행할 때마다 일본은 정말 대단한 나라라는 생각이 든다. 유럽 어디를 가든 일본어로 안내되고, 동양인을 보면 무조건 일본 사람이냐고 묻는 것을 봐도 그렇다. 일본은 유럽인들에게 이익을 주는 좋은 나라, 문화재를 보호하고 이해할 줄 아는 통 크고 멋있는 나라, 장인 정신으로 다져진 장수 기업과 탄탄한 기술력으로 세계국력 3위의 선진 초강대국으로, 세계 경제를 쥐락펴락할 힘 있는 나라로 인식하고 있다는 것이 유럽 현지 가이드의 설명이다. 그런데 인식에 변화가 생기고 있다. 우리의 국력이 높아지면서 유럽인들의 귀가 열리고, 실시간으로 전해오는 일본의 망언이 2차 대전의 전범 국가인 일본 과거사까지 들여다보기 시작하고 있다.

　사실 일본은 우리에게 범죄자일 뿐이다. 일일이 열거하지 않아도 우리에게 씻지 못할 만행을 저질렀으며, 그들의 비윤리성과 잔악성에 대하여 온 국민은 치를 떨고 있다. 그런데 지금도 역사 왜곡도 모자라 망언까지 퍼부어 대고 있는 것을 보면 연민의 정까지 느끼게 한다. 우리와 똑같은 인간이면서 반성과 타협, 이해, 양보 같은 DNA가 없는 사람들, 정서적으로 불안정한 안하무인의 독불장군 같다. 한마디로 한

참을 어긋난 유아독존이다. 자신과 미래를 보지 못하고 자아도취에 빠지다 보니, 공영방송 NHK 회장까지 망언의 계보를 이어가고 있다. 이처럼 이성을 잃어가는 것을 보면 일본의 발전은 이웃 나라의 영혼을 빼앗아 어부지리로 얻은 경제 발전이라는 생각까지 든다. 문제는 현재 세계시장 1위 품목이 가장 많은 일본이 수렁 속으로 빠져들고 있다고 말하는 경제학자가 많아지고 있다는 것이다.

반면 독일은 똑같은 2차 대전 전범 국가이면서도 철저한 자기반성을 하고 있다. 1970년 12월 7일 독일 브란트 수상이 폴란드 바르샤바 게토의 무명용사 기념탑 앞에서 갑자기 무릎을 꿇었다. 참혹하게 침략한 나라에 찾아가 자신들의 총, 칼에 쓰러져간 그들의 희생자의 묘 앞에서 말이다. 누가 요청한 것도 아니었지만, 스스로 독일은 온몸으로 사죄하며, 후손들에게도 철저한 반성을 요구하고 나섰다. 그들은 나치 독일군에 의해 학살된 아우슈비츠 수용소를 보존하고, 어린 학생들 수학여행 코스로 정했다. 그것도 모자라 전 세계 학생들 보는 앞에서 '너희의 조상들이 인종청소라는 명목으로 약 600만 명의 무고한 유대 인들을 학살했다.'고 설명하고 있다는 것이다. 다시는 이러한 만행이 생기지 않도록 과거를 전달하고 기억해야 한다고 가르치는 독일, 전범 자 히틀러가 수월한 전쟁 수행을 위해 만든 유럽의 정 중앙을 통과하 는 군사용 도로인 아우토반에 톨게이트를 만들지 않고 전 유럽에 지금 까지 개방하고 있듯이, 독일은 어떤 경우라도 육체적·경제적이든 책임 을 져야 한다는 생각을 하고 실천하고 있는 나라다.

일본은 독일과 똑같은 전범 국가이면서 전혀 반성할 기미조차 보이 지 않는다. 어떤 사람은 두 나라가 지리적인 특성이 달라서 일본이 사과하지 않고 있다는 견해도 있다. 독일은 주변 국가에 둘러싸여 있고 하나의 경제 테두리 안에 있으므로 어쩔 수 없이 사과했다는 말도 있다. 반면 일본은 주변 국가보다 강대국이며, 굳이 과거를 청산하지 않아도 살만하기 때문이라는 것이다. 아무튼, 일본은 우리에게 씻을 수 없는 상처를 남긴 이웃이며, 아직도 우월감을 버리지 못하고 일제 강점기 때처럼 우리를 무시하고 망언을 계속하고 있다.

일본은 왜 변하지 않는가? 그들이 보기에 우리가 좀 약하고, 일본이 무지(無知)하기 때문이다. 현재 일본은 유럽 현지 가이드가 말하는 것처럼 대단한 나라가 아니다. 그렇다고 멋있는 나라도 아니다. 우리가 일본보다 더 강해지면 일본은 자국의 학생들에게 '너희 조상들이 전쟁을 일으켰으며 너희 조상들이 대한민국의 수많은 사람을 죽게 하고, 재산과 문화재를 약탈하였으며, 인간을 생체실험과 성적 노리개 대상으로 삼는 등 인간으로서 도저히 해서는 안 되는 만행을 저질렀다. 너희는 전범자의 후손이다.'라고 가르치는 날이 분명히 올 것이다.

전북도민일보 2014-1-29

나마스떼(Namaste)!

지난 25일 네팔(Nepal)에서 발생한 진도 7.8의 강진으로 국토의 40%가 피해를 보았다. 4,000여 명의 사상자와 660만여 명의 이재민이 발생하였고, 전기와 수도가 끊겨 네팔이 혼란 상태에 빠져 있다. 피해가더 컸던 이유는 주거형태가 대부분 벽돌 쌓기로 되어 있기 때문이다. 또한, 내진 설계와는 거리가 먼 주택이라 가옥의 80%가 맥없이 무너져 내려 그 피해는 더 늘어날 것으로 추정하고 있다.

네팔은 1인당 국민소득 400달러, 면적은 남한의 1.5배로 모든 게 열악하다. 척박한 땅, 가난한 땅, 그러면서도 모든 고통을 운명처럼 받아들이면서, 세계에서 가장 낙후된 편에 속하지만, 항상 행복한 표정을지으며 살아가는 곳, 서로 존중하고 상대방을 배려할 줄 아는 유일한나라, 지구에서 가장 높고 가장 아름다운 산 8,000m급 14개의 산 중8개나 가지고 있는 위대한 나라, 세상에서 가장 아름답고 따스하며 순수한 눈빛을 가지고 있는 나라, 무거운 짐을 날라다 줘야 살 수 있는처지에도 해맑게 웃어주었던 셰르파들이 사는 나라, 지금 필자는 그들의 무사 안녕을 생각하며 마음속에서 그 길을 찾아 다시 걷고 있다.

나마스떼(Namaste)!란 네팔 어디를 가든 만나는 사람마다 수없이 주고받는 그들의 인사말이다. 이는 종교를 떠나 서로 존중하고 안녕을 빌어주는 겸양의 말이다. 이 소리를 현지에서 주고받았던 수 천 수만의 눈과 귀가 네팔의 지진현장을 향하고 있다. 그리고 아낌없는 지원의 손길로 이어지고 있다. 그 아픔을 함께하고자 동참과 기도가 계속되고 있다. 바라기는 빠른 복구가 이뤄지길, 많은 한국의 산악 영웅들이 남긴 발자국이 그곳에 그대로 영원까지 남아있길, 오랜 과거로부터 설산(만년설)을 동경하는 세계 산악인들의 바람처럼 그 산맥의 좁은 길과 웅장함 그리고 아름다움의 면모가 그대로 보전되길, 더 이상의 혹독한 시련이 없이 빠른 시일 안에 안정되길 빌며, 우리 대한민국 또한 이번 기회를 통하여 자연재해에 미리미리 대비하는 구체적인 대책을 마련하길 바란다.

우리나라도 지진의 안전지대가 아니라고 한다. 진도 규모 5 이상 지진이 육상에서 발생하면 엄청난 인명피해가 발생할 거라는 보고가 이미 나와 있다. 현재 1978년 관측 이후 지진 발생 빈도가 급속히 증가하고 있다. 한편, 현재 세계적으로 강진이 잇따르는 것을 두고, 백두산의 대폭발 징후로 보기도 한다. 백두산은 현재 침강이 멈추고 다시 융기를 다시 시작했다고 한다. 일본의 화산 전문가인 다니구치 히로미쓰(谷口宏充) 도호쿠(東北)대 명예교수는 향후 20년 안에 백두산 폭발 확률이 99%에 달한다고 학술대회에서 주장하고 있다. 지난 국정감사에서도 국토교통부가 내놓은 자료에 따르면, 전국 공동주택의 내진 설계 비율은 60%에 불과하고, 제주도는 34%로 최하위로 나타나고 있어, 지진이 발생할 경우 엄청난 피해가 예상되고 있다고 한다. 그렇다고 자연재해를 인간의 힘으로 막을 수는 없다. 다만, 재난에 대비한 구체적인 행동요령을 반복해서 습관이 될 때까지 훈련하면 그 피해는 줄일 수 있다는 의견이다. 정부도 이번 기회에 자연재해가 인재로 번져 그 피해가 더 커지지 않도록 대비책을 마련해야 한다는 얘기다.

지금 우리가 보고 듣는 네팔 현장의 보도는 남의 얘기가 아니란 얘기다. 처참한 광경을 보면서 안전에 대한 각성이 필요하다. 또 안전 불감증을 새삼 일깨워 주기 위해서라도 네팔의 고통을 같이해야 한다. 특히 정치인(지도자)은 부질없는 정치 논쟁을 끝내고 한마음으로 국민의 안전을 걱정해야 할 때이다. 미래를 보는 눈으로 국익에 도움이 되느냐를 따지기 전에, 곤경에 처해 있는 그들을 먼저 위로하고 도움을 줘야 한다. 국력에 걸맞도록 함께하고 나눔을 당연하게 받아들이는 풍토가 우리를 안정된 나라로 만들어 가게 할 것이다. 그들에겐 불행한 일이고 우리에겐 다행한 일이 아니라, 지금은 함께해야 할 고통이란 점을 인식할 때라고 본다.

비록 현재 네팔은 변변한 생활필수품 하나 만들지 못하는 가난한 나라지만, 작은 도움으로도 언제 그랬느냐는 듯 오뚝이처럼 일어설 것이다. 그리고 모든 것을 신의 뜻으로 받아들이면서 전 세계인들이 보내준 성원과 지원에 감사할 것이다. 필자는 지금 히말라야 산 자락을 마음속에서부터 걷고 있다. 그 위대하고 장엄한 히말라야 만년설을 바라보면서, 함께했던 셰르파와 원주민의 무사 안녕을 빌고 있다.

전북도민일보 2015-4-29

제11 부

대한민국의
미래를 위해

말만 잘하는 위정자는 싫다

"박 넝쿨이 에헤요 벋을 적만 같아서는 온 세상을 어리 얼시 뒤덮을 것 같더니만, 초가삼간(草家三間) 다 못 덮고 에헤요 에헤야 둥글 박만 댕글이 달리더라 에헤요 달리더라." 김소월의 넝쿨타령이라는 시의 마지막 부분이다. 왜 이 시가 자꾸만 떠올려지는 것인가. 이 당연한 사실을 두고 김소월은 무엇을 말하고자 했는가. 아마 지금 시대를 살았더라도 순박한 국민을 대신해 이런 시를 읊었을 거라는 생각을 해본다.

정말 우리 국민은 순진한가. 진정 그가 말하고 있는 것처럼 박 넝쿨이 온 세상을 뒤덮을 거라고 믿을까. 완장을 차고 말하는 그 숱한 말들을 기억이나 할까. 화려하다 못해 유치한 어휘력으로 오늘도 의미 없는 말잔치로 끝나는 말의 성찬은 계속되고 있다.

얼마 전부터 교육부총리 선택을 두고 말이 많다. 적임자라 선택받은 그가 여론의 심판대 위에서 철저하게 벗겨지고 말았다. 결국, 물러났고, 국민은 또 한 번 허탈해했다. 진정 그만한 사람이 없었는지, 있어도 자기편이 아니라 끌어내렸는지, 여·야 간 오가는 말만 거칠어질 뿐, 국민만 속이 더부룩하고 매스꺼워했다. 더욱이 큰소리치던 그가 여론에 밀리자 꼬리를 내리고 사라지는 뒷모습은 속을 아리게 했다. 그러나 잘못된 선택에 대하여 책임지겠다거나, 또다시 국민을 기만하면 세 치의 혀를 자르겠다거나, 아니면 국민 앞에 석고대죄라도 하겠다는 이는 하나도 없고, 이 시각도 자꾸 박 넝쿨이 세상을 뒤덮고 남을 거란 말만 녹음테이프처럼 반복하고 있다.

아는 사람은 말하지 않고, 말한다 해서 다 아는 것도 아니라 했다. 참으로 슬기로운 사람은 함부로 말하지 않지만, 한번 말하면 행동에 이로운 말만 한다고 했다. 말이 많고 달변이라 해서 반드시 슬기로운 것이 아니라 했고, 겉만 번지르르한 말보다는 내실이 있는지를 살펴야 한다는 교훈을 우린 알고 있다. 분명 박 넝쿨이 온 세상을 다 뒤덮을 거라 얘기해 놓고, 된서리에 넝쿨이 고실라 지자 다 도망치고 없다. 어느 한 사람 우롱해서 죄송하다거나 죽을죄를 지었으니 책임을 지겠다는 사람이 없다. 일부 위정자들은 자동판매기처럼 동전(국민의 세금)을 무기 삼아 그럴듯한 말만 뽑아내는 기계였다. 한 번 찌그러지면 다시 회복되지 못하는 빈 깡통인 그들은 진정한 리더가 아니라. 자신과 가신(家臣)을 위해 수단 방법을 가리지 않는 보스에 지나지 않았다.

그러나 어찌하겠는가. 싫어도 우리 사람인 것을. 따라서 지금은 함께 고민하고, 용서하고, 동정하며 함께 통곡할 때이다. 박 넝쿨이 세상을 덮지 못하듯, 권력 또한 아침 이슬 같은 것임을 일깨워 줘야 할 때이다. 말을 잘한다는 이유 하나만으로 얻은 빨간 완장이라면 하루빨리 벗게 하고, 그 자리에 진정한 리더의 꿈을 가진 자가 앉게 해야 할 것이다. 더 늦기 전에 냉철하게 가르마를 타야하고, 반드시 책임을 물을 수 있는 제도적인 장치를 만들어, 우리의 권리를 도둑맞지 않도록 철저한 뒷문 단속을 해야 할 것이다.

전북일보 2005-1-27

고위공직자에게 묻는다

중국이 고구려사를 왜곡한다 하여 울분을 토하던 기억이 채 가시기도 전에, 또다시 일본의 독도 영유권 주장으로 나라가 어수선하다. 중국은 아예 눈과 귀를 막고 고구려사를 중국사로 편입시키기 위해 대대적인 복원 사업을 벌이고 있고, 일본은 갑자기 독도가 자기 땅이라고 주장하고 나서자 온 나라가 야단법석이다. 그러나 소리만 요란할 뿐, 뒷북만 치고 있는 것 같아 씁쓸하다. 마치 소경이 눈먼 말을 타고 달리는 것 같아 불안하다. 국민이 손가락을 자르고 목이 터지라 울분을 토하고 있지만, 이 지경이 되도록 아무런 대책이 없었던 그들(고위공직자)이 최선을 다하고 있다는 말만 하고 있으니 답답한 일이 아닐 수 없다.

그동안 철저한 준비로 대비해왔다는 그들에게 묻고 싶다. 고구려사를 왜곡하고 있는 중국 정부에 대하여 속 시원하게 항의 한번 해 본 적이 있었는가. 독도를 훔쳐가려는 일본의 음모를 짐작했음에도 불구하고, 새로 취임한 경찰 책임자의 독도 방문을 막았던 이유를 설득력 있게 말할 수 있겠는가. 그렇다고 가야 할 당위성에 대하여 한 마디 주장도 없이 방문을 취소한 그 또한 진정 독도를 사랑하는 경찰의 최고 책임자였나, 이제 와서 온 국민에게까지 개방한다니 소 잃고 외양간 고치는 격은 아닌가. 잃어버린 소(국민의 자존심)는 찾을 수 있는가. 아니면 아직도 그 소가 외양간에 있다고 착각하지는 않은가. 아무튼 인식의 차이는 있을 수 있겠으나 아무런 대책을 세워 놓지 못한 과오에 대해서는 인정해야 할 것이다.

5년 전 경찰청에서 뇌물수수와 직권남용을 비롯한 비리공직자 등 부정부패사범 5,600여 명을 검거했는데, 비리공직자가 157명, 사회지도층 인사가 32명이라는 통계를 발표한 적이 있다. 오늘날은 어떠한가. 부동산 투자에 수십억 원의 시세차익을 남겼던 경제부총리, 땅 투기로 수백억 원을 벌었지만 지난 일이니 물러날 수 없다고 한 국가인권위원장, 아들을 부정 입학시킨 전 교육부총리, 아들의 답안지를 선생이 대리 작성케 한 검사, 수십억 대의 내기 골프를 친 판사 등, 새로운 정부에 들어서도 헤아릴 수 없이 많은 비리와 부정부패가 사회 곳곳의 핵심적인 위치에서 생기고 있질 않은가. 그런데도 나라에 어려움이 생길 때마다 '나라를 위해서라면 죽음을 각오하고 싸워야 한다.'고 이순신처럼 얘기하는 소리를 듣고 있자 하니 울화통이 터질 것 같다는 얘기다.

국민은 알고 있다. 그들은 대중을 두려워하지 않는다는 것을, 국민을 주인이라고 말하는 것은 입버릇이라는 것을, 누군가 대중이란 대단히 어리석을 수 있다고 했다. 자신에게 이로운 일조차 힘들고 불편하면 실천하기를 망설인다고 했다. 그러나 한뜻으로 단결될 때 분출되는 힘은 엄청난 것이라 했으니, 이순신은 '전쟁터에 나가서는 목숨을 걸고 싸워야 한다. 싸움은 머리와 요령으로 싸우는 것이 아니라, 군사 하나하나가 죽음을 각오하고 싸워야 승리할 수 있다.'고 말하고 있다. 만약 이순신이 배의 가장자리만을 꾸미려 했다면, 우리나라는 지금 일본의 지배를 받고 있을지도 모른다는 가정을 해볼 수 있을 것이다. 올바른 역사는 지식과 권력 그리고 돈만 가지고 그럴듯한 말만을 선택하여 쓰이는 드라마가 아니다. 역사에 대한 올바른 가치관과 도덕성, 그리고 역사를 사랑하는 가슴으로 쓰이는 것이다. 지금 와서 유창한 말잔치를 벌이기보다는, 이웃 나라의 불순한 행위에 대하여 눈치보듯 미봉책을 찾기보다는, 스스로를 이순신과 닮은꼴처럼 포장하기보다는, 일본에 대한 대통령의 초강경 발언이 일방적인 분노로 끝나지 않도록 그들(고위공직자)은 철저한 준비를 해야 된다고 생각하는데 어떻게 생각하는지 묻고 싶다.

전북일보 2005-3-24

지금 우리에겐 진정한 힘이 필요하다

　언젠가 운전 중 앞서가는 차를 받을 뻔했다. 곡예를 하듯 추월하는 차로 인하여 몇 번인가 급브레이크를 밟았다. 그 차가 일부러 장난을 치는 것 같았다. 비웃적대며 입에 물고 있던 담배를 창밖으로 '획' 던져 버렸다. 순간 나 자신도 모르게 분을 참지 못해, 바싹 다가가 숨넘어가듯 라이트를 깜박거렸다. 그 차는 급정거했고, 운전자가 문을 박차고 용수철처럼 뛰쳐나왔다. 젊고 건장한 사람이었다. 움칠해 하는 나에게 다가와 눈을 부라리며 하는 말. "야, ××놈아, 그래서 어쨌다는 거야, 야! 이 ×××야." 금방이라도 주먹을 휘두를 듯 윽박질렀다. 지나가던 차들이 멈췄고 구경꾼들이 모여들었다. 나 또한 문을 박차고 내렸다. "이런 싸가지 없는 놈이 버르장머리 없이 어디다 대고 지껄여." 하고 소리를 질렀다. 드라마 한 장면처럼 속 시원히 뺨따귀를 두세 번 후려치고는 복부를 샌드백을 치듯 사정없이 강타했다. 그가 개구리처럼 쭉 뻗었다. 그는 고통을 참지 못해 울었다. 이를 지켜보던 그의 친구들이 벌떼처럼 달려들었지만, 3단 공중 돌려차기로 '다다닥' 제압하곤 무릎을 꿇렸다. 그리고 젊잖게 꾸짖었다. 젊은 사람들이 그러는 게 아니라고, 그리곤 잘 타일러 버린 꽁초를 줍게 해 보냈다면 얼마나 좋았겠는가. 사실 난 차 밖으로 나가긴 했어도 아무것도 할 수 없었다. 아랫도리가 후들후들 떨려 주먹조차 힘 있게 쥘 수 없었다. 나는 최홍만(이종격투기 선수)이 아니었다. 그나마 고함을 바락바락 지를 수 있었던 것은 차 안에서 발을 동동 구르며 "아빠 참으세요, 그냥 빨리 가요."라며 울던 어린 딸들에게 보여줄 수 있는 아빠의 작은 자존심이었다. 정말 나는 무기력했다. 이 순간을 모면하려면 괴력이 필요했지만, 이들을 제압할 힘이 내겐 없었다. 결국 모여든 사람들의 구경거리가 되었고, 두 딸아이에게 초라한 아빠의 모습을 보여주고 말았다. 이럴 줄 알았으며 무슨 짓을 해서라도 덩치를 키우고 운동을 했었어야 했는데, 아니면 가스총이라도 가지고 다니든지, 아니면 유명인사가 되어 경호라도 받고 있었다면, 멋지게 제압할 수 있었는데, 피할 수도 없고, 쉽게 꼬리를 내릴 수도 없었다. 머릿속이 혼란스러웠다. 이때 뒤로 밀려 있던 수많은 차가 재촉하는 클랙슨(여론) 소리가 사정없이 쪼아대는 바람에 그 자리를 모면할 수 있었지만, 수년이 지난 지금도 그 장소를 지날 때면, 공포에 질려있던 딸의 눈망울이 떠오른다. 아마 그때 손에 권총이라도 쥐어져 있었으면 무력을 행사했을지도 모르는 일이다.

그러나 지금 생각은 다르다. 무기력한 힘도 때로 필요하다는 것과 무력은 죽은 힘이라는 것을 깨달았다. 자식이 칼로 노부모의 목숨을 거두는 무력, 정권을 잡아야 한다는 명목으로 진흙탕 속에 뒹굴고 있는 정치인들, 자국의 이익을 위해선 기본적인 양심을 사치로 아는 것 또한 무력이다. 무력의 끝은 불행이라는 얘기다. 우리에겐 살아있는 강한 국력(힘)이 필요하다. 이 힘만이 탈레반에게 억류된 19명의 생명을 지키게 될 것이다. 먼저 정부가 국민을 얼마나 귀하게 여기느냐는 것이다. 내 가족의 아픔처럼 아파하고 간절한 마음으로, 포기하지 않고 온 몸을 던져 구축하려는 책임감과 힘이 있어야 한다. 무력은 무식하고 배은망덕한 자들이 발하는 힘이다. 이는 비겁한 패배자가 사용하는 무기이며, 이를 즐겨 쓰면 반드시 망하고 만다.

진정한 힘이란 관심과 사랑이다. 아픔을 함께하고, 양보하고 신뢰하고, 희생과 헌신하는 마음이 진정한 의미에서 힘이라는 것이다. 이 힘은 욕심으로 쉽게 얻어지거나 돈으로 사고팔 수 있는 것은 아니다. 노력의 산물로, 안 쓰고 절약해야 한다. 한 줄의 책이라도 읽어야 하고, 남보다 더 일찍 일어나야 하고, 남보다 더 많은 땀을 흘려야 되는데, 지금처럼 온갖 거짓으로 바벨탑을 쌓으려는 정치인들이 많을수록 국력은 쇠잔해질 것이다. 여기에 빌붙어 힘을 나눠 가지려는 사람이 득세할수록, 억울한 서러움에 땅을 치며 우는 국민이 늘어날 것이다. 아니, 대한민국의 국민으로 태어난 것을 원망하며, 모든 국민이 총을 들고 직접 아프가니스탄으로 가게 될지도 모른다. 지금 우리에겐 진정한 힘이 필요하다.

새전북신문 2007-8-2

무늬만 있는 정책실명제는 필요 없다

'정치는 항상 흐르는 물과 같아서, 계속 문제가 생기고 또 다른 사건이 연속적으로 밀려오는 법이다. 한 번 밀리면 계속 밀리게 되고, 이전 것은 쉽게 잊어버린다. 책임을 물으면 그건 내 소관이 아닌 전임자의 소관이라고 말하면 끝이다.' 라고 말하지 않는 정치인들은 얼마나 될까.

정치 실세의 공약을 무턱대고 진행하다 낭패 보는 경우가 허다한 현실에서, 국민은 이들이 버리고 간 잔해를 줍는 뒤치다꺼리나 하는 것 같아 너무 안타깝다. 언젠가 야간에 실습실 개방을 학생에게 허락하며 문단속을 수차례 당부한 적이 있다. 그런데 다음 날 문은 열려 있었고, 온풍기는 밤새 동작하고 있었다. 당연히 그 학생을 불러 자초지종을 물었으나, 책임을 전가하기에 급급했다. 마지막으로 전달받은 학생은 열쇠가 없어 문을 잠그지 못했다고 한다. 전열기를 끄지 못한 이유 대해선 깜빡 잊어버렸다는 것이 전부였다. 만약 전기 과열로 화재가 발생했다거나, 도난 사고가 있었다면 누구에게 그 책임이 있었겠는가.

책임이란 무엇인가. 사전적인 의미로는 맡아서 해야 할 임무나 의무, 어떤 일에 관련되어 그 결과에 대해 책임지는 의무나 부담, 또는 그 결과로 받는 제재, 위법한 행동을 한 사람에게 법률적 불이익이나 제재를 가하는 일이라고 나와 있다. 그러나 이 책임이 권력과 돈 앞에서는 강제되지 않는 종이호랑이에 불과한 것이 근본 문제다. 이 책임이 한낱 약자에게만 적용되는 게 현실이라고 본다.

정부가 힘 있는 정치꾼과 재벌에게 무기력하다는 것은 어제오늘의 얘기가 아니다. 이를 보고 있는 국민조차 불리하면 우기고 회피하고 시치미를 떼거나 거짓을 진실처럼 얘기하는 세상이 되어버렸다. 그런데도 정치지도자들은 아랑곳하지 않고 권력의 줄을 잡기 위해 안달이다. 오직 정치 생명줄 연장을 위해 탈당, 분당, 합당으로 반복하는 이합집산으로 오직 권력만을 탐한다. 민의를 대표해서 앞장서서 본을 보여주거나, 희생하고 봉사하며 나라의 장래를 걱정해야 함에도 지역구 예산 확보에 정치 생명을 걸고 있다. 지역 주민이 원하는 사업의 성공 여부보다는 우선 당장 표를 얻고자 하는 예산 확보에 수단 방법을 가리지 않고 있다. 그러나 그들은 사업의 실패에 대한 책임을 지지 않는다.

얼마 전 '2008년도 전국 14개 공항 중 11곳이 적자'라는 기사를 보았다. 한화갑 공항이라고 부르는 전남 무안공항의 이용률이 2.5%, 유학성 공항이라고 하는 예천 공항은 2004년 폐쇄, 김중권 공항이라는 울진공항은 85% 공정에서 공사 중단, 김제 공항 역시 공사가 중단되어 지금은 157만 ㎡ 면적에 배추와 고구마를 심도록 농민에게 임대했다니, 이 천문학적인 국민 세금의 손실에 대하여 누가 그 책임을 져야 할지를 묻고 싶다. 지금이라도 정책추진자에게 맞춰 엉터리 용역을 맡았던 전문가들을 불러들여 따져야 한다. 그 당시 관계 공무원들을 불러 정황을 물어봐야 한다. 고속전철의 부실공사, 용산 철거민 희생자, 집집이 쌓여가는 생활의 빚 등의 원인을 찾아 반드시 그 책임을 물어야 한다. 자유에도 책임이 따르는 법이거늘, 국민이 살기 어려워 아파하고 억울해하는데 책임이 없는 것처럼 치고받고 싸우기에 급급한 정치인들은 이 세상에 필요 없다는 얘기다.

사회는 책임과 믿음 위에 서 있어야 한다. 오로지 정치권력에만 관심을 둔 정치꾼은 필요 없다. 대책 없이 모든 것을 정치적인 방법으로 해결하려 할 때 결국 나라는 더 큰 시련을 겪게 될 것이다. 국민이 평안을 누리려면 인기에 영합하여 추진하려는 정책은 발붙이지 못하게 해야 한다. 정책을 권력의 힘으로 밀어붙이려는 형태가 먼저 사라져야 하고, 반드시 실명제를 도입하여 그 책임을 물어야 나라가 바로 서게 될 것이다. 요즘 지자체마다 유행처럼 정책실명제를 내걸고 변해보겠다는 의도는 바람직하지만, 무늬만 실명제 같아 안타깝다는 얘기다.

전북도민일보 2009-3-11

2010년에는 국민적 합의를

얼마 전 일간지에서 한 장의 사진과 기사를 보았다. 지난 8월 6일에 '쌍아모'(쌍용차를 사랑하는 아내의 모임) 몇몇 회원들이 쌍용차 정문에서 강성 투쟁을 부추기던 민주 노동당 강기갑 대표에게 무릎 꿇고 펑펑 울면서 호소하고 있었다. "파업을 정치적으로 이용하지 말고 제발 국회로 돌아가 달라."는 것이다. 쌍용 사태가 6월에 들어 노조원들이 공장을 점거 농성하면서 가동이 전면 중단된 후, 농성장 분위기가 파국으로 치닫고 있을 때였다.

'쌍아모' 회원 A씨는 월급이 중단되어 생활이 힘든 것보다, 노조원들이 사제 총으로 볼트, 너트를 쏘아대는 곳으로 향하는 남편을 보고 속이 타들어 갔다고 했다. 그런데 협상이 타결된 지금까지도 우울증에 시달리고 있지만, 현재 회사의 정상 가동을 위해 노사가 함께 '한마음 인사 나누기 운동' 등을 펼치고 있는 데 대하여 다행이라고 했다. 특히 노조는 경영 정상화와 고용안정 유지를 위해 일절 쟁의행위를 하지 않겠다고 선언하고 나선 것이 반갑다고 했다. 또한, 노조가 지난 9월에 조합원 투표를 거쳐, 민주노총 산하 금속 노총을 탈퇴했다는 것이다. 이렇게 해서 쌍용자동차의 파업이 끝났다. 그런데 11일 채권 관계인 집회에서 회생 결정이 부결되었지만, 강성투쟁을 부추겼던 민주노총과 정치인이 농성 이후 한 번도 공장을 찾아오지 않았다는 것이다. 왜 그런지는 그 이유를 알 것 같다. 그래서 씁쓸하다는 것이다. 다행스러운 것은 여·야 국회의원 103명이 쌍용차 회생 탄원서를 서울 중앙지법 파산부에 냈고, 17일에는 최종 강제인가 결정이 내려졌다고 한다. 이유는 대량 실직과 협력사 연쇄파산이 지역과 국가 경제에 미치는 영향을 고려한 결정이라고 했다.

정말 아쉬운 것은 파업 전에 충분한 대화로 사태를 수습하거나, 미연에 노사 간 갈등을 방지할 수는 없었는지, 왜 모두가 상처를 받고 나서야 그런 특별 조처가 내려졌는지 유감이다. 그리고 회생 결정이 부결되었는데 파업을 부추겼던 민주노총과 정치인이 보이지 않은 것을 어떻게 이해해야 할지 모르겠다. 세상만사가 비가 온 뒤 땅이 굳은 것처럼 더 견고해진다고는 하지만 점점 갈등의 골이 깊어지는 것 같아 슬프다. 지금도 많은 노사 관련 사건이 합의를 끌어내지 못하고 서로 밀어붙이고만 있다. 결국, 파국 직전까지 몰고 가서야 실마리를 찾을 수 있을 거라는 생각에 답답하기만 하다. 정치를 잘못하는 것인가, 아니면 부추기는 강경노조에 끌려가는지 단언할 수는 없지만, 이 관계가 원만하지 못해 나라가 시끄러운 것만은 확실하다고 본다.

지혜로운 정치인이라면 국민이 무엇을 원하는지 알아야 한다. 알고도 모르는 척 욕심으로 배를 채운다면 언젠가 큰 병을 얻게 될 것이다. 정치 9단처럼 국민을 위하는 척 시위 현장을 쫓아다니지만 말고, 달면 삼키고 쓰면 뱉는 기회주의자가 되지 말고, 소신 있는 정치로, 안정되고 긴 안목을 가진 정치인, 국민을 위해 모든 것을 포기할 수 있는 정치인이 되어 주기 바란다.

국민은 쌍용자동차의 파업사태를 지켜보면서 잿밥에만 관심 있는 정치인은 싫어한다. 솔직히 책임을 지지 않으려면 간섭하지 말고, 힘 있는 것처럼 객기를 부리지도 말고, 차라리 모르는 척 조용히 있으란 얘기다.

결과적으로 나라의 위상이 높아지려면 지금의 정치인들이 변해야 한다. 우리 국민의 잠재력을 무기력하게 만드는 지금의 정치 형태로는 갈 길이 멀다. 선진국처럼 주려는 사람과 받으려는 사람이 같은 장소에 같은 목적으로 공개된 자리에서 함께해야 할 것이다. 내가 주니 당신은 무조건 받아야 된다는 논리는 억지이며 독선이다. 그것이 아무리 귀한 보석이라고 해도 받아야 하는 사람에게 필요 없을 수도 있다. 따라서 배려는 기본이고 경청은 당연한 예의가 되어야 한다. 상대를 대화로 설득하지 않고 무조건 칼(권력)을 빼 드는 것은 아주 졸렬한 행위이다.

2010년이 다가오고 있다. 새해에는 국민적 합의를 끌어내자. 여·야의 벽을 허물고 당리당략의 끈을 끊어버리고, 소신 있게 자유로운 생각과 행동의 양심을 발휘할 수 있는 정치가 되도록 초심으로 돌아가자. 그래야 땅을 치며 통곡하는 제2의 '쌍아모' 가 나오지 않을 것이다.

전북도민일보 2009-12-17

지켜야 할 가늠 줄

갈바람이 시퍼런 칼날처럼 옷깃 사이로 날카롭게 파고든다. 마지막 남은 감잎조차 떨어졌다. 까치밥으로 남겨놓은 붉은 홍시 하나가 덩그러니 남아 바람 부는 대로 불안한 그네를 탄다. 언제 떨어져 땅바닥에 으깨어질지도 모르는 홍시감을 바라보는 국민이 불안하다. 이 감을 서로(여·야) 자기 거라 다투는 사이 꼭지가 썩어 떨어질 지경이지만, 상대에게 양보할 수 없다는 이기적인 행패가 이제 지겹다. 그들은 나라를 지키고 보호해야 할 책임 있는 사람들이다. 그런데 끝없는 싸움만 하고 있는데, 연평도 하늘에서 폭탄이 떨어졌다. 설마 하던 일이 벌어지고 말았다. 국민은 당혹스럽다. 혼란스럽고 두렵다. 왜 항상 당하고 참아야만 하는지 책임 있는 지도자에게 묻고 싶은 것이 국민의 솔직한 마음일 것이다.

북한의 연평도 폭격으로 우리의 젊은 군인과 민간인이 희생되었다. 천안함 사건의 진실공방이 채 끝나기도 전에 또다시 입은 피해의 책임은 두말할 것 없이 당리당략에 따라 움직이는 정치인에게 있다고 할 것이다. 서로 협력해도 모자랄 판에 눈앞의 이익만을 좇은 싸움의 결과이다. 그동안 잘못에 대하여 끝까지 책임을 묻지 아니한 법에도 문제가 있다. 특권층이 누리는 유전무죄에도 있다. 참고 묵인한 국민에게도 그 책임이 있을 것이다. 그런데도 반성은커녕 계속 싸우고만 있다. 이제 지치기도 하련만 사사건건 부딪치며 싸우기만 한다. 그 이유는 모든 사안을 당리당략적인 차원에서 보기 때문이다. 생명줄과 같은 가늠 줄이 끊어지려 해도 양보 없이 끝까지 가려 한다. 문제가 생기면 '아니면 말고'라는 말로 책임을 회피하면 된다는 잘못된 생각을 가지고 있다. 더 큰 문제는 일방적으로 공격당한 연평도 사건을 놓고도 남의 일처럼 보면서 상대에게 그 책임을 퍼 넘긴다는 것이다. 국민의 아픔을 아랑곳하지 않고 화려한 미사여구로 포장해 정치적으로 이용한다는 것이다. 정부가 서해 5도 가운데 연평도와 우도는 대단히 전략적 가치가 높은 섬이라며, 연평도와 우도를 연결하는 NLL 선이 붕괴되면 강화도를 발판으로 서울 점령이 삽시간에 이루어질 수 있다는 위기론을 얘기하면서도, 철통같은 대비책을 준비한다고 말하면서도 현재 대피소는 40년 전에 만든 그대로라는 것이다. 주민이 들어가 피할 수 없을 정도로 낡고, 비좁고, 냄새나고, 추위를 견딜 수 없었다는 사실 하나만으로도 얼마나 무관심했는가를 극명하게 보여주고 있다고 본다.

국민을 위하는 진정한 지도자라면 흔들림 없는 철학과 정확한 기준으로 가늠 줄을 지켜야 할 것이다. 절대적인 힘으로 이 가늠 줄은 누구도 범해서는 안 된다. 바로 그것이 기본이기 때문이다. 만약 이 기본을 지키는 데 큰 무게가 느껴지면 물러나야 한다. 앉아서는 안 될 자리에 앉아 구차한 변명을 하거나, 무능함으로 자리를 지키려 한다면 모든 사람을 힘들게 하는 결과를 가져올 뿐이다.

가늠 줄을 지키고 보전하는 자리는 목소리가 크다고, 싸움을 잘한다고 주어지는 자리가 아니다. 어떤 경우라도 어느 사람도 넘보지 못하도록 가늠 줄을 지켜야 한다. 바로 이것이 지도자에게 주어진 책임이다. 권력을 가지고 마음대로 들락거리며 마음대로 해도 되는 것이 아니다. 가늠 줄은 우리 모두가 지켜야 할 마지막 보루이기 때문이다. 누구는 지키지 않아도 되는 것이 아니다. 여기에 예외는 없다. 지켜야 국민 생활이 안정되며, 국격이 높아진다. 지금처럼 일부 정치지도자가 욕심대로 가지고 노는 노리개가 아니다. 이것이 끊어지면 나라는 걷잡을 수 없는 소용돌이에 빠지게 될 것이다. 또 더 처참한 꼴로 무방비 상태에서 적으로부터 공격을 당해 공멸할 수도 있다. 정부는 이제부터라도 국민을 안심시키고 연평도 피해를 주민의 처지에서 바라보며 지원하는 데 주력해야 할 것이다.

전북도민일보 2010-11-25

대한민국의 미래를 위해

　이스라엘은 25세인 샤리트란 병사 1명을 구출하기 위해 자국에 수감된 팔레스타인 병사 1,027명을 맞교환했다는 기사를 본 적이 있다. 5년 동안 이 청년을 구출하기 위해 많은 노력을 했으나 빈번히 실패하면서도 포기하지 않고 값비싼 대가를 치르고 '자유의 몸'으로 되돌려 놓았다는 것이다. 이름하여 '이스라엘 아들'이라는 것이다. 문제는 포로 중에 민간인을 테러한 자들이 다수 포함되어 있어 희생자 가족들이 맞교환을 중지해 달라며 법원에 청원을 냈으나 대법원은 청원 기각을 내렸고, 정부에서는 반대를 무릅쓰고 정치적으로 맞교환을 결정했으며, 이에 대하여 총리는 그 가족들에게 위로의 서한을 보냈다는 것이다. 만약 우리가 이런 경우를 당했다면 어떠했을까. 물어보나 마나 심한 국민의 갈등으로 변질되었을 것이다. 정치인은 기회를 놓칠세라 정략적으로 이를 이용했을 것이고, 국론이 심하게 분열되어 혼란 속으로 몰아갔을 것이다. 이분법으로 거짓과 진실을 구분하지 못하게 진흙탕 싸움이 계속되었을 것이다.

　이스라엘은 총인구는 600만 명으로, 면적은 전라도 면적에 불과하지만, 자국민 병사 한 명을 살리기 위해 무엇이든 버릴 수 있는 위대한 나라라는 것을 입증한 사건을 우리가 간과해서는 안 된다. 미국은 6.25 한국전에서 전사한 전투기 조종사를 찾기 위해 한강 밤섬을 수중 탐사까지 하고 있다. 이웃인 일본도 밀림과 바닷속을 뒤져서 자국민 전사자의 유골을 찾기 위해 막대한 예산을 쓰고 있다. 우리도 늦게나마 6.25전쟁 50주년 기념사업의 하나로 유해발굴사업을 벌이고 있는 것은 그들이 국가를 위해 희생된 사람이기 때문이다. 그런데 아직갈 길이 먼듯하다. 6.25 전사자 유가족에게 보상금으로 5천 원을 받아가라고 보훈처가 그 가족에게 통보했다고 하니 통탄할 일이다. 어디 이게 그냥 넘겨버릴 일인가. 아니 세상에 나라를 위해 꽃다운 18세 나이에 죽어간 사람에게 설렁탕 한 그릇 값도 안 되는 돈을 보상금이라고내놓는 나라가 어디 있단 말인가. 아무리 규정과 법을 다 지킨 결과라해도, 그 유가족에게 관련 규정을 적용한 통보라니 답답하다. 진정 우리가 이처럼 상식과 순리가 통하지 않는 세상에 산다는 것이 부끄러운 일이다. 상식을 무시하면 독재가 되며, 순리를 파괴하면 자멸하는법이다. 인간은 감정을 가진 유일한 동물이다. 조금만 고개를 돌려도상식선이 보일 터인데도 법이라는 잣대로 유가족에게 실망을 안겨준정부에 대하여 심한 아쉬움이 남는다. 또, 10여 년 동안 유가족임을증명하려고 신분 확인을 위해 노력한 후손에게 보상금을 받고 싶으면군번을 찾아오거나, 소송하라고 했다 한다. 도대체 그들은 어느 나라사람인가 묻고 싶다. 이 보도에 국민 여론이 들끓자 보훈청장 등 관계자 3명이 허겁지겁 유족을 찾았다니 한심한 일이라는 얘기다. 이에 유가족은 정부가 그들의 하소연을 그나마 들어줘서 "이젠 죽어서 엄마, 오빠를 볼 낯이 생겼다."고 말하며 행복하다 했다니 고개가 절로 숙여

진다.

아름다운 대한민국은 우리 모두의 나라다. 미래에 이 땅에 태어날 후손에게 물려줘야 할 땅이다. 따라서 지켜야 하고 보존해야 한다. 특히 '대한민국의 아들'에게 나라를 지키는 것이 왜 소중한가를 가르쳐 줘야 한다. 확실한 국가관을 확립해줘야 한다. 조국이 무엇을 의미하고 우리의 선조가 어떻게 지켜온 나라인가를 느끼게 해야 하고, 국민을 어떻게 보호하는지를 보여줘야 한다. 이번처럼 황당한 일로 실망하거나 나라의 격이 훼손되는 일이 다시는 없어야 할 것이다. 전쟁에 죽어간 사람이 있어 지금 우리가 있다. 그들에게 국가에서 최고의 예우를 다하고, 조국을 위한 희생이 개인과 가문의 영광으로 남을 수 있도록 제도적인 뒷받침을 해야 한다. 지금처럼 법이 그러하니 어쩔 수 없다고 말하는 그들을 보면 지나가던 개가 웃을 일이다. 또한, 이 일을 정부가 모른 척한다면 국방의 의무를 다하는 자가 바보가 되어 이 나라는 적으로부터 지킬 수 없게 된다는 것이다. 따라서 대한민국의 미래를 위해 정략적인 방법에 의존하는 지도자보다, 상식적이고 순리가 통하는 사람이 10.26단체장으로 당선되어야 할 것이다.

전북도민일보 2011-10-26

2011년 끝자락에서

사다리에서 떨어져 입원 치료를 받은 적이 있다. 백두산을 종주(縱走)하다 조난을 당하여 하산 길에 바위 밑으로 굴러 떨어진 적도 있고, 어머니가 시렁 위에 감춰놓은 곶감을 꺼내 먹기 위해 베개를 쌓고 올라가다가 떨어진 적도 있다. 하마터면 죽을 수도 있었던 일이다. 이처럼 떨어진다는 것은 죽음을 의미하기도 하고, 죽는다는 것은 이 세상에서 누렸던 모든 것을 두고 간다는 생각을 하면, 중학교 때 귀에 못이 박이도록 들은 얘기가 문득 생각난다. 호사유피 인사유명(虎死留皮 人死留名)이란 말이다. 이를 풀이하면 호랑이는 죽어서 가죽을 남기고 사람은 죽어서 이름을 남긴다는 말이다. 그러나 오래오래 기억해야 할 희생자들의 이름이 벌써 잊혀 가는 것 같아 아쉽다. 그래서 2011년을 보내며 다시 한 번 되짚어 보려 한다. 이유는 그들의 희생이 헛되지 않길 바라는 마음에서다.

먼저, 중국집 배달원의 죽음이다. 그의 이름은 기억하지 못하지만, 그가 타던 오토바이와 승용차가 충돌해 세상을 떠나며 남기고 간 사연에 많은 사람을 울렸다. 오십 중반의 나이로 고시원 쪽방에 기거하며, 5년째 경제적으로 어려운 아이를 지원했고, 어린이 재단 앞으로 4

천만 원의 종신보험을 들었으며 장기기증까지 희망했지만, 무연고자인 탓에 가족을 찾는 데 시간이 걸려 장기가 손상되어 그 뜻을 이루지 못했다는 것이었다. 국민은 그를 '기부천사'라 불러주었다. 또, 어느 목사의 죽음이다. 한 쪽방촌에 개척교회를 열고 낮에는 설교, 밤에는 대리운전을 했다는 그가 교통사고로 세상을 떠났다는 내용이다. 노숙자가 찾아오면 먹여주고 재워주고 상담하고, 능력 없는 산모들에겐 기저귀와 분유를 사주는 등 평생 봉사활동에 힘썼던 그의 죽음을 많은 사람이 안타까워했다. 119 소방관의 죽음 역시 온 국민을 슬픔에 잠기게 했다. 화재현장에서 부상자를 구하고 다친 사람이 더 있다는 얘길 듣고 불 속으로 뛰어들어 정신을 잃은 할머니를 구했다는 것이다. 또다시 불 속에 갇힌 사람을 찾기 위해 수색을 하다 집이 붕괴하는 바람에 숨진 사고에 온 국민이 비통해했다. 국민을 분노케 하는 죽음도 있었다. 불법 조업 중이던 중국 어선을 나포하는 과정에서 특공대원 한 명이 사망한 사건이다. 그동안 어선의 불법행위를 단속 중 그들이 휘두른 삽과 몽둥이, 죽창 등으로 2명이 사망하고 48명이 중경상을 입었다는 보도를 보고 가슴이 먹먹해졌다. 중국과의 외교적인 마찰을 피하려는 정부의 태도가 강력진압에 걸림돌이 됐으리라 짐작은 하지만, 주권 확립과 국내 어민을 보호하기 위해 정부는 무엇을 하고 있었느냐고 묻고 싶다. 자국민이 죽어가고, 엄연히 우리 어장에서 불법조업을 일삼는 그들의 만행에 무기력한 대응으로 피해를 보는 한국, 변변한 사과조차 받지 못하는 우리 정부의 침묵에 대하여 국민은 분노하고 있다. 왜 유가족의 오열을 보고서야 겨우 유감이라 말하는 중국 대변인의 입만 바라보고 있어야 하는지 묻지 않을 수 없다. 정말 대책은 없는지 강력한 단속은 불가능한 것인지 이대로 가다간 어장 전부를 내줘야 하는 사태는 생기지 않을지, 과연 대국(大國)을 대적할만한 방법은 없는지, 이대로 당하고만 있어야 하는지 묻고 싶다. 국회에서 멱살을 잡고 용감하게 싸우고, 최루탄을 터트리고 도끼로 문을 부숴버리고 안하무인(眼下無人)처럼 당당하던 정치지도자들은 다 어디로 가고, 방안퉁소처럼 왜 말이 없는지 국민이 묻고 있다. 정치지도자가 먼저 알아야 할 것은, 감전된 주민을 구하려다 감전사한 경찰관의 죽음이 이 나라를 지키고 있다는 것이다. 이 나라를 지탱하고 이 사회를 떠받치고 있는 것은 말뿐인 정치지도자가 아니라, 안타까운 그들의 죽음이 있었기에 우리가 평안하게 살고 있다는 것을 알아야 한다. 바라기는 아름답고 살기 좋은 나라가 되길 희망한다. 일부 소갈머리 없는 정치지도자로 말미암아 더 이상의 죽음이 없길 빈다.

며칠 전 사망한 북한의 김정일 위원장은 반 인권적 범죄자로 한 시대를 쥐락펴락했던 독재자로 이름이 남겠지만, 국민을 울렸던 고귀한 희생은 가슴에 남아 뜨거운 피로 영원히 흐르게 될 것이다. 그 희생이 있어 행복하게 살아가는 의미를 발견하게 될 것이다. 이제 2011년의 끝자락에서 다시 한 번 고귀한 희생에 대하여 고개를 숙이며, 시정잡배(市井雜輩) 수준의 정치 틀이 깨어지길 소원한다. 2011년의 끝자락에서 국격(國格)이 상승하고 국민이 안정된 삶을 누릴 수 있는 나라가 되길 희망해본다.

전북도민일보 2011-12-23

안 원장의 생각

　지난주 전주를 방문했던 안철수 원장이 신기술연수센터를 찾았다. 약 1시간 20여 분 동안 향상교육 중인 재직근로자와 기업맞춤식 취업교육을 받는 교육생들과 대화의 시간을 가졌다. 여기서 한 교육생이 엉뚱하게도 첫 질문으로 대선 출마를 결심하게 된 이유를 물었다. 이에 안 원장은 멋쩍은 표정으로 "아직 정치에 참여하겠다고 말한 적이 없습니다. 지금도 고민하는 중입니다."라고 가볍게 받아넘겼다. 이어진 질문 역시 엉뚱하게 여·야가 서로 공감 정치를 할 수 없느냐고 물었다. 그러자 그는 빌 게이츠를 만나 융합에 관하여 물었다는 얘기로 답을 했다. 그는 융합이란 매우 어렵지만, 각기 다른 분야의 전문가들을 하나로 묶으려면 똑같은 책 한 권씩 나눠주어서 읽게 한다는 것이었다. 결국, 각기 다른 최고의 전문가들이지만 똑같은 책을 읽으면, 의견을 하나로 모으는 데 수월할 거라는 답을 들려주면서 여기에 공감 정치의 답이 있다고 말했다.

　계속해서 정치적인 질문 뒤에 한 교육생이 성공하려면 대학과 취업 중 어느 것을 선택해야 하느냐고 물었다. 이에 대하여 안 원장은, "우선 성공하는 사람에겐 3가지 법칙이 있습니다. 첫 번째는 본인 노력으로 할 수 있는 만 시간 법칙과 두 번째는 아주 극한상황까지 몰아붙이는 좋은 선생이 필요하고, 세 번째는 좋은 롤모델 있어야 합니다. 이 세 가지가 모두 다 갖춰져야 무엇을 선택하든 성공할 수 있다고 봅니다." 라고 답했다.

끝으로 필자가 일본이 20년 동안 장기 경기 침체에도 GNP가 계속 올라가는 이유에 대해서 묻자, "일본의 저력은 기초기술에 관한 저변 확대를 위해 많은 투자를 합니다. 저는 의사 출신으로 일본에 가서 심장 부정맥을 연구했습니다. 당시 국내엔 10명 정도가 이를 연구하고 있었지만, 일본은 1천 명이나 되었습니다. 약 100배 이상의 인력이 이 분야를 연구하는 것에 놀랐습니다. 그뿐 아니라 모든 기초의학이나, 또 다른 기초 연구 분야의 인력에서도 우리의 100배 이상 차이가 나는 것을 보고 우리와의 차이점을 발견했습니다. 현재 일본엔 기초의학에 대한 노벨상과 기초 특허도 많습니다. 바로 이것이 일본의 저력이라고 봅니다. 이 힘이 장기간의 경기 침체에도 국민소득이 올라가는 요인이 아닐까 싶습니다. 결론적으로 지금 당장 우리가 SONY를 이겼다고 무시할 것이 아니라. 긴장하고 경계해야 합니다." 라고 말했다. 안 원장과의 즉문즉답이 계속 이어졌다. 그에 대한 관심이 놀라울 정도로 뜨거웠다. 그가 어쩌면 대통령이 될 수도 있는 사람이라는 점에 열광하게 만든 것 같았다. 대화의 시간을 마치고 개인적으로 어느 교육생에게 안 원장을 좋아하는 이유를 물었다. 그의 대답은 예외였다. "때 묻지 않아 좋습니다. 멋있고 신선해서 좋습니다." 이 젊은이가 말하는 안 원장은 무조건 좋은 유명 스타였다. 이날 참석한 사람들은 안 원장이 과연 대선에 출마할 것인가? 궁금해 했지만 그는 아직 확실한 답을 하지 않았다. 그러나 필자는 빌 게이츠가 설명해 주었다는 공감(융합)을 이끌어내는 방법론에 그 해답이 있다고 생각했다. 만약 지금처럼 인기가 계속 상승하면 한 번 욕심 낼 수도 있을 것이다. 그러나 어찌될지는 아무도 모른다. 아마 본인도 모를 것이다. 다만 그가 원치 않아도 현재 출마 여부와 관계없이 대한민국의 대표 선수가 되어 있다는 것을 부인할 수가 없다. 따라서 국민은 당당히 링 위에 올라와 파이팅해 주길 바라고 있을 것이다. 하지만 그가 규칙이 없는 전쟁터에 나서기까지 많은 시간이 걸릴 거라는 생각을 했다. 왜냐하면, 아직 확신을 가지고 있지 않은 것 같았다. 아마 그가 결심하면 험난한 여정이 기다리고 있을 것이다. 상대를 눌러야 내가 사는 한울타리 싸움터에서 치열한 경쟁을 해야 할 것이다. 특히 상대를 제압하려면 계속 탐색전을 펼쳐야 하고, 지금처럼 눈치를 보거나 계속 뒷걸음치면 경고를 받고, 그것이 누적되면 정치판에서 퇴장해야 하는 원인이 되기 때문이다.

이제 시작에 불과하다. 일단 선수로 사각 링에 올라온 이상, 눈이 시퍼렇게 피멍이 들어도 오심에도 흔들리지 않고, 죽기 살기로 온몸을 던져야 할 것이다. 술수를 부리거나 소신을 버리면 곧바로 국민의 관심에서 멀어질 것이다. 정치란 살아 움직이는 생물 같아 어떻게 변할지 아무도 모른다. 국민은 지금 그에게 거는 기대가 큰 만큼 일거수일투족을 주목하게 될 것이다.

전북도민일보 2012-8-21

2013년도를 결산하며

2013년의 지루한 싸움에 국민의 몸이 상처투성이가 되었다. 판단은 흐려지고 누가 뭐라 해도 믿지 않는 불신정서로 지친 모습이다. 뭐가 옳은지, 어떻게 해야 할지, 미래는 어떻게 될지 불안해하고 있다. 이제 아무리 좋은 것을 내놓아도 멀리서 관망하거나 피해버리는 기피 현상까지 생겼다. 이제 성장동력의 여력까지 소진되고, 집단적 이기주의가 팽배해져 성장의 멱살을 잡고 놔 주질 않고 있다. 경제는 계속 답보 상태에 머물러 있고, 이를 조정해야 할 정치인들이 당리당략에 따라 정쟁(政爭)에만 반응하는 식물정치인이 되어 있어 국민의 91%(TV조선 전국여론조사)가 국회의원을 불신하고 있는 실정이다.

이러다 보니 배(대한민국)가 이미 산으로 밀려가고 있다. 그 산에서조차 갈피를 못 잡고 헤매고 있다. 좌초될지도 모른다는 여론에도 아랑곳하지 않고 선장을 인정하지 않는 나라, 그 안에서도 설마 하며 계속 싸우고만 있는 나라, 그 싸움이 누가 하나 죽어야 끝날 전쟁처럼 치열한 분쟁으로 치닫는 나라, 북한이 서울을 불바다로 만들어 버리겠다고 악을 쓰는데도, 이웃인 중국과 일본은 자국의 이익을 저울질하느라 여념이 없는데도, 자신의 정치 생명만을 중시하는 나라, 불안한 마음에도 죽기 살기로 전면투쟁을 선언하는 나라, 마주 보고 달리는 열차에 국민을 담보로 태우고 질주를 하는 위험한 나라가 우리다.

지금 당장 멈춰야 한다. 멈추지 않으면 공멸하고 말 것이다. 잠시 멈추고 2013년이 우리에게 남기고 가는 마지막 유언을 들어봐야 한다. 구태(舊態)를 벗고 새로운 2014년을 맞이해야 희망이 있다고 간곡하게 말하는 소리를 귀담아들어야 한다. 그만큼 싸움을 걸었으면 바보 멍청이가 아닌 이상 정부도 충분히 알아들었을 것이다. 거두절미하고 선택한 정부를 한 번 믿고 맡겨보자. 그리고 그 심판은 국민의 몫으로 남겨 놓자. 사생결단하겠다는 마음을 접고 제발 제자리로 돌아와 다시 숙고해보자. 지혜로운 결론이 무엇인지, 그 해결의 실마리를 찾아보자. 무조건 상대를 비난의 대상으로 보지 말고, 서로의 입장에서 미래만을 생각하자. 상대를 무시하거나 비난하는 것은 바보들이나 하는 유치한 짓이다. 좀 더 성숙한 마음으로 상대가 왜 싸움을 걸어오는지 가슴에 손을 얹고 물어보자. 왜 생선의 살코기는 다 사라지고 뼈(부체)만 남았는지 국민에게 물어보자. 왜 지금의 대한민국을 혼돈상태라고 가혹한 진단을 내리고 있는지 그 이유를 들어보자.

지금 머리통이 터지도록 싸운 결과 그 후유증이 집단적 파업으로 이어지고, 과거에 볼 수 없었던 엽기적인 사건·사고가 옆에서 벌어지고 있다. 우리의 미래인 청소년들마저 패륜적인 범죄 속으로 빠져들고 있다. 원칙과 질서는 덜떨어진 자들이나 지키는 낡은 사고로 전락하고, 일관성은 진보적인 발상의 발목을 잡는 퇴물로 짓밟히고 있으며, 모든 문제는 싸워서 쟁취해야 얻을 수 있는 나라가 대한민국이라는 오명을 씻어야 미래가 있다는 것이다. 그래야 국격이 상승하고 국민 삶의 질이 향상되고 북한이 우릴 얕잡아보지 않을 것이며, 이웃 나라 역시 우릴 존중하지 않겠는가 말이다.

지금은 싸움을 멈추고 울타리를 점검해야 할 때다. 그것도 모르고 시위 현장만을 쫓아다니는 당신들은 기회주의자일 뿐이다. 또한, 책상에만 앉아 천 리를 보는 것처럼 말하고 행동하는 또 다른 당신들은 무능한 지도자일 뿐이다.

링컨 부인이 대통령관저에서 장군 부인을 대면할 때, 먼저 자리에 앉자 눈을 부릅뜨며 그 무례함에 대하여 따졌다는 사소한 얘기하나가 지금 우리를 우울하게 만드는 것처럼, 지금의 행동이 훗날 뭐라 평가받을지 생각하며 말하고 행동하란 얘기다. 지금의 철도 파업을 미래에서 내려다보란 얘기다. 정말 미래를 담보할 수 있는 대안을 가지고 접근하고 있는가. 아니면 자기중심으로 끼워 맞춤하고 있는지를 말이다. 새해에는 적어도 국민이 대통령 말만이라도 믿는 대한민국이 되길 희망한다. 정부는 원칙과 일관성 있는 정책으로 국민을 안심시켜주길 바란다. 따라서 모든 지도자는 잘못된 구습을 답습하지 말고 국민의 편에서 머슴(지도자)처럼 일하는 진정한 일꾼이길 바란다. 절망을 희망으로 만들어 내는 본보기가 되어 존경받길 바란다.

지도자의 행실이 바르지 못하면 어느 사람도 법을 지키지 않는다. 자라나는 청소년도 법을 두려워하지 않게 되면서 미래가 불투명해지고 만다. 이제 싸움을 멈추고 마른 장작이 되어 활활 타오르자. 그 화력으로 얼어붙은 민심을 녹여 나가자는 얘기다.

전북도민일보 2013-12-15

2014 갑오년이 저문다

2014 갑오년이 저물어 가고 있다. 그렇게 간절히 소원했던 제목들은 이미 뜯긴 달력 뒤에 달라붙어 슬그머니 사라지고, 마지막 남은 소원조차 고개를 푹 숙인 채 초라한 명줄을 지탱하고 있다. 제대로 해보지도 못하고 마치 빼앗기듯 보내는 시간 뒤에 남은 것은 상처뿐이다. 일일이 열거하기조차 민망한 일들이 더 많았던 2014년은 마치 갈등(葛藤)을 담은 냄비처럼 부글부글 끓었다. 이제 국민은 어지간한 뜨거움에도 놀라지 않는다. 데어도 아파하거나 안타깝게 생각하지 않을 정도로 내성에 길들어 있다. 이러다간 온몸이 망가진 뒤에야 알아차리는 불행이 올지도 모른다. 더 늦기 전에 해결해야 하는 갈등의 원인에 대하여 필자는,

첫째, TV 드라마가 문제라고 본다. 방송이란 공익을 우선 하고 우리 사회의 갈등을 진정시켜야 함에도 막장드라마로 사회의 양극화를 조장하고 있으며, 시청률만을 위한 자극적이고, 극한으로 치닫는 갈등 묘사도 모자라 폭력을 선(善)으로 해석하고 있다. 방송이란 반드시 시청률이 높다 하여 좋은 프로그램이란 등식은 성립하지 않는다. 결국, 시청자의 마음에 어떤 영향을 미쳤는가가 중요한 부분이라고 본다. 좋

은 방송이란 오락성과 교육성을 동시에 충족하고, 지나친 자극성과 선정성은 지향하면서, 시청자가 꿈과 희망을 가지도록 잔잔하게 고양(高揚)해나가는 것을 말한다. 우선 당장은 '왔다 장보리' 같은 막장드라마가 시청자에게 호평을 받을 수 있겠지만, 결국 고도의 갈등을 조장하게 만든다는 것이다.

둘째, 사회 지도층의 문제다. 여기서 지도층이란 재벌 또는 그 이상의 영향력을 가지고 있는 사람들을 말한다. 이들이 사회에 이바지한 부분에 대해선 의심의 여지가 없지만, 끊임없이 사회의 기본질서를 무너뜨리고, 수단과 방법을 가리지 않는 편법으로 부와 권력을 축적하는 현실에 대하여 국민이 분노하고 있다. 더욱이 돈과 권력 앞에선 법의 잣대가 고무줄 같고, 이들을 통제할 만한 사회적 제도장치가 약해 무서워하지 않은 그들을 보고 국민은 박탈감에 빠져 있다. 더 우려스러운 것은 '땅콩 회항' 사건에서 보듯 그들은 점점 보통사람과 구분되는 선민의식에 사로잡혀 마치 봉건시대 신분제도 속에서 주종관계로 국민을 보고 있다는 점이다.

셋째, 최고의 도덕성을 가져야 할 정치집단의 부도덕성이다. 정치인에게 거짓은 기본이고 폭력은 필수, 그리고 야합은 상식으로 정치 생명연장을 위한 무기쯤으로 생각하는 이 2%의 집단이 문제다. 이들은 자신을 스스로 국민의 머슴이라 입에 발림 하고 있지만, 그것은 헛소리에 불과하다는 것을 국민은 잘 알고 있다. 이들은 왜 치사한 싸움을 하면서도 그 자리를 지키려 하는지 알고 있고, 자리보전을 위해 진흙탕을 마다치 않고 싸우는 이유를 알고 있다. 왜 그들은 더 교묘한 술책을 부리기 위해 보수와 진보로 나누고, 더 자극적인 종북 세력까지 표

방해 나라를 흔들어 대는 이유를 국민은 알고 있다. 바로 정치판에서 살아남기 위한 나름의 처절한 몸부림이겠지만, 문제는 이들을 통하여 대한민국이 운영되고 그 입김에 의하여 나라의 운명이 판가름 난다는 것이다. 그런데도, 이들의 싸움이 멈추지 않고 계속된다는 것은 매우 불행한 일이다. 왜냐하면, 이들은 소위 윗물이요 국민은 아랫물이기 때문이다. 이대로 가면 새우 싸움에 고래 등이 터질지도 모른다는 것이다.

끝으로 위와 같은 이유로 흔들리는 국민의 의식 변화다. 더 이상 거짓과 진실이 혼동된 사회에서 갈피를 잡지 못하면서 학연, 지연, 혈연 등과의 관계를 청산하지 못하고 갈등하고 있다. 이처럼 우리나라는 매몰되어 간다. 자세히 들여다보면 현재 국민이 주인이라면서도 국민은 안중에 없는 나라, 우선순위를 무시하고 일관성과 원칙을 뭉개 버리는 게 혁신이요, 무조건 다양성을 인정하는 것이 민주주의라 말하는 억지에 멍드는 나라, 요리조리 미꾸라지처럼 빠져나가는 것이 능력자요 자랑이라 착각하는 나라, 법을 어기고 불법을 저지르는 것이 자랑거리로 생각하는 나라, 상대를 무조건 비판하고 죽기 아니면 살기로 깔아 뭉개야 산다고 생각하는 나라임을 인정해야 할 것이다. 이제 새해가 밝아온다.

이제 우리 곁을 떠나는 2014년은 우리에게 심각한 사회적 갈등으로 뼈마디가 쑤시게 한 해였다. 여기다 북한의 위협이 칼바람으로 온몸을 파고들었다. 일본은 날카로운 꼬챙이로 아픈 상처를 후벼 팠으며, 그리고 우리가 싸우는 사이 중국은 저만치 추월해가고 있다. 세계는 이런 우리를 보면서 회심의 미소를 띠고 있을 것이다. 진정 2015년은 냉정한 국민이 되어야 한다. 갈등을 조장하는 막장드라마에 마음을 빼앗기지 말고, 지도층의 양반 노릇에 기죽지 말고, 정치인들의 부도덕성에 분노하기 전에 냉정하게 이 나라를 위해 무엇이 필요한가를 조용히 생각하고 행동해야 더 큰 어려움을 면하게 될 것이다.

전북도민일보 2014-12-30

영화 연평해전

2002년 6월 29일 토요일 오전, 영화 속의 우리 해군은 온몸이 피투성이가 된 채 북한군과 치열한 전투를 벌이고 있었다. 그들이 죽음의 문턱을 넘나들며 나라를 지키고 있을 때, 대한민국은 월드컵 4강의 신화에 고무되어 축제 분위기를 마음껏 누리고 있었다. 저녁에 있을 월드컵 3, 4위 결정전을 기다리며 길거리에선 "대~한민국"이란 응원소리가 지축을 흔들었다. 온몸으로 북과 손뼉을 치며 기쁨을 만끽하고 있었다. 한국은 터키와의 경기에서 승리하기 위해 남녀노소, 여·야당 구분 없이 거리로 뛰쳐나가 대한민국 국민임을 자랑스러워하고 있었다. 작은 축구공 하나가 일으켰던 위대한 기적의 중심 속에서 나라를 온통 붉은 물결로 꽃을 피우며, 세상을 다 얻은 것처럼 의기양양 좋아하고 있을 때, 북한 경비정이 서해 북방한계선(NLL)을 침범하여 우리 해군 경비정을 향해 포탄을 퍼부어댔다. 우리 해군은 그제야 위험을 감지하고 조건반사적으로 응사를 시작한 것이 '제2 연평해전'의 시작이다. 우리를 화나게 하는 것은 북한 경비정을 곧바로 무력화시켰지만, 예인되어 도망가는 적국의 배를 보고도 바라만 보고 있어야 했던 상황이다. 우린 그들을 충분히 격침시킬 수 있는데도 두들겨 맞고도 보복공격을 못 하는 해군의 모습을 영화로 지켜보며 미안하고 답답해 화가 치밀어 울고 말았다는 얘기다.

영화 속 북한은 우릴 기만하고 있었다. 그들은 우리 군을 무서워하지 않았다. 그 이유는 사건이 있을 때마다 정부가 정치적인 입장에서 해석하고 소극적으로 응대해 왔기 때문이다. 당시에도 많은 희생과 물질적인 피해를 봤음에도 '우발적인 사고'라 말한 정부를 보면 알 수 있다. 필자가 그 판단에 대하여 잘잘못을 따지는 게 아니다. 다 그럴만한 이유가 있어 에둘러 표현했을 것이다. 다만, 우리 국민의 억울한 희생에 대하여 너무 소홀하게 대처했다는 것이다. 정부는 사건 발생 13년이 지나고서야 국민이 영화를 보며 분노하자 마지못해 서해교전을 승전이라 부르고, 죽음을 순직이 아닌 전사자로 예우했지만, 죽은 젊은이가 다시 살아나느냐는 것이다. 당연한 일을 가지고 은전을 베풀 듯 명예 회복을 말하는 지도자에 대하여 국민이 분노한다는 말이다.

'제2 연평해전' 1주년(2003년)에 즈음하여, 당시 미국 안보 보좌관인 콘돌리자 라이스가 우리 측 관계자들을 만났을 때, 해전에서 사망한 국군의 이름을 물었지만, 대답을 못 하고 얼버무렸다는 부끄러운 얘기가 전해오고 있다. 그가 누구인지는 모르지만 적어도 미 안보 보좌관을 만날 정도면 분명히 책임 있는 사람이었을 터인데 나라를 지키다 죽어도 이름조차 기억해주지 않는 무책임함이 우릴 슬프게 한다. 반면 미국은 유골 몇 조각이라도 더 회수하기 위해 수백만 달러를 아끼지 않고 있다. 철저히 자국민을 보호하고 국가가 그 가족과 후손에게 응분의 보상을 해주는 나라로 널리 알려졌다. 이 점이 자유분방한 미국인들이 조국에 대한 애국심을 가지게 하고, 미국을 초강대국으로 만든 원동력이라는 점이다. 우리도 하루속히 나라를 위한 숭고한 희생에 대하여 추앙하는 보훈 문화를 뿌리내려야 할 것이다. 바로 이것이 통일 한국을 앞당기는 원동력이 될 것이다. 지금처럼 나라를 위한 희생을 두고도 정치적인 소신과 입지만을 위해 바라본다면 우리에겐 미래가 없다. 비록 그 결정이 나라의 평화와 안녕을 위한 선택이라 해도 희생을 왜곡하거나 무관심으로 일관하면 불행한 나라일 수밖에 없다. 진정 나라를 위해 희생한 전사자를 위한다면 먼저 정부가 나서서 영화로 제작해 보급했어야 했다. 이를 개인이 7년이나 걸려, 그것도 중단하기를 수차례, 결국 국민의 성금으로 세상에 나왔다는 것은 참으로 유감스러운 일이다. 역시 우리 국민이 정부보다 훌륭하고 자랑스럽다. 수많은 우여곡절 속에서도 국민의 응원과 후원의 힘이 모여 희생자를 부활시킨 위대한 나라다. 폭탄이 터지고 총알이 날아드는 처참한 전투 소리가 월드컵 열광 소리에 묻혀 사라진 듯 보였지만, 국민이 힘을 모아 부러졌던 기억의 더듬이를 이어 붙여 생명을 불어넣은 기록물이라는 것이다. 지도자 대부분이 침묵하고 있을 때 다시 살린 한 편의 영화가 그날에 있었던 일을 밝혀낸 것이다. 국민이 함께 보며 함께 아파하고 울어주었다. 그리고 국방의무가 얼마나 가치 있는 일인지, 다시는 이런 일이 생기지 않으려면 정부와 지도자들이 무엇을 어떻게 해야 하는지 일깨워 주었다. 지금처럼 서로 이간질하고 진실을 왜곡하고, 당리당략에 따라 말하고 행동해 분열을 자초하면 북한은 우릴 종이호랑이쯤으로 생각할 것임을 명쾌하게 보여주었다.

아직도 천안함 폭침을 자작극이라 말하는 일부 지도자의 말에 그들 (북한)은 잠자다가도 일어나 웃고 있다는 것을 알게 해주었다. 이 영화를 통해 지도자는 합리적인 대화와 논리적인 논쟁으로 무장해야 할 것이다. 특별히 아무리 용감하고 영리한 진돗개라도 묶여 있으면, 미친개를 대적할 수 없다는 사실을 명심해야 한다. 또한, 영화 연평해전이 허구가 아니고 실화라는 점에 대하여 지도자들은 고개 숙여 반성해야 할 것이다.

전북도민일보 2015-7-3

제 12 부

수필

우리 아버지가 세상을 떠나가고 있다

    우리 아버지가 반짇고리에서 가위를 찾아 아침부터 비닐 비료포대를 오리고 있다. 미리 준비한 가느다란 대나무를 둥글게 휘어서는 양 끝을 서로 겹쳐 실로 칭칭 동여맨다. 그 위에 비료포대를 뒤집어씌운다. 대바늘을 꺼내 바늘구멍에 실을 꿰기 위해 애를 쓴다. 돋보기를 쓰고서야 겨우 실을 구멍에 넣어 길게 뺀 후 끝을 홀친다. 그 실 끝을 이빨로 자르려다 잇몸이 아픈 듯 포기하고 가위로 싹둑 자른다. 포대 끝단을 대나무에 둘둘 말아 잡고 한 땀씩 정성을 다해 손 박음질을 한다. 실수로 바늘 끝이 살을 찌르기라도 하면 오만상을 찌푸리며 움츠린다. 며칠 전 농기계를 조작하다 다친 손가락이다. 이렇게 혼자서 아침나절 동안 비료를 담을 수 있는 용기 하나를 만들어 놓고, 장롱을 뒤적거려 깊숙이 숨겨 놓은 보자기 하나를 방바닥에 꺼내놓는다. 매듭을 풀어헤치더니 허름한 포대기 하나를 집어 든다. 그 끈 끝을 가위로 싹둑 잘라 용기에 뚫어놓은 두 개의 구멍 속으로 넣어 묶는다. 이를 어깨에 매 보더니 됐다는 듯 문 쪽으로 '휙' 던져버리고, 물끄러미 끈이 잘려나간 포대기를 보며 긴 한숨을 내쉰다. 어머니가 애지중지하며 간직했던 물건이다. 두 눈에 눈물이 맺힌다. 이는 우리 칠 남매를 넝마가 되기까지 더덕더덕 기워가며 업어 키운 포대기다. 몇 번이고 궁상떨지 말라며 아버지가 불살라 버리려 했지만, 그때마다 가슴으로 끌어 안고 어머니가 지켰던 유품이다. 사실 누가 봐도 보잘것없는 초라한 누더기였지만, 힘들고 고달플 때마다 얼굴을 묻고 눈물을 닦은 흔적이 고스란히 남아 있는데, 이제 아버지가 이 포대기를 감싸 안고 엉엉 울곤 한다. 허망하게 돌아가신 어머니가 그리운 것 같다. 다시 돌아갈 수 없는 것에 대한 미안함과 허탈함이 무표정을 만들고 의욕을 잃게 한 것 같다. 큰 집에 덜렁 혼자 남아 있다는 게 몹시 서글픈가 보다.

세월이 물과 같이 흘러갔다. 자식들도 둥지를 떠나듯 다 가버렸다. 집안엔 사람 냄새가 사라지고 없다. 무거운 침묵만 집안을 감싸고 돌 뿐이다. 순간순간 왁자지껄하던 옛날을 생각하면 그리워 자꾸 눈물이 나는 것 같다. 그 옛날 거칠 것 없이 휘젓고 다녔던 젊은 시절이 그리운 아픔으로 다가오고 있는 것 같다. 사실 아버지는 아무나 범접하지 못할 날카로운 눈매와 우람한 체격을 가지고 있었다. 성격이 대범했고 불의를 보면 참지 못했고, 특히 사리 분별력이 분명해 동네 문제에 해결사 노릇을 해왔었다. 그러나 집안일에는 도통 신경을 쓰지 않았으며 자식들에겐 얼굴 보기 힘든 자상하지 못한 아버지였다. 그런데 오는 세월을 거스르지 못하고 노년엔 노름과 술에 찌들어 결국 이빨 빠진 호랑이가 되어버렸다. 여기다 어머니마저 사고로 돌아가시니 이제 외톨이가 되어 버렸다. 시골에 남은 친구도 없다. 그렇다고 특별하게 재미 붙이고 지낼만한 일도 없다. 그저 하루하루 마지못해 사는 게 지겹다. 자식들조차 바쁘다는 핑계로 뜸하니 자신의 그림자만을 밟으며 하루하루 살고 있다. 아버지 생각으론 손주 녀석이라도 옆에 끼고 살았으면 원이 없을 것 같다. 손주를 곁에 두고 재롱을 보며 동네방네 자랑 마실 다니고 싶다. 함께 물고기를 잡고, 시골 장터에 가 이것저것 사주고 싶다. 자신의 할아버지가 그랬던 것처럼 무등도 태워주고 싶지만 온종일 말할 상대조차 없으니 입안에 구더기가 생기는 것만 같다. 몸도 자꾸만 쇠약해지고 눈물까지 많아졌다.

　오늘도 아버진 이런 속마음을 접어둔 채 기억하고 있는 삶으로 덜덜거리는 리어카를 몰고 밭으로 가고 있다. 밭에 도착해선 평소와 다름없이 직접 만든 용기에 비료를 담아 어깨에 둘러멘다. 마늘밭 고랑 사이로 들어가더니 그곳에 비료를 흩뿌리고 있다. 하얀 알갱이가 참나무 껍질 같은 검은손에 더덕더덕 달라붙어 거치적거리련만 신경조차 쓰지 않는다. 오늘따라 오이를 소금에 절인 듯한 쭈글쭈글한 얼굴에 깎지 못한 턱수염이 따가운 햇볕을 받아 서럽게 반짝거린다. 양 볼은 공기 빠진 풍선처럼 움푹 파이고, 싸구려 틀니가 잘못되어 어긋난 턱이 아픈지 연신 힘든 표정을 짓고 있다. 이마의 깊은 주름에 고인 땀을 손등으로 닦아내며 힘이 부친 듯 비틀거리고 있다. 이런 아버지의 일상을 알고 있는 자식들은 이구동성으로 마늘 농사 그만 짓고 편히 쉬라고 녹음기처럼 징징대지만 이미 몸에 익숙한 삶이 되어버렸다. 사실은 허리가 부러질 듯 아프고 피곤해 편히 쉬고 싶지만, 옆에 마누라가 없어 푸념도 못 하니 더욱 힘이 든다. 그렇다고 정신이 말짱한 상태에서 누워 있을 수 없어 왔다 갔다 하고는 있는데, 얼마 전부터 다리에 힘이 없고 먹는 것조차 귀찮아졌다. 시간이 지나면 나아지겠지 했는데 몸을 가누지 못해 누워 있을 때가 많다. 이를 눈치 챈 자식들이 부랴부랴 내려와 끝판에야 모내기를 겨우 마쳤다. 그리고 함께 달려들어 마늘도 캤다. 그 마늘을 각단지게 엮지 않고 대가리만 작두에 대충 잘라 양파 그물망에 담고 있는 모습을 보고도 아버지는 아무 말이 없다. 예전 같으면 어머니가 일일이 볏짚으로 한 접씩 엮어 바람 잘 통하는 처마에 매달아 건조 시켰으련만, 마르지 않은 상태에서 한곳에 담아 놓으면 썩어버린단 말을 할 힘조차 없는 것 같다. 날이 저무니 자식들은 약속이나 한 듯 자기 집으로 갈 준비를 하고 있다. 이를 알면서도 꿀먹은 벙어리처럼 아버지는 벽만 바라보고 누워 있다. 자식들은 이런 아버지를 딱한 듯 바라보며 시계만 들여다본다. 더 지체할 수 없다는 듯 집을 나서기 위해 신발을 신지만 아버진 그대로 뉘만 있다. 이에 엉거주춤 서성이던 막내가 다가와 병원에 모셔다드린다고 해도 꿈쩍도 안 하고 뉘 있다. 다시 한 번 재촉하듯 차 시동을 걸자, 그때서야 가까스로 일어나 괜찮다며 어서 가라고 손사래를 친다. 자식들이 멀어질 때까지 문설주를 의지하고 서 있다.

　이런 아버지를 어찌 했으면 좋겠냐며 친구가 전화를 걸어왔다. 그가 내게 다시 또 물었다. 어찌했으면 좋겠냐고. 장남으로 도리를 못하는 것 같다며 울먹였다. 그렇다고 올라오기 싫다는 아버지를 서울로 모셔 올 수도 없고, 그렇다고 직장을 포기하고 주저앉아 편하게 돌볼 수도 없어 답답하다고 했다. 마누라더러 아버지 밥해드리고 시골에 잠시 있으라고 할 수도 없고, 전주에서 서울까지 출퇴근할 수도 없고, 그렇다고 내일 당장 짐 싸서 식구 모두 내려올 수도 없다면서 울먹이고 있다. 어제 밤도 동생들과 집 식구까지 다 올려 보내고 혼자만 되돌아와 아버지와 함께 있었다고 했다. 그리고 새벽녘에 밥상을 차려 놓고 서울로 올라와 지금 사무실에 앉아 있는데, 손에 일이 잡히지 않는다는 것이다. 마음은 시골집 아버지에게 가 있다고 했다. 그리고 아버지가 지금 혼자서 세상을 떠나고 있는 것 같은데, 어쩌면 좋겠냐며 내 대답을 듣고 싶어 했다. 그러나 나는 아버지 사진조차 없어 얼굴조차 기억할 수 없는 유복자라는 말을 하고 싶었지만, 끝내 그 말은 하지 못하고 전화를 끊었다. 그리고 연구실 문을 걸어 잠그고, 지금 5월의 푸른 하늘과 짙어지는 신록을 바라보며 하염없이 울고 있다.

한국수필 2013년 6월 신인상선 수필

용담호에서 바라본 운장산

갈바람

    토요일 오후 산길을 오르다 돌부리에 넘어졌다. 고통이 심했지만, 엎어진 채 그대로 있었다. 마치 이불을 깔고 있는 것처럼 포근해서다. 아니, 혼자라 벌떡 일어날 필요가 없었다. 은은한 풀냄새가 코끝에 머물고, 실바람이 잡초 잎을 가늘게 흔들어 보기 좋았다. 누렇게 말라가는 이파리 뒷면에 동전 크기로 햇살이 투명하게 머물러 있어 아름다웠다. 넘어질 때 함께 꺾어진 싸리나무 끝에 빨간 실잠자리 한 마리가 앉고 날기를 반복하고, 겁도 없이 개미 한 마리가 벌레 껍질을 물고 손등을 타고 넘어가고 있다. 눈을 약간 치켜뜨니 거미가 풀잎 줄기에 집 짓느라 정신이 없다. 칠 점 무당벌레가 그 잎줄기를 타고 올라가다 떨어져 거미줄에 걸려 버둥댄다. 그 밑을 지나던 노래기가 놀란 듯 주춤하더니 곧 줄행랑을 친다. 가까스로 거미줄에서 벗어난 무당벌레가 그 뒤를 따르는 모습을 숨죽이며 바라만 보고 있다. 조금만 움직여도 잡초가 심하게 흔들려 햇살을 놓쳐 버릴 것만 같아 나무토막처럼 그대로 있는데, 갑자기 풀무치가 '푸드득' 날개 치며 시야에서 사라진다. 그 소리에 놀라 돌 틈을 오가던 개미도 나 살리라며 자기 구멍 속으로 도망친다. 그사이 노래기도 마른 굴참나무 낙엽 속으로 사라진다. 혼란도 잠시 개미가 자신의 몸보다 큰 먹잇감을 물고 다시 서둘러 용케 구멍을 찾아 '쏘옥' 들어가는 모습이 경이롭다. 거미는 다시 쉼 없이 집을 보수하며 혼자 놀고 있다. 갑자기 작은 네발나비 한 마리가 거미줄에 걸려 '퍼득' 댄다. 거미는 신이 난 듯 거미줄의 강도(強度)를 시험하듯 엉덩방아를 찧듯 구르다가 무슨 생각인지 꽁무니를 하늘로 향한 체 실을 뽑으며 밑으로 '뚜욱–' 떨어지다 다시 그 줄을 타고 '스르르' 올라선다. 죽은 듯 멈춰있는 먹잇감을 보며 다리를 비비적거린다. 갑자기 버둥대는 나비를 능숙하게 다루는 모습이 마치 장난치며 노는 어린아이 같아 보인다. 이때 거미줄 사이로 한 줄기 바람이 '휘–익' 소리를 내며 지나간다. 햇살을 머금은 거미집이 은빛으로 출렁거린다. 바람에 밀려 또르르 구르는 나뭇잎 소리가 편안함을 더한다. 이를 핑계 삼아 죽은 듯 엎어진 체 세상을 보니 마치 걸리버의 눈으로 소인국을 탐색하는 것 같다. 신비롭다고 생각하고 있을 때, 뒤따라오던 아내가 다그치며 놀란 듯 황급히 겉옷을 잡아당긴다. 정신이 번쩍 든다. 용수철처럼 벌떡 일어난다. 멀쩡한 모습을 보고 히죽대며 무슨 짓이냐는 듯 빈정대는 여편네가 밉상이다. 바지 무르팍에 작은 구멍이 나고, 나무 잔가지에 이마를 스쳐 생채기까지 생겼는데, 다친 데는 없냐고 물어보지도 않고 앞장서 가는 뒷모습을 보니 다리가 더 욱신거린다. 잠시 나쁜 짓을 한 것처럼 창피하다. 서둘러 현장을 벗어나 그녀를 다시 앞질러 가는데 뒤통수에 대고 괜찮으냐고 묻는 소리가 더 짜증 나 더 빠른 걸음으로 따돌린다.

　저 멀리 하얀 뭉게구름이 갈바람을 싣고 산등성 너머로 흘러가고 있다. 저만치 산자락에서 억새 잎들이 서로 비벼대는 소리가 갈바람에 아기들이 재잘대는 웃음소리처럼 들려온다. 산죽(조리대)도 가을을 타듯 검푸른 빛으로 넘실거린다. 어디선가 밀려오는 또 다른 향기가 코끝을 간지럽힌다. 마치 풋풋한 아기의 배냇저고리에서 나는 비린내와도 같다. 계속 들숨으로만 채우고 싶은 초가을의 향기가 천지에 가득하다. 솜털 같은 바람이 오그라진 가슴속으로 파고들면서, 더덕더덕 묻어 있던 육신의 번뇌가 먼지처럼 털려져 나가는 것 같다. 욕심으로 포장된 껍질이 한 꺼풀씩 벗겨져 나가고, 진드기처럼 달라붙어 있던 세상의 편견과 스트레스가 스스로 거품 되어 사라지니 콧노래가 절로 나온다. 그래서 '덩실덩실' 춤추기 시작하려는데 휴대전화 벨 소리가 걸음을 멈추게 한다. 산통을 깨고 싶지 않다는 생각에 전화를 받지 않고 도망치듯 정상을 향하여 걸음을 재촉한다. 숨이 목까지 찬다. 벨 소리가 힘겹다는 듯 계속 꽥꽥거린다. 하는 수 없이 전화를 받는다. 퉁명스러운 목소리로, 오늘 중으로 국정감사 자료를 작성해 올리고 그 결과를 보고 해달라고 한다. 온몸으로 먹구름이 밀려오는 것 같다. 마치 소인국에서 거인국에 온 걸리버가 구경거리로 전락한 기분이 든다. 쥐들과 생사를 건 결투장으로 다시 내팽개친 기분이 들어 서글프다. 갑자기 머릿속에서 거친 바람이 불어온다. 비단결 같은 바람이 드센 바람으로 돌변한다. 때 아닌 황사 바람이 몸속으로 파고들어 몸을 뒤집어 파는 것 같다. 그러잖아도 무슨 연락이 올까 조마조마했는데, 그냥 지나가기를 희망했는데, 숨겨온 행복을 도둑맞은 것처럼 허망하다. 정말 원수 같은 휴대전화를 발로 밟아 바숴버리고 싶다. 하는 수 없이 오르던 산길을 뒤돌아 내려오고 있는데, 갈바람이 등을 살며시 민다. 그리고 바람이 축 처진 어깨를 가볍게 두들긴다. 바람이 웃는다. 그리고 몸을 지긋이 위로하듯 휘감아 돈다. 미안한 듯 옷깃 속으로 살며시 파고들며 마음을 열라고 자꾸만 간지럽힌다. 못 이기는 척 가슴으로 바람을 살며시 품어본다. 그리고 '꼬옥' 감싼다. 그 부드러움에 취해 눈을 지그시 감는다. 답답하던 마음이 스르르 풀어진다. 바람이 자신을 갈바람이라고 소개하며 다시 한 번 몸을 휘감는다. 옷자락을 나불거리게 하더니 옷깃을 세워준다. 그리고 가을의 파란 하늘로 올라가며 그윽한 눈으로 바라본다.

갈바람, 나는 이 바람이 좋다. 인생의 칼날 위에 서도 잠시 쉬어갈 수 있는 피난처를 만들어 주는 놈이다. 옛사랑을 새록새록 떠오르게 하고, 잠시 잊었던 어머니에 대한 그리움을 퍼 올려 주는 두레박 끈과 같은 놈이다. 부족하지도 않고 그렇다고 분에 넘치지도 않은 중용을 지키게 하는 친구 같은 놈이다. 지금 내리막길을 향해 다시 아수라장 같은 세상으로 들어가지만, 살며시 등을 밀어주며 함께하고 있다. 이 바람으로 세상의 모든 억새가 은빛 물결로 일렁거리자, 거대한 삶의 무게가 갈바람 속으로 사라지고 있다.

한국수필 2013년 5월 신인상선 수필

고향의 가을 풍경

보고 싶은 어머니에게

어머니, 오늘은 유달리 온몸이 짜부라질 것같이 추운 날입니다. 어제까지 포근하더니 칼날 같은 바람이 뼛속을 파고듭니다. 그렇게 좋던 날이 김장하려니 왜 심술을 부리는지 모르겠다고 막내며느리가 구시렁대니 말입니다. 아마 김장은 추운 날 해야 제 맛이 난다셨든 어머니가 얄미운 정으로 자꾸 생각나나 봅니다. 어떻게 할까요? 어머니, 좀 나무라줄까요. 내버려 두라고요. 그냥 놔두라고요. 알겠습니다. 오늘은 마누라가 주인이니 시키는 대로 하겠습니다. 오라면 오고 가라면 가겠습니다. 그 수족이 되어 잘 도와주겠습니다.

그래도 오늘은 어머니가 계셔야 하는데, 그 자리를 마누라가 차지하고 있으니 왠지 낯설어집니다. 자기 딴에는 어머니 흉내를 내느라 열심히 노력하고 있지만, 제가 보기엔 간에 기별도 안 갑니다. 그래도 어디서 찾아 입었는지 어머니가 입으셨던 몸빼 바지를 가슴까지 올려 입고 머리에 수건까지 동여맨 모습이 영락없는 어머니 같습니다. 이래라저래라 하는 말투까지 닮아 다부지게 보이기까지 합니다. 그리고 올해는 작년과 다르게 각단지게 준비를 많이 했으니 신이 나나 봅니다. 팔을 걷어붙이고 김치를 김장독에 꾹꾹 눌러 채우며 환하게 웃고 있습니다. 본 것은 있다고 김장독을 닫기 전 그 위에 시퍼런 우거지까지 서너 겹 깔더니 저더러 그 위에다 소금을 듬뿍듬뿍 뿌리라고 말하는 모습이 영락없는 어머니 같습니다.

어머니, 생각나시지요. 김장할 때면 무조건 이유 불문하고 당장 올라오라고 하셨잖아요. 그 먼 구미에서 자가용도 없이 가기 어렵다고 말대답하면, 여태 차 한 대 살 돈도 못 벌었느냐며 호통 치시며 욕을 퍼부으셨지요. 막상 월부라도 차를 사겠다고 하면, 미친놈 지랄한다고 혼을 내셨잖아요. 그러신 적 없다고요. 세상에 어머니같이 총기 좋으셨던 분이 그런 걸 기억 못 하시다니 거짓말인 줄로 알겠습니다.

사실 어머니는 소금보다 더 짜고 고추보다 더 매웠습니다. 부러진 바늘 하나까지 허투루 버리지 않으셨던 꼼꼼한 분이셨습니다. 처음 막내 며느릿감을 보시고서는 눈에 흙이 들어가도 절대 받아들일 수 없다고 외면하셨던 고집쟁이셨습니다. 그러나 이 자식을 이기지 못한 어머니, 결혼을 허락하시면서도 뒤돌아서서 살림날 땐 숟가락 하나 가져갈 수 없다고 두고두고 역정을 내셨던 우리 어머니, 10여 년 동안 저희 집에 발걸음조차 않으셨던 어머니, 이 아들이 며칠만이라도 다녀가시라 갖은 아양을 부려도, 단칼에 거절하셨던 분이 어느 날 갑자기 나타나셔서는 다짜고짜 담요와 화투를 찾으셨습니다. 그리고는 며느리까지 불러놓고 화투를 치자 하셨습니다. 이에 며느리는 가슴에 남아 있던 응어리가 녹아지고 사글사글 어머니 비위를 맞추었고, 저는 맞장구를 치며 밤을 지새웠던 그 날의 모습이 눈에 선합니다. 생각이 난다고요. 그러시겠죠. 그때 그 일을 어떻게 잊으시겠어요. 밤늦게 서야 며느리는 딸 방으로 보내고 둘이서 문 걸어 잠그고 며느리 흉을 보았잖아요. 듣다가 재미없어하시기에, 아버지 얘길 물었더니 다짜고짜로 등을 후려치는 바람에 넘어져 문갑 모서리에 부딪혀 코피가 터졌잖아요. 갑자기 벌어진 일이라 멋쩍어하실까 봐 용수철처럼 일어나 덩실덩실 춤을 추었더니, 재떨이를 들고 젓가락으로 굿거리장단을 치셨던 어머니, 혹시 놀라실까 아무 일 없었던 것처럼 함께했던 그 날 밤이 눈물 나도록 그리워집니다.

어머니, 오늘따라 정말 보고 싶습니다. 지금 그곳에서 내려다보고 계시지요. 저는 볼 수 없으니 눈물이 납니다. 말끝마다 미친놈, 지랄할 놈, 빌어먹을 놈 그 소리가 그리워 어머니가 계신 먼 하늘을 바라보며 지금 울고 있습니다.

벌써 15년이나 지났네요. 갑자기 술 처먹은 놈의 차에 치여 이생을 떠나셨던 그 날이 생생하게 다가옵니다. 오랜 세월이 지났지만 지금도 왜 하나님께서는 그리 급하게 불러 가셨는지, 머리로는 이해가 되는데, 가슴으로는 도저히 받아들일 수가 없습니다. 그래서 또 물어봅니다. 금쪽같은 늦둥이를 두고 돈도 없는 주정뱅이 고물차에 치여 졸지에 가셔야 했던 그 이유가 어디에 있었습니까? 이제 저도 어른이 되었으니 말하셔도 됩니다. 혹, 늙고 병들어 노망들어 짐이 될 것 같아 그러셨던가요. 아니면 절 다리 밑에서 주워 왔다고 놀리셨던 말이 맞아 갑자기 저를 버리셨나요. 아니면, 이 아들이 뼈가 으스러지도록 아파 울 줄 뻔히 알면서도 가셔야 했던 특별한 이유가 있었나요. 어디 대답이나 한번 해보세요. 어머니.

저도 이제 나이 들어가며 가끔 어머니를 잊고 삽니다. 망각의 증상이 더 심해져 까마득 잊기 전, 세월 뒤에 남은 기억이 더 뭉그러지기 전에 단 한 번만이라도 꿈에 나타나셔서 진실을 말해주세요. 지금 이 기억조차 지워질까 봐 불안합니다. 아픈 기억들은 잊으라고요. 그리고 그 젊은이를 용서하라고요. 그놈이 잘못한 게 아니라 어머니가 실수하셨다고요. 그때 밭에만 가지 않았어도, 아니 그 길을 건너지만 않았어도 아무런 일이 일어나지 않았을 것이라고요……, 어머니 저도 압니다. 이 모든 것이 하늘의 뜻이라는 것을 그리고 용서해야 제가 살 수 있다는 것도. 그런데도 몸으론 용서가 되는데 마음으론 아직 허락하지 않으니 이를 어찌합니까. 어머니에게 용서받을 기회를 앗아간 그놈이 죽이고 싶도록 미운 걸 어떻게 하라고요.

이 못난 자식을 용서하세요. 할머니 같은 어머니가 창피하다며 비렁뱅이 취급을 했던 이 자식입니다. 어쩌다 학교에 오시면 지나가는 할머니 취급을 했습니다. 친구들이 작은 키와 쑥 들어간 눈을 보며 놀려대는 것을 보고도 외면했습니다. 그런데도 내색을 하지 않으셨던 강한 어머니를 생각하며 이제서야 울고 있습니다.

어느 늦가을 갑자기 퍼붓는 소나기에 널어놓은 벼를 담기 위해 몸부림치다가 힘이 부치자 멍석을 잡고 통곡하셨던 어머니, 가녀린 여자의 몸으로 십여 리나 되는 물레방앗간까지 벼 가마를 지게질하시고, 밤이면 보따리장수들과 청상과부의 서러움을 신세타령으로 풀어야 했던 그 모습이 뼛속으로 느껴옵니다. 월사금(수업료)을 제때 주지 않는다고, 군것질할 용돈을 주지 않는다고 미워했던 기억이 꼬리를 물고 밀려옵니다. 철없는 마음에 어머니가 너무 미워 아프지 않은 배를 움켜쥐고 뒹굴었더니 놀라시며 저녁 먹은 것이 체해 토사곽란을 일으켰다고 열 손가락 끝을 사정없이 바늘로 따고, 등줄기가 무너지도록 두들겨 패다가, 그것도 모자라 왕소금을 한 움큼씩 반강제로 먹여놓고, 떨리는 손으로 잠들 때까지 배를 쓰다듬어 주셨던 우리 어머니. 이제 와 생각하니 이 세상에서 가장 곱고 아름다운 여자였습니다. 나들이할 때면 참빗으로 머리를 곱게 빗어 쪽을 치고 은비녀 꽂고 동백기름으로 머릿결을 쓰다듬고, 손수 베를 짜서 바느질한 치마저고리를 차려입고 고샅길만 나가도 나비들이 그 뒤를 줄줄이 따르던 향기가 넘치는 한 송이 꽃이었습니다. 이 바보 천치 같은 이 멍텅구리가 이제 와 깨닫고 후회합니다. 이미 다 지나가 버려 돌아갈 수는 없지만, 이제라도 뒤를 돌아보며 용서를 구합니다.

어머니, 지금 이 자식을 보고 계시죠? 보다시피 행복하게 잘살고 있습니다. 이제 고향에 돌아와 어머니가 평생 가꾸셨던 밭에서 어머니의 마지막 흔적을 찾아가며 살고 있습니다. 지난 해도 어머니처럼 고추를 심었고 잔챙이 풀까지 뽑아주었더니 고추 가지가 찢어지도록 주렁주렁 달려 기분이 좋았습니다. 잘 살아줘서 고맙다고요. 그리고 더는 울지 말라고요. 제가 늦둥이로 태어난 순간부터 용서가 필요 없는 어머니의 분신(分身)이었다고요. 이제 자식들도 있으니 어린애같이 굴지 말고 쉽게 눈물을 보이지 말라고요. 어머니, 아직 철이 들려면 멀었나 봅니다. 지금도 어머니란 말에 눈물이 앞을 가리니 이를 어쩌면 좋습니까. 좋은 일이 있어도, 힘든 일이 있어도 마음 줄에 매달린 그리움이 눈물방울이 되어 자꾸만 흘러내립니다. 이러다 눈물이 메마르면 어쩌지요. 어머니를 까마득히 잊어버리면 어쩌지요. 지금도 가끔 살아생전 모습이 떠오르지 않아 사진을 보고 기억을 더듬거립니다. 제발 기억이 더 희미해지기 전, 한 번만이라도 꿈속에서 절 불러 주시기 바랍니다.

영원히 잊히지 않도록 참나무 껍질 같은 손으로 한 번만이라도 머리를 쓰다듬어 주시기 바랍니다. 그리고 '꼬—옥' 안아 주시기 바랍니다. 아니면 정신을 차리라고 회초리로 종아리에 피가 맺히도록 때려주시기 바랍니다. 어머니!

문학광장 41회 수필 신인상 당선작

초등학교 시절의 자화상

우리 주인은 명의(名醫)

돌멩이라도 우둑우둑 씹어 삼킬 나이에 제대로 능력발휘를 못하고 숨이 턱턱 막힌다. 주인이 시키는 일을 소화시키지 못하고 골골거리다 먹통이 될 것 같아 불안하다. 인간의 나이로 치면 이십 대 초반 정도인데, 이름표에 아직 잉크 냄새가 풀풀 나는데, 쓰레기장에 고물(古物)로 버려질까 봐 눈치를 슬슬 보고 있다. 그러나 수원 공장 출고장에서 이름을 불러 이곳 주인집으로 왔을 때는 많은 친구의 부러움을 샀었다. 시골이긴 해도 우리들이 가장 존경하는 기술자를 주인을 만났기 때문이다.

우리 주인의 별명은 맥가이버다. 기기를 잘 다루는 것은 물론 일단 소유하게 되는 물건은 무엇이든 아끼고 사랑하는 좋은 성품을 가지고 있다. 자가용을 20년 동안 탈 정도로 차분하고 절대 과속하지 않는 습관을 지닌 분이다. 집안에 가스레인지를 25년, 컬러 TV도 15년 이상 크게 아픈 곳 없이 장수할 수 있도록 돌봐 주는 진정한 기술자다. 사용설명서를 달달 외워두고 절대 무리한 일(기능)을 요구하지 않으며, 어지간하면 서비스센터에 가지 않고 직접 아픈 곳을 찾아 고쳐 주는 전문가다. 이런 주인에게 선택받았다는 것은 정년 보장은 물론, 장수

할 수 있는 조건이기 되기 때문에 하루하루 행복했다. 그런데 어느 때부터인지 온몸에 열이 나고 목이 잠기며, 배속에 가스가 부풀어 올라 터질 듯 아프다고 짜증을 부리는데도 눈길 한 번 주지 않는다. 그전엔 조금만 불편한 기미를 보여도 미리 알아서 치료해주었는데, 어찌 된 일인지 눈길조차 주지 않는다. 방치하는 것 같아 견딜 수가 없다. 증상이 점점 심해져 이제 소달구지가 자갈길을 가듯 덜덜거리는 소리가 커지고 있다. 힘은 점점 빠지고 주인이 시키는 기본적인 일조차 해결하지 못하는 무기력한 신세가 되어 가고 있다. 그 이유가 궁금해 어디 아프냐고 한 번 물을 법도 한데 우리 주인은 짜증만 내고 있다. 오히려 금방 숨넘어가는 소리를 지를수록 함부로 다룬다. 정말 온몸이 열이 나 견딜 수가 없다. 코가 막혀 숨조차 쉴 수 없다. 이대로 가다가 머리가 폭발할 것 같은데 주인은 싼 게 비지떡이라며 내팽개쳐버리기 까지 한다. 비 메이커인 신분을 탓하며 버리듯 구석에 처박아 놓는다. 이제 플라스틱 빗자루를 찾아 내가 하는 일을 대신하게 한다. 그러다 잊을 만하면 일할 기회를 주지만 가는 머리칼조차 빨아들이지 못하는 천덕꾸러기가 신세로 전락하면서 주인에게서 더 멀어지고 있다. 이제 자리만 차지하고 있다며 버릴 궁리만 하는 것 같다.

기대가 크면 실망이 크다 했던가. 주인이 크게 실망하고 있는 그 이유를 모르는 바는 아니다. 나를 만들어 파는 사람에 게 속았다는 생각이 든 모양이다. 가격이 저렴하고, 간편하지만, 첨단기능을 탑재해 강한 흡인력까지 있다는 감언이설에 속은 것이 화가 나는 모양이다. 마치 남에게 없는 기능이 있는 것처럼 과대포장으로 유혹한 것도 모자라 철저한 서비스 약속이 허구임을 알고 짜증이 나는 것 같다. 별도의 부품은 팔지 않으며, 수리를 위해선 서울 본사로 제품을 통째로 보내라는 말에 배보다 배꼽이 큰 것을 알아차린 것이다.

그래도 아직은 주인을 곁에서 바라볼 수 있어 좋다. 오늘도 주인은 일어나며 부시시한 머리를 긁적거린다. 하얀 곱슬머리가 오늘따라 더 허성하다. 얼굴에 잔주름이 유난히 자글자글거리고 있다. 눈을 뜨자마자 땅이 꺼지듯 한숨을 내쉬는 모습 뒤에 게으름이 피어오르고 있다. 단 하루도 건너지 않던 턴테이블 청소가 이제 음반까지 뿌연 먼지가 쌓이기 시작했는데도 그대로 방치한 지 2년이 지나가고 있다. 이도 닦지 않고 자거나, TV 이를 켜놓고 잠드는 것은 이제 일상이 되어가고 있다. 아예 집에 걸려온 전화는 받지도 않는다. 늘 편안하던 표정은 사라지고 쫓기듯 안절부절못하는 모습이 불안하다. 일에 파묻혀 매일 자정이 되어서야 퇴근하는 주인, 5년 동안 직장 연월차를 반납하고 일감을 집에까지 가져와 밤새워 머리를 쥐어짜는 모습이 측은하다. 이런 주인을 보노라면 숨조차 제대로 쉴 수가 없다. 이런 주인에게 내가 견딜 수 없이 아프다고 한들 무슨 소용이 있겠는가 말이다. 지금도 끙끙 앓고 있는데 눈길조차 주지 않는 주인이 다시 컴퓨터 앞에서 일과 전투처럼 싸우고 있다. 모레까지 사업계획서와 홍보자료 준비, 글피까지 세미나 준비, 그글피까진 칼럼원고 작성 등 할 일이 산더미처럼 쌓여 있다. 이러니 무슨 여유가 있겠는가. 이런 주인의 모습을 보면서 오늘도 기도를 시작한다.

"세상일로 주인의 평화를 깨지 말게 하소서. 무슨 일이든 우리 주인의 목을 조르듯 닦달하지 마소서. 제발 스트레스를 받아 혈압이 상승하지 않게 도와주소서. 여유를 빼앗지 마시고 우리 주인이 좋아하는 갈 햇살과 파란 하늘을 가르는 갈바람을 가슴속으로 불어넣어 주소서, 예전으로 돌아가 오늘 같은 토요일 오후 커피 향을 음악 위에 뿌려지게 하소서, 그 느낌으로 아름다운 추억에 젖게 하시고, 밤엔 풀벌레 소리를 따라 첫사랑을 만나게 하소서, 내가 걸리적거리는 고물로 쓰레기통에 버려져도 좋으니 예전 감성으로 돌아가 단 한 번만이라도 나와 눈을 마주치는 주인 되게 하소서……."

기도가 끝나자, 갑자기 우리 주인이 기지개를 켠다. 양팔 사이로 한 줄기 갈 햇살이 지나간다. 용트림하듯 몸을 비틀자 빛이 손등에 내려와 앉는다. 주인은 그 손을 신기한 듯 물끄러미 바라보다 무슨 생각이 들었던지 살며시 움직여 본다. 그 빛의 끝을 따라 간다. 턴테이블 위에 긴 타원형으로 멈춰있는 빛을 발견한다. 그를 뚫어지라 바라보더니 몸을 조심스럽게 움직인다. 그리고 입이 찢어지라 긴 하품을 하더니 턴테이블의 먼지 가리개를 열고 레코드판을 조심스럽게 꺼낸다. 먼지떨이 솔을 들더니 판 위에 원을 그리며 먼지를 털어낸다. 다시 판을 제자리에 살며시 얹는다. 그리고 오디오에 전원 스위치를 살짝 누른다. 그리고 카트리지가 달린 헤드셋을 조심스럽게 들어 돌아가는 판 위에 얹는다. 볼륨을 서서히 높인다. 설레는 듯 다시 한 번 소리의 크기를 섬세하게 조절하자, 거실에 깔려있던 칙칙하고 무거운 침묵이 와르르 무너진다. 묵직한 첼로의 선율이 공간에 울려 퍼진다. 갑자기 일어서더니 커튼을 활짝 열어 제낀다. 갈 햇살이 보석 알갱이가 되어 거실에 가득 들어온다. 눈을 지그시 감는다. 벽에 걸려있는 액자 속에 카라얀의 지휘 흉내를 낸다. 마지막 곡이 끝나 헤드셋이 덜거덕 소리가 나는 것도 모른 채 무엇엔가 흠뻑 빠져 넋을 놓고 있다. 편안한 얼굴이라 아름답다. 이 모습에 눈물이 나려 한다. 얼마가 지났을까 내 곁으로 다가와 지긋이 날 바라본다. 이리저리 둘러보더니 만지작거리더니 갑자기 십자드라이버를 찾아든 주인의 두 눈이 반짝거린다. 보석을 발견한 듯 두 손을 찰싹 마주치며 미소를 띤다. 그리고 능숙한 손놀림으로 날 분해하여 막혀 있던 혈관의 먼지를 능숙하게 제거한다. 머리칼이 좁은 틈에 끼어 잘빠지지 않은 것도 현란한 솜씨로 완전히 제거한다. 분해한 부품을 물로 씻어 물기를 닦고 다시 완벽하게 조립한다. 마지막으로 먼지 걸림망도 깨끗이 씻어 헤어드라이어로 말려 제자리에 끼워 준다. 요리조리 꼬여 있던 전원 줄도 곧게 펴준다. 부딪혀 흠집이 생긴 곳도 치약으로 박박 문질러 감촉같이 없애주니 광택이 난다. 끝으로 다시 요리조리 확인해 보더니 날 전기 콘센트에 꼽는다. 그리고 스위치를 켠다. "위이잉~" 강력한 흡인력이 맑고 투명한 기계음 소리로 변하면서 거실에 가득 찬다. 세상의 불필요한 모든 먼지를 빨아들일 수 있는 강력한 힘이 다시 생기면서 피가 뜨거워지고, 힘줄이 도드라지면서 펄펄 날고 싶어진다. 세상이 아름답게 보인다. 가을 햇빛이 더욱 찬란하게 빛난다. 하늘이 더 높고 푸르다.

이름도 없는 싸구려 진공청소기인 날 버리지 않고 다시 새로운 생명을 불어 넣어준 우리 주인이야말로 진짜 명의(名醫)다.

2015 가을 토요일 오후

제 13 부

전국칼럼공모 당선작

우리의 미래는 역사교육에 있다

(사랑하는 대한민국)

젊은이들은 1950년대 우리의 국민소득이 50불 정도였다는 사실을 상상조차 못 할 것이다. 그 당시 우린 전쟁으로 폐허가 되었고 많은 고아가 발생하였으며, 질병과 굶주림, 분단과 냉전 등으로 절망 속에 살았던 가난한 나라였다. 그러나 이젠 유엔군을 파병 받은 나라에서 유엔 사무총장까지 배출한 나라가 되었으며, 선진국 클럽인 OECD(경제협력개발기구) 위원회에 가입한 세계 10위권의 경제 규모를 가진 나라가 되었다.

우리가 이처럼 잘살게 된 이유는 어디에 있는가? 그것은 올바른 역사의식을 가지고 있었던 선조들의 피와 땀의 결과라고 보는 게 가장 타당할 것이다. 올바른 역사의식이야말로 우리가 지녀야 할 가장 소중한 유산으로 우리의 미래를 밝혀주는 등불이다. 과거를 모르거나 망각하고 현재를 논할 수 없다는 말처럼 역사는 현재 우리의 뿌리라는 얘기다.

사실 우리 조상들은 많은 외침과 식민지의 서러움 그리고 뼈아픈 전쟁을 겪었다. 그러나 굴복하지 않았다. 끈질기게 견뎠다. 그리고 어떤 일이 있어도 자녀와 후손들에게 치욕적이고 가난한 나라를 물려주지 않겠다는 의식 하나로 많은 고난과 역경을 버텨왔다. 온몸으로 공산당을 막았고, 목숨을 바쳐 일본에 빼앗겼던 나라를 되찾았다. 그리고 근면 성실함으로 조국 근대화를 위해 기꺼이 희생했다. 그 원동력으로 우리는 잘사는 나라가 되었다. 바로 이것은 과거를 잊지 않았기에 가능한 일이었다. 과거를 냉정히 평가하고 이를 거울삼아 새로운 발전 방향을 모색한 결과 우리는 꿈을 이뤄낸 것이다. 이처럼 지난 역사는 미래를 비추는 거울이다. 때문에 아무리 부끄럽고 욕된 것이라도 지나간 모든 것들은 우리가 지켜야 할 유산이 된다는 말이다.

필자는 옥수수빵과 분유를 점심 급식으로 받았던 가난한 60년대에 초등학교를 다녔다. 그래서 쌀 한 톨의 소중함을 알고 있다. 당시 공산당의 잔악상을 귀로 전해 들었기에 민주주의 소중함을 알고 있다. 우리의 선조가 그랬던 것처럼 이를 디딤돌 삼아 미래로 가는 길을 열어가고 있는 것이다. 때문에 우리는 지난 역사를 알아야 하고, 모르면 배워야 하고 가르쳐서 올바른 역사의식을 가지고 있어야 한다는 얘기다. 지금 당장 배고프지 않고 풍요롭게 잘산다 하여 과거를 잊으면 안 된다. 6.25를 남의 얘기처럼 말하고, 이해하려 들지 않는 젊은이가 있다는 것은 참으로 불행한 일이다. 우리는 당시 전쟁으로 수백만 명의 인명과 재산을 잃었다. 모든 것이 파괴된 엄청난 재앙을 겪었다. 이 고통과 이산에 대한 아픔을 남의 얘기처럼 인식하며 6.25를 북침이라 말하는 아이들, 언제 발발했는지조차 모르는 대학생들이 39.7%라는 조사 결과를 이대로 방치하면 우리의 장래를 어두워질 것이다. 따라서 우리의 미래인 젊은이의 역사의식이 먼저 변해야 한다. 그래야 우리에게 미래가 있다. 왜 전쟁이 일어났으며, 동족 간의 전쟁으로 잃은 것은 무엇인지, 전쟁이 없는 세상을 만들기 위해 우린 무엇을 어떻게 해야 되는가를 가르쳐 줘야 한다. 정부는, 어른들은, 올바른 역사 교육을 통해 자연스럽게 젊은이를 토론의 장으로 불러내야 한다. 6.25 당시 우리에게 도움을 줬던 나라는 어디에 있고, 그들은 지금 어떻게 살고 있는지, 왜 그들은 목숨을 바쳐서라도 세계 평화를 지키려 했는지 인지하도록 만들어야 한다. 그리고 우린 전쟁으로 무엇을 잃었고 무엇을 얻었는지 전쟁 당시 상황을 간접적으로라도 경험케 해야 한다. 그 방법으로 하나를 제시한다면, 강뉴(kagnew)와 같은 한국전쟁 역사를 기록한 책을 읽히도록 권한다. 이 책은 그리스 전쟁 종군기자가 6.25 전쟁을 사명감으로 집필했다는 전쟁의 역사 기록물이다. 이 책 속엔 전쟁의 잔혹 상과 평화를 지키기 위해 참전한 국가 중 하나인 아프리카 에티오피아 군인의 활약상을 그려 놓았다. 우리 젊은이가 알고 있는 에티오피아는 아프리카에서 가장 못사는 나라지만, 당시엔 가장 잘사는 나라였다는 사실을 알고 왜 그들은 현재 가장 못사는 나라가 되었는가. 그리고 우리가 왜 그들을 물심양면으로 도와야 하는지를 알아야 한다는 말이다.

1950년대 에티오피아는 세계평화를 실현하기 위해 20여 일이나 걸리는 낯선 우리 땅까지 배를 타고 왔다. 6천여 명의 젊은이가 세계 평화를 위해 싸웠고 전사했다. 그들은 부대 안에 보육원을 만들어 우리 전쟁고아와 동고동락했다. 이처럼 에티오피아는 우리 전쟁에 지상군을 파병한 아프리카에서 유일한 나라였다. 우리의 생명과 재산을 보호하고 대한민국의 공산화를 막는 데 큰 힘이 되어 주었던 혈맹국이다. 그런데 가장 잘살던 이 나라가 불행하게도 82%가 절대 빈곤에 사는 가난한 나라가 되었다. 6.25가 끝나고 7년 동안 비 한 방울도 내리지 않아 한해 100만 명 이상 굶어 죽었다. 여기다 1974년부터 17년 동안 공산화되어 나라가 황폐되었으며, 안타깝게도 내전을 겪으며 더 못사는 나라로 전락하고 말았지만, 그들은 우리나라의 평화를 지켜주었던 나라 중에 하나라는 것이다. 이러한 과거를 모른 채 약간의 도움을 마치 은전을 베풀 듯 생색을 내는 것은 과거의 역사를 모르는 무지와 오만이라 할 수 있을 것이다.

멋있는 선진국이 되려면 먼저 지난 역사를 멀리해서는 안 된다. 반드시 가르쳐야 하고 배워야 한다. 바로 이것이 국제화 시대에 걸맞은 기본 소양이라고 본다. 과거를 모르면 현재를 진단할 수 없고 미래를 준비할 수 없다고 했듯 철저한 역사교육과 성찰이 필요하다는 것을 '강뉴'라는 책을 읽어봄으로써 알 수가 있을 것이다. 그리고 우리는 지난 역사를 배움으로써 선조들의 위대한 업적과 숭고한 정신을 계승해 나가는 것이 얼마나 중요한 것인가를 알게 된다. 과거 치욕을 당했다면 더 강한 힘을 키우고, 부끄러운 역사로 기억된다면 고개를 숙이고 반성하는 올바른 의식이 바로 미래를 위한 길이요. 세계 속에 대한민국을 자신감으로 자리매김하는 길이다. 다시 말하지만, 역사를 모르면 미래가 없다. 어떤 이는 6.25 발발 연도를 모르는 것이 무슨 대수냐고 반문하는 사람도 있다. 젊은이들의 역사인식이 좀 부족하다고 우리의 삶에 무슨 영향이 있느냐고 역설적으로 말하는 사람도 있겠지만, 오늘은 과거 역사가 만든 현재의 진행형이다. 또한, 현재는 과거가 만들어 놓은 길이다. 우리 선조들은 6.25를 통해서 공산주의 잔악상을 보았고, 민주주의 길을 방탕하게 걸어가면 그 끝은 파멸이라는 것을 깨달아 피와 땀으로 대한민국을 일으켜 세웠지 않는가. 온 몸을 던져 전쟁으로 폐허가 된 나라를 재건했고, 10위권의 경제력을 가진 나라로 성장시켰다. 바로 이것이 올바른 역사의식 위에 세워진 금자탑이다. 그런데 80%에 해당하는 전후 세대 청년들이 역사를 모르고 있다는 사실에 대하여 심각하게 받아들이지 않는다거나, 작금에 이르러 희미해지는 역사에 대한 의식을 방치하면 곧바로 후진국으로 퇴보할 것을 우려하는 목소리가 높다는 것을 지도자는 알아야 한다. 가장 높은 탑은 가장 요란하게 무너진다 했듯 다시 복구할 수 없는 지경이 될 수도 있다는 것이다. 그런 불행이 닥치기 전 역사를 가르쳐야 한다. 과거(역사)를 바로 알고 이를 거울삼아 미래로 나가야 파멸에서 벗어 날 수 있다는 사실을 또박또박 가르쳐야 한다. 이 아름다운 강산을 지키고 대대손손 힘 있는 나라로 만들어 가기 위해선 올바른 역사 인식이 필요하다는 말이다. 나무는 뿌리가 넓고 깊게 내려야 그 자리를 지킬 수 있는데, 지금 우리 주변에서 갑자기 나무가 부러지거나 뿌리째 뽑히는 소리가 들리고 있다. 세월호 사건이 그렇다. 이는 역사의 뿌리가 썩어 거대한 나무가 하루아침에 부러졌다는 것을 방증하고 있다. 이런 엄청난 사고를 당하고도 여·야 모두 정략적인 접근으로 합의점을 찾지 못하고 국력만 소진하고 있는 것은 어디선가 또 한 그루의 나무가 부러지고 있다는 것이다. 사실 이 사건은 어른들의 무책임함과 수단과 방법을 가리지 않고 눈앞에 이익만을 추구한 결과의 산물이다. 성장만을 위해 앞만 보고 달려온 이유로 생겨난 부산물이다. 모르긴 해도 앞으로도 더 큰 사건·사고가 일어날 수도 있지만, 문제는 책임을 지거나 그 책임을 물을 수 있는 지도자가 없다는 것이다. 늦지 않았다. 지금부터라도 철없는 젊은이를 방관하지 말고 철저하게 가르쳐야 한다. 과거를 거울삼아 미래를 지향하는 가치관을 세워줘야 한다. 지금처럼 늘 서로 싸우고 헐뜯는 모습만을 보여준다면 우리는 감당할 수 없는 사건과 함께 역사 속으로 함께 매몰될 수도 있다는 얘기다.

따라서 어른은 싸움을 멈추고 모범을 보여야 한다. 특히 지금처럼 정략적으로 싸우고 고무줄 잣대로 법을 농단하는 정치인들이 판을 치면 우린 수렁에 빠져 허우적대다 이웃 강대국과 북한의 먹잇감이 되고 말 것이다. 지금 바로 싸움을 멈추고 더는 갑론을박으로 시간을 낭비해서는 안 된다. 자라나는 어린아이와 장차 이 나라를 짊어지고 나갈 청년들에게 역사교육을 철저히 시켜야 한다. 어른답게 지식인답게 현실을 인지하고 합심하여 역사 교육 정책을 바르게 세워나가야 한다. 역사는 우리 인간이 알아야 할 가장 기본적인 소양이다. 수학, 영어도 중요하지만, 역사를 바로 알아야 미래의 길이 보이기 때문이다.

결론적으로 미래의 주인공인 젊은이들에게 올바른 역사 교육은 나라를 이끌어갈 자양분이 된다는 것이다. 지금처럼 방치하면 언젠가 되돌릴 수 없는 수렁에 빠지게 될 것이라는 말이다. 공든 탑이 하루아침에 무너질 수도 있으며, 그동안의 피와 땀이 수포로 되돌아갈 수도 있다는 얘기다. 아프리카에서 가장 잘 살았던 에티오피아가 가장 못사는 나라로 전락한 이유는 어쩔 수 없는 천재지변도 있었겠지만, 그보다 더 중요한 것은 뿌리를 깊게 내리지 못한 역사의식에 있다는 생각이 들어서 하는 말이다. 역사는 그 민족의 뿌리다. 뿌리 없는 민족은 있을 수 없다. 뿌리가 썩었다면 그 나무는 이미 죽은 것이다. 얼마 정도는 버티고 있겠지만, 꽃과 열매를 맺을 수 없을 것이다. 따라서 역사교육의 필요성에 대해서는 결코 논란거리가 되어서는 안 된다. 조건 없이 가르쳐야 하고 배워서 지난 역사를 거울삼아 앞으로 새로운 길을 개척해나가야 한다. 다시는 이 땅에 전쟁과 식민지배로 치욕적이고 슬픈 역사를 다시 쓰고 싶지 않다면 과거를 배워서 마음으로부터 무장해야 한다. 모르면 진다. 알면 약이 된다. 그 약이 아무리 쓰다 해도 우리는 함께 인내해야 한다. 우리의 선조가 그랬던 것처럼 우리도 지난 역사를 알아야 한다. 모르면 배워야 하고 가르쳐서 올바른 역사의식을 가지고 있어야 한다. 그리고 어떤 강풍과 가뭄에도 견딜 수 있도록 역사의식의 뿌리가 깊고 넓게 뻗도록 토양을 만들어 줘야 한다. 그래야 우리의 미래가 더 견고하고 찬란하게 빛날 거라는 얘기다.

2014-8-18

맺는 글

150여 편의 칼럼 하나하나가 필자에겐 눈물이다. 대부분 지방신문에 게재되어 널리 읽히진 않았어도 나름 온몸으로 읍소했다. 부탁하고 큰소리로 사정했다. 끊임없이 말을 걸었고 소통을 하려 했다. 까칠하고 독선적인 사람을 설득해 함께 가자고 했다. 그러나 반응이 없었다. 솔직히 달걀로 바위 치기였다. 그래도 불평등한 대접에 대하여 항변하고, 공평하지 못한 일을 묵인할 수 없는 마음을 표현하고자 노력했다. 그러나 들어주는 사람이 없는 것 같아 위축되어 가던 중 문득 실낱같은 오기가 발동하기 시작했다. 어쩌면 이미 변화가 시작되고 있다는 생각이 들었다. 왜냐하면, 문득 필자가 지렁이일지도 모른다는 생각이 들어서다. 밟으면 꿈틀거리고, 지금 현재도 끝이 보이지 않는 수직 벽을 무모하게 오르다 미끄러져 상처를 받고 있으며, 그 아픔으로 고통스러워하며 이를 악물고 있으니 말이다.

사실 지렁이는 인간에겐 미물(微物)에 불과하다. 아무리 발버둥을 쳐도 인간의 발밑에 있는 징그럽고 더러운 존재일 뿐이다. 그런데 다윈은 이 세상에서 가장 가치 있는 생물이라 극찬을 했다. 여기서 중요한 것은 아무리 보잘것없는 존재라도 바라보는 관점에 따라 달리 보인다는 것이다. 이 말은 필자가 생각하고 있는 게 전부가 아니라는 것과 그 판단은 다른 사람의 몫이라는 것이다. 나이 들어 겨우 체득했다. 물론 다 알고 있는 진리지만 긴 방황 끝에 가슴으로 내린 결론이란 점이 다르다. 이제 긴 시간 갈등 끝에서 찾아온 결단으로 마무리 글을 쓰고 있자니 속이 후련하다. 이제 홀가분한 마음으로 지렁이 눈물의 흔적을 찾아 나서려 한다. 아마 작아 잘 보이지 않을 것이다. 그래도 포기하지 않을 것이다. 세상의 모든 지렁이가 한자리에 모여 동시에 운다면 눈물 그릇을 채우고 분명 넘쳐 흘러내릴 거라는 희망을 가질 것이다. 그리고 이 눈물이 강을 따라 바다로 흘러가 무서운 파도를 일으킬 수도 있다는 상상을 하며, 성경(욥기 8장 7절)을 다시 읽으므로 용기를 충전해 가며 세상을 투명하게 들여다볼 것이다.

　하루가 다르게 세상이 변하고 있다. 그 중에 개천에 용이 난다는 얘기는 고전에서나 찾아볼 수 있게 되었다. 지렁이 눈물을 알아볼 수 있는 혜안과 그 눈물을 닦아줄 수 있는 여유롭고 순수한 지도자는 이 세상에 존재하지 않는다는 생각마저 든다. 모두가 바쁘게 살다 보니 주변을 돌아볼 여유를 잃어버렸고, 자유로운 행복을 꿈꾸고 싶어 하는 본능조차 불편한 액세서리가 되어버리고 말았기 때문이다. 오직 치열한 전투를 통해서 경쟁자를 물리쳐야 하고, 이미 태어날 때부터 가지고 있는 금수저를 빼앗기 위해 양심과 체면을 버려야 하는 시대에 살고 있어서다. 아무리 발버둥을 쳐도 돈과 권력을 이길 수 없고, 개인의 감정이나 의식은 돈과 권력 앞에서 무기력해지거나 변명조차 들어주는 사람이 없어서다. 이를 극복하려면 기득권층을 능가할 힘과 폭력성 그리고 권력의 썩은 줄이라도 붙들어야 기대를 걸 수 있다고 보는 게 옳을 것이다. 여기서도 사생결단을 각오하고 매달려야 그나마 생존할 가능성이 있다. 이런 물정을 모르고 무턱대고 대들었다간 기득권층의 권모술수에 놀아나 좌절하거나 큰 손해를 보고 나서야 세상이 호락호락하지 않다는 것을 깨닫는 게 우리의 현실이라고 본다.

그나마 다행인 것은 지도자의 희생과 이상이 국민을 움직이는 촉매가 된다는 점이다. 그래서 기회 있을 때마다 많은 이들이 소신을 가지고 지도자를 향해 얘기하고 있다. 필자 역시 각성하라고 듣기 싫은 소리를 해대고 있는 것이다. 밑 빠진 독에 물을 부을지언정 타성에 물들지 말고 꿈과 희망의 끈을 놓지 말자고 선동하고 있는 것이다. 지금 이 순간도 거짓을 조장하고 주먹을 휘두르는 쭉정이 같은 지도자를 버리고 민심을 한곳으로 집중해 그들을 무기력하게 만들자고 말하고 있는 것이다.

옛말에 '뭉치면 살고 흩어지면 죽는다.'는 말이 있다. 낡고 흔해 빠져 고리타분한 얘기 같지만, 다시 음미해보면 작은 힘이라도 한곳에 모으면 열정을 되살리는 불쏘시개가 될 수 있다는 말이다. 사실 이는 필자가 칼럼 모음집을 구상하게 된 이유 중 하나라고 이미 전재를 했다. 그러나 잘한 일인지는 자신도 모르겠다. 마누라는 그 쓰잘머리 없는 일에 기운 빼지 말라고 극구 말렸다. 딸들조차 시큰둥해 하고 있다. 주변에서도 신통치 않게 보는 것 같다. 그래서인지 추천의 글을 부탁했더니 그것도 비서를 통해 바쁘다며 거절해온 사람도 있다. 별 볼 일 없다는 생각이 들었던 모양이다. 그래도 포기하지 않고 지금 책의 마무리 글을 쓰고 있는 자신에게 아낌없는 격려를 보내고 싶다. 이왕 시작한 것이니 흩어진 조각들을 열심히 맞춰 멋있게 완성해보라 말하고 싶다.

신경 쓸수록 자꾸 빈틈이 생기고, 제각각이라 아귀가 잘 안 맞는다고 불평하기보단, 끈끈한 점성이 없어 각자 개밥의 도토리처럼 흩어져 지치게 할지언정 끝까지 해보라며 마음을 다잡는 중이다. 그러나 변덕이 죽 끓듯하다 했던가, 갈등의 꼬리가 자꾸 유혹을 한다. 그래서 포기했다가 우연히 킬리만자로와 안나푸르나를 가게 되었다. 그 멀고 험한 길을 힘들게 다녀왔다. 그 결과 자신이 머무는 현재 주인공이 자신이라는 것을 깨닫고 돌아왔다. 삶이란 남에게 보여주는 장식품이 아니라 꾸밈없이 그대로 말하고 표현하는 게 가장 아름다울 거란 생각을 하게 되었다는 말이다. 삶을 그럴듯하게 포장하면 또 다른 문제를 일으킬 수 있다는 생각을 하게 되었다. 완벽함보다는 오히려 허술함이 보일 때 더 아름답고 여유롭게 쉴 수 있는 공간이 생긴다는 것을 알았다. 아프리카와 네팔 사람들 틈에서 그런 모습을 발견했다. 그들은 가난하지만 여유로웠고, 배고프지만 서둘러 기근을 해결하려 다투지 않았으며, 모든 것이 초라했지만, 그것을 꾸미거나 감추지 않았다. 지금 그들보다 필자는 너무나 많은 것을 더 가지고 있지만, 완벽하지 못해 안달하며 불평한 것이 사치라는 생각이 들었다. 그래서 그곳에서 돌아와 자유로운 생각으로 칼럼 모음집을 열심히 마무리했다. 내 눈높이에서 판단하고 해석하고 자족하기로 마음먹고 과감하게 주사위를 던졌다. 이제 누가 뭐라 해도 이미 뱉어 낸 언어의 꼬리에 방울을 단 격이 되어 버렸으니 후회해도 소용없게 되었다.

이제 오랫동안 방황했던 마음조차 접고 마무리 글을 쓰자니 문득 철학자 칸트가 놓친 첫사랑을 두고 후회하며 독신으로 살았다는 얘기가 생각난다. 어떤 여자가 먼저 칸트에게 '사랑하면 지금 당장 말해주세요.'라고 했지만, 생각이 많은 그는 아무런 대답을 하지 않았고, 그후 많은 시간이 흐른 뒤 결심을 하고 그녀의 집을 찾아갔을 때는 이미 다른 남자의 아내가 되어 있었다는 슬픈 얘기다. 아마 그는 아무도 없을 때 땅을 치며 통곡했을 것이다. 억울해서 잠을 못 이루었으리라. 필자도 그처럼 첫사랑에 대한 깊은 그리움이 가슴속에 묻혀있기에 그 심정이 이해가 되었다. 지금도 많은 세월이 흘렀지만, 손목 한 번만 잡아보지 못한 아쉬움이 남아 있다. 정말 기회가 있었는데, 스치듯 지나가 버린 시간이 후회스러워 서럽게 울기도 했다. 그래서 때를 놓치면 어떤 결과가 기다리는 줄 잘 알기에 나름 절절한 마음으로 칼럼 모음집을 마무리하고 있다. 더 늦기 전에 굳게 닫힌 문을 박차고 나가는 심정으로 정리했다. 멍텅구리처럼 웅크리고 앉아 있을 수 없어 목젖이 터지도록 고함을 지르며 발악했다. 그동안 나름의 비전문가 수준에서 청년실업 문제를 해석하고 답을 썼다. 그리고 개인의 부도덕한 행위도 모자라 자신의 측근을 낙하산에 태워 보내는 빛 좋은 개살구 같은 지도자를 사정없이 꾸짖었다. 그리고 우울한 농촌을 세상 밖으로 내보내며 함께 고민해 보자고 했다. 잘못된 교육 정책에 대해서도 나름 신랄하게 비판해 보았다. 그 외에도 가차 없이 보이는 대로 느낌대로 필자의 수준에 맞게 세상을 보고 판단하고 닦달해 보았다. 미력하지만 온힘을 다해 뻔뻔한 사람들을 향해 경고도 했다. 비정상적인 일로 출세하거나 그 혜택을 누리는 사람에게도 어김없이 양심을 자극해 보았다. 그러나 그들은 미동도 하지 않았다. 그런데도 가랑비에 옷 젖는다 했듯 다시 한 번 그 반응을 보기 위해 결단을 내렸고 그 변화의 움직임을 기대하고 있다. 그때가 되려면 얼마가 될지 아무도 모른다. 다만 변화의 바람이 불어오길 희망하면서 기다리기로 했다. 이제 한강에 돌 던지는 기분이 들어도 좋다. 몸도 마음도 지쳐 거짓과 진실의 경계선을 상실해도 어쩔 수 없는 일이다. 미련을 버리니 후련하다. 그동안 많은 방황을 했지만, 마무리 글을 쓰게 되니 속이 시원하다. 이미 화살은 시위를 떠났다. 잘한 일인지의 판단은 이 글을 읽는 독자의 몫이다. 끝으로 욕심을 부려본다면 이로 인하여 존경해도 부끄럽지 않은 이순신 장군 같은 지도자가 나타났으면 좋겠다. 지도자가 먼저 원칙과 일관성을 실현하고 안정된 나라를 만들려고 솔선수범했으면 좋겠다. 남북이 통일되어 이산의 아픔이 치유되고 서로 상생하는 대한민국이 되었으면, 우리 청년들이 스스로 땀과 기술의 가치를 찾아 일터의 주역이 되었으면, 살맛나는 세상에서 모든 지도자가 봉사자가 되어 나라 발전을 견인했으면, 오로지 위선과 나태함 그리고 권력으로 가치를 인정받고자 하는 모든 특권층이 부끄러워했으면 정말 좋겠다.

강산은 유구하나 인심은 조석변이라 했다. 언젠가 세상은 변할 것이다. 원하는 만큼, 노력한 만큼, 돈과 권력으로 아무리 켜켜이 인의 장막을 친다 해도 변할 것이다. 그 변화가 당장 눈에 보이지 않을 수도 있다. 그러나 옛말에 수적천석(水滴穿石)이라 했다. 아주 작은 물방울도 한 곳에 계속 떨어지면 구멍이 뚫어지듯, 이 '지렁이의 눈물'(칼럼 모음집)이 하나의 작은 변화의 물방울이 되길 희망하며, 또 다른 발상을 찾아가기 위해 차마고도(茶馬古道)로 떠난다.

2016년 2월